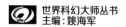
世界科幻大师丛书
主编：姚海军

星井

［美］罗伯特·里德 著

张建光 译

四川科学技术出版社

THE WELL OF STARS

by Robert Reed

Copyright © 2004, 2005 by Robert Reed

Simplified Chinese translation copyright © 2024 by Sichuan Science Fiction World Co., Ltd.

Published by arrangement with Writers House, LLC through Bardon-Chinese Media Agency

ALL RIGHTS RESERVED

图书在版编目(CIP)数据

星井 / (美)罗伯特·里德 著；张建光 译. --成都：
四川科学技术出版社, 2024.3
书名原文: THE WELL OF STARS
ISBN 978-7-5727-1300-2

Ⅰ.①星… Ⅱ.①罗… ②张… Ⅲ.①幻想小说 – 美国 – 现代
Ⅳ.①I712.45

中国国家版本馆 CIP 数据核字(2024)第 050607 号
图进字号：21-2021-352

世界科幻大师丛书

星 井

SHIJIE KEHUAN DASHI CONGSHU
XING JING

丛书主编　姚海军
著　　者　[美]罗伯特·里德
译　　者　张建光

出 品 人　程佳月
责任编辑　周美池　姚海军
特约编辑　钟睿一
封面绘画　沈茂胜
封面设计　姚　佳
版面设计　姚　佳
责任出版　欧晓春
出　　版　四川科学技术出版社
　　　　　成都市锦江区三色路238号　邮政编码 610023
　　　　　官方微博：http://weibo.com/sckjcbs
　　　　　官方微信公众号：sckjcbs
　　　　　传真：028-86361756
成品尺寸　140mm×203mm　　　印　张　17.25
字　　数　320千　　　　　　　插　页　3
印　　刷　四川省南方印务有限公司
版　　次　2024年3月第1版
印　　次　2024年4月第1次印刷
定　　价　69.00元

ISBN 978-7-5727-1300-2

邮 购：成都市锦江区三色路238号新华之星A座25层　邮政编码：610023
电 话：028-86361770

巨　舰

　　我没有声音，无法解释我来自何处；没有嘴巴，无法讲述设计我的动因和建造的过程。即使我想表达谢意，我也不知道我的存在要感谢谁。我完全记不起自己那模糊万分的起源……但是我记得，在漫长冰冷的时间里，我一直滑行于太空中最空旷、最黑暗的边缘，始终保持着沉默，只是比石头稍微多了些意识。我唯一存在的想法就是：我能做的唯有等待……等待奇迹，或是灾难……等待一个小小的事件，或是一个智慧的声音，帮助我回答那些我几乎连问都问不出来的问题……

　　无数个世代过去了，我感觉自己极其渺小，小得令我心痛。在宇宙中漂浮，我把自己想象成一个尘埃构成的实体，普通得不能再普通。和广袤的宇宙相比，我什么都不是。我还能怎么想？悄无声息地，我穿过一堵又一堵新生星系砌起的九曲围墙——一簇簇壮观炽热的恒星和微光粼粼的星尘，围绕着创世坍塌后形成的黑暗针尖旋转——在这个奇观之中，我只是一片无名的尘埃，一粒无足轻重的沙子，移动的速度几乎可以忽略不计。我的体内一片黑暗，寒冷异常，稀薄但无尽的尘雨打磨着我，渐渐地侵蚀了我的前缘。

我飘浮在时间与空间之中。

星系日稀，太空越来越深，越来越冷……当我觉得自己再也照不到阳光时，当我的命运似乎正滑向永恒的黑暗与寂静之时，我却发现自己正在坠向一个中等大小的椭圆形星系，那里有恒星、有星尘，还有小小的生命世界……

出于偶然，一个年轻的物种——地球人类——在我坠向银河系的外缘时发现了我。如同傻瓜一样大胆，如同众神一般勇敢，他们派出了一支由高速小船组成的舰队与我会合。令我没想到的是，我竟然很大——比他们的世界还大，广袤且不朽。而且，他们还惊叹于我的美丽。

地球人类是第一个行走在我表面的物种。他们高效且彻底地探索了我中空的内部。为了证明我物有所值，他们还打了一场小小的战争，以确保对我的所有权。根据法律以及事实，我是个打捞物，是属于他们的打捞物。然后，按照精心设计的步骤，他们开始唤醒我，重启了古远的反应堆、那些个巨大的引擎和生命保障系统，还修复了我长眠过程中累积的损伤。他们给了我第一次真正发声的机会——算是吧。我被安上了一千张嘴：碟形的天线和高能的激光，还有中微子束和旋转的简并态物质。它们赐予了我力量，让我能对着每一个临近的太阳和生命世界大声呼喊："我来了!"我会宣布："看着我! 研究我! 了解我,快来拜访我!"以各种不同的语言,我的新嘴们宣扬着："我渴望你们的陪伴,你们的友谊,还有你们无尽的信任。"我会问,"你们的机能是永生的吗,和其他的高技术物种一样?"接着我会做出保证:"只要一个合理的价钱,我会带着你们不老且珍贵的生命去往远方。或者带着你们在五十万年的时间里环绕银河系一周,然后再带你们回家。还能有比绕行我们的星系一圈更伟大、更崇高的旅程吗? 如果你们愿意支付更高的价钱,我可以成为你们永远的家—— 一个广袤的、千变万化的王国,比宇宙中的任何其他地方都更新奇、更美妙。"最后,带着生意人挑逗的笑声,我会问:"如果你们不想接受这样一个壮观且无穷的命运,那你们还想要什么样的永生呢?"

和所有自豪的孩子一样,我在不停地诉说自己,对着那些我从未遇到过的物种讲话。我制定了交易条款,描述了我的维度、我的深度和我引以为傲的天赋。烈火锻造的岩石和远古的铁元素构成了我的身体,超异纤维构成我的骨骼,我的皮肤是一层厚厚的高级超异纤维装甲,能抵御星际间的顽石和巨大的彗星。我以三分之一的真空光速漫游在银河系里。我的引擎如同月球一般大,我本人则比大多数乘客来自的行星还要大:足足有二十个地球的质量,直径五万千米,壳体表面积高达近八十亿平方千米。然而,与我海绵状的肉身比起来，我的皮肤根本不算什么。不管是谁建造了我，都有超前的眼光，给了我无数个连绵广袤的空腔和铺陈有序的隧道，还有数不清的地下海洋和气室。我可以变出任何气候，模拟任何奇特的生态圈。对于喜欢大数字的旅行者，我可以给他们一个印象深刻的数字。"二十万亿立方千米"。这是我内部空间的整体容量。在类似地球这样的单个行星——一个我永远无法亲身经历的世界，最多只可能与它擦肩而过——可居住面积只有两亿平方千米。生命生活在二维的空间里，而不是三维；树木和建筑的高度小得可怜。只有在海洋的边缘和漂移板块的接缝处，才存在着小块的、可供繁衍的栖息地。"我却不同。"我骄傲地说道，我的新声音里充满傲气、果断和自信。"在我这里，每一个小气室都有可能成为天堂。我可以给你们最完美的日照程度，最舒服的大气构成，即使你需要的是完全的真空——我也能办到。我能生成土壤，它含有最精细的化学物质和水分，足以滋润任何干渴。你们还可以通过各种方式流连于公共区域：我的商店、礼堂、宗教场所和科学殿堂。如果你更中意与世隔绝的生活，你也有权这么做。假如孤独是你的本性，我会满足你高贵的愿望。"

"我接受所有的物种。"我声称道。但这句话只说对了一半。虽然我欢迎所有的智慧生命，但我那些不老的地球人类船长却始终保留着最终的决定权。我的话语一直未能说透这种可能性，即旅行者历经艰险、重重跋涉来到这里，却发现自己无法负担旅费；或者，在较为少见的情况下，被认定为太过危险或太不稳定，不适合生活在更加温和的旅客中间。

我一直为我的人类守护者唱着赞歌。他们是我的船长、我的工程师、我的舵手、我的能工巧匠。他们拥有我，我坦然地承认这一点。地球人类比其他任何物种更了解我的深度和我的潜力，他们一心准备与我共存，直至宇宙末日。

或许，我真的相信这些豪言壮语。但是，我真正的想法一直是个秘密，甚至对我本人都保密。

我的内心丰富，尤其是不为人知的那个部分。

浣生是第一批在我体内出生的婴儿之一，她漫长生命的最初时光是在一所普普通通的房子里度过的。那房子俯视着我的一个温暖蓝色的海洋。她可爱的父母是工程师，这既是他们的工作，也是他们最深层的信仰。也就是说，他们不仅知道如何将任何一种可能的构造、任何一台能想象出来的机器变为现实，还具备真正的工程师那种讲究理性和实际的特质：宇宙——他们的宇宙——高雅且美丽，已知的元素和可靠的力量通过古老的、已经证实的方式相互作用。即使还有新的问题需要解决——可能性不高——这些问题也与他们无关。工程师是一门致力于"完成"的职业。银河系里充满着智慧的古老物种，早早就掌握了自然的基本法则。地球人类其实是后来者。在科学和本能的引领之下，地球人类工程师设法教会了自己制造激光、聚变反应堆和生物陶瓷材料。假以时日,他们应该能发现更多的可能性。但在他们的二十一世纪,一个安装在月球上的天文台,在某个完美的时刻,观察了太空中某个特别密集的区域,并截获了一条狭窄的广播波束。它来自一个遥远的文明,被发往一个更加遥远的世界。

那条高密度且高度调制的蓝光信号携带了大量的方法和理念,足以促发十几场智力革命。超异纤维可能是最珍贵的外星礼物。由看似普通的材料制成,它是一种重量轻、可永存的物质,可以经受各种考验,承担任何负载。

在银河系的边缘找到一艘游荡的巨船,这当然令人称奇。然而,只要是称职的工程师,就不会对我的皮肤和骨架由超异纤维构成而感到诧异。一个有如神明一样的物种,还能用什么材料来建造这么庞大的一个构造呢?说不定,我身上的超异纤维的等级,比地球人类和大多数其他物种所培养过的更高,甚至高于当代的技术。还有我球形的身体,其尺度和完美程度,其建造时需要的资源和质量控制,即使与一千个世界合作也无法完成。不过,话说回来,我身上并没有真的无法实现的地方,更不会对现存的科学体系造成威胁。是的,我很大,大到几乎不可能存在,是一个奇迹、一个神秘,但我仍然根植于工程师那严肃的、已证实的理论之中。

当浣生长成一个小女孩时,她的父母通过研究我壳体装甲所产生的灵感,率先培养出了更为精细的超异纤维。他们又研究出了能大量生成这种神奇材料的办法，修补了我身上的瘢痕，以及少量更深的伤口。他们的房子里到处都是废料和无用的碎片——从工厂带回家的报废实验品。有时，浣生会捡起一个铮亮的残片，盯着自己在片中的影像。她是一个苗条的女孩，一个漂亮的女孩，以她这个年纪来说个子有点儿高。她留着一头长长的黑发，经常湿漉漉的，因为她喜欢在海里游泳。尽管她是虔诚的工程师的女儿，她的好奇心却不像他们那样狭窄受限。一天，当她坐在餐桌前吃早餐时，她盯着一个新超异纤维做成的球，突然问道："这是哪里来的？"

她父亲是个英俊的男人，年轻的脸庞看不出他已经进入了生命中的第二个千年。即使在他最有诗意的时分，也是一个刻板的人。他用平淡的语气，字斟句酌地解释了它的来龙去脉。工厂里设置了一个纳米级的底座。每个原子都需要经过修饰，再置入最佳的位置，并与它的邻居相协调。随后，等到每一个夸克都找到最佳的共振频率，并且达到某种标准之后，整批材料会变成灰色浓稠的半液态物质，等待着注入模具或是遍布于壳体的那些古远的撞击坑中。材料最终的等级取决于某些微妙的、通常不可知的因素。尽管听着不可信，但运气在这里占有很大的成分。他不想用高深的技术术语让女儿无聊。简单说了几句之后，他算是回答了她的问题。"它就是这么来的。"指着那个镜面球体，他最后来了一句。那颗球看着比那只拿着它的手大不了多少。

浣生赞同地点了点头。她的问题得到了回答，尽管不是她想要的答案。没有必要表现出无奈或是不满。没必要。她想明白了,其实最好的解决办法就是在椅子上转个身,露出笑容,问她妈妈同样的问题。

"它从哪里来的?"

浣生的妈妈具有不同的天分、不同的能力。她也是个工程师,但她对理论和高等数学有更深的理解。平静地、带着无比的耐心,女人解释起来:"我们称它为超异纤维,原因很简单。这个名字来源于我们看不到的超维度,也就是上下、左右、前后之外的维度。这里面不包括时间,实际上时间并不算是真正的维度。你知道吗,宇宙由十一个维度构成。也可能是十三个,或是十二个。具体的数目取决于你相信哪一个大统一场理论。但在关键的地方,这些理论都是一致的。有些看不见的维度很大,而有些却很小。现在拿在你手里的……那个小小的超异纤维体……简单来说,它的纤维伸入了其他维度,不光实体过去了,而且还有隐藏的力量……"

讲解持续了很长时间。女人有些唠叨,但浣生接受了母亲的本性,就像接受了根本听不懂她在说什么一样。她时不时礼貌地点点头,还面带笑容。感觉无聊之后,她看着自己那迷惑的影像。她刚才以为这个问题很简单,现在看来显然不是,她怎么才能让他们明白呢?

"当你撞击一片超异纤维时,"母亲继续着,"冲击力并不只在我们的三维空间内传递,不是。它分散在所有的十一个维度内。或者十三个,又或者十二个。也可能是二十三个。世界上大概有七种大统一场理论。你父亲和我喜欢十一维的那个。不过,所有的理论都会给出同一个结论:即使超异纤维产生了裂纹,仍然能在高维度领域内产生量子震动。你手里拿着的……其实比你看到的要大得多。它延伸到了宇宙的各个角落,存在于宇宙所有的表现形式。即使你把这个球磨成粉,球依然保持着完美。当然,这只是理论上的,是一个存在于阴影领域内漂亮的数学概念——"

"别说了。"女孩脱口而出,终于忍不住了。

感觉受到了冒犯,她母亲脸色微微地一变,问道:"怎么了,亲爱的?"

"怎么了?"男人嘟囔了一声,"亲爱的,问问你自己吧,还好意思问怎么了。她还只是个半大的孩子,可你说的都是什么呢?大段的量子力学和高深的物理学!"

"我知道她还小。"

"知道!"他说,"你说的连我都听不大懂。要知道你学过的东西我可都学过。"

"但你的成绩不如我。"母亲争辩道。

"谁会记得这种事?"他哼了一声,"当然,除了你。"

尴尬的沉默,令人难耐。不应该在孩子面前争吵,尤其是你自己的孩子。两个人互相盯着,用几乎察觉不到的眼神表示了歉意。随后,寂静之中又响起一个执着的声音,一心想为她的小问题找到答案。

"这东西是从哪里来的?"浣生追问道。

接着,她解释了自己究竟想知道什么。"我想问的不是它是怎么造出来的,或者它有什么用。我只是想知道,我们最开始是怎么得到它的。"

"哦。"她的父母异口同声地说道。

"超异纤维是个礼物,"父亲回答,"一个来自外星文明的偶然礼物。"

"射手座7号星的信号给我们提供了关键的一环。"母亲说道。

浣生摇了摇头。

"这我也知道,"她说,"这是历史,我在学校里学过,学了很多遍。"

疑惑不解的父母问她到底想知道什么。

浣生陷入了沉思,巧克力色眼睛的目光十分严肃,在这个年纪的小孩子中并不常见。"我想知道,射手座7号是怎么学会制造超异纤维的。"

他们找到了答案。通过网络节点纽联器,他们花了很长时间,在从地球带来的数据里搜索着大量晦涩的资料。根据各个物种综合而成的历史,一个更为古老的物种——银河系内首批进化的物种,那时候,就连银河系本身都处于它的早期阶段——培育了第一批超异纤维。好几百万年以前,在灭绝之前,这个物种与现已高龄的射手座7号分享了这一秘密。

然而,就连这个解释似乎都无法令浣生满意。她摇了摇头,眼睛盯着手中的小玩意儿,嘴角露出坚毅的神色。

"但又是谁教会了那个最初的物种呢?"她问道。

没人可以回答。可能没人教过他们,父母揣测着。那个早已灭绝的外星物种也许自行发现了这种伟大的材料,这并非没有可能。

"但他们是第一个吗?"浣生想知道。

她是什么意思?

"真正的第一个,"她坚持道,"我的意思是,整个宇宙里的第一个。"

答案显而易见。不管是工程师,还是船上数目庞大的专家,都只能对我的年龄猜个大概。我至少和地球一样老,也许还要老得多。"可能是飞船的建造师,"浣生的妈妈耸了耸肩,微微笑了笑,"他们可能是创世中第一个培育了超异纤维的种族。"

她和丈夫已结婚了近一千年。他们之间的矛盾和小争吵就像砂浆,如同引力一般坚韧,把他们两人永久地粘在一起。她的丈夫一看到其中的破绽,就哼了一声,"这也太荒谬了。想想看概率有多低!建造师是第一批,他们碰巧派了一艘空船前往我们这个小小的星系……然后在银河系总计约两百二十万个智慧物种中,我们碰巧第一个登上了它,并且占据了这个战利品!"

辩驳没引起什么反应,只是让妻子的思路沿着一个新方向展开。

在她沉思时，老头子转身看着女儿，"我们不知道谁是第一个，浣生。这算是回答了你的问题了吗？"

并没有，还用得着问吗？它不能让她满意。然而，小女孩还是点了点头，把球形的废料放在桌子上。它先是非常稳定地待了一会儿，然后开始滚离他们。滚到桌子边缘，它掉了下去，撞到地板上，发出极其轻微的"砰"的一声。最后，凭着最终将引领数十亿条生命的魄力，浣生撒谎了，告诉父母说："是的，先生。是的，女士。非常感谢你们的帮助。"

在十多万个千年之中，我曾拥有过一个宏大的声音，但我从未在向宇宙广播的话语和图像中显露过自己的怀疑。一次都没有。船长们的领导能力无懈可击，或至少接近完美。首领船长是一个英明的统治者，一位擅于启发的女王，或至少是一个实际的、偶尔也表现得大度的君主。我的声音招揽了各种各样的物种和奇怪的生命，他们乘着小星舰加入了我。我的声音诱惑了他们。地球人类得到了无数的好处：新的技术和文明的融合、贸易网络、优厚的馈赠——可以地球化后殖民的行星和小行星，当然，假如他们想的话，也可以把它们采掘殆尽。

然后，髓星出现了。

船长们不知道我体内隐藏着一整颗行星。而且，是一颗活的行星。在这个火星大小的球体上，首次发现了我体内的本土生命：有森林与菌类，还有多种的伪昆虫物种。它们繁衍于此，历经许多个千年而未被人察觉。在髓星的深处，还藏着更多的意外。那里有一件货物。也可能是个乘客。它是一个有意志力的实体，古老且神秘，被封禁在我的核心。它显然很危险，还有传言说，它拥有无与伦比的重要性。

原来，我并不是一艘空船。

几个船长去了髓星，这是一次秘密行动。在那里，他们与我们断了联系。利用手头有限的资源，他们创造了一个全新的文明。随后，在接下来的几百年时间里，他们失去了对创造物的掌控。他们的儿女和孙辈们谈论起了"建造师"和"荒凉"。前者受到崇拜，后者则遭到了唾弃。但这两者都是谁呢？又是谁给了这些人幻想与信仰？究竟是哪个诞生于宇宙之初的力量，告诉这群自称为违望者的人爬上巨舰，夺取曾经属于他们的东西？

一场虽然短暂但破坏力巨大的战争爆发了，我的声音突然间哑了。

违望者的征服失败了——离成功就差那么一点儿。我新添的伤口中最严重的部分也修复了。但是，我那骄傲、嘹亮且极远的声音依旧保持着沉默。我精心制定的星系航线被改变了。我先是经过了一颗衰老的恒星，然后又抵近了它的姐妹——一个巨大的黑洞。轨迹被扭曲了，将我送上了一条新航路。不出几千年，我又将离开银河系，回到那个寒冷空旷的太空。

在其他声音消失之后，我又能听到自己真正的声音了。

它在向我低声警告。

我紧张了，其他人都感觉不到。

恐惧深入了我的骨髓。是我的恐惧，还是别人的？我不知道。我不敢猜。是因为我太明智了，还是太累了——有区别吗？我决定不去追究。

任何人的恐惧都意味着有恐惧的理由。

我一直都是这样，现在仍旧如此。恐惧。我想，我可能会一直这么下去。

一

"这个圣地在哪儿?"帕米尔问道。

两人刚从一辆没有标志的密封车上下来。浣生略微怔了一下,在人造太阳的强光下眯起明亮的黑眼睛。"在那边的石头上。"她朝一块长长的、伸进蓝色大海中的玄武岩示意了一下。她是个身材修长、举止优雅的女人,很可爱,喜欢笑,但笑容隐藏不住她内心的自傲,"椅子在等着我们。"

"我能看到椅子,但我问的不是这个。"

"那你在问什么?"

"你原来的家。"帕米尔解释道,低沉沙哑的嗓音里透着不耐烦,"你谈起过几千次。在这里,我们走着就能到。既然还有时间,不如你给我看看你小时候的家?"

为什么不呢? 浣生想。

然而,紧接着,她却显得有些无措。上一次去那地方是几个世纪之前的事了。在她离开期间,城市已经改变了模样。所有街道都换了位置或是重新铺过,两旁的房子要么翻盖了,要么干脆就消失了。当然,也有可能一切还跟她之前见过的一样,只是她不记得了。活了一千个世纪之后,即使最聪明的人、在最机敏的日子里,也只记得她所见和所做的一小部分。

要解决这个疑惑,最好的方法就是向植入式网络节点询问地址与地图。但浣生抵抗住了这种诱惑,等待自己的灵光一现,却一直没能等到。她决定先走走看,于是领着她的同伴走上一条看似可能的路,希望它能通往正确的山顶。

他们所处的这个空腔在大船上属于中等大小,融入黑色玄武岩的走势之中。深埋的超异纤维大梁和加强筋牢牢地支撑着空腔顶部和远处的岩壁。当初,在勘察小组首次来这里绘图时,整个空腔仍被水冰填满,其中还掺杂着氮气和甲烷的杂质。因为空腔的相对较小——最宽处只有一千千米——也因为它接近大船的舰桥和阿尔法港,于是这里成了第一个被转化的居住点。工程部门将附近的六个反应堆从漫长的沉睡中唤醒,逐渐把冰融化成依旧寒冷却可以驯化的液体。随后,他们抽干了空腔。作为实验的一部分,每一滴液体都过滤了两次,并由一系列传感器加以分析。没有发现生命曾经存在过的丝毫迹象——跟船上的其他任何地方一样。水远谈不上纯净。古远的冰中有矿物和盐分,还有几个构造简单的有机分

16

子，但没有指示性的脂质膜碎片，也没有DNA和RNA那种永恒的螺旋体结构，或是任何细胞，可以追溯到人类或是他身上携带的细菌。

大船上到处分布着巨大的泵和虹吸管，其唯一的用处应该就是这个。一声令下，机器开始将水抽回山洞。装到半满之后，工程师们关掉了泵，封上了泄水孔。其他小组开始摆弄环境控制，设定日夜循环和季节更替，模拟被戏称为地中海式的气候。新的海洋盐分恰到好处，又加入了铁元素。全息投影仪绘出明亮的蓝色天空，晚上换成黑色，古老的星空在头顶上方缓缓转动。然后，一批简单的微生物和浮游生物被释放到风中，光秃秃的平地厚厚地铺上一层由储备的碳氢化合物制成的黑色土壤。从地球带来的方舟中释放出了鱼和乌贼；粗壮的橡树和橄榄树扎根在黑色的海岸；物种并不丰富的鸟类突然间变得到处都是。大船的首个城市就建造在这片土地上，城里居住着乘星舰前来的工程师和其他船员。另有二十二块土地和浅水区被划定为未来的居住区。但是，即使过了一千多个世纪之后，这些计划中的城市也只开发了一半，而且大多只有几所房子立在规划好的地方。大船的广袤让蓬勃的开发显得微不足道。既然空腔的数目比乘客还多，那么为什么不住在你自己的天堂里呢？况且这里是大船上第一个地球化的小角落，多少有点粗糙，因为工人的专业本来是维修星舰引擎。其他地方的海更优雅、更漂亮、更古怪或是更独特。大多数乘客都有这种势利的想法。但浣生没有。她在这个怪石嶙峋的黑色海岸边长大。此刻，尽管尚不清楚方位,她发现自己轻易就回想起了甜蜜的时光:在那些漫长的日子里,作为一个儿童数目极其稀少的世界里的孩子,在这艘伟大的飞船曾经最美的城市里忙碌地生活。

一直在上坡的街道很宽,玄武岩地砖铺成传统的类晶体形式,接缝处嵌入红色的碳纳米管砂浆。道路两旁种着粗壮的橡树,树龄可能是两百年,也可能是两万年。在他们左面,蓝色的大海慵懒地拍打着岩石和高耸的悬崖。在右面,房子和小商店创造了真实的邻里间的温馨气氛。偶尔有居民看到浣生和帕米尔经过,但没等他们反应过来,两人已经走进了斑驳的阳光。真的没眼花吗?真的是打败违望者的那两个船长?话很快就在小巷子里传开了。地球人和其他物种都急忙跑出门外,看着这两个穿着镜面制服的神奇人物肩并肩地走在最普通的道路上。没人相信自己竟有这么幸运。他们只是全息投影吗?不是,显然不是。一个无畏的男孩走上前,还未开口,脸上先洋溢起笑容,"您真的是一副,长官?"

"是的。"浣生回答道。

"您是二副,长官?"

"算是吧。"帕米尔嘟囔道。

两位船长最近刚升任副首领。提升背后的原因很复杂,甚至还有些龌龊,不免令人唏嘘。但在这个孩子看来,故事很简单。违望者是坏蛋,是一群危险分子,来自那个秘密的世界,髓星。浣生和帕米尔则是大英雄,打败了敌人,他们的肩章是靠着他们的勇敢和对巨舰的满腔忠诚换来的。首领船长本人对此十分感激,并给这两副久经考验、结实可靠的肩膀添加了新的重担。现在,大家都能睡个安稳觉了。

"你们来这里开会?"男孩问道。

他走在浣生的身旁。他们组成了不寻常的一对:一个是留着短发、体形矮壮的小男孩;另一个是漂亮脸蛋、身材修长的女人,长长的黑发挽成一个发髻。浣生点了点头,低头瞥了一眼这位同伴,故意装出一副冷漠的样子,"你住在附近吗?"

"在那边。"他回答,指了指前方隆起的山包。

"想找个本地的导游?"帕米尔开了个玩笑。

浣生没有搭理他。

男孩用骄傲的语气宣称:"这里是巨舰上最古老的城市,所以我们叫它阿尔法城。也可以叫第一城,或者直接叫阿尔法也行。"

"我知道。"浣生柔声应道。

"首领船长总是在那儿召开最最重要的会议,在那边的大石头上。"

"我听说过。"

"你参加过这种会议吗?"

浣生摇了摇头,"应该没有。但也可能是我忘了。"

"那你们为什么要走这条路?"

"这是个好问题。"浣生不知道该怎么回答。

"因为我们迷路了。"紧跟在她与刚交的好朋友身边的帕米尔替她解了围。

其他路人都笑了，但笑声有些紧张。男孩似乎并不在意。他皱了皱眉，随后决定提醒浣生，"那上头没啥重要的，什么都没有。"

"你真这么想？"

这个问题是陷阱吗？男孩迟疑了一下，随后又提醒了一次，"那是个老居民区。不让把房子拆了，只能等它们自然倒塌。但它们不会倒，因为每个人都必须好好维护它们。"

"因为它是一个历史保留区。"浣生朝男孩眨了下眼睛，解释道，"那些房子是第一批登上大船的人盖的，所以它们有特殊意义。而且，据我所知，有一两位船长就出生在那里。"

男孩很吃惊，"哪几个？"

"都是低阶船长。"浣生说道。

"我也要当船长。"她的朋友宣布。随后，他紧张地抬头看了看浣生，发现她露出赞许的神色，便又扭回头对二副强调了一句："我很快就会当上船长。很快。"

帕米尔是个气势逼人的大高个。不怎么英俊，脾气也不怎样，对保持微笑或是魅力毫无兴趣。那张棱角过于分明的脸十分擅长在任何时间、因为任何细小的原因、对任何船员或是乘客皱眉。但因为眼前是个孩子，或者是因为新的制服和头衔，他这次的表现得体多了。不管出于哪个原因，总之他决定避开赤裸裸的事实。"有可能，"他只是简单地回了一句，"祝你好运。"

紧接着，通过一个私人的、重重加密的纽联节点，他对浣生说道："前提是还有船只可供驾驶。"

即便在看似寻常的散步时，两位副首领依旧关注着日常工作和突发事件。植入式网络纽联节点使之成为可能，他们的头衔也让他们无法摆脱责任。按照紧急方案，大船巨大的引擎正在进行维修和翻新。保安部队仍然在搜寻最后的违望者成员。乘客与船员需要鼓励、保持沟通，这要用到一系列公关措施，每一个都是定制的，以便符合特定物种独有的文化。还有，一定要通过完全公开的方式揭露和粉碎谣言。要说浣生最担心什么，那就是谣言的传播速度和夸张程度。哪怕是一件诞生于各式各样的误解或半真半假之中的小事，一旦开始在公众中间传播，它就会不断地变化、夸大。正如此刻，在她平静地徜徉于古老社区的同时，她仍在处理一个异常顽固的谣言：船长和他们的家人正打算弃船。这个谣言诞生于违望者被打败的那一刻。尽管采取了各种措施证实它是错的，但它依旧有很强的生命力。

今天传播弃船故事的是一个不知名的物种，他们使用的是一种气味标记和荧光尿液组成的语言。麻烦刚一露头，一个由人工智能和外星生物学家组成的小组就开始着手制定反击策略和传播方式。浣生也收到了通知，在脚下的路变得越来越窄的同时，她检察并否决了其中的六七种方案。"太正式了。"这是她的总体感觉,"要自然一些。"这是她的要求,"找个船长将真相尿给公众。"这是她的建议。随后,她抬起头,惊喜地发现眼前有一处熟悉的景象等待着她。

前方是一片看不出树龄的橡树和核桃树果园,占地大小刚好给人一眼望不到边的感觉。粗壮交错的树枝和肥大的绿色叶子制造出一片茂密的阴凉。阴凉如此强势,只有喜阴灌木才勉强得以在黑色砾石的土地上存活。树荫唯一的缺口在一座低矮房屋的上方。这座装饰着雕花玄武岩和人工钻石的建筑显得很牢固,重心稳定,只是略显单调,显然是出于工程师的设计。火星式框架和罗马式拱门显示着力量和不经意间的典雅。人造阳光洒在屋顶,令它有一种不真实的庄严。前门关着—— 一扇厚重的白色大门,由智能塑料和黄铜饰条组成——看上去似乎没人在家。浣生打了声招呼,但她没听到门去提醒里面的住户,也没有对她做出回应。这房子大概没人住吧,她想。如果它是空的,她会买下它。她花了点儿时间考虑这个决定,短暂地想象了一下再次住在这里的情景,马上就后悔了。她不属于这里。曾经住在这里的女孩已经离开了,不切实际的幻想是愚昧的。

男孩依然留在附近。她转身看着他,问道:"这是谁的家?"

"反正肯定不是空的。"他信心满满地脱口而出。

紧接着,一扇钻石窗口的后面出现了一张脸,浣生如释重负。

"看吧。"男孩又加了一句。

然而,那张脸奇怪地迅速消失了,门依然静静地紧闭着。没了耐心的帕米尔走上前,抡起大拳头使劲砸门,直到门锁变成液体,流进门柱。门不满地开了。刚才在窗口窥视的那张脸原来属于一个身材矮小的地球女人。此刻她现身于门缝之中,用近乎耳语的声音说道:"来了来了,先生。来了,女士。有什么事吗?"

"没什么,"浣生接口道,"我以前在这里住过,仅此而已。"

男孩笑了,立刻跑开,把这个他刚刚探知的秘密告诉别人。

"不麻烦的话,"副首领接着说,"我想很快地看一眼里面的样子,可以吗?"

女人吓了一跳。她的好几百个邻居和所谓的朋友站在树荫下,看着眼前的一切。她盯着他们,脸上露出气呼呼的表情。紧接着,她隐藏了自己的愤怒,用干巴巴的声音嘟囔了一句:"我没法挡住你,不让你看。"

她这种态度有传染性。浣生犹豫了,"我知道这有点儿强人所难,女士。如果你跟我们说'走开',我们会离开的。"

这个承诺让女人吓了一跳。她深吸一口气,扭过脸,对一个看不见的人低声说了几句。随后,因为不相信浣生——没有哪个小小的乘客能阻挡副首领——她顺从地低下头,慢慢地让出门口,允许两位伟大的船长进屋。

根据法律,房屋的内部结构必须以历史为标准,维持原状。也因为这个麻烦,住户得到了丰厚的财务补偿。浣生先入为主地猜测这里没有照章办事。女人不愿让他们进去,原因就是这个。然而事实上,房子里即使有不符合标准的地方,肯定也只是在细节部分。不去访问旧的数据库的话,浣生根本找不到什么差异,除了有几个小房间做出了小小的改动,以便让某些外星物种能生活得更舒适一些。

房子的占地面积只有一公顷,参观一遍只需几分钟。她和帕米尔逛了逛娱乐室、社交室,还有老式的图书馆,薄薄的钻石挡板后面塞满玻璃书和纸质书。一个室内池塘唤醒了她的回忆。"我就是在这里学会的游泳。"浣生指了指它。随后,她带帕米尔挨个参观了三个从前归她所有的房间,分别属于孩提时代的三个不同阶段,最后一间离父母的房间最远。最终,他们走进古老的大厨房,在那里,如果她有兴致的话,可以自己做饭,不靠机器人或是智能餐食帮忙。紧挨墙边的是一个大到足以喂饱一群人的灶头,很久未用,但一直处于待命状态。钢和超异纤维制成的锅碗瓢盆挂在从天花板垂下的铜管上。房间中央,一个陌生人坐在一张简单的木头桌子前。他是个小个子男人,正从一杯热腾腾的、浓稠的麻醉饮品中喝下最后一口。副首领进入房间时,他惊叫了一声。他们俩看到他时,他丢下杯子,抽泣起来。他的脸埋在桌上,鼻子顶着黄色的木头表面,半遮住的嘴巴发出一声哀求:"请原谅我。"

女人站在另一个门廊里。还有五十来位好奇的邻居站在院子里,眯着眼从窗户往里窥探。

"非常对不起。"小个子男人低声说道。

帕米尔笑了。

声音柔和却掩饰不住恨意,他回了一句:"你还有脸说? 我们是不是该把你活活打死?"

男人战抖着,说不出话来。

浣生在他对面的一张椅子里坐下。她有些摸不着头脑,但听到的已经足以让她开口下令了:"告诉我们,"她并拢双手,看着空空的掌心,"把整个经过告诉我们。"

男人几乎一口气就供出了整个来龙去脉。他这一辈子都是个技术员,在阿尔法港工作。违望者来的时候,他逃离岗位,躲了起来,买了新面孔和新身体。战争爆发,随后结束,他又换了两次脸,打造了一个新身份。一切本该完美,但显然不是。他住到了姐姐这里,现在看来是个错误。不过,找到他的并不是保安部队。不是,谁能想到呢? 一副和二副竟然会来到这种地方。这肯定意味着出于某种重大的原因,他被当作了一名严重的罪犯。

帕米尔笑了。一连串的巧合导致了这意料之外的一刻,让他有些吃惊。

但浣生几乎没在听他说。她合拢的双手分开了,放下了曾经拢住的"空无"。她歪着脑袋,看着它滚下桌面,仿佛在倾听一个几乎和她一样年长的回音。

"站起来。"帕米尔命令道。

技术员一下子跳了起来,差点儿摔倒。

"清醒点儿,"二副下令,"回到你的岗位。今天就回去。假如你可以做到两件事——清醒和工作——假如你还记得怎么工作,我会向首领船长求情。明白吗?"

"你会为我去求情?"

"我这么做不是为了你。是为了大船。"利用纽联节点和个人权限,帕米尔找到了这个女人的身份,追查到了她失踪的弟弟,清除了档案中的不利记载。技术员很宝贵,尤其在当下。这个人并没有加入违望者,这是个很有利的加分项。况且,如果把这个罪犯就此关押起来,眼前这一刻就没那么有趣了。

"谢谢,"心怀感激的技术员说道,"谢谢长官。"

浣生往后推开椅子,站了起来,木头在地板上发出刮擦声。她仿佛没有听到最后几分钟的对话一样,只调整了一下镜面头盔的角度,带着淡漠的笑意,问道:"你在这里住了多久?"

女人咽了口唾沫,承认道:"最近十七个世纪都住这里,女士。"

浣生点了点头。

思索一阵子之后,她说了句,"比我住在这里的时间长了十倍。"接着,她又笑了笑,还眨了下眼睛,"现在这是你的房子了。你想怎么处理都可以。重新装修,推倒重建。无论你怎么打算,都可以。"

"女士——?"

　　"但假如你发现了什么有趣的东西……任何古老奇怪的东西……请把它送到我那里去,好吗?"

二

　　地球人类起源于脆弱的猿猴,但早在千万年前,他们就用人造基因和生物陶瓷大脑填充了自己的身体,创造出了比任何岩石的裸露表面都更加持久的生命。这座玄武岩的山丘就是一个很好的例证。在统治开始的第一天,首领船长和她的高阶官员就在这个地方会面。在她的任期内,海岸线的侵蚀情形清晰可见:原先的黑色巨石已经被风化成砾石,被亘古不变的海浪悄悄吞没。开始时那座傲人的高山今天已显得十分普通,首领船长本人亦是如此。乍一看,她似乎和众人期待的形象一样:身形高大,威严,面色冷峻。但在违望者之战中,她的敌人重创了她。她的身体最近刚完成再生,在头颅陷于昏睡的状态中再造了金色的肌肤、强健的骨骼。新铸的网络纽联器植入体内,她的身体因此而拓展,其意识能与最偏远的系统及传感器互联相通。从严格意义上说,她仍是之前的那个她。然而，尽管她于千钧一发之间脱险——的确，她能活着已经是个奇迹了——她还是变了。甚至可以说转化了。她坐在传统的黑色椅子上，椅背很高，涂了厚厚的漆，由一整根卡兰柚木雕刻而成。然而，除了表面的权威和自信，眼前的这位完全是另外一个人——从寂灭的边缘重建，再造重生的过程中历经上千种改变。更重要的是，几乎所有副首领都是新近提升的，许多人甚至连船长都是刚刚升任不久。他们中的大多数都是人类，这是事实，但并非全部。居然有了非人类的副首领，这种事从前谁能想到？一对暴脾气的哈鲁萨鲁大大咧咧地坐在石头上，一位穿着注水保护服的鳃人一本正经地站着，一个小个子工蚁人正和一个雌雄同体的双面人热切地谈论着战争。这些有机生命的行列中还夹杂着三名非有机体，它们是人工智能团体的代表，藏身于人造面庞和人形身体里。外星人和机器如今也穿上了船长专属的镜面制服，佩戴着象征最高头衔的肩章。这是他们帮助打败违望者之后获得的荣誉。但比他们外表更奇特的是他们的情绪。在过去的会议上，首领会定下基调和讨论内容的核心。她的命令通常在之前就下达了，坐在这里的山顶上只是一次优雅的表演，一种雄心、骄傲与传统的展示。然而，在今天明亮温暖的光线之下，重生的首领却显得没那么自信。手下的官员自顾自地交谈，很多时候用的还是非人类的语言，而她紧紧地握着两只大手，新生的脸庞几乎变得透明，空洞的目光注视着远方。她用勉强能盖过海浪的声音问道——声音里有明显的紧张，也没对着任何人——

"我排名前两位的副手在哪里?"

"快到了,"一个新的副首领回答道,"浣生好像走错路了。"

说话的人是一个名叫康拉德的雷莫拉人。说实话,几乎算不上人类。雷莫拉人生活在大船的外壳上,身体永久地密封在超异纤维织就的防护服内。由于暴露在真空及射线之中,他们一直在变异,患着各种奇怪的癌症。但雷莫拉人不仅接受了这种伤害,还利用了它。每一次癌变都是一次再造,充满了潜力和可能性。对一个真正的雷莫拉人来说,身体只是意识的容器,理当不断重塑,就像一块完美的画布,正该在上面任意挥洒,涂抹出各种各样的精彩。①

康拉德的独眼看着像人类眼睛,只是长在一根肌肉发达的眼柄上,能够四周转动。他对同伴们挤了挤眼,开玩笑道:"这可不是好兆头,连一副都迷路了。"

首领瞪了他一眼,什么也没说。

"要不,"有个人工智能拉长声音道,"别等他们了?"

金色的女人摇了摇巨大的脑袋。考虑到自己的地位已大不如前,她不得不开口说话:"不行。我们要等。我们必须等。"

一切都跟过去不一样了。

一切。

①关于雷莫拉人的故事,请参阅《科幻世界》(译文版)2022年第五期《雷莫拉人》。

　　这两位尚未出现的船长正走在一条狭窄的小路上,信步朝黑色岩石的方向走去。帕米尔的笑容流露出少有的好心情。他朝执勤的安全部队点了点头,带着假模假式的笑脸,问道:"你能猜一下吗? 假如我们走进这个城市里的每一所房子,会找到多少个逃兵?"

　　浣生没有搭话,心里想着其他事情。

　　"十到十二个不中用的家伙。"帕米尔主动给出答案,然后真正笑出声来,补充了一句,"消失一直挺简单的。"

　　"我们要把它变难吗?"她问。

　　帕米尔在逃亡方面经验丰富。他在船上的很长一部分时间都在躲藏,以不同的方式躲藏。只是因为大赦,才让他从自我放逐中走了出来。给他机会的话,他会第一个承认,自己升任二副的概率其实远远低于在浣生儿时的厨房里发现一个醉醺醺的、不起眼的罪犯。

　　"应该把消失变得更难。"他表示赞同,又笑着补充了一句,"只是为了剔除业余选手。"

　　走上山顶之时,他们仍在笑。首领依然保持着坐姿,其他高阶官员则站着。浣生笑了笑,敷衍地点点头,说道:"长官好。大家好。抱歉迟到了。可以开始了吗?"

　　首领一脸冷峻的沉默。

　　事实上,浣生是故意迟到的。仅仅通过这一次迟到,她就能向同事展示新的秩序。首领无权指责她的拖拉。浣生和帕米尔拯救了她的生命和权威。她之所以还能统治,只是因为他们允许她那张金色的圆脸——那张大家十分熟悉的脸——继续代表巨舰讲话。

"欢迎。"那张脸说道。

人类点头示意,所有人都重复了这个词,"欢迎。"

浣生和帕米尔先后坐上最后空着的两张椅子,分别位于首领船长的两侧。

"我们先从汇报开始,"金色脸庞接着说道,"康拉德,请吧。"

这个雷莫拉人的新肩章钉在他的超异纤维肩膀上。眼柄之上的独眼透过钻石面罩逐一打量每一位和他一样刚获得晋升的同事。随后,用一张十分灵巧的大嘴,他描述了大船外壳的状况。"情况糟透了,"他通报道,"激光和防护罩失效后,我们遭到了沉重打击。我们还要修补几个非常大的撞击坑。防护罩和激光的能量才恢复了不到一半。还有,由于望远镜和其他传感器被撞成了碎片,我们几乎是在蒙着眼飞行。需要好几年时间才能修复我们的眼睛,再加上几十年时间才能补好撞击坑。这还不包括那个巨型撞击坑,修复它需要整整一百年的辛勤劳作。"

战争打到最激烈的时候,防护罩和激光突然间失效。一颗大彗星撞上了大船,速度达到了光速的三分之一,让冰块、沥青和碎石形成了一个炽热的等离子气体球。船体遭受的巨大冲击,超过了超异纤维所能承受的极限,它的一部分被迫熔化,形成一个临时湖泊,向外掀起一千米高的巨浪。

"给我们留下了一个真正的烂摊子。"康拉德道,"彗星砸在一个旧伤疤上,那正好是我们最大的一个伤疤。大概五十亿年前,一个月球大小的家伙撞在那地方。当然,你们也知道测量超异纤维的种种特征有多困难。要考虑它的年龄,或者它是什么时候受损的,等等。总之,我的祖先以尽可能快的速度修补了那个旧伤疤,用的是最高等级的超异纤维……但我们的运气实在太糟了,这次新撞击让旧伤复发……"

"有船体破裂的风险吗?"首领问道。

"假如有一个柯伊伯级的天体以最坏的角度高速撞击,是的。这种可能性很小,但后果严重。船体可能会被打穿一个洞。"

但这种风险概率极小。通过纽联器,康拉德提供了整份报告,给大家留了一些时间来消化他粗略的估计和手绘的示意图。出乎大家意料,图还画得挺漂亮。跟它古老的前辈相比,新的撞击坑就像个小小的指环。但它与中央撞击区刚好重叠,裂缝一直深入船体深处,让那个由更古老、更遥远的撞击造成的弱点更加脆弱。

"当然,我们可以加快进度,"康拉德保证道,"但雷莫拉人的人手不够。"他提醒大家,战争损耗了大量人口——好像有人已经忘了似的,"需要好几千年时间和大量婴儿才能恢复之前的人口分布。至于最近几天发生的事,更是需要几百万年的时间,才能把它们抛到脑后。"

首领保持着沉默。尽管对他的语气感到不满,但首领没有说出口。

浣生扭头看着另一位新晋的副首领。"亚斯林,"她说道,"你有什么要说的吗?"

亚斯林负责整个工程师队伍。她是前往髓星的船长之一,而且和有些人不同,她仍旧忠于大船。她站起身,向人类露出一个温暖的微笑,给哈鲁萨鲁一个凝视(哈鲁萨鲁喜欢这样),接下来的一段时间,她解释了向几十亿乘客与船员提供能源的引擎和反应堆的状态如何低下。然后,她真心诚意地提醒大家,"别忘了,我们生活在一个奇迹之中,一个在设计与制造方面都堪称天才的作品。不管大船的建造者是什么人,他们在创造这部机器时都预见到了它一定会经历维修和翻新,必要时还会加以改造。我可以在八个月内让所有反应堆恢复到满额功率,十八个月内修复所有的引擎。然后我的工程师就可以去帮雷莫拉人。"

一直以来都有一个不成文的规矩,雷莫拉人不接受外人的帮助。大船外壳是他们的领地和责任,也是他们唯一的家。所以,康拉德竟然嘟囔了一句"欢迎任何好手加入",让大家不免吃了一惊。

船壳的毁坏到底有多严重?

沉默之中,其他副首领焦虑起来,开始重新审视报告。小小的工蚁人举着尾巴,兴奋地说:"我的物种也能帮忙。随时可以开始。"

独眼先是闭上,随后又睁开。

"欢迎,"雷莫拉人说道,"谢谢。"

几天前,浣生与总工程师、康拉德还有工蚁人单独见了面。刚才那一刻就是先前那次沟通会的成果。船壳已被削弱,不管今天做出什么决定,未来几十年内都会维持这种状态。但船体不是关键。浣生的计划是在这些差异巨大的物种之间打造合作精神,并让他们服从于她个人的权威。她必须在尊重他们传统习俗的同时达成这两个愿望。

现场的情绪有了些改善,尽管只改善了一点儿。

浣生赞赏地点了点头之后,请首领再次讲话。

"安全部队,"重生的女人说道,"我想听听你们的汇报。"

占据这个关键位置的是一个哈鲁萨鲁,名叫奥斯米姆。这个令人望而生畏的巨型两足生物慵懒地坐在一块崎岖的灰黑色岩石上。通过呼吸嘴,他大声描绘了仍在进行中的对残敌的扫荡,还报告了如何重新建立值得信赖的安全部队。讲述中间他停顿了一会儿,他从脚趾很长的脚上的一只皮口袋里掏出一个形状奇特的淡金色干果,送进他的进食嘴。然后,他用低沉沙哑的嗓音宣布:"我希望继续保留禁止新乘客上船的禁令。我还希望当局能通过必要的措施,给我足够的权限。"

这个种族竟然坐进了这个小圈子,最让首领反感的莫过于此。哈鲁萨鲁是个难以打交道的物种,有暴力倾向,像小孩子一样易怒。没错,他们在拯救大船上有功。但他们太暴力,太容易发火,简直就是人类身上最糟糕元素的综合体。在她看来,几乎所有物种都比哈鲁萨鲁强,就连人工智能都不例外——她完全可以接受它们进入船长的序列。但是,新任安全首领要求更多权限的话却让首领暗暗赞赏。这才是真正的纽带。她和这个异种都明白什么才是最重要的:只要宇宙存在,权力都是第一位的。

"但现在根本不会再有新乘客。"另一个哈鲁萨鲁直截了当地反驳她的同伴,"我们偏离了航线。大船上发生了内乱,受到了严重伤害,而且再过几千年,我们可能会彻底离开银河系。哪个乘客愿意冒这种风险,除非他是个傻子。"

"同意。"首领说道。

浣生没有说话。

首领差点儿看向她的一副,随即却肉眼可见地抑制住肩膀肌肉的扭动,接着说了下去:"与此同时,我认为我们该放松对外移民的控制。假如有乘客想离开,只要我们和他没有财务方面的分歧,一两次例外也是可以的。"

帕米尔往前探出身子。

"长官。"他说道,简单的一个词,却流露出不同寻常的尊重。他紧接着解释道,"昨天,我对乘客和船员做了一次普查,用了多种方法,我清点了每一个人。大船上现在总共有一千多亿个生命。也可能远大于一千亿,取决于你对自主意识的定义。"他的大脑袋点了点,挤了挤眼睛,"普查之后,我还对这些意识做了一番测算,想搞清这些意识的总体情绪——"

"怎么测的?"首领问道。

"只能测个大概,"他承认道,"我在三个不同的物种之中开展了三种不同的调查。我记录了顾客对各类逃跑游戏和心理药物的喜好程度,还有交配室的流量。更重要的是,我直接征询了意见。我制作了一个我本人的全息,在一个小时内采访了将近一百万个居民。上述所有研究都得出同样一个丑陋的结论:我们这儿有一大批惊恐的、愤怒的家伙。一千亿居民中的大多数都希望能在明天下船。或是今天。老实讲,他们更希望几年前就已经离开了……在髓星或是该死的违望者出现之前。"

现场出现了短暂凝重的停顿。

随后,一个人工智能开口提醒大家:"但我们缺乏星舰。"藏在人造面孔后面的是一个极其微小的自主意识—— 一个基于量子计算机的思维,比指甲盖还小。这张面孔给出了现存星舰的确切数目,以及它们十分有限的容量。所有大船乘客中,机器生命是最微小的,但即使是它们,即使将它们像没有意识的沙子一样堆在一起,也没有足够的位置让它们安全离开。

"谢谢,"首领打断道,"知道了,救生艇数目不够。我们知道这个严峻的事实,谢谢。"

它说错什么了吗? 没有,它的话里没有事实错误。其他副首领也没有提出进一步的意见。人工智能耸了耸假肩膀,生气地噘起了嘴,表现得未免过于像人类了。

"有些人已经逃走了,"帕米尔接过话头,"在战争爆发后、我们冲向那颗古老的恒星的时候。当时看来,大船好像会撞上那个黑洞,于是引发了小规模的逃离风潮。根据我的统计,我们少了两艘高速飞船和十三艘慢速交通艇,差不多能装载五万名乘客。还要再加上一万一,或者一万二三个乘救生囊逃生的。"救生囊是从船壳上发射的超异纤维口袋,只配备了报警信号和最低级的循环系统,乘客所能依靠的只有发射时的初始轨道,以及他人的怜悯。"救生囊里的那些胆小鬼都完蛋了,"帕米尔汇报,"我们正在穿越的是太空中的空旷区域。空旷是指友好港口数目稀少。如果他们赶在我们改变航线之前逃走,可能还会没事。按照原来的航线,再过一百年左右,我们就会进入一个行星稠密区域。但这些混蛋中的大多数是在我们改变航线之后才离开的,飞行轨道只稍稍偏离大船的现行轨道。也就是错误的轨道。"高速飞船可以转动矢量喷口,改变航向;只要有足够的耐心,慢速交通艇最终也能抵达合适的区域。"在它们可能的航向扇面上,恒星的数目不会超过五十个,"他继续道,"多数是M级矮星。已知只有六个世界存在技术级别的生命,四个经过地球化改造,两个自然形成。或许,它们中有几个有能力伸出援手,抓住几个救生囊。只是或许。但是,想让它们从整体经济中划出一大块资源来救援一群乌七八糟的难民……这么说吧,我知道世界上有运气和善良这种事,但显然不够这群混蛋用的。"

帕米尔停顿了一会儿,从椅子上向前探出身子。椅子后腿离开裸露的岩石,结实的木头吱嘎作响。他的语气平缓,其中却饱含焦虑,"我们需要所有剩下的星舰。正如我的同事提醒的那样,我们港口的泊位上一共才停了一万七千多艘。一旦条件成熟,我们应该生产更多飞船。更快、更大、更好的飞船,只要情况允许。还有,我们不能批准任何人离开,一个都不行——除非我们能确保飞船还能飞回来。最好还能带来重要的货物。"那张长相平凡的脸提醒大家,"我们刚绕着红巨星和黑洞完成了一个八十度急转弯,正在飞往未知的区域。一个我们从没关注过的区域。假如我们无法或者不愿返回旧航线,不太多的几个世纪之后,我们就会进入星系间的太空。恒星会变得稀少,偶尔才能碰到有生命存在的行星,更别提有什么能帮助我们的文明了。"他眯起眼睛,射出巫师般摄人心魄的目光,"别问我为什么。我不知道为什么。我就是有这种感受,这种直觉——"

"——觉得我们需要所有的星舰。"首领替他说完。

"对,"帕米尔答道,"但星舰之外,我想得更多的是乘客。有些乘客,或是所有乘客——在这场乱子结束之前,我们会发现,拥有这么多的乘客是我们的幸运。"

每一位副首领都有权发表意见,他们中的大多数也确实发表了。投票开始,三位最高指挥官做出了最终的决定。当所有的议题都结束时,天已经快黑了。人造太阳落在远处的海平面上,夜鸟开始飞翔。大船的规定中新添了两个重要决定:第一是几乎全面禁止对外移民,第二是征用所有适合于长途航行的私人飞船。对于习惯长时间一成不变的机构而言,这是异常繁忙的一天。双面人同时用雌雄两张脸看了看太阳,问道:"接下来呢? 飞过这几个太阳之后,等在前面的是什么?"

答案很显然。副首领、船长、甚至大批乘客都知道大船的航线前方是什么。但双面人问的是更高层面、更深刻的问题。"接下来呢?"是时候为未来考虑了,"等在前面的是什么?"这是一个请求,希望能有人来描述那无法避免的命运。

浣生开启了她的一个纽联器,随即众人面前出现了一张星图。巨舰是穿行于几个小恒星之中的一个特别标记出的小点。恒星和它们的行星都显示在图上,恒星间的太空和偶尔的初生黑洞也标上了导航标签。这一片星河不大,厚度只有七十光年。过了那些恒星之后,能看到一大片平滑的、广袤的、黝黑的星云表面。星云由寒冷的气体和惰性尘埃组成,夹杂着冰块和几个可能已燃烧至半途的太阳。在违望者出现之前,大船偶尔派出的勘察队已经窥视过那个深邃永恒的黑暗,找到了奇怪的热源和微弱的无线电声音——标志着高等技术正在蓬勃发展。

浣生没有提醒大家一个明显的事实。即使大船今晚就点燃尚能工作的引擎,接下来的两百年间,他们的航程也不会发生实质上的改变。他们会在过于遥远的距离经过每一个恒星,无法形成有用的弹弓效应,最终会飞到星云面前。因为燃料即将耗尽,他们别无选择,只能钻进黑色的尘埃与晦暗的气体之中。他们现在能做的就是尽可能吝啬地利用他们的氢气海洋,抓紧时间维修防护罩和激光,尤其重要的是始终做好计划,然后做更多的计划,最后再放弃所有这些聪明的备用方案,激发出新的想法,赶走那些流于表面的、无用的点子。

但浣生什么也没说。

很长一段时间内,她都没有开口,而是站起了身。一位令人欣赏的女人,优雅的外表下面充满力量;一位穿着完美无瑕的镜面制服的船长,这身制服似乎是为她一个人量身定做,而不是为了别人。她眺望着开阔的水面,回想起孩提时代在这个小小海滩上度过的欢乐时光。一些隐约的、已然淡忘的记忆缠绕着她。这是她今天第二次想起了父母。三个人坐在一起,说着话。说的什么呢?她还是想不起话题,可能永远都记不起来了。算了吧,她对自己说。随后,保持着表情、站姿和智慧的沉默,她依次看着自己的同伴。她发自内心地喜爱这些人。带着微笑,她开口了:"发生什么,就是什么。"

她停下了,和开始时一样突然。

就连异种和思维敏捷的机器都感到好奇,耐心地等待着她再次开口,或是改用肢体语言表达。

"发生什么,就是什么。"她重复了一遍。随后,她点了点头,道:"我想,未来将是绵延不尽的奇遇。但愿是惊喜吧。"

听众中泛起赞同的涟漪。

每一个坐着的人都准备站起。

除了首领船长。她依旧牢牢地坐在椅子上，金色的脸孔迅速打量她的新任副首领们。虽然只是名义上的领袖，她还是保持着相当的威严。带着一丝过去那个她的精气神，她清了清嗓子，想引起其他人的注意。

"我能提个建议吗?"她说道。

浣生立即转身看向她，"当然，长官。"

首领走下黑色的椅子，两条腿分立，稳住身形。"我们每个人都要想象十种不同的未来。"她提议道，她的身材甚至让哈鲁萨鲁都显得矮小，"十种可能的、可怕的未来。精确地描述它们，彻底地模拟它们。然后，我们将交换彼此想象出来的未来，作为训练。在下次首领宴会之前，我们中的每个人都要拯救大船十次。"

赞许地点了下头之后，浣生说道："是，长官。"

"只是作为训练，"古老的女人重复道，"大家不必想太多。"

"当然。"

随后，以一种已经消失了不知多少年的魅力，首领承认道："我知道我现在是什么。完全清楚，我明白我的新角色。尽管我不喜欢，但这是我应得的。"看不出沧桑的脸笑了一下，悲伤混合着几乎是孩子气的放弃，"但是，如果你允许的话，浣生，能否赐予我这个小小的荣誉，由我来宣布本次会议结束……可以吗?"

三

在梦中,他始终是一位行者。他会发现自己漫步于奇怪的小店与商场、咖啡馆与公寓。在异域天空下的街道上,时不时能看到奇特的树木和种植在钢罐内的固着动物。有的时候,许多这样的动植物还会栽种成一丛丛、一簇簇,以制造出恰到好处的蛮荒与神秘气氛。每个生活区的边界,都有一座大理石或是光线塑造的外星人雕像,它会用人类的声音说:"小心,先生。你即将进入一个不同的大气空间。"在现实生活中,通向异种环境的大门只会发出轻微的、几乎察觉不到的响声,但在梦中,这些门变成了厚重古朴的帘子,紧紧地粘在他身上,如同满是静电的衣服。他不得不挣扎着前行,穿过看不见的屏障,然后突然间,空气变得浓稠炽热,如同滚烫的火炉,又或是变得如同在山顶一般稀薄,冷得足以冻住他的肺。但他不会停止,只要再向前走几百步,他梦中的身体就会适应新的环境。随后会出现更多的商店可供游览,更多的异种人士可供观看——成千上万个,没有尽头的街道上挤满大大小小的身体,全都显得怪异且神奇。在混乱之中,他会看到熟识的朋友坐在一张小桌子旁,吃着异域的美食,亲切地交谈着。在每一个梦中,他都会笑着向桌子走去。他能感觉到自己的脸在笑,心脏却跳得更为剧烈。他会听到自己的声音压过现场的嘈杂,对这些已经失去的亲密朋友说道:"你们好。"

一阵子过去了,然后又是一阵子。最终,其中一个朋友会抬起头——通常是一个人类朋友,很多时候是某个旧爱——在说出他的名字之前,露出一个似笑非笑的表情。

在船上漫长的时光里,他用过五十来个身份。或者倒过来说可能更准确,这些身份造就了他。在此刻这个场合下,不用猜就知道该用哪个名字来称呼他。即使连从未知晓他任何一个名字的人也会用"它"称呼他。而且,令他特别不适的是,他意识到桌边的每个人都能看穿他的内心,洞悉他所有的秘密。他感觉自己变透明了。他变得简单、浅显且无助。欧雷乐是他的最后一个名字,但梦中的任何一个朋友都从未使用过这个称呼。即使是他最近的爱人也会用某个已经死去或遗忘的名字来称呼他,然后伸出一只温暖的手,抚摸他突然之间变冷的手背,笑容也变成了蔑视。一个缓慢且冰冷的声音会问道:"你现在觉得自己蠢吗?"

是的,非常蠢。

"我们活下来了,"她会宣称,"刚开始显得有点糟,但我们努力逃过了死亡。我们盘旋在那个垂死恒星的边缘,接着问题就解决了。轻轻地碰了一下,比接吻稍微重一些。然后我们就完全避开了那个黑洞。现在每个人都安全了,都很快乐。"

那太好了,他会这么附和。

"你怎么样?"他最后的爱人比一个孩子大不了几岁,浑身散发着魅力。她曾和其他年轻人一样,觉得他小打小闹的犯罪生涯十分迷人。"你还活着吗?"

我活得很好,欧雷乐会这么声称。

"对我来说,不是这样。"然后,她会鄙夷地瞥他一眼,笑出声来。她会抽回她的手,她的眼睛——棕色脸庞上那对明亮的、冷若冰霜的大眼睛——也会从他身上挪开。对着其他的朋友和旧爱,她会说:"这个人死了。"

"蠢货。"有人会啐上一口。

"愚蠢的懦夫。"另一个人会表示赞同。

随后,坐在桌旁的所有人都不再听欧雷乐说什么了。他会坐在他们中间,跟他们说话,解释他一切行为背后睿智的考量。他会冲着他们叫喊,激动地为自己的行为辩护。

违望者出现得很突然。同样突然的是,他们被打败了,消失了。但大船被推向了灾难,束缚在髓星核心的怪物被释放出来之后,所有人都难逃一死。

每一个有理智的人都惊恐不已。欧雷乐提醒同伴,他们中的每个人都想过最可怕的结局。而在当时,留给他们的时间只剩几分钟或几个小时。最可怕的局面似乎已无法避免。这里的每个人都竭尽全力想要逃走,但因为战争和破坏,以及全面的军事戒严,他们这几个人没能成功。欧雷乐是幸运的例外。虽然为他开启通往船体表面通道的并不仅仅是运气,给了他那个小小的救生囊以及足够的动能、让他能飞入寒冷但相对安全的太空深处的也不是运气。

带着差不多算是真诚的悲伤,他会告诉自己的旧爱,"我没法带你一起走。"

她会假装没听到。

"我怎么能带你走呢? 救生囊太小,你的质量会害了我们两个人。"

在梦中,他的理由听上去既有逻辑又高尚。但是,当那张甜美的脸庞转到他这个方向、那对冷漠的眼睛喷出怒火时,他总是会被吓一跳。一个同样愤怒的声音啐了一口,"该死的胆小鬼。"随后,她会突然站起来,桌旁的其他人也会一起站起身。每个人都会瞥欧雷乐一眼,带着鄙夷愤怒的表情,有时还有些许怜悯。随后,他们会留下他一个人单独坐在这里,他会听见自己可怜巴巴的声音解释着为什么自己才是整个星系中最理智、最实际的人。

"为了完成我的计划……花光了我所有的资源! 用尽了所有的关系! 他们的索求太高了! 我们还不得不躲过保安巡逻队,才能到达发射地。大多数人没等抵达船壳表面就失败了,但即便如此,我

们的人数也比三个救生囊要多得多。负责那次行动的船员对我们
笑着说:'没想到吧,要加价了。'我料到会有这么一出,也做好了准
备。我能比其他人更快地把剩下的那点钱转进对方的秘密账户。
但我用一生的积蓄换来了什么? 一个小得不能再小的救生囊。一
个半径不到两米的超异纤维球。在它体内的腰部有一个铁环,我把
自己箍在里面,然后扑通一声,掉进战争中仅存的一条弹射轨道。
我们在大船的后部,我提到过这一点吗? 在大船的尾部,红色的太
阳已经在我们的后方,黑洞依然盘踞在地平线上。他们把我的小救
生囊投放在很小的一段发射轨道上,我周身裹着一张旧的防冲击
网。他们开始加速,巨大的、能压断骨头的加速。"我们会把你送往
一个很好的、有生命的行星。"我耳边的声音向我保证道。然后我死
了。我成了躺在防冲击网底下的一具昏迷不醒的尸体。我不知道
的是,这时发生了一次电压过载。一个小故障。我是后来才发现
的。我甚至还没有完成一千千米的初段抛物线,就出了偏差……你
们都知道,在一个无动力航程的初段,你绝对不能出任何问题,否则
你抵达目的地的概率将直线下降,变得不复存在……

　　"假如我知道的话,我应该会就此放弃。但当时我只是被防冲
击网裹着的一摊烂泥,外加一个陷入昏迷的大脑。"

　　"接下来,又过了七千千米之后,我的救生囊脱离了弹射轨道,
呼啸着进入大船的阴影。我的铁环松开了,我的身体慢慢地、慢慢
地恢复了知觉。我之前从未这么死过。花了好几天时间,我才重新

制造了我的骨骼、器官和皮肤。当我恢复意识之后，干的第一件事就是透过我的钻石小窗往外看。黑洞已经被甩在后方，我自由了。我看着大船。我看着你们。我真的希望你们能幸存下来。我干吗要往坏处想呢？我的上千个好朋友，看到你们在千钧一发之际改变了航向，我当然兴奋极了……我一天接一天，不断看着你们的挣扎……一个灰色的球，变得越来越小、越来越模糊……速度比我慢得多，航线也略有不同……然后我再也看不到你们了，除了在我的想象之中……"

梦总是在这里结束。欧雷乐停止了自我辩护，目光打量着街道，发现只剩下了自己一个人。不仅仅他的朋友们消失了，数量更为庞大的陌生人也都不见踪影。空气变得陈腐、灰暗，也没有商店和园林可供观赏。大船如同刚被发现时一样空空如也，一种摸得着的孤独笼罩着一片空旷，令他不由自主地睁开眼睛，看着眼前这个小小的、却令人宽慰的、他自己的世界。

欧雷乐的世界是一个中级超异纤维组成的囊泡，上面开着小小的钻石眼睛。它是一个近乎完美的球体，配备了循环设备、自动信标、微型反应堆和简化图书馆，外加一个微型导航系统和一个全息投影仪。空荡荡的内部中央充斥着潮湿的空气，一具赤裸的人类身体是它唯一的居住者。欧雷乐的节制饮食触发了一系列救生基因，将他的新陈代谢降至最低。一天吃一小餐已然足够，排泄的频率还不到每周一次。睡眠占据了他一天里的十六个小时,醒着的时间花在阅读图书投影和自言自语上,或者什么也不做,只是思考自己的处境和导致他落到如此境地的原因。在罕有的时刻,当欧雷乐成功地自我欺骗、让情绪稍稍高涨之后,他会透过钻石眼,看着愈发黢黑的宇宙。

最奇怪的是,欧雷乐发现自己这么快就适应了这个新的、异常狭小的空间。在此之前,尽管谈不上多有钱,但他一直生活在舒适的环境中。还有,即使每一天都过得和其他日子一样,至少每天清晨醒来都存在着这种可能性,能做出一两件或上千件完全新鲜的事。大船是一个乐园,充满变数和惊喜。无论坐在哪个公共场所,他都可以看着来自整个星系各色各样的居民在眼前走过,或是滚过,或是伸展着有力的翅膀在头顶滑翔而过。只要他愿意,他可以整天在巨舰内四处探索。那里有无穷多个空腔,点缀着河流和深冷的湖水,还有十几个真正的海洋。因为有太多乘客在为自己建造房屋,空腔的样貌每过几个世纪都会改变。每一次探索都让他觉得新奇,值得记忆。为什么他没能趁着还有机会时更多地探索那里呢?

因为总有时间,当时的他是这么想的。明天是一个无穷的概念。既然坐在这里这么舒服,那么为什么非得在今天把自己搞得这么累呢?

是的,这是个错误的假设。彻底浪费了漫长的一生。

但欧雷乐不能沉溺于愤怒与绝望。尽管概率极低,但大船仍旧幸存下来，他同样活了下来。他们两个都赢了，至少暂时如此。而且，他本人获救的机会也确实存在。说不定哪天，他甚至还可能回到大船，与他的朋友和爱人们团聚。只要有足够长的时间，他们会原谅他的离弃，至少变得不再那么愤怒。然后他就能分享一个离奇的故事。有多少生命曾经独自在恒星之间旅行过，龟缩在一个微小的超异纤维茧内，没有同伴，只有他本人那孤独的灵魂？

这样一个未来——幸存，然后救赎——实现的可能性异常渺茫。坦白地说，几乎不可能。他的微型救生囊没有引擎，因此无法调整航向。它在仓促之中发射，还出了点问题，导航设备提供的专业意见始终十分悲观。欧雷乐将偏离他的目标恒星十分之一光年，那可是一段相当长的距离。他需要某人倾听他的信标，还需要这同一批人以疯狂的高速向他发射他们自己的飞船。虽然他的救生囊没有引擎，但它仍带着巨舰给予的惯性，外加电磁弹射施加的额外推动。他几乎在以一半的光速穿行宇宙。对任何想匹配该速度的星际旅行者而言，这都是一个巨大的挑战。即使他的轨迹一成不变，也很少有人能赶上他。至于有这个意愿、想费这番工夫的人，那就更少了。他穿过任何恒星系的时间都不会超过一个早晨，除非他以猛烈的撞击中止航行，撞进某个沸腾的火海。

欧雷乐原本指望他航行在某条会与某个世界相撞的航线上。这会让他成为一个威胁，本地居民将不得不处理他的存在，不管以何种方式。但最终他还是死心了，开始实施一个没那么激进、也更具吸引力的计划。在他身处救生囊的最初的二十个月里,他无数次修改了信标的内容。刚开始是以一千种流行语言广播的求援信号,现在已经扩充成了一堆保证、谎言、暗示和精心编造的故事。

"我是个非常重要的人物。"他向群星广播着。

他诚实地描绘了被他抛弃的大船,描绘了它的壮观、古老和船上技术的强大。接着是大胆的夸张。他将自己描述成熟知巨舰的最优秀的专家之一。"我把它探索了个遍,"他撒谎道,"我是最早的那批船员之一。我是个合格的工程师,掌握了大船巨型引擎和反应堆的所有知识,还有各种能生产最高等级的行星量级超异纤维的方法。"

他用一些小细节支撑他的无稽之谈,那是他与更聪明、更掌握情况的人结交所带来的收获。尤其是一个叫佩芮的人类,他从他那里借用了很多。佩芮是个专业探险家,据说比船长们更了解飞船。他走过、游过或飞过大船巨大的内部空间的百分之一到百分之二。

"我的大船是个奇迹。"他宣称道。

"我想展示给你们。"他对无言的群星说,"只要你们帮助我,我就会和你们分享我对这个远古的奇迹所掌握的一切。"

这个诱饵有足够的诱惑力吗?

接下来的几个月里,他相信是有的。但随后,怀疑开始啮咬他的内心。努力思考一阵子之后,他决定继续完善那些谎言。在大船的最后几个小时,在恐慌与拯救的交织之中,欧雷乐听到了一个邪乎的谣言。那个时刻，所有人都知道了隐藏在大船中央的秘密世界，但髓星之中还隐藏着更多的秘密——更为巨大的神秘，新生的谣言说。事实上，他有个旧爱最近刚跟佩芮交谈过。据她所言，建造这艘巨舰的目的就是为了封禁某个宇宙诞生之初的东西。这种可能性是存在的，而且不小。那个东西虽小，却蕴含着巨大的能量。那个东西有生命，有企图，也有能力，能摆脱禁锢它的居所，从而永久地掌控那些低等生命的思维。

欧雷乐借用了那个奇怪谣言的部分说法。

但他决定对那实体的敌意保持低调。他需要让看不到的听众感到好奇，而不是恐惧。

接下来的数年里，信标的主题是关于他所熟知的那艘船上的那个古老且强大的生命。欧雷乐对自己的前景抱有真诚的希望。不管是人类还是外星人，所有智慧生命都会被贪婪所驱使。他漫长惬意的生命一直在实践这个天生的品质，以满足他本人难填的欲壑。就算生活在第一个世界上的生命没有回应，但后面仍有大把的机会。他会在星系内和它的边缘度过好几千年时间。没法知道有多少个世界会听到他的请求和承诺，但肯定会有人派出舰队来拯救这个能交出巨舰的小家伙！

可能性有多大呢？欧雷乐猜不出来。

但这计划给了他希望，希望养成了习惯，习惯带来了喜悦，令他不定期地打开钻石眼，欢迎绮丽的宇宙之光洒入他渺小的世界。

在黑暗中,欧雷乐什么也看不到,除了星星和它们之间的黑暗。相对速度让后退的太阳变得比平常更红,还有些变形。但总体而言,他并没有看到太奇特的东西,周围的景象也没有急着要变化。在他前方有几个可见的恒星,因为迎面而来而发生了蓝移。它们后面是一片深黑的尘埃与气体,正在遮挡越来越多的天空。在这片星云身后,有几条稠密的恒星带。他的导航星图是这么说的。假如他能穿过这团气体与尘埃,没有发生剧烈的碰撞,那一切将皆有可能。

甚至获救。

"我是个重要人物,"他告诉宇宙,"而且我知道比我本人更重要的东西。"

微弱的信标不停地唱着、唱着。

然后,那一天来临了。欧雷乐像平常一样从梦中醒来。吃了一顿小小的、加了大量糖分的脂肪冷餐之后,抿了一口蒸馏水,将尿液射入适当的孔洞之后,他下令开启钻石眼。

"让我看看宇宙。"他轻声说。

然而,眼前出现的不是恒星和星云,而是一个完全不同的东西。接下来的很长时间里,他漂浮在自己这个微小世界的中央,惊恐不已,发出紧张的、几乎像是欢乐的大笑。当人们觉得自己应该害怕、却不知道为什么时,他们通常就是这么做的。

四

　　浣生在坠落,急速打着旋,坠入绝对的、寂静无边的黑暗之中。这是一个梦,而且是一个时常光顾的梦。再加速一阵子,她就会竭力将自己唤醒。但即使醒了之后,她仍然觉得身体正在坠向那炭一般黑的深处。她蹬了一下长腿,甩了一下胳膊,下意识地想抓住什么东西。身上裹着的被子限制住了她,让她立即感受到了它的怀抱和温暖。醒来之初那朦胧的一刻,浣生意识到她躺在自己的床上,非常安全,而且远离孤独。

　　即使帕米尔注意到了她这个意外的小插曲,出于礼貌或是一贯的漠然,他仍旧假装睡觉。他以惯常的样子躺着:赤身平躺在床单上,双手牢牢地枕在脑后。这个简单的姿势暴露出天生的反抗精神,也可能是彻头彻尾地不在乎。各式各样的敌人可能就躲在暗处,但他以身体的姿态表明自己并不在乎。

浣生轻声地喘息着。

她打开一个服务纽联节点，转移自己的注意力。公寓给她送来一杯冰水，外加一杯木瓜汁。

卧室很大，地板上铺着芒德勃罗分形几何构成的渐变图案，四周的黑色砖墙在顶部聚拢成高高的、穹顶似的天花板。房顶微微发光，显示着来自外覆装甲的大船船首的实时图像，只是精心去除了蓝移的光线和顽固的防护罩抖动。穹形天花板底部是一圈星星，让她的目光可以穿过几百光年，直视银河系的核心。正上方的恒星数量少得可怜，大多数都很小，相互之间挨得很近。这些光点的后方是另外一种黑暗，更深，也更加浓稠，具有显而易见的质量，还有一种十分独特的寒意，任何一个有经验的星际航行家都能一眼识别出来。

浣生对着那片星云看了不止一眼。

她小心翼翼地坐起来，让被子烘干自己的汗水，又把枕头做成一个小椅子。她靠坐在上面，先喝了冰水，接着喝起了果汁。

船首附近以前架设了巨型望远镜。那里的视野更广阔，可以观测将要飞抵的区域。雷莫拉人与违望者作战时，他们需要一个陷阱。他们诱惑敌人去了大船的前脸外面，随后摧毁了大船的激光与保护罩，引来一阵流星雨，消灭了整支军队，也损失了所有的镜子和百千米宽的碟形天线。整个系统不得不从废墟中重建，包括支持设施和关键的升级。现在，战争结束十八年后，终于配备了足够的"眼睛"和"耳朵",让一副能够可靠地观测到即将面临的一切。

浣生用网络节点纽联器改变了天空。

有两个原因会让这片星云变成黑色。第一,足以生成一千颗恒星的气体和尘埃在有机会聚合之前就散开了。第二,更重要的是,在一个直径几乎达到十二光年的天球内,只散布了少数几颗矮星。缺乏内部的光线,该星云于是比普通星云更黑,更寒冷。假如这片星云遵循此种结构典型的发展历程,那它已经处于坍缩的边缘,将坍缩成十几个或上百个高密度区域,形成一个个育婴室。再过不到一百万年的时间,恒星和棕矮星就将从中诞生。之后还将产生一系列新行星,相互间欢快地起舞、碰撞,暴力和骚乱将用最原始的材料雕刻出新的恒星系。

几个世纪之前,当大船还稳定地航行在正常的航线上、麻烦尚未发生时,已对它进行过初步的研究。还给它起了个暂定名——一连串的数字和字母,标定了它的位置、大小、发现时间。人们制作了质量分布图、温度梯度,还有一系列未来状态预测模型,定期上传至大船的图书馆。但是,这片星云既非障碍,也不太可能是个招揽新乘客的地方。偶尔冒出的生命和高等级技术迹象或许能引起专家的兴趣,却无法打动船长们。至少有五次,首领降低了该工作的优先等级,提出的理由相当充分,态度也十分坚决。"我们正在接近一个黑洞。我们的焦点应该放在那儿,而不是别人地平线上不起眼的乌云。"

即使到了现在,浣生也无法指责首领的决定有什么问题。一个理性的大脑怎么能因为微乎其微的可能性而提升它的重要性呢?黑洞是危险的,理由很充分,尤其是那些位于高龄恒星旁边的大型黑洞。任何一个服务于巨舰的理性头脑,怎么可能预料到之后出现的那一场系统可怕的灾难? 正是那些灾难的演变,才让大船航行到今天这个位置,踏上一条与恒星诞生之地相撞的航线。

"红外显示。"浣生下令,给出确切的频率和解析度。

看似普通的黑色星云在很多方面确实也显得很普通。它庞大身形的大部分地方都很薄,异常寒冷,由氢气和氦气组成,夹杂着微量的碳氢化合物和硅酸盐,偶尔还有一两个奇特的巴克球①。平均而言,这片星云是一片超级真空,即便谈不上无害,至少也可以忍受。但它内部却有热源。最大的那个几乎和行星一样大,最小的跟大的彗星差不多。从辐射特征来看,这些热源显然配备了精巧的隔热层——守护着宝贵的热能,或者是充当某种伪装。在这些温暖的天体之间,散布着一些小得多的、更加明亮的热源,每一个都暴露出聚变引擎的存在。这些飞船都不怎么大,也不怎么强劲有力。但是,假如这些温暖的天体是居住地——靠自身发热的小行星——那么这些不起眼的飞船就是用来从事本地贸易的,也可能用于缓慢、耐心的本地殖民。

---

①又译为布基球,是一种由60个碳原子构成的分子,常以巨大的气态分子的形式存在于银河系的星际介质中。

相较于广袤的银河系，这片星云只是一个黑色的斑点。但当你把直径十二光年的天球内这些温暖的可居住地加总之后……怎么说呢，结果令人难以置信。

"微波。"她下令，一个频段接一个频段地观察着。

当水分子辐射能量时，它们会留下明显的特征，而所有正常的星云里都存在着大量的水。眼前这个却似乎不同。其水气含量还不到正常水平的三分之一，分布也极不寻常。副首领们查看最近的星图时，亚斯林注意到了这个异常。"就像太空中出现了河流，"她总结道，"看这里。冰块被收集起来，输送到特定的区域。这里、这里，还有这里的节点。"那个女人孩子似的咯咯地笑出了声。"多普勒雷达给出了速度。看！河水在往内部流，但并没有流向同一个地点。"

"怎么做到的？"首领问道。

"手段很巧妙，"亚斯林报告，调侃的语气中透着一丝敬畏，"不管是谁做的，都没有大动干戈，没有消耗太多的能量。否则，我们就能看到更多的热源和其他各种暴露出来的信号。"

浣生想象着上万亿个小飞行器，每一个都跟握紧的拳头差不多大。"微型机器，"她推测，"降落到每一颗彗星上，然后再建造小型的质量抛射器——"

"可能不行，"亚斯林打断了她，"会激起太多灰尘。再说，把能量注入每一个冰球，这也太麻烦了一点。"

"那到底怎么办到的？"首领追问。

　　总工程师需要一点时间来完成一系列庞大、精确的计算。随后，凭借漫长一生的经验，再加上想象力，她给出了一个简单的答案。

　　"微型机器，没错，"她的语气中透着真诚的赞赏，"但它们的作用……它们只需坐在表面，产生电场，给石头或灰尘加上一个高负电压。然后，不管控制这个过程、这个建造项目的是什么人，简单来说，他们利用静电场来推动砖块，去往任何他们想让它们去的地方。就是这里和这里，还有那儿的几个地方。看到了吗？推测这些假定的行星的体积，把它跟星云中缺失的水的数量做个比较。两者并不相当，但十分接近。再加上他们收集的所有的尘埃、彗星和无论什么可获得的材料——"

　　"多长时间了？"帕米尔问道，"迄今为止，这个项目，根据你的判断，它有多久的历史？"

　　"根据今天早上的速率？"亚斯林用指尖在棕色的掌心里画了几个数字，"一千万、一千五百万，或者两千万年。"

　　但星云不会存在这么长时间。它们要么坍缩成新的恒星，要么被临近的超新星爆炸吹散。

　　"或许我们的邻居过去的工作速度更快。"亚斯林坦言。接着，她点了点头，又补充道："我们现在看到的……可能是一个长期建造计划的收尾部分。它用到的工具和技术，还有我们能想象到的数量……"她脸上露出兴奋、敬畏的表情，眼睛发亮，声音也低了下去，

"老天,我突然想到:这片星云可能不是自然形成的。"

这句话让所有人陷入了沉默。

最后,浣生开口问道:"你是什么意思? 他们的工程师想办法稳定住了它? 阻止了它的坍缩?"

"可能。"亚斯林回答道。

接着,发出一阵紧张的笑声之后,她又加了一句:"也可能比阻止坍缩更厉害。"

"中微子。"浣生对着纽联器说道。

天花板爆发出一阵耀眼的白光。刚才还是黑色的星云突然变成一片鬼火——磅礴、弥漫的亚原子粒子雨正以光速飞行,聚变炉里生成的粒子将数百万个没有太阳的小行星变得如洗澡水一样温暖。

"调低亮度。"她给出命令。

但帕米尔已经感觉到了光线。他低哼一声,翻了个身,变成侧躺,面朝着她,一只粗壮的胳膊遮住紧闭的双眼。

在中微子的虚拟光线下,浣生打量着自己的爱人。他是个身材高大的男人,天生一副好身板。即使在睡梦中,他也带着那种无所谓的态度,对于大多数人认为重要的事情不屑一顾。头衔对他没有意义。好不容易才说服他同意担任二副,即使他真的喜欢这个新身份,表面上也掩饰得挺好。现代人几乎可以用无限多种方法改变自己的外貌,这家伙却仍旧保留着他自己普通的外貌,既不觉得自卑,也没有特别的自傲。但是,不管他喜不喜欢,在任何情况下,他都尽心于自己的职责,服务于大船。没有哪个高阶船长能像帕米尔一样,愿意为了保护乘客以及数目庞大的船员而冒险。

咂嘴两下之后,那家伙又入睡了。眼球在眼皮底下跳动着。而且,带着毫不伪装的直白,他的生殖器渐渐变硬,深红色的血正在注入一个比这个种族更为古老的器官之中。这个想法让浣生联想到了普罗大众:为什么在掌握了这么多的工具和技术之后,人看上去依然是人? 人造基因和生物陶瓷材料早就实现了,然而在大多数情况下,人们只会利用这些非常手段来增强传统的身体。他们把自己变成了永生,却始终保持着人的样貌。这么做的不光是人类。哈鲁萨鲁是一个古老得多的种族,散布在好几千光年范围内一系列不同的行星上,他们同样珍视古老的形象和大多数本能。大部分其他乘客也是如此。发展到某一水平之后,智慧物种就停止了改变。当你可以用任何方式去看、去行动的时候,你却更倾向于使用熟悉的身体和古老的方式,它才是你在接下来的几百万年里愿意接受的生活方式。

浣生伸手去抓那根古老的生殖器。但手在半途停下,她轻声说道:“无线电。激光。所有的人工信号。”

天花板又换了一个面貌。

和意料中的一样,星云里充斥着调制信号。聚焦波束和弱激光从一颗小行星跳跃到另一颗。巨舰能采集到偶尔的信号泄露。过去的几年中,总共采集到了几百万个简短的样本。然而,他们从这个海量的数据中却什么都没学到。或几乎什么都没学到。无论生活在星云里的是什么,他们在任何对话中都使用了高深的加密工具。这种异常谨慎的态度,单独看来也是个线索。一个预兆。

星云有它自己的官方名称,但是,每一个物种似乎都给这个黑暗、寒冷且神秘的模糊存在起了自己的名字。最常听到的有二十来种:云、深黑、尘埃等。偶尔也听到有人称它为"上帝之脸"。但船长们接受的却是首领随口起的名字。随着时间流逝,它在其他群体中也渐渐普及开来。

"我还是个小女孩的时候,"首领在最近一次的宴会上说,"我的一位亲人手里有一件工艺品。"站在一群安静且异种越来越多的听众面前,她讲述了一个十分接近于地球文明起源时代的故事。"我祖父的桌子上放着这个古玩。它是一个非常简单的瓶子。厚厚的玻璃瓶,有一个银色的盖子。看着还算漂亮,但并不珍贵。它有两个世纪的历史,在我眼里显得足够古远了。那个小瓶子里有一种浓稠的黑色墨汁,是某种海洋生物的排泄物。很漂亮的生物,样子跟我们某些尊贵的乘客十分相似。"女人笑了,可能是因为回忆起了某个细节,也可能只是为了向听众展示自己对古远童年的怀念,"在古代,人类会……会抓着一个金属和木头制成的工具,在墨水里蘸一蘸,然后用它创作我们文学史上最古老、最优秀的作品……"

"那个工艺品叫作'墨水井',"她继续说着,"一个小小的、充满潜能的池子,从中可以产生伟大和希望……"

帕米尔再次翻回仰面朝天的姿势。他的梦结束了。

刚才,出于某种无缘由的纪律感,浣生逼迫自己入睡了。墨水井和它附近的恒星再次显示在头顶,像一只固定的人眼似的看着他们。数千年的习惯和天生的条件反射很快就让她进入浅显多梦的睡眠,但睡眠没有持续多久。她再次醒来,醒得突兀、彻底,头脑里盘旋着另一个她永恒的执念。

悄无声息地,她在床头坐起。

她无声地对纽联器下了道命令。沉浸眼是一种与人工智能相连的全光谱相机,从来不会眨眼。在她公寓下方近两万千米处就有一个。一条封闭的安全通路将它与她相连。除了浣生,没有任何人可以连接上它。或许其他人也并不关心它的存在。一瞬间,她、她的床,还有那位幸福无知的同伴,突然就出现在高等级超异纤维的表面,而她上方则出现了一颗行星,一个由一连串坚固扶壁支撑的世界,悬浮于房间的墙壁之上。

髓星。

战争令它伤痕累累,但它仍然活着。已经过去了十八年,行星的大气依然充满尘埃和烟雾。它上方的真空正渐渐变黑,预示着在接下来的两个世纪之中,夜晚就要降临。在这个小小眼睛的正下方,也就是伟大的城市哈兹曾经矗立的地方,一个熔融的铁镍之湖正冒着泡,冲着天空吐唾沫。但其他地方有坚实的土地,还有液态水。沉浸眼可以看到光合作用和有氧新陈代谢的迹象。违望者存活下来了,尽管方式不堪。一起活下来的还有本地的生命形式,以它们奇特的方式顽强地生存着。浣生不想承认自己其实怀念那个奇怪的世界,她在那里生活了超过四十六个世纪。那些人是她无助的子孙,她是他们失踪的祖母。她将自己的忠诚献给了外围的大船,丢下他们独自承受恐惧。

帕米尔醒来时,浣生仍在哭泣。

一个纽联器轻声告诉他已经是早上了。古老的生物节律已帮他准备好迎接新的一天。他厌烦地轻哼一声,抬起头说道:"假如你想的话,我可以剜出你的心脏。这会让你好受些吗?"

"你剜吧。"

"是违望者挑起的战争。"他提醒她。接着,换成愤怒的表情,他继续说道,"而且,这里才是你的家。眼下,我们急需你的帮助。"

"你是个好人,说这些来安慰我。"

"我才不是好人。"他笑着反驳。

"你是个烂人。"她说道。

"没错。"

"你才不是呢。"接着,她正色道,"我们各自都有弱点。我的是髓星。你的是你自己。"

"我不像表面看上去的那么坚强,是吗?"

略一思索后,她关闭了通信线路。现在他们头顶上方什么也没有了,只有一个涂成橄榄绿的穹顶,经过一千个世纪之后变得有些斑驳。大多数损害是浣生呼吸中的水分造成的。

带着戏谑的成分,她抓住帕米尔的晨勃。

"某个物种完全控制了自己的身体和寿命之后,"她说道,"他们通常会改善自己的性器官。但他们绝对不会把它编辑掉。偶尔会编辑掉心脏,还有四肢。但绝对没有哪个男人——"

"愿意放弃自己的小弟弟。"帕米尔接口说完了放之四海而皆准的真理。

"想过为什么吗?"

"从没想过,"他以绝对的坦诚回答道,"一次都没有。绝对没想过。没有。"

五

这是一段来自违望者战争过后119.55年定向广播的节录。广播源自一颗离墨水井8.2光年的K级别恒星,发送者为"卡拉马思号"高速飞船的代理船长洛金(前职务:技术员,C级)。广播密级:仅供首领、副首领阅读;没有例外。

一封公开信:

尊敬的首领,在今晚之前,我们真的不知道您的命运。在经历了违望者对大船的入侵和征服,以及他们与雷莫拉人之间自杀式的战斗之后——我想再强调一句,那场战斗危及了停泊在德纳利港的所有船只——大船又在垂死和已死恒星之间机动,将大量资源和宝贵的资产置于极大的危险之中。我们只能做最坏的打算。我的船员和我别无选择,只能尽我们的能力拯救生命和财产。幸运的是,我们从骚乱中救出了近一百名乘客,还有我本人以及311名精心挑选的船员。我想强调,在当时的情况下,重新收复大船的希望显得十分渺茫。后来,看到巨舰在与红巨星和黑洞的死亡之舞之中幸存下来,我们当然十分激动。但是,直到今晚,通过与新朋友帕金人的交流,我们才终于获知您的军队,尊敬的首领,竟然赢得了战争,重新控制了舰桥以及我们伟大家园的所有设施。

卡拉马思全体人员向您致敬!

全息影像:

洛金船长站在镜头前,和他在一起的有手下的军官和那地方的主人。这是晚上拍摄的影像,稀疏的星星挂在远处的地平线上,天空的中心部位只有墨水井。人类穿着特地为这个场合制作的新制服,剪裁方式带着各种军队文化的印记:长靴、宽皮带,皮带上还挂着各种精致的短兵器。洛金胸前装饰着彩带和珍贵的珠宝,代表诸多英勇行为。他脸上的表情勉强算是微笑,但他的军官们却不像他这样努力表现出兴奋。图像抓住了其中一个的特写,一位脸庞年轻的女人,正直愣愣地盯着蹲在身旁的帕金人。他们是一种颜色如石头一般的生物,大致呈圆锥形,长着很多腿和短粗分节的胳膊,身体表面杂乱无章地分布着十几个口器。这名军官的表情可以称为嫌弃,甚至厌恶。这只是一个全息图像中的细节,埋藏在上千个传回巨舰的影像中,但它却透露出了很多东西:女人并不喜欢自己的东道主。她有疑虑,甚至还有恐惧。人类无法轻易地隐藏负面情绪。这里面既有对环境的不适,也有对帕金人的反感。为了应付这个世界异常高的重力,他们在制服下面安装了多种机械支撑。为了应付稠密的大气,他们与外星人约在非常高的山顶见面。为了表示友好,主客相互交换了礼物。人类带来了超异纤维的样本,多数是飞船装甲破损的碎片。对客人几乎一无所知的帕金人给了客人一条涂抹了信息素的丝带,可以保证它的佩戴者进入对应的巢穴。

这个图像附带的嗅觉文件证实了专家们的猜测:帕金人带有一种浓烈的、令人作呕的气味。而且,轨道扫描和粗略的遥感表明那个世界上没有适合人类生存的地方。大气既稠密又太热,还异常干燥。世界形成过程中所伴随的大灾难要么剥夺了它的水分,要么蒸发了它曾经形成的海洋。有可能在与另一颗行星的碰撞之中,古老的海洋和稠密的二氧化碳大气层被剥离了。这就解释了这颗行星异常大的质量,以及它为何能避免温室气体效应:氮氧大气缺乏锁住热量的能力。生命诞生于某个微小的海洋,或者一个恒热的温泉内。因为缺乏水分,当地的生态圈进化出了一个机械系统,包裹着微小的液泡,关键的反应就发生于其中。

帕金人是群居的半机械人。视力很差,嗅觉却异常灵敏,他们生活在一个巨大引力井的底部。他们掌握了某些重要科技,包括无线电和聚变反应堆。但他们缺乏动力或能力来发射大型飞船。因此,他们在太空的存在仅仅局限于几艘小型探索飞船。

　　目光再回到疲倦且惊恐的人类。走入全息影像去凑近他们，直至分辨率的极限，任何观察者都能看出长途航行和恐惧在他们身上所累积的效果。代理船长洛金就是一个明显的例子。他在笑，只要影像仍在持续，他会一直保持嘴唇分开，向环绕镜头展示自己的牙齿。但自从逃离岗位和巨舰之后，他瘦了许多。更糟糕的是，他的肉体和双眼的深处显示出营养不良的痕迹。最近的一次事故让他失去了右腿。它重新长了出来，但不像以前那般强壮。即使配备了用于高重力环境的支撑，洛金仍然会明显地歪向一侧。

　　从超异纤维残片和船员们的身体状态可以判断，"卡拉马思号"遭受了严重的伤害。一个或多个物体击中过它。船上的配备并不充足，加上由低级军官和未受过此种航行训练的技师组成的船员，飞船很可能无法正常运行了。还有，背景中的穿梭艇——那艘送他们前来地表、又矮又粗的运输工具——是为此次飞行任务特意打造的。他们从飞船搭载的所有的穿梭艇上收集零件，并将它们拼凑在一起，降落过程中还消耗了大量燃料。为了能站在那个荒芜的山头，与这个全新的、奇特的物种会面，洛金所冒的风险是丧失一切。

公开信(继续)：

　　正如我说过的，首领，当今晚我得知您在这场可怕的战争中幸存下来时，我感到无比喜悦，为此感恩不已。

　　我们的东道主也提到了来自巨舰的广播。大多数都是战争之前播发的,但最近的几次似乎是定向信号,专门供给他们的眼睛(更确切地说,是供给他们的鼻子。他们的语言非常复杂,我们的船上缺乏专家,翻译机也不够,两个物种的相互理解一直十分困难)。为了表示友好,他们向我们展示了您最近一次的广播。我们认同他们的基本结论,即,巨舰将在距离他们的世界一光年的地方掠过,然后深入一片黑色星云。您渴望信息。您希望能尽可能多地了解星云内部的居民。这么做非常合理,首领。让我代表船员和乘客向您保证,我们中的每一个人都愿意尽自己最大的努力为您提供帮助。

但首先,请允许我先说几句。

我要对我的很多错误负责。"卡拉马思号"上的每一个人都做出了错误的判断,我们所有人都对错误感到无比愧疚。但是,我们离开时是有苦衷的,而且我们这里有几十个尊贵的乘客,他们拼命想回到自己的公寓和原有的生活中去……我无法当面跪倒、臣服,首领,只能在许多光年之外发出乞求,向您承认我的软弱,并表达我的歉意。无论我做了什么,尊敬的首领,我都是竭力在做正确的事。别的军官可能会隐藏有关星云的知识——你称它为墨水井——把掌握的知识当作讨价还价的筹码,但这么做是错的,我拒绝这种诱惑。

简而言之,我们需要帮助才能回到家里。我们的飞船没有燃料,损坏严重,船上士气低落。我相信您,首领。请派遣一支队伍来接我们。为了展示我的好意,展示我对您的信任,我将与您分享我所了解的黑色星云及其居民的所有信息。

飞船日志(摘录,应该被编辑过):

我们首个可能的避难所是个美丽的失望。那是一颗M级恒星,有三颗巨大的类木行星,以及各种各样的卫星,看上去是个挺有希望的地方。那里有大量挥发物,还有本地的智慧物种广播着高强度、高度调制的无线电信号。我们本以为能够找到燃料和技术援助,但直到抵达该恒星系的边缘,我们才最终与本地的物种取得了联系。他们居住在一颗寒冷的水体卫星上,它围绕着最大的那颗类木行星旋转,但他们的技术有局限性,发展也很慢,因为缺乏金属和岩石而受到制约。他们和鲸目动物相似,但体积更大,新陈代谢也慢得多。无线电波其实是发自他们庞大的身体,是他们协同工作时的合唱。飞船上没有外星生物学家,我们的解读比猜测好不了多少,但我们感觉他们的无线电信号里似乎有某种宗教成分。他们倾听着三颗本地气体行星和恒星的无线电广播——由磁场和太阳风产生的自然信号。他们认为这些天体是神,神正在对他们说话。只要他们自己渺小的声音足够多,又能协同发出,神就会听见他们。

如果行星和恒星真的是神祇,那黑色星云就是母亲河,用她的丰饶哺育了整个宇宙。("这是我们能够一致同意的最佳解释"——洛金后来又加了一句,是用手写添加的。)在很久以前,母亲河现身,来到他们的世界。从他们的描述判断,来的似乎是一艘飞船。那些外星人和本地人一样巨大，甚至更大。又或者，来的只是主飞船派出的次级船只。无论是哪种解释，总之他们都长着鳍，可能是温血动物。他们知道如何跟本地人交谈，但在大多数情况下，他们都选择保持沉默。

来访者似乎种下了一个观点：星云是一个海洋，一个神祇，用她的慷慨浇灌宇宙。在那之前，本地人认为那片黑色只是一个洞，存在于遍布神明的天空中……

我们本可以拜访那些寒冷的鲸目动物，但我们的飞船只能在装备完善的港口之间快速穿梭。一颗寒冷的卫星或许能提供无限的燃料，但我们的车间很小，穿梭艇的搭载容量也不够。我决定直接穿过这个恒星系，利用那颗恒星的弹弓效应，踏上一条新的、更具希望的轨迹，飞往离星云更近的一个恒星系。鲸目动物声称，他们听到了来自那里、与他们一样的声音。

这颗K级恒星没有行星，只有一群稀疏的小行星和彗星，是一团已经流散的尘埃云的残留。一个机器物种殖民者占据着每一块比人类拳头稍大的岩石，在它们上面安上了信标，以及至少一种陷阱。从文明和语言来看，他们似乎跟449表格所涵盖的族群有关联。但由于他们不想跟我们会面，更不用说允许我们近距离观察，所以我们只能对他们的起源做一个大概的猜测。

他们声称对星云一点都不了解。他们说对它不感兴趣。本地就有足够的空间和资源,不管是现在还是未来的一百亿年都足够使用。这倒是个合理的预测,因为到目前为止,他们只改造了五百个左右零散的天体……

但我的一副对他们的态度表达了疑虑。

我们于昨晚穿过这个恒星系,并从那颗恒星借来动力,调整到了新航线。我和一副都没有睡。"还记得我们接近的时候发生了什么吗?"她问道,"我是说他们刚发现我们的时候。当时我们启动了引擎,发出了些动静……"

"怎么了?"我问道。

"还记得吗,他们发过来的第一条信息?"

发过来的是一张细节清晰、异常详细的照片。(当然,我附上了照片。或许您能从中看出更多的信息,首领。)在我看来,照片是为了向我们显示本地居民没有星舰。他们是微型机器,数量稀少,无论从哪个方面看都绝不构成威胁。他们没有向星云进发的意图。他们一再称呼我们为"伟大的思维硅",显然是449族群通用的对智慧机器的称呼。他们似乎还提到了一个古老的条约:一个誓言,或者是一个绝望之下的承诺……

"我不认为那是个条约,"一副对我说,"只有实力相当的派别之间才会签条约。我觉得,他们听上去更像是乞求星云饶命的小可怜。"

"这话没道理,"我反驳道,"我们并不是从星云方向来的。"

"是,但我们看着像是要朝着它飞过去。"她提醒我,"以三分之二的光速。对于一个整天生活在恐惧中的物种而言,这个景象很可怕……"

今天,我们捕捉到了一条来自二十光年外一颗G级恒星的信息,显然来自星云远离我们的那一侧……

一个高度智慧的物种——一个固着物种,其生活的行星大气潮湿且浓稠——试图与星云内部的某人通话。我们刚巧在那些已经衰减了许多的激光信号中航行了三十秒钟。我们只捕捉到了信息的一部分(已一并附上)。他们似乎在对某种善意或帮助表示感谢。除了说"谢谢",他们一直在乞求回复……

在一个画面里,他们显示自己种植在第二个物种身旁。后者会不会就是星云里的居民?这两个物种都是固着型的,像大水螅,身体构造十分类似。但他们的邻居——那个拒绝回应乞求的物种——似乎比他们至少要大上十倍。

在接近这颗新行星时,帕金人似乎觉得我们是一艘要返回星云的星舰。一个接一个的巢穴向我们发来问候,祝福我们能顺利回到家中。即使远在他们恒星系的边缘,我们也能看到他们的行星很大,异常干燥。我们发现了一个不怎么适宜造访的港口。但在星系的外缘,一颗岩石彗星击中了我们的装甲,它的碎片在船体上留下了上百个坑洞。粗略地修理过后，我只能对一副说："我们必须在这里停下。"

我们别无选择。

我们只能用残片和从穿梭艇上收集的通信系统零件来重建主天线。进入帕金行星的高轨道之前，我们将一直处于无信号状态。一副建议我们假装来自星云。"在这一带，"她提醒说，"所有人都似乎尊敬生活在黑色星云里的人。"她说道，"我们假装来自那里，可能会有好处。只有试了才知道。"

但我做出了不同的选择。

"我们来自巨舰，"我告诉她以及其他所有人，"我们没有撒谎的必要。实际上，我觉得母船是我们的优势。一个比大多数行星更庞大、比任何恒星更古老的人造物体——一朵乌云怎么可能比我们更厉害？"

来自"卡拉马思号"的信息转播给了分散在大船各处的副首领。他们身处保密沉浸箱，大家都坐在同一幅全息影像内。影像里还有着陆队员和帕金人的画面，让那个山顶显得十分拥挤。

"看这里，"帕米尔提示，用蓝色激光引领众人的目光，"在洛金和船员后方。那艘难看的登陆艇后方。看到了？在镜头焦距的外面……看到了吗？"

浣生觉得自己看到了。是的。在镜头边缘捕捉到的光与影之中，她看到了一些身体。他们甚至比帕金人的代表团还要敦实，看着也更强壮，数目很多，数不清楚。而且，每一个圆锥形的身体都似乎携带着某种武器。

"不是，我说的是别的。"帕米尔提醒道。

全息是三天前收到的，已经做了初步分析。没人注意过他看到的东西。

"那些是什么人？"首领询问道，看不见的摄像机送来她的影像，她疑惑的声音则将这番对话重新引向最显尔易见的东西，"是来自本地巢穴的士兵吗？还是来自别的巢穴？"

"都有可能，女士。"帕米尔回答。

浣生走动着穿过洛金的影像，接着又穿过后者的一副，也是他的爱人。她一直走到全息影像边缘，观察着低矮的、仿佛被重力压扁的第二座山的山峰。它坐落于图像边缘。山峰上裸露的岩石似乎被强健的肢体或机器切凿过，制造出了一个形象，乍一看是个帕金人。似乎是巢穴的女王，只是比例有些错误。但浣生掌握足够多的生物力学知识，知道这个巨大的形象所描绘的绝非帕金人。不管这个物种是什么，究竟是来自神话还是外星，总之它给本地人留下了深刻的印象，令他们花了好几个世纪和大量财富来复现它的伟大和神圣。

"还收到过别的信息了吗？"奥斯米姆问道。

浣生朝保安部门首领瞥了一眼。

帕米尔摇了摇头,苦笑一声,耸了耸肩。"他们承诺三十小时内
再发一条信息过来,"他对那个哈鲁萨鲁说道,"但在三十个小时以
前,那个期限已经过了。"接着,他穿过帕金代表团的影像,对大家说
道:"我们在预定的发报时限之前捕捉到了两个微弱的调制信号。
随后,我们最大的镜面阵列观测到帕金上空可能发生了核爆炸。"

"这些都是死人的脸。"亚斯林盯着洛金透着饥渴的双眼,说道。

"显然是。"首领表示赞同。

随后,凭着幸存者的本能,她接着说了下去。"他们本该隐瞒自
己的来历。这能给他们一个有利的谈判地位。如果有人觉得你是
神,那你最好让他们相信你就是。"她想到了自己生命中那个惨痛的
教训,不禁爆发出一阵大笑。"洛金的一副有非常好的直觉,"她说,
"无法把她弄回来可真遗憾。让她在监狱里住一小阵子,给大家立
个教训,然后再给她一个军官职务——"

"但生活在墨水井里的究竟是什么?"六七个副首领仰头看着巨
大的墨水井,同时问道。

光是来自"卡拉马思号"的信息就提到了四种可能的物种:巨大
的鲸目动物、智慧机器、大水螅和某种帕金女王。再加上来自外围
世界的广播提到的,总共有十几个物种被描述成起源于墨水井内部
某处。每一种描述都令人生疑地与提供证言的那个物种颇为相
似。在所有的描述中,星云居民的体型都更加庞大,总是能给他们
的邻居留下深刻的印象。

浣生不确定他们是否真的掌握了什么线索。前方等着他们的究竟是什么？她转身穿过全息,回到同事们中间,但跟其他人不同,她没有抬头看着墨水井,而是低头盯着脚下。

"我们没时间了。"她嘟囔了一声。

她提醒着所有人,目光仍旧停留在脚下光秃秃的岩石上,"我们只有不到一百年的时间来做好准备,而我们对将要面对什么仍然一无所知……"

六

　　她像个男孩，小个子，无论用哪个标准衡量，模样都很普通。她的头发很长，却如蛛网一般稀疏。薄薄的皮肤被生活折磨得干瘪枯黄。眼睛像混浊的水面，在那张瘦脸上显得大得过分。她的嘴巴是细细的、没有表情的一条线，被上面的长鼻子遮挡得几乎看不见。但是，那对大眼睛闪烁着机警的光芒，充满睿智。单薄的身体蕴藏着惊人的力量。当她开口说话时（这种情形十分少见），声音如同音乐一般令人难以忘怀，尽管声音里透着隐隐的悲伤。

　　"你们好。"她曼声低语。

　　六个哈鲁萨鲁坐在一个专为凶猛的猎食种族服务的露天小饭馆里，分享着美食。六张嘴咀嚼着食物，另外六张小声地说着闲话。桌子上堆着残羹，有各种各样的骨头、蹄子和一个仍然连着韧带的黑色长颅骨。用餐者中的五个瞥了眼新来的人。即便坐着，他们仍然比这个身材矮小的人类高得多。哈鲁萨鲁是一种肤色发灰的两足生物，厚厚的皮肤，胳膊肘上还长着尖刺。离她最近的异种用轻松的口吻嘲讽道："甜点是个小母猴子。太棒了！"

她的同伴中，四个人对这种侮辱发出了笑声。

"过来，小母猴子，"她继续说道，一只长长的手伸进人类那两条芦柴棒一般的腿中间，"我帮你上桌。"

换成任何一个别的人类，肯定早就尖叫着逃开了。或者吓哭。也可能做出同样侮辱性的举动。但这个人类只是让自己的身体松弛下来，仿佛预料到了会有这只手、这些刺耳的言语。她如同母鹿一样的眼睛里闪烁着顽皮的表情，一把抓住那根长长的前臂，用悄悄话一样的声音小声乞求："那就请吧，请帮帮我，好吗？"

哈鲁萨鲁还能怎么办？

当然不能示弱。

女人把这个小小的人类扔上了桌子。路人停住脚步，盯着这个奇怪的场景，既紧张又好奇。小个子依旧没有退缩或求饶。哈鲁萨鲁没了退路，只好站起身，从她棕色的裤子上扯下一条裤腿，露出光着的腿，腿上的肉勉强能盖住棍子一般的骨头。即便以人类的标准，这生物也瘦得可怜，病恹恹的，让人倒胃口。哈鲁萨鲁强压住恶心，把一只满是骨节的脚塞进进食口器，接着又塞进脚踝、小腿，最后是过大的、惨白色的膝盖。

牙齿和孔武有力的喉咙开始施加压力，紧紧锁住人类的腿。可她仍然笑嘻嘻地看着自己的攻击者。

这不是人类的笑容。

人类的嘴巴是个肮脏的孔洞，同时是空气和食物的通道，二者胡乱混合，十分恶心。然而，不知为什么，那个小小的、怪异的嘴巴却露出了只有哈鲁萨鲁才有的轻蔑鄙夷的表情。即便她光着的腿被紧紧地锁住，一千颗牙齿已经刺入无助的肌肤，这个非人类——这只愚昧的猩猩——却几乎像在享受即将到来的折磨。这种感觉如此真切，让那个哈鲁萨鲁心里发毛。

随着一声低沉的干呕，哈鲁萨鲁吐出了她的甜点。

但游戏尚未结束。这个人类依旧躺在剥了皮的食物旁边，脸上带着挑衅的笑容，将光腿一一伸到每一个用餐者面前。用她自己的声音，没有借助任何翻译器，她用他们的母语说"请"。她甚至还设法发出了正确的低沉的呼噜声，挨个挑衅他们。胆子之大，吓坏了所有的围观者。

"我不配。"她告诉他们，用的是近于完美的哈鲁萨鲁语。

"我只是个孩子，"她幽怨地说，"一个来自太空与群星的新访客。我是个人类，不该有这种好运。你们——你们比我年长一千万年——我只配成为你们食物的食物。"

整场演出之中，第六个哈鲁萨鲁一直保持着安静。当光腿伸到他的面前时，他什么也没说，只是盯着这个小小的异族，脸上没有流露出任何表情。他的同伴们还以为他很气愤，只是碍于身份，不能显示他的愤怒。他比他们年长得多，还是最近一场战争中的英雄。出于政治正确的因素，他被任命为大船的船长，接着又火速提拔成了数目寥寥的几个副首领之一。

"奥斯米姆。"那个人类读出亮闪闪的制服上贴着的名字。接着，她笑了一声，向他发出挑衅，"你有过这种愿望吗，一口吞下一个小小的人类？我会感到骄傲，因为我的骨头在你的喉咙里被挤碎，我的肉在你的胃酸里溶解，我的残余物被你尊贵的屁股排泄出去……我会觉得自己是个幸运的小女孩……！"

副首领终于做出了回应。

随着一声带痰音的咳嗽，那只主动送上门的脚被从进食口器里吐了出来。随后，另一张嘴发出低沉、愉快的笑声，还展示出令同伴们感到奇怪的尊敬之情。奥斯米姆说道："你好，朋友。"用的是地球语。

"请坐，小不点儿。"

小不点儿应邀跟他们坐到一起。奥斯米姆未加解释，便给了她同等的地位。桌子自动做出调整，原来的六边形多长出了一条边。接下来，他只是对坐在身旁的小个子瞥了两眼，随即又将注意力放到桌子对面的那个女性身上，说道："你刚才在说什么？请继续。"

"我不是懦夫。"女人回答，"我只是面对现实而已，只不过听上去像个懦夫。"

"你想弃船？"奥斯米姆追问。

"我还能怎么办?"她瞥了眼人类,鄙夷中掺杂着勉强的尊敬。这种生物从树上跳下来之前,哈鲁萨鲁已经在恒星之间翱翔了。然而,是人类最先发现了巨舰。人类最先提出申索,并设法掌控了它。根据银河系——万火之火,这是他们给星系起的名字——杂乱无章却人人遵守的法则,巨舰将一直为人类所有,直至时间的尽头。

"我出生在这艘船上。"她提醒奥斯米姆。

除了副首领,其余在场的哈鲁萨鲁都出生在这附近。

"我在这些大街、房子和洞穴里长大。"她接着说道。

"而且你爱大船。"奥斯米姆接口道。

"怎么会有人不爱自己的出生地呢?"

小个子人类似乎皱了下眉头。但她什么也没说,黑色的大眼睛一直在吸收着周围的信息。

"我爱这艘船,我也珍爱我的生命。我一直相信自己可以在这里生活到一万亿次呼吸。"

"当然。"奥斯米姆呼噜呼噜地回应道。

"但是现在,"女人的声音隆隆作响,"看看我们前进的新方向,这个意外的、没有意义的航行轨迹。我们正在飞往宇宙之中最深、最虚无的领域,我怎么可能一直保持自己的热情?"

奥斯米姆什么也没说。

小不点儿坐在他身旁。她的椅子很高,足以让她的视线平视他们粗壮的、长着厚重盔甲的脖子。她似乎能听懂每一个词,还能注意到其他物种不会关注的手势和转瞬即逝的表情。在喧闹之中,她看到盘子中的尸体开始缓慢移动,黑色骨架上的韧带拉紧了,因为这个生物——一只小小的水熊——突然想起自己还活着。

人类吃人造肉,也偶尔杀死特别养殖的动物,假装自己是凶猛的肉食种族。但哈鲁萨鲁更加尊重生命。几百万年之前,他们就往家畜体内注入了同样的生命延长技术。穿越太空时,他们会带上珍爱的动物,将它们吃得只剩一点儿残渣,然后在特殊的培养皿里让它们重生。

有那么一刻,小不点儿似乎对眼前这些还在扑腾的、血淋淋的骨头感到恶心。但当她开口时,声音依然平稳,"现在颁布了移民禁止令。在座的这个人已获授权,可以使用武力,阻止任何挑战该禁令的人。"

"每个人都有选择的权利。"女人回击道。

小不点儿点了点头,以人类的方式。

她用极其轻蔑的语气说:"想自由的话,你自杀好了。"

自杀是难以想象的亵渎,但女人拒绝被激怒。她镇定地说:"我的观点不仅仅代表我一个人。我有足够的勇气接受不幸的命运。但船上有意志薄弱的生物,他们已经快绝望了。离墨水井越近,他们就越恐惧。"

咖啡馆位于一条白色花岗岩铺就的大路旁,路很宽,但没宽到看不见远处的墙。在他们上方,超异纤维材料制成的天花板微微呈弧形,上面装饰着灯泡和胶状的横梁,灯泡和横梁里面装满高温细菌。微生物发出的光芒提供了稳定的蓝白色亮光。即便在行人不那么拥挤的时候,这里仍然是个喧闹的地方。今天,上千种生物在这里走过或滚过,有的扇着宽大的翅膀从头顶飘过。每一张嘴和说话用的孔洞都不断发声,形成一片嗡嗡作响的白噪声。有经验的耳朵能从这片嘈杂声中听出慌乱。几千年无尽的快乐之旅即将结束。在这最后一个转瞬即逝的世纪内,来自不同世界的最富裕的生物发现自己对一件最为稳定的商品——未来——已经没有了原先的确信。如果有人没觉得担心,那他肯定有毛病。他们的担忧不仅仅是大船意外改变航线引起的。还有违望者战争。还有那个突然的发现:在以为已经完成了探索的大船里,竟然还隐藏着一整个世界。还有那个古老货物的谣言,加上被称为"荒凉"的邪恶力量……还有隐藏的恐惧,担心有朝一日违望者还会复苏,再次发起进攻。"船长的保证又有什么用?"这些声音质问。显然,人类对于飞船的了解还不到他们所声称的一半。对于那些有几千年或几百万年生命的人来说,这种局面是如此可怕,不得不时刻戒备,提心吊胆,直至永恒。

"我为船长们战斗过。"哈鲁萨鲁女人以诚实、自负的口吻说道,"我很勇敢。我完成了重要的任务,还杀了几个违望者。"

人类没有说话。

"我们五个人都参加过战斗,奥斯米姆。我们理当有权建造自己的飞船——用我们自己的钱、时间和工具。为什么不能允许我们前往任何我们想去的地方？即便到最后我们留在大船上，那也应该由我们自己选择。"

"你想去哪里？"小不点儿问道。

"任何地方。"女人回答道。

小个子女人以人类的方式摇了摇头，"我们早已把你们开拓、居住的那些星球抛在了身后。还有我们的星球。借力星球轨道飞行，其运行机制十分复杂。凭着一艘小小的星舰，外加数量有限的一小批船员，你们没办法改变航向。即便能够完成这种机动，也极有可能在漫长的航行中死去。遭遇撞击、循环系统失灵，都会导致悲惨的命运。到那时，你们只能寄希望于找到一个异族世界，看有没有可能在那里避难。"她停顿了一下，接着说道，"比如帕金人那里，想去吗？"

所有人都知道"卡拉马思号"的故事。副首领们透露了真相，肯定是想给所有意图寻找自由的人一个警告。

"那墨水井呢？"哈鲁萨鲁反驳，"我听到了很多传言，都说那片星云里有生命，还有充满光明与热量的小行星，还有水，说不定还有其他宝藏。"

"你办不到的。"小不点儿说道，言语中流露出似乎是真诚的悲伤，"即使你能找到那些外星人，你也缺乏技能、缺乏感官的功能、缺乏必要的技巧，让那些陌生的生物体把你当成朋友。即使你掌握这些罕有的魔力,在那些陌生的异种中间生活无数个世代,你真的高兴吗?"

她伸手示意。芦柴棒般的胳膊伸了出来,仿佛想拥抱他们周围的世界。

哈鲁萨鲁不知道如何回应。她一动不动地坐着,注意力集中到一系列恶心程度相当的想象画面上。在人类之中生活,这种日子还能接受。这些人猿幼崽比其他智慧物种稍微好一些。可能是第一次,这个女人思考着:假如她真的在现在或是可预见的将来抛弃了大船,她会遭遇怎样的命运。

小不点儿突然起身。

她对奥斯米姆小声说了几句,用的是地球语。随后,她面露懊悔,对其他人说道:"你们感受到的这种需求,这种同族之爱,它是一个物种的本能,驱使你们紧紧抓住自己固有的生活,保住它的滋味,哪怕牺牲一切也在所不惜……这个,当然不是什么软弱。"

这个奇怪的小个子人类跺了两下脚,以示敬意,随即离开。他们的桌子很快就吸收了多出来的那条边。骂骂咧咧一会儿之后,在座的人安静下来,看着那具仍在挣扎的尸体。

和其他人不同,奥斯米姆什么也没说。

终于,有个人说话了,"我从没遇到过跟那个女人一样的母猴子。"

奥斯米姆依旧保持着沉默。

意图吓唬小不点儿却失败的女人抬头看着副首领,带着显而易见的无奈,道:"好吧,我求你。跟我们说说那个小东西吧。"

老哈鲁萨鲁盯着大路良久。终于,他看到了一个巨大的黑色球体在远处滚动。在那个保护装置内,安全地藏着一个乘客与船员很少能见到的生物。人类称之为海蜇胶:有机水晶构成的脆弱骨架、迟缓却从不休息的头脑,两者的外面覆盖着一层由溶于液态甲烷中的脂肪构成的胶状身体。在大船上,海蜇胶生活在属于他们自己的寒冷、黏稠的海洋中。这个种族历史悠久,也很富有,在五百多个恒星系的边缘都能找到他们的身影。对哈鲁萨鲁这样的温血动物来说,海蜇胶的习俗和本性实在是奇异到了极点。看着那个黑色球体摇摇晃晃地滚出视线,奥斯米姆问道:"为什么船长们会允许他们上船?"

"因为他们支付的足够多。"女人不耐烦地回了一句,"用未被占据的行星、用技术。用猴子们喜爱的东西。"

副首领用吃东西的嘴发出一个粗鲁的声音。

另外一个女人动用了纽联器,随即用刚刚获得的专业知识提供答案。"他们的母星古老且稳定,构成非常简单。"她解释道,"有机雨养活了数个种类的浮游生物,后者为海蜇胶提供了食物。他们的世界上没有别的多细胞生物。进入太空之前,他们从未与其他物种发生过接触,更别提智慧生物了。他们只是觉得像我们这样的生物有可能存在,却并不关心。"

"他们在历史上有过困难时期,"奥斯米姆接口说了下去,"世仇、长期的战争。某些敌对势力遭到了彻底清洗。"

他的听众看着大路的远方。

带着深情与自豪,奥斯米姆拍了拍自己的制服,"你们体会不到。在你们穿上这身镜面制服之前,你们无法体会。每一天,船长们必须决定什么才是对大船最好的。每一刻都有大小不一的决定要做:允许什么样的乘客上船? 拒绝什么样的物种? 谁会太危险或是太矫情,或是太具破坏性,或只是一时无法看清?"他那宽大的、长着护甲的手浮在镜面制服映出的它的影像上方,手指慢慢握成一只骨节粗大的拳头。"某个物种付给我们一笔财富,得以上船。但那就足够了吗? 作为一名船长,我必须思考这个难题。我的忠诚首先属于这艘巨舰。"

其他人有些坐立不安。他们的老朋友说的是真心话吗? 这些话尽管难以置信,但其中并没有欺诈,也没有政客的伪饰。

"某个陌生的、有潜在威胁的物种来找我。他们给我提供了行星、技术和其他一切我认为珍贵的东西。但如果接受了这些新来的,巨舰和乘客们会有危险吗?"

他轻声问道:"我该去问谁呢?"

紧接着,他用轻快的语气说了声,"小不点儿。"他松开拳头,任由大手落到大腿上。

"你们不知道,"他说,"那个刚才坐在这里的生物……她在船长中间非常有名。"奥斯米姆看着那几张半信半疑的脸,"有名,而且广受尊重。"

"那个小怪物是做什么的?"女人问道。

"甄别海蜇胶,甄别各种不同的物种:冷血的,温血的……她会和他们一起生活很长时间。"

"哦,"另一个女人说道,"一个使节。"

"不准确,"奥斯米姆回应道,"外交官在出发之前就已了解了全局。作为使节,他们面见官员和女王、君主和总统。他们看到的是向他们展示的东西,假如他们具备天分,他们还能看多一点。但是,报告船长们,说'我们能吸收这个新物种'……怎么说呢,这不是他们的责任和任务,至少不应该是……"

"她是个科学家,"一个年轻人猜测道,"我猜是某种外星文化学家。"

"也不确切。"他的进食嘴又啐出一个粗鲁的声音,与此同时,他解释道,"几千年之前,小不点儿驾驶一艘装有防护罩的小快艇,拜访了海蜇胶的母星。为了繁殖后代,他们在甲烷大气下的山峰上下蛋。她秘密地研究了他们的繁殖过程,以及之后从蛋里孵出的生物。当婴儿们长到足够大、变得懂事之后,她创造了一个他们的复制品,把她自己受到层层保护的心智植入那具新身体,然后跟随她的小伙伴,慢慢游入辽阔冰冷的海洋。"

听众都露出既嫌恶又着迷的表情。

"从生理上说，他们是个缓慢型物种。"他提醒着他们，"她的人造身体花了好几个世纪才成熟。她知道该如何行动、说话，所以没有被发现，也从未引起真正的怀疑。"挑衅地笑了一声之后，他问道："你们中有谁能在那种情况下过上哪怕一天？在液态甲烷里洗澡。你的身体就像一摊黏液，采集着浮游生物。只需一分钟，估计你们就疯了。"

没人说话。

"就这样，小不点儿在海蜇胶之中生活。"他继续道，"时机成熟时，她溜回那艘隐藏的飞船，回到巨舰。首领原来的一副，那个老巫婆迈尔辛，她不想让那些外星人上船。专家们也将海蜇胶描述成阴险的仇外者，有物种屠杀的潜在威胁。尽管有这样那样的警告，小不点儿仍旧说服了首领，说这些冷血生物已经吸取了教训，变成熟了，也更加自信、更能变通。他们能够躲在一个冷水塘里，滚动在繁忙的大路上。"

其余的人相互对视，大为折服。

但奥斯米姆还没说够。他用平稳的声音列举了十几种物种，全都出了名的怪异。小不点儿都跟他们一起生活过。这些种族如今都在船上，因为她那值得信赖的声音说过，"相信他们。"

如果这是真的，她与之生活过的怪物种类之多，足以令人咋舌。别人眼中的壮举，只是她的日常。

随后，副首领又提到一些物种的名字。女人恼怒地承认不知道这些名字后,他回答道:"当然,小不点儿也和他们一起生活过。有时还是以他们的身份。她发现了有力的证据,拒绝了他们登船。"

"真是个天才的小东西。"一个男人承认道。

"但为什么是她呢?"另一个男人问道,"在如此众多的人类之中,为什么偏偏是她具备这种罕见的天赋?"

"那个呀,"奥斯米姆回答道,"说来话就长了。"

"停下,"恼怒的女人打断道,"在你说故事之前——"

"我没打算说。"他提醒道。

"首先,我想了解些别的,现在就要。"

副首领等待着。

"你当上船长不过才一百二十年,"她指出,"还在学着怎么做这份工作。我怀疑你对这个新职业的历史了解多少。所以,我不相信你是这方面的专家。你是从哪里了解到的这些信息? 我们可是直到今天才知道那个小东西的存在。"

奥斯米姆的两张嘴都笑了。

接着,带着深沉、真挚的愉悦,他解释道:"在你们出生之前,在你们还没有作为预言、写入你们父母的种子之前,我就成了那个地球怪人的丈夫,和她一起愉快地度过了好几个世纪……"

七

　　洛克一直是个寡言多思的男孩。作为两个最雄心勃勃的船长诞下的唯一孩子,他遗传了他们的外貌,综合了他们高超的智力,却没有继承领导他人的内在渴望。吃着髓星的坚果和烤昆虫,他长成了一个中等个头的青年男子,各个方面都很健康,却又显著且永久性地不同于父母。他强壮且优雅,长着父亲的眼睛,灵动、明亮,总是显得十分专注。他的脸更像母亲,也遗传了她的自信。但他完全没有控制任何组织或操纵任何事业的兴趣,不管这些组织或事业有多了不起。经过长期观察,母亲断定这并不是因为他缺乏这方面的能力,基因的混合并没有偷走任何天赋。他也不缺乏有关鼓动、宣传技巧的教育。都不是。在包括他父母的他人看来,伟大、崇高的事业是抽象的,有时甚至让人有些怀疑。但洛克却很容易把这些事业当成缥缈、美好的王国,梦想与理论在其中交织,创造出无限复杂、矛盾的方程式。

作为一个青年，洛克爱上了违望者的信仰。他们的主要信条之一就是在遥远的过去，当宇宙仍处于渺小和年幼之时，有建造师创造了巨舰，还有被称为"荒凉"的势力试图偷走它。后来两者都暂时死去。宇宙变成了不毛之地，不断向外扩张，巨舰则在其中最深、最寒冷的地方游荡。然后，荒凉重生，他们找到了巨舰，将它据为己有。违望者声称人类就是荒凉。当然，如果你碰巧是个在髓星上孕育的人类，那你就变成了重生的建造师。你的任务、你唯一的使命，就是重新夺回巨舰，既为自己，也为了自己伟大的祖先。

作为这个崇高使命的追随者，洛克成了违望者。但可怕的一刻降临了，必须做出不可能的选择：他的母亲遇到致命危险，唯一能拯救她的方式就是杀死攻击她的人。怀着巨大的悲伤，但完全没有犹豫，洛克杀死了自己的父亲。随后他用母亲的银手表标记了他的埋葬地。后来，他努力让自己看上去仍然是一个忠实的违望者。但洛克是个充满负罪感的儿子，每当审视自己的信仰，他看到的都是缺陷和残酷。随后他找到了帮助母亲的第二次机会，他不仅尽最大努力帮助她，还背叛了违望者。[1]

浣生就是他的母亲。

战争结束后不久，有传言说洛克将获准加入船长的行列。浣生说过这话，亚斯林和其他一些髓星任务的幸存者也说过。但帕米尔

---

[1] 以上情节出自《星髓》。

明确地警告说,那个年轻人看上去仍然像个违望者,说话也像。好几个世纪里,他追随他们那奇异的使命,无怨无悔。还有,一副为自己那个曾经叛逆的孩子说情,让他取得不应有的地位,能给大船带来什么好处?

"你觉得他不配吗?"浣生问道,声音严厉,带着些愠怒,"是的话,直接说出来。"

"我不是已经说了吗。"帕米尔笑了。

但洛克自己终结了这个可能性。他耸了下肩,温和地说:"母亲,"那恍惚的目光看着远处,他向她、也向自己坦白道,"我缺乏成为船长的必要技能。更重要的是,我也没有这个愿望。"

浣生很难过。但出乎她意料的是,他的诚实打动了她,她也终于放下了望子成龙的重担。她轻声问洛克:"你有什么愿望?"

他又耸了下肩,温和地说:"我还算聪明,在一些小问题上,我有很深的见解。还有,我看待事物的角度很奇特。另外,我刚刚抛弃了我一生之中唯一的信仰体系,头脑脱离了一切束缚,同时一片空白。"

这样的失去是什么感觉? 丧失了使命感和立身之所——浣生无法想象。

但洛克却觉得幸运。

"我一片空白,"他重复道,"没有方向,没有指引。我的灵魂急需找到新的信仰。希望这一次能找到真正值得信仰的东西。无论我朝哪里看,我都能隐隐约约看到某种伟大和真实的东西。"

"什么东西?"

带着轻松自如的神态,他说:"我有个观点,母亲。"接着,他用极其平实的语言,平静地询问:建造师们是否只建造了这艘船;或者,他们还制造了整个宇宙,巨舰只是其中的一个小秘密,它外面还有数之不尽的一层层船壳,一层层包裹着它。

大船的使命与意义一直是个争论不休的话题。人们制造、培养了一组人工智能,不管别的,专门思考这个问题。经过近一千个世纪的苦苦思索之后,它们没有得出任何实实在在的结论。但洛克的小观点令它们很感兴趣。违望者和他们的神话也同样令它们着迷。最后,该怎么做已经是明摆着的事了。机器和这两个人得出了同一个必然的结论。"加入它们,"浣生敦促自己的儿子,"学习必要的物理学、宇宙学和高等数学知识。可能的时候帮助它们,要是你喜欢的话,也可以独自工作。"

"我现在正在这么做,"洛克露出浅浅的、略带疲倦的笑容,"大多数时候都在学习,自己做研究。"

"从什么时候开始的?"浣生急切地问。

"从我们俯视髓星的那一天。"

通往髓星的通道被新生的超异纤维封闭之前,他们最后一次去了大船的核心。

"我没注意到,"浣生坦承,"我为什么没注意到?"

"你太忙了,母亲。"

确实。

"你总是在忙别的。"他指出。

"还总是很累。"她又加了一句,"但是,说真的,我们必须经常交谈,把它当成一件大事。从现在开始!"

但一副终究是一个异常忙碌的职位,即使在轻松的日子里。战争虽然结束了,但仍有大量的维修工作要做。他们还面临着前所未有的民间忧虑和经济上的障碍。必须安抚和教育数目庞大的乘客,必要时转移他们的注意力。还要重新训练和鼓舞士气低落、狐疑不定的船员,关注全新构成的船长这个团体——新船长们需要学习各自的岗位职责,这些事情没有哪个学校可以教会他们,更别提教成熟练工了。在这一切之上,是为墨水井做好准备。这个需求始终存在,下一段航程就会面对它了。作为一个障碍物,寒冷的星云会带来无休无止的麻烦。尘埃和断断续续出现的彗星会考验飞船的防护罩和激光。即便最安全的航线也会让他们的防御系统防不胜防。船壳将再次遭到打击,让它坑坑洼洼,变得难看,变得虚弱。这就是浣生坚持开展维护的原因,尽管所有系统都已经修复完毕。在她的命令下,建造、安装了新的激光,加强了防护罩,大型望远镜阵列每时每刻都在扫描墨水井的深处。然而,即使他们能战胜大自然的残酷——没有头脑的冰、岩石和偶尔的游荡行星——仍有一个简单的、无法逃避的问题:究竟是谁,或是什么东西,生活在那片寒冷的黑色物质里? 他们想从大船上得到什么,假如他们想的话?

浣生被工作淹没了。在大批纽联器的帮助下,她制订宏大的计划,精心安排长期项目,尽量让两者相互配合。为了保持头脑清醒,她也睡觉,但只是在碎片时间,而且只是当帕米尔或亚斯林能够接手工作的时候。看儿子是难得的事。很长一段时间,她认为两人长期不见面的原因是她的工作太忙,以及她不够自律。但她还能怎么办呢? 与洛克轻轻松松吃顿晚饭,意味着她只能换个时间研究打开大船引擎的问题,意味着推迟两场与工蚁人和雷莫拉人的会议,意味着必须推迟安慰某个居民物种的演讲、推到一个不那么合适的时间,或者她必须又一次放弃睡眠,比预期更多地消耗自己。和洛克说说话真是太难了。有时,她好几年也见不上他一次。是的,他们会交换信息和全息,通常每周一次。但没有哪项技术能够媲美轻松晚餐的亲密与高效。总算能一起吃顿饭时——通常是在间隔很久之后——整个晚上都在努力重拾上次中断的话题。

如果他们是在她的住处见面,食物的风格总是简单而精致,很可能是附近社区的礼物。不管它的制作者是人类还是其他物种,都是浣生熟悉的风味。如果在洛克的住处,他们就会吃烤锤翅鸟、甜岩浆坚果和其他髓星出产的珍品。这些都是未遂的征服者带上大船的样本,再经她的儿子培育。他在一个私人洞穴内——几千米长,宽度几乎跟长度一样——制造了一个微型但逼真的髓星模型,有四处飞溅的熔化铁水,渐渐变暗的天色。他的食物和这里的天空让他看着像是个违望者:烟灰色的皮肤,眼睛里流露出一丝饥饿的神色。不过,至少在母亲面前,他穿得像个守法的乘客,简单的裤子加薄外套。只要有可能,浣生会将她的制服留在别的地方,穿着打扮配合他的休闲口味——这位忙碌且熟练的管理者就是这么关注细节。

她常常谈论自己的工作和工作中最大的问题,谈得未免太多了些。

当洛克目光游离到远处、看着肥胖的锤翅鸟在人造天空下翱翔时,她会停下,即便她的话才说到一半。随后,她会带着真挚的歉意说一声,"对不起。"

刚开始,洛克会点头,说"没关系"。

然后浣生会坚持,"我想听听你的工作。你在做什么?"

但是,经过几十年的繁文缛节之后,儿子决定直接跳过她的道歉以及之后的老套。浣生在回忆一个她本人以为相当有趣的故事,可能跟一个奇怪的物种有关,她如何处理与他们相关的紧急事件……她说到一半时,洛克会脱口而出,"我的工作还算顺利。"

这是他的信号,又过了几十年后,浣生不再感觉受了冒犯,或是觉得尴尬。

"我仍然在学习科学和数学。"她的儿子会解释。他在髓星接受过完整的教育,但那是艰难的时光。在髓星上,孩子对宇宙的广袤没有清晰的认识。"我还有很多要学的地方，"他接着说，"学完了也只能到人工智能天生就懂的程度。至于做有意义的工作……怎么说呢，可能永远都实现不了。谁知道呢？"

"但你已经学到了很多。"她会提醒他。

洛克会点点头，和气地笑一笑，为自己的学业受到承认而高兴。随后他可能会告诉母亲一个冗长、曲折的故事，关于六个关键的大一统理论之一的某个奇特之处。日常应用中其实只有一个理论。它的应用范围很广，也很简洁。它似乎能解释宇宙的一切，从无限小之中诞生，到无尽的扩张，从相对宁静的现在，到不断积聚的黑暗、严寒和最终无法避免的死亡。只有某些特殊领域的专家才会执着于其中的不协调之处：超宇宙的基本特征是什么？时间是真实的还是虚幻的？平行宇宙真的存在，还是只是为了数学上的便利？在这个连续体内的某处是否存在能被称为"灵魂"的东西？

出于简便，这些更具体的、通常相互矛盾的理论被打包成了六个同等的类别。

作为工程师的女儿，后来又受训成为舰上的一名船长，浣生受到的教育说这六种理论都是有效的，也都不够全面。没有方法能对它们做个一对一的测试，至少在这个宇宙内不行。但它们那复杂艰深的数学演算总是会得出同一个结论，即浣生们旅行于一个无法逃避的现实中——也就是所有伟大的方程式演算之后得到的现实。对于船长而言，唯一重要的就是判断乘客相信这六种之中的哪一种。每一种都有自己的魅力和诱惑，也有不协调之处。大多数物种会拥抱随便哪种可以让他们睡得更踏实、活得更舒服的理论，或是能以最低程度的抱怨接受自己的存在。通过他们的信仰，可以窥视他们的本性。有时，当洛克提起其中某个理论时，她会随口说上一句，"嘎鲁人也不相信时间"，或是用严肃的口吻警告洛克，"哈鲁萨鲁讨厌平行宇宙的说法。只有一个现实，而且他们理所当然地居于它的正中央。"

洛克会耐心地点点头，可能会露出一丝笑容。他并不特别关心哪个物种的审美，包括他自己的。他向往的是坐在一个高处，不带任何倾向地看着风景，看到所有等待着被看的一切。

离违望者战争已经过去百年的某次午餐中，他开始描述一种新的数学。刚开始，浣生仔细地听了，自信理解了它的核心。但在他的大段独白进行到某个点时，她突然意识到自己完全无法理解进入耳膜的声音。和往常一样，洛克在讲述之前给了她文件——他自己记的说明和示意图——便于她查看。她一头扎入这些文件，随后又抬起头，像快淹死的人从深不见底的冰洋探出头来似的竭力喘息着。

"你在说什么？"她脱口问道。

但她儿子已经不说了，可能在几分钟之前就停止了。

"我一点儿都不懂。"她向他坦白，同时也像抱怨。随后，她自嘲地笑了一声，说道："扔个救生圈过来，亲爱的。"

"救生圈?"这个比喻对他没有意义。

终于,她的头脑里蹦出了一个古老模糊的记忆,道:"等一下,"没等儿子进一步解释,"我想起来了。"

"什么?"

"我母亲,还有几个老师……他们有时会提起……什么来着……?"她闭上黑色的眼睛,苦苦回忆,"大统一场的第七个理论。非常奇怪、非常简单……没人相信过它……"

洛克微微耸了耸肩,点了下头,以示回应。

"我对第七种理论一点儿都不懂。"她再次请求帮助。

但洛克只是耸了耸肩,坦承道:"我知道的并不比你多。"沉默许久之后,他又补充了几句,"它是一系列讨厌的等式。真的,甚至人工智能——我的老师加同事——他们也讨厌第七种理论,讨厌它的各个方面。它太丑了,太别扭了。要不是它有其神秘之处,我怀疑他们根本不会看它第二眼。"

三十年之后,在又一次午餐中间,浣生再次问道:"课上得怎么样了?"

他笑得很灿烂,有点儿奇怪。

笑完后,他耸了耸肩膀说:"我现在取得了一些成就。没什么了不起的。但至少我搭建了一个框架,为我一百万年后的成功打下了基础。"

他是认真的。说起如此漫长的时间时,他的口吻异常宁静,令人敬畏。他几乎比其他任何人都更能理解时间跨度的可怕。怀着只有狂热者和疯子才有的献身精神,他露出一个深邃、纯粹和欢欣的笑容,接受了自己的命运。

终于,浣生问道:"你在做什么工作?"

"一点儿小事。"他说道。

她等待着。

"我制作了一张清单。"他说。有那么多可用的材料,他却选择了铜蝇那巨大的翅膀。许久之前,当船长们困在髓星上时,他们最早就是用这种材料来充当羊皮纸的。"一张小清单。"

"好的。"她随口附和了一句。

他沿着天然的褶边打开翅膀,还将它微微卷起,只有他的眼睛能看到他写的字。

"什么样的清单?"她问道。

"都是些显而易见的问题。"他回答道。

"例如?"

"显而易见的问题。"他重复了一句。他长着和他父亲一样灵动的双眼,但他的沉默却令浣生想起了自己的母亲。每隔几年,浣生就会意识到洛克和他的外祖母是同一类人。区别只在于,那位老太太毕生都在从事工程师的工作:要求精确、总在赶进度。还有,工程师永远在已知领域内工作。

"显而易见的什么?"她追问道。

"我相信你也问过这些问题。我敢说至少不下几千次。"

"给我看看。"

他考虑了一下这个请求,随后却开始把坚硬的红色翅膀重新叠起来。"还没到时候。"

"就看一眼,行吗?"

他摇了摇头,把翅膀收进看不到的地方。

"可以吗?"她不想放弃,"我想看看你到底问了什么。"

但儿子是由更加固执的材料组成的。他微微摇了摇头,重复道:"你自己也问过这些问题。但要是你没问过……那样的话,母亲,就算现在让你看了也没什么用……"

八

"根据最新的统计……"帕米尔说道,很快又住嘴了。他先看了
看浣生和首领,然后看着其余听众,表情从装出的一本正经变成了
类似苦笑。他身材高大,嗓音也相称地洪亮。停顿之后,他说出了
结论,"其实并没有最新的统计,也没有最早的统计。我们的数据非
常粗糙和主观,结论的基础也非常薄弱。如果你硬要给我们的所知
附加一个数字,你要么是在欺骗自己,要么你就是个傻瓜。"

这个说法引起了持久的沉默,让其他人开始再次查看早已消化的
文件,其中有些文件已经被研究了十多年。

浣生知道帕米尔想说什么,但她同样觉得吃惊,也露出了和其
他人一样的表情。多年的专业研究被归为无用,至少眼下看来是这
样。这不亚于一道冲击波,让她历经沧桑的内心也紧张起来。她咬
紧牙关,以掩饰笑容里的紧张。

但首领却赞许地点了点头。坐在一副和二副中间的她说了一声，"没错。"片刻之后，凭借多年刻苦练习养成的手腕，她将会议引回原先的轨道。"不过，要不，帕米尔副首领，要不你简单总结一下，把这些粗糙、主观、非常愚昧的数字报给我们？"

"是，长官，当然。"

房间不大，家具很少。直到一个小时以前，这个地方还只是悬挂在大船船底壳体内部的一个无名救生囊。随机程序从十万个可能的目标中选择了它。参会者先是接到命令前往大船的舰桥，但接下来，每位参会者的行程都被一个穿着便服的保安官员打断了——例外的只有三名职位最高的船长。保安官员将大家带到这里。在会议结束、参会者解散之前，保安官员们必须留在旁边的房间，在此期间他们所有的纽联器都处于下线状态。

保密是合理的预防措施。更重要的是，保密是一项很容易就能取得的成就。这也是首领坚持要采取这些保密措施的原因。

"而且，"她这样解释，"我的经验告诉我，如果你把某人置于机密的环境中，他不会想别的，只会认为自己是某项关键任务的重要环节。这不是什么坏事。让人感觉自己重要……几乎总是有利于你。"

浣生记起了这段对话，随后，帕米尔的声音把她带回现实。

帕米尔用坚定、深沉的嗓音解释："根据最新的统计，我们在墨水井里发现了306起单独的生命迹象。没错，比你们文件里记录的多了两次。这也是我们今天来这里的部分原因，可以说是很大一部分原因。"

众人盯着他，表情都有些紧张。

"有关那304次，其记录、图示等一切资料，"他耸了下肩，"共同之处就是各不相同。有一点我们早就注意到了：生活在墨水井附近的每一个种族，对生活在墨水井里的东西都有模糊的说法，版本各不相同。这些说法都有一个趋势，一个奇怪的映射：所有这些物种，都将墨水井里的邻居刻画成自身的放大版。比自己更大，也更雄伟。"

房间里摆着为此次会议长出的椅子，还有一张长桌，上面放着没人动过的食物。最长的那堵墙旁边立着一个简单的面板，帕米尔在上面投射了一系列影像：有高耸的机器、形如甲虫的巨人，还有红色的蜥蜴和显然是在零重力环境下进化的猿猴一样的生物，外加一群来自墨水井的各种各样的星舰、穿梭艇，以及小到连一个活人都装不下的探测器。到目前为止，巨舰收集了边长为五十光年的范围内所有的目击记录。更令人惊讶的是，最早的记录不是由目击者或他们的后代提供的，而是来自古生物学家那无聊的工作——在曾经有技术物种居住的世界挖掘埋在地下的房子和掩体。总共三次，他们挖到了文件或刻在石头上的记录，拷贝被忠实地传送到了巨舰。发现古迹的科学家声称，它们中的每一个都至少和人类一样古老。

"仍是同样的模式。"帕米尔说道，"不管居住在星云里的是什么，它展示的形象都跟目击者的形象一样。"

各种数据逐一显现在面板上。

"第305号数据也符合这个规律。"帕米尔打开一个层层加密的文件,屏幕变得一片空白,只剩下一颗孤独的恒星,红红的,非常小,"这颗M级矮星离星云外缘的尘埃还不到两光年,但跟其他本地恒星不同,它正以飞快的速度穿过银河面。"

图像被放大了。他们花了多年时间制作了这些图像,巨大的镜面收集、压缩了大量的光子,最后由一队被赋予单一任务的人工智能和天才领航员加以细化。他们不仅画出了每一个能想象的细节,还回溯了恒星的发展历程,指出这团游荡的质量是从黑色星云内的哪个地方冒出来的,在那之前,它又是可能从哪个地方钻入墨水井的呢?

"它是一次擦撞,"帕米尔总结道,"我们仍然能看到尘埃的紊流,比如在恒星重新回到开放太空的地方。看这里。"

听众中响起一个男人的声音:"长官?"

帕米尔正盯着各种各样的图像,和其他人一样,坚毅的脸庞上一脸专注,仿佛他从未看到过这些图像似的,仿佛他被吸引了、迷失其中,仿佛他没听到有声音在叫他。现场出现了一阵短暂的停顿。但他终究还是听到了,平静地问了一声,没有将目光挪离面板。"佩芮,什么事?"

前排椅子上坐着一个娃娃脸男人,看不出年纪。佩芮算是个小有名气的人。有可靠消息说,除了比不上它的建造者,他比任何人都更懂这艘船。他肯定比任何一个乘客、也可能比任何一个船长更了解它的一个个通道和居住地。他很聪明,而且天生富于魅力。他也有为数不少的诋毁者。有人声称佩芮什么都不是,只是个爱找刺激的小人和狡诈的操弄者。但当违望者出现后,他和妻子加入了抵抗。他的诋毁者或者躲起来,或者加入了叛军。在拯救大船的过程中,这位自学成才的全能型飞船专家证实了自己的价值。

"那颗小恒星只有一颗行星。"佩芮提示。

帕米尔用一个简短的、心不在焉的点头作答。

"当然,这可能跟它的速度有关。我感觉它曾经险些发生碰撞。可能是从一个多恒星系统内弹出来的。"

副首领再次点了点头。

"我猜在此过程中,其他行星都被夺走了。但是,我在这里第一眼看到的……"

他的声音越来越低,渐渐消失。

"你倒是接着说啊。"浣生催促道。

年轻的脸笑了,为得到一副的关注而高兴。随后他抓住妻子的手—— 一位美丽年长的女人,名叫奎伊·李——敛起一半的笑容,接着说道:"对于单一行星来说,这条轨道很奇怪。我意思是假设过去有其他行星的话,它们仿佛是在某种大混乱中被剥离了这颗小恒星。"

帕米尔微微眯起眼睛,"你的意思是轨道离得太远?"

"而且太圆,"佩芮补充,"我想象中应该是个椭圆。我想看到的是一条在外力下发生过变形的轨道。"

副首领若有所思地点了点头。

"还有,月亮去哪儿了?它看上去像是个气体行星。是吗?木星级的?"

"差不多。"帕米尔说道。

"它不应该保留离得最近的月亮吗?但我没看到。也没有光环。这里只有一颗漂亮的恒星,加上离她很远的丈夫。"

奎伊·李轻声笑了,捏了捏他的手。

"还有其他办法能加速整个恒星,"佩芮继续说道,"可能是在很久之前借用了星辰初生时的力量。从金属比例和内核的成分来判断,大概在七十亿到八十亿年之前。"

"八十二亿年。"浣生插了一嘴。

"又或者它来自我们的星系之外。来自那些与银河系擦身而过的矮星系,它们在过去的几十亿年内瓦解了,再次坠落到我们头上。"他耸了耸肩,一小会儿之后又说了声,"哈。"

奎伊·李拽了拽他的胳膊,"怎么啦?"

"这颗行星还有一个不对劲的地方。"

并不只有他注意到了。其他几个声音已经开始小声嘀咕着某些近期的、更详细的观测。

"氦气太多。"他说道,"在我看来,多得不成比例。"

众人嘟囔着各种估计和猜测。与会人员中有足够的专家，能提出多种解释，其中几个可能还真能说中。

"一颗古老的气体行星应该会把大多数的氦拉入内核。"他继续说着，"还有这些温度读数……它们也太高了。这意味着可能有什么东西在它内部搅动，把古老的氦气又释放到了表面，但这种办法也太笨了。"

首领也对佩芮产生了足够的兴趣。她清了清嗓子，说道："那你说说，有什么优雅的办法呢？"

"应该没人释放氦气，"他回答道，"我猜只是有人偷走了很大一部分的氢气。"他看着首领金色的脸，几乎笑着说道，"但您已经知道了，长官。您肯定知道。您只是在测试我们的能力，看能不能解决这个小谜团。"

声音再次响起，纷纷猜测着。大多数猜测都集中在这个最新、似乎也最合理的假设上。气体行星的质量本该是现在的一倍半，但某种力量或是某个窃贼刮走了大气的最外层。

终于，奎伊·李问出了那个最明显的问题。

"第305号数据到底是什么？有人生活在那颗气体行星上吗？或是住在附近？"

"就我们的观察，"帕米尔说道，"这个系统完全没有生命迹象。"

深吸一口气之后，他补充道："我们发现的是一个完全不同的东西。这东西我们其实早就有了，在我们手里已经有好几千年。它是

111

一条埋在上百万条信息中的古老信息——收藏在一个为换取几百张船票而赠予我们的历史档案里。信息是发自一个遥远的超级行星的无线电呼叫。那里有个物种刚刚发展出了高技术。这是此类信息的典型：一张他们和家的照片，恒星和附近的行星，他们在银河系中的相对位置。"尘封的数据显示在死寂的气体行星最新的影像旁，"没人关注过。直到数年之前，一直没人想到去寻找这样的线索。你们会看到为什么没人把眼前这颗恒星和那条古老信息联系起来。那里有六颗行星，包括有生命的这颗。那里的气体行星有一大堆卫星，连太阳都比我们眼前的这颗大得多。这意味着那个刮走氢气的力量也拆解了别的行星，包括所有的小行星，整个彗星带。不管那个力量是什么，它甚至还挖走了一大块红色的太阳，挖走的气体和等离子足够制造一两颗行星。"

房间里一片寂静，肃穆。

"在他们的太阳进入墨水井之前的几百年，消失的物种广播了第一条信息。信息瞄准了一个看似有人的恒星系，但那里没人居住。信号继续旅行了几百光年，它至少被关注了一次，并被记录下来。我们这些船长足够精明，或者说足够幸运，接受了这些没用的知识，以此作为某些新乘客的部分船费。"

佩芮问："那些异种对墨水井说什么了吗?"

"什么也没说。"帕米尔回答道。

随后，他冷着脸，愤怒地哼了一声，加了一句："不对，我可能误导你们了。我说我们有第305号数据,更准确地说我们什么都没有。只有寂静。只有五个行星消失,一个智慧物种灭绝。这些珍贵的东西在穿过那片该死的星云之后就消失得无影无踪了。"

帕米尔坐倒在椅子上,架起了二郎腿。

过了一会儿,浣生站起来,面带轻松的笑容,道:"我相信你们已经掌握了足够的信息,能猜出我们的总体计划。你们中的每个人都至少掌握一种宝贵的技能。你们中的很多人都当过大船的大使或外星生物学家。剩下的人也另有天赋,能提供新的视角。"她朝佩芮的方向点了点头,接着说下去,"这是一个早已开始的计划。从一大堆候选人之中,我们选中了你们。这是几天之前才决定的。我们请求你们参与这个计划,但不会强求。不过我必须告诉你们:如果你们决定留在船上,就必须搬去隔离区,直到任务结束,或我们对此项任务失去兴趣。"

几十张脸迟疑地点了点头。

面板屏幕上亮起一道闪光。刹那间,所有人的目光都盯着阿尔法港内一个封闭的、防卫严密的泊位。一组巨大的引擎占据了整个泊位,聚变火箭的反物质点火,超异纤维的张力和量子操控技术施展神威,加大了动力。引擎连着燃料箱,箱内可容纳上百万吨的金属氢。巨型箱体的上方看着像是高速飞船的船首,高等级超异纤维呈现出圆滚滚的、优雅的弧线形。这些纤维被设计成能任意塑形,并通过二十种不同的方式黏合在一起,可以保护飞船遭遇任何撞击。飞船上有生活区,但看不到,它被塞在肥胖箱体中间的一条缝隙中。缝隙看上去太小了,似乎小得无法让乘客把腿伸直。

浣生叙述了这艘飞船的历史。她列举了它之前的五次任务,以及取得过的重大胜利。因为船员们从来不像现在这般需要鼓励,所以她没有提及导致两次任务未能圆满成功的小灾难。

"过去的九十年中,"她继续说,"这艘高速飞船一直在接受改造和维护。它虽然不是新的,但已接近全新,甚至比新的还要好。同等质量的飞船,速度比它快的不会超过三艘。至少在这个星系里没有。以超过三分之二的光速,你们将比我们提前十年到达墨水井。我想强调一下,这是非常关键的十年。"

等了一阵之后,浣生问道:"有问题吗?"

手纷纷举起。

一个女人问道:"谁是我们的船长?"

"是我。"帕米尔略微一点头,"我熟悉小型星舰,我也有完全的权限来代表大船。"

这可是重大新闻。二副亲自执行此项任务,意味着它相当重要。当然,也不排除这是某种降职的手段。帕米尔是个顽固的家伙,有传言说他在首领面前总是梗着脖子。

浣生朝一只刚举起的手指了指,"问吧,奎伊·李。"

女人礼貌地笑了笑,接着,带着真诚的质疑,她说:"我们这个小组成员的选择面好像太窄了。"

从众人频频点头的情形来看,这个问题应该是现场所有人心中的疑虑。

奎伊·李是个漂亮女人,出生于古老的地球,呈现出一种古典的亚洲美,当然现在已经没人能记得那个时候了。她抬起目光,似乎在天花板上发现了什么有趣的东西,自言自语地说道:"我们都是人类。"

浣生和帕米尔显然不愿解释。

首领以缓慢威严的姿态站起身,却以摇头加一声叹息作为动作的结尾。雪白的头发遮住了圆乎乎的脸颊,脸上强忍着没有露出厌恶的表情,似乎某个低沉的声音正在提醒她现在是新时代,她需要在新生的规矩面前低头。

"这是我们的决定,"她解释道,"基于充分的理由。我们三个一致同意派遣单一种族的队伍。"

没人说话。

首领站起来时,浣生又坐下了。此刻,她看着众人,以命令式的严厉口吻说道:"问吧。"

众人迟疑着。

"我们告诉过你们,"她继续说道,"到目前为止,采集到了306条数据。这意味着我们还有一条数据尚未向你们公开。"

她再次下令:"问吧。"

"好,"佩芮说道,"最后一条数据来自哪里?"

浣生没有回答。

这是属于首领的权力和荣耀。"该数据来自墨水井。当然。"

寂静被打破了。

接着,她补充道:"我们收到的是一条简短的问候,外加一幅航路图,标明了通往最近一颗温暖行星的安全路径——"

"对方是谁?"佩芮打断道。

他的逾矩行为没有受到指责。首领轻声道:"我们无法确定任何事情。我们不知道生活在墨水井里的是什么人,但他们展示给我们的脸,还有身体……怎么说呢,既普通,又让人觉得不可思议……她看上去就像个人类。"

九

不管建造师是谁,也不管他们的崇高使命是什么,但他们对于河流有无比的喜好。大船的岩石和超异纤维上分布着一条条错综复杂的凹槽和隧道,刚好能完美地让甲烷或氨水、硅酮或液态水自由地在底部流淌,时不时聚集在一起,形成湖泊和小型海洋,接着又漫过河岸或海滩,继续它们那诗意的旅程。首批探险者发现了储量丰富的冰、能提供热能的强大反应堆,还有多种环境控制手段来调和这些融化的珍宝。在每一个深井的底部都守候着泵和附带的导管,它们没有其他功用,只是用来把这些河流往高处提升。偶尔,两个或更多的空腔会连在一起,完全不同的化学物质相互混合,星系两头的生命形式突然间共享起了同一条河流。其中一个巨大的空腔内,十多条主河流以及三十多条支流在此交汇。这是一个圆形的空间,位于一个高耸的穹顶之下,穹顶由镜面超异纤维构成。几乎平坦的地面则由砾石和河底的污泥铺成,外加大片平静的水面。这个直径八十千米的空腔大到足以让人觉得它是个小行星,尤其当你身处空腔中央的时候。缓慢的流水逐渐扩散,最终合并在一起,变成一道水流,落向一个简单的超异纤维喉咙——一个似乎没有底的坑洞,坐落在空腔的正中央,直径足有一千米。它通往一座由泵和滤芯组成的迷宫。工程师在坑洞周围建造了一系列平台,数十亿乘客及船员曾经站上过其中的某个瞭望台,看着如同海洋一般的水量泻入黑暗,发出咆哮,隆隆的响声足以震聋人类的双耳,让人在每次参观之后都会失聪至少一个小时。

浣生离开的时候很高兴,很聋。在平台上时,她唯一的伙伴是一伙鳃人。他们没怎么关注下面的奇景。一副本人是更值得看的风景的样子。他们一个个都在偷偷制作自己站在这位名人声波旁的声呐照片。说"偷偷"其实不准确,这些家伙干这个时几乎不加掩饰。

浣生离开了她的仰慕者,一辆密封车载着她,飞快地前往上游。缓慢的河流形成的浅滩上,一片片湿润的土地和沼泽彼此间杂。一条条河流界线分明,干泥和倔强的植被筑成的堤岸牢牢地把守着宽阔的河道。每一棵树都有自己的颜色,都有独特的、显眼的外形。来自几十个世界的生命在这个巨大的空间内共存。每一天都有一两条河流泛滥,将河水灌入邻居的河道。干燥的地方会被一扫而光,新的种子会从淤泥之中发芽。一条新的水流会冲刷出一百个新洞,同时用稠密的淤泥将老洞掩埋。与此同时,奇形怪状的鱼或其他看着不像鱼的东西会迁居到新的深水之中。在整个银河系,没有哪个地方像这里一样,如此之多的物种亲密地生活在一起。每一天,本地的生态系统都会转变十次。小物种会灭绝,新的物种被河水带来。这些河水可能已经蜿蜒了一万多千米。在平静的水面下,通过自然或其他方式,全新的物种会冒出来。

在一道更高、更稳定的河岸上,耸立着一丛蓝色的树,树下种着地球上带来的绿色玉米,有人在那里建了一所小木屋。尽管知道木屋的大致位置,她第一次经过时仍旧没有看到它。她想笑,却没笑出来,只是嘴角抽动了一下,算是对这么长时间以来的紧张情绪做了个小小的反抗。随即她调了个头,折返回来,将车子停在远处的棕色黏土和狗尾草旁。

浣生坐在密封车里,双手相扣。耳朵渐渐复原、能听到虫鸣和小鸟的歌声以后,她爬下了车,舒展了一会儿身体,开始步行。过了一小会儿,她能听到靴子踩在烂泥地上的吱吱声,还有瀑布低沉的咆哮声。后者离这个无名之地足足有二十千米,虽然被消音板降低了声量,但依旧很响。接着,她听到近处的流水漫过低矮的污泥河堤。一个长长的钛礁体躺在她的右方,左方,在另一种类型的水中,一条鲸鱼般大小的鱼躺在巧克力色的浅水里,晒着人造太阳。

木屋很小,所处的位置很巧妙。浣生一时没有发现它,直到她看到了坐在敞着的门前的女人。无论哪个方面看,她都是个娇小、脆弱的生物。她似乎在睡觉,身下的椅子像是某种河豚,死之前膨胀了身体,坐着可能不太舒服。她身上的衣服很简单,也很旧,染成和天空一样的银蓝色,可以让她在抓鱼时隐藏身形。她以鱼类为食。

浣生往前挪动脚步,尽可能不发出声音。

睡觉的女人一动不动地坐着,就像一幅某个贫困时代的人物肖像。浣生联想起了某个处于半饥饿状态的农家少女,可能因为患有某种古老的疾病正在死去。每接近一步,那个生物看着就更不像人类。她如此娇小,如此瘦弱,皮肤也异常薄,浣生从来没在其他人身上见过这样的皮肤。只有紧盯着她的脸,才能勉强辨认出头颅的轮廓。她仿佛是寥寥几笔画成的,细小的牙齿,大大的眼眶。虽然这是个人类,但从上千个细节来看,又似乎不是。

浣生再次踏出一步。

女人没有动。她似乎都没在吸气,仿佛屏住了呼吸,等待着开口。终于,薄薄的、宽阔的、聪慧的嘴唇微微分开,话音从中飘出,眼帘也随即张开。

"时间到了吗?"她问道,"这么快?"

"是的,小不点儿。"浣生说道,在她不久之前刚恢复的耳朵听来,自己的声音里含着些许歉意。

巨舰才航行两百个世纪时,原先的一副来见浣生,要给她分派任务。当时她还只是个中层的船长,正开始崭露头角。

"这是我的荣幸。"浣生道。

"这么说很蠢,还有点儿好笑。"迈尔辛回答道,"你还不知道我要你做什么。"

有生以来,浣生只在首领的宴会上跟这位伟大的女人攀谈过,而且总是聊不了几句。她觉得光荣,不愿从自己的承诺面前退缩,"只要能帮到大船,任何事都可以,长官。任何不起眼的事都可以。"

"或许你该帮的是我。"迈尔辛嘟囔了一句。她是个身材高挑、脸庞窄窄的女人,以个人的雄心著称,具有无与伦比的天赋,是首领最得力的助手。她说:"我有个麻烦。不是大麻烦,但是个难题。我需要一个能给人留下诚恳印象的船长。事情办完以后,我的命令也只能有我们三个人知道。"

"我们三个人?"

"应该说,只有你和我。"女人笑了,尽管没有什么值得笑的地方。她接着说道:"一切都取决于你的决定。除非我不喜欢你的决定。"

不算大的麻烦跟一艘奇特的星舰有关。它很小,却动力十足。从它的代号判断,这是一艘早年的高速飞船。维护得很糟糕,又遭到不少破坏。某个勉强够格的人修理过它,给它强健的引擎添加了燃料。飞船的人工智能也遭受了严重伤害,让它变笨了,几乎忘了过往的一切。根据日志的碎片,小飞船本该接一批富有的殖民者上巨舰。事实上,大船上仍有二十多个标着名字的空公寓,至今仍在等待着那些客人的来临。登船款项是从一个十分遥远的人类世界转来的,但这些名字和它们背后的人一直未能抵达终点。据人工智能报告,一团彗星物质击穿了超异纤维装甲,爆炸形成了一个超热的等离子辐射火球,弹片飞溅的速度超过了光速的一半。

只一刹那间,那艘飞船上的每一个人都死了。

凑巧的是,有个女人刚怀孕没多久,胎儿悬浮在她的子宫里。在殖民者中,这是很常见的做法:和一个即将出生的胎儿一起抵达新家园。准妈妈死了,但在搜寻幸存者的过程中,受损严重的人工智能发现了一个虽奄奄一息但仍然活着的个体,躲藏在一具扭曲的、没有头颅的尸体内。

使用仅存的医疗机器人,人工智能设法让尸体活了过来,变成一具没有思维的肉身,拯救了胎儿。机器的大多数智力都被破坏了,也没有明确的指令,但它决定尽自己最大的努力来帮助旅伴。几个月后,女孩出生在一小团温暖的、勉强能呼吸的空气之中,靠着吃回收的肉和骨头长大。没什么能喝的,只有污水,有时甚至是她自己经稀释的尿。人工智能无法直接和她沟通。它受损严重,又实在太忙,忙着让这艘废弃的飞船保持功能。除了钻石窗口外缓慢变化的星空,没有什么能看的东西。女孩在极端匮乏的环境下长大,饱受磨难,接触不到任何东西,除了紧邻的冰冷舱壁和悲惨的她本人。所以很自然地,从各个方面来看也有足够的原因——这个可怜的生物彻底疯了。

彗星的撞击让星舰偏离了航向。它的速度比巨舰快，从后者面前飞过时未被发现。箭一般笔直的航线带着它深入了银河系，掠过无数颗恒星，最终又回到一个十分接近巨舰未来航路的地方。

这份不同寻常的记载表明，人工智能驾驶员发现了一个邻近的双星系统，还有围绕着它们旋转的有生命的行星。经过一系列非常漂亮或是非常幸运的操作，它设法燃烧了最后一点燃料，抵消了大部分惯性，随后将它唯一的乘客弹射出去，让她坠落到行星最大的大陆上。

仗着能够永生的身体，女人熬过了撞击和之后的几次假死。接下来的几千年里，她生活在本地的异种中间。这是一种名叫迪拉的小型类人动物。在早年，她被当作神明，受到崇拜。迪拉教会了她他们的语言和文化，她偶尔也为他们的发展做出贡献。在她漫长的生命中，她观察着收养她的物种如何打造自己的文明，逐渐了解了宇宙和他们所生活的行星，以及那两个在明亮的天空中亲吻的太阳。

"你的名字是怎么取的？"第一次见面时，浣生问她。她说了两次自己的名字：第一次以迪拉的方式，接着以人类的方式。"小不点儿，"她说，"意思是渺小，不值一提。"

"这就是我，"小个子女人自言自语，"渺小，不值一提。"

老师教会了这个小东西人类的语言。但小不点儿说得更流畅熟练的却是异族语。她移动四肢的方式也和所有人类不一样。她是由其他物种养大的。记录中有这方面的例子，但都没有小不点儿的生命那样漫长或离奇。

"你说你是他们的神，"浣生问道，"怎么会有人把自己的神叫小不点儿？"

"因为我不是个厉害的神，他们很快就发现了。"

她脸上和身体流露出异常悲伤的神态，但是，这种神态看着不像人类。刚出生就挨饿，加上以外星奇怪的氨基酸作为营养来源，摄入的又是错误的矿物质，形成她这样的身体倒也不奇怪。但迈尔辛担忧的是，她不知道她究竟是真正的人类，还是一个异种生物，穿着精致的迷彩。现在，这也是浣生的担忧。浣生的任务是分辨何者为真，至少做出最佳的猜测。这具娇小的躯体，里面的灵魂……它们真的像她所表现的那么简单？仅仅是单纯的奇特？

或许小不点儿明白这次面谈的重要性，又或许她只是想给自己的谎言再编织些动人的细节。总之，她向年轻的船长保证道："迪拉的思维方式和你们很不一样。"

"是吗？"

"我思考的方式和你们的，还有他们的也不一样。我没有迪拉的大脑。我没有它那样的本领，但从那个大个子女人跟我说的话来判断——"

"迈尔辛？"

"我觉得你们……你们这个物种……我觉得人类对宇宙的看法有点奇怪。"

"有点儿?"浣生轻声笑了,"什么意思?"

"任何可能发生的事,"小不点儿以平静确信的口吻说道,"注定会发生。任何可以发生的事,毫无例外一定会发生。"

"这是迪拉的信仰?"

"这是他们的认知,也是我坚定的信念。"大眼睛盯着房间远处的角落。这其实是个牢房,但比她在破损星舰上的小小居所舒适许多。"迪拉的心智对宇宙中的量子效应非常敏感。他们做的每个动作、他们看到的每个东西,都包裹在一团概率云中。生命同时在朝各个方向发展。在至少一个现实之中,生命总是能得以延续。宇宙——真实的宇宙——包含了数不清的现实。"

"我懂。"浣生强调了一句,几乎像是随口说的。随后,面带着精心伪装的笑容,她接着说道:"我们有几个关于宇宙的理论。其中的两三个相信平行世界的存在。"

小不点儿对她笑了——以迪拉的方式。随后,她用一种在两种语言中都属于轻蔑的语气,道:"你们有的只是数学。但你相信大一统等式吗?"

"相信它什么?"

"你会在生活的各个方面应用它吗?"

"不会。"浣生只能承认。

"任何你认识的人类——就这个问题而言,或是任何别的生物体——他们中有人相信无限世界吗?"

"看情况吧。是的。"

"这比不相信更糟糕。"小女人给出了判决。接着,久久的沉思之后,她说道:"我们有两个太阳。它们非常接近,相互间碰到了一起,就像爱人。"

这种情形偶尔的确会发生。双星在诞生之初就紧挨着,围绕它们共同的引力中心飞速旋转。

"我们的太阳挨得太近了。"她轻声说。

浣生等待着,没有开口。

"我观察它们。"小不点儿说,"我有好几千年时间需要打发,刚好用来研究它们那复杂的运行轨迹。我能推测出即将到来的变化。我的世界发生了一次大旱灾,然后又下起了连绵不绝的大雨。双生太阳挨得太近了,它们的大气相互接触,它们的势能在变化。"

"这种局面太复杂了。"浣生附和道,"存在相互干涉,还有引力波。有时太阳可以长时间地相互远离,然后出乎意料地,在几个世纪内——"

"我的世界要灭亡了。"

浣生第一次做出了迪拉的举动。迈尔辛制作了一个小小的肢体语言表,此刻她用了其中的一个,试图表现出自己的理解和同情。

这个举动让这个奇特的小女人很高兴。她叹了口气,以迪拉的方式笑了，接着又换成人类的方式，轻声说道："我的人民竭力拯救自己。计划在外部行星建立殖民地；还有个更宏伟的计划，试图将我们的世界推到更外层的轨道，但随后他们听到了大船发出的信息。他们看到了你们遨游整个银河系的邀请。你们那时已经越过了我们，但他们发现了我之前的星舰，它正像彗星一样围绕着太阳旋转。在一系列完全随机的事件之后——正是这些随机事件，让所有的世界都有权决定各自的宿命——他们决定放弃他们所有的大计划。"

浣生注视着那双忧伤的大眼睛。

"他们整修了星舰，却并没有用它来拯救自己，而是把我放上飞船，设定了追赶你们的航线。因为我和你们同属一个物种。因为他们感激我给予的小小帮助。因为在当前这条狭窄的现实河流中，他们希望我能抵达原本的目的地——即使在拖延了这么长时间之后。"

"你自愿来的？"浣生问道。

"不是。"小不点儿坦诚道，既愤怒又哀伤，"不是，我不是一个出色的迪拉。我希望我是，可惜不是。"

浣生点了点头，等待着。

过了一会儿，小不点儿说道："我抗拒他们，尽了最大的力量，但他们折断了我的胳膊和腿骨。在我无助的时候……在我的身体自我恢复的时候，在我的飞船准备出发的时候……他们对我说，'不要这么自私,小不点儿。这不是你的权利,想都不要想。即便我们想,我们也无法改变哪怕一小点儿的命运。'"

屋子内部只有一个房间,零星布置着简单的家具,让人觉得很舒适。小不点儿给客人端上一小盘冷鱼和一杯叫不上名字的茶。茶水在两人的嘴唇上留下鲜亮的紫色。她们有一搭没一搭地聊着。当她们开口时,说的都是跟自己有关的琐事:三角洲的天气、奇怪的物种去了哪里、当上一副之后的负担。沉吟许久之后,浣生看着屋子的主人,目光中混杂着歉意和温情,向她保证道:"假如你希望留在家里,我可以让另一个人来承担此行。愿意的话,你可以推荐一个人。你比我更了解候选人。"

小不点儿站起来,走到唯一的一扇窗户前,看着外面平静的水面。随后,她抚摸了一下窗框,让河流消失。即便坐着,浣生依然高到足以看到另外一条河流从完全不同的时间奔腾而至,仅仅这一瞥,已经将足够的信息告诉了她。

迪拉。

很久之前,迈尔辛曾来到这位年轻的船长面前。"我想知道你对那个奇怪的小东西有什么看法,"她说道,"尽可能地多了解。对她的故事有怎样的解读,是相信,还是不相信。然后来找我,给我你最终的报告。"

"我相信她。"这是浣生最终的判断。

迈尔辛似乎赞同地点了点头。但随后她问道："你相信什么?"

"小不点儿是个人类。她出生在可怕的环境中。生命最初的几千年缺乏智力与情感上的教育,然后突然间又发现自己身处于异种之中。这就是她看着不像人类的原因。她确实不完全是个人类。我猜迪拉尽力了……但她半饥饿状态的大脑没能完成正常的、健康的发育——"

"确实如此。"迈尔辛回应道,"你找过迪拉吗?"

"当然。"

"发现了什么?"

浣生迟疑了一下。"沿着她星舰的轨迹回溯,"她坦承道,"那里有一个太阳系,但只有一个太阳。过去的几十年里,两个小型的太阳合并了,变成一颗炽热的蓝巨星。迪拉原本的家园已经变成了一个过热的水星级行星。"

"你给她看了你的发现?"

"是的。"

迈尔辛对着浣生头上的某个方向眯起眼睛,"她有什么反应?"

"悲伤,"浣生说道,"绝望。但也有接受。"

"因为她的母星只是在这个现实中灭绝了。"副首领接过话头,"她是个人类,但也是个迪拉。你同意这种说法吗?"

时间回到当下,浣生在心底暗自嘀咕了一句。

小不点儿转过身,出其不意地笑了。她问道:"你在想什么,长官?"

"过去。"浣生承认道,"我在和一个去世的女人说话。"

小不点儿似乎能理解。她点了点头,又一次看了消失的河流一眼。随后她再次触摸窗框,让窗户飞快地从一个外星世界切换到另一个外星世界。

"我怎么会拒绝这个任务呢?"她问道,语气中的调侃成分多于不悦,"我怎么能让别人替代我的位置? 这是我该航行的河流,能充分发挥我的能力。我的命运就是活在其中,并在其中死去。"

浣生没有接话。

她又和迈尔辛站在了一起。她再次做出解释,"那女人就是她表现出来的样子。不管她是人类还是迪拉,我相信她。她也不会对大船造成任何威胁。"

迈尔辛发出粗哑的大笑,她的心情很好。"她当然不是威胁。"女人咯咯地笑道,"我们可以监视她。我们可以把她一辈子关在监狱里,或是把她踢回太空。亲爱的,你误解了你的任务。"

浣生惊讶地问道:"我的任务是什么?"

"评估她的能力。"迈尔辛回答道,巧妙地修正了她原先讲过的话,"她不是人类,也不是迪拉。你没注意到吗? 或许是因为营养不良的大脑,或许是因为异常奇特的成长环境。她在行为和思维上似乎有异于常人的可塑性。"

迈尔辛要么已经消化了浣生的最终报告,要么她自己得出了相同的结论。

"我想知道的是,"过去的一副说,"我们能为那个奇怪的小东西找到用武之地吗？有益于咱们这艘伟大的大船的？"

回到此刻,浣生站到小不点儿身旁,将一只温暖的手搭在瘦骨嶙峋的肩膀上。

"我渗透过十几个世界,"小东西喃喃道,"你对我的工作失望过吗？"

"从来没有。"浣生承认。吸了一口气之后,她说出了自己的担忧。"但那不是一个简单的世界,我们对它几乎一无所知。"

小不点儿耸了耸肩,咯咯地笑了。

"我们每天都可能会死。"她提醒浣生。接着,她拍了拍放在肩头的手。"但每一天,尽管机会渺茫,我们都会找到一千种办法活下去。"

╋

　　十几座激光炮将满腔怒火射向目标。它们肩负的使命是保卫
大船免遭碰撞，粉碎、熔化、摧毁和消灭大如小型月球的物体。对它
们而言，眼下这桩差事实在是大材小用。它们的怒火倾泻的对象处
于头顶上方，一条长而缓慢的轨道上。遭到攻击的是一个木卫三类
型的冰球——高度压缩的固态水，埋藏在一个形态优美的钻石型锥
体内。第一波攻击压缩、随后加热暴露的表面，直至超高温。通过
精心改变干涉光的顺序和频率，激光制造出连绵不绝的等离子爆炸
云和白热蒸汽，随着冲击波的加大和目标质量的逐渐丧失，产生了
足以压断骨头的加速度。那艘高速飞船位于钻石锥体的尖处。有
激光炮提供的助力，飞船的发射可以省下大量燃料，还能保护其高
输出的动力源。在船员和乘客的眼中，这无疑是一场精彩的大戏。
巨舰的代表飞往墨水井和它里面的神秘居民——最近的十万年之

中,这次外交任务得到公认,是最为关键的。这次冒险如此重要,以至于首领本人的二副亲自充当指挥官。帕米尔坐在这艘小船舰桥的座位上,扣在防冲击网下面,感觉都快窒息了。最后一点水分蒸发进太空后,他勉强哼了一声,"结束了。"但紧接着,第二阵光线的屠杀又开始了。新的频率袭击着、煮沸着钻石锥体,带来又一次强有力的推进。结束之后,他再次说了声"结束了。"那个珠宝形状的物体在他留下的尾迹上化为乌有,成为一片逐渐冷却的碳原子云。为了他所承担的事业,它付出了自己的质量。

很快,高速飞船以大百分比的光速向前飞去。帕米尔和人工智能再三确认了他们已经驶离了碎片区。有时,在高速碰撞造成的混乱之中,钻石或冰的碎片可能会飞溅到航路前方。虽然不太可能引发灾难,但何必冒险呢?等到完成适当的检查之后,帕米尔同时对他的小团队和大船上的广大听众说道:"启动引擎。"片刻之后,随着一阵纯净、炽热、几乎看不见的喷发,飞船再次加速,将自己推进到超过三分之二的光速。

墨水井就在前方。过去是远方星空下的一团墨渍,现在变成了一片巨大的海洋,深不可测,无边无际。在他们与星云的边缘之间,是一片长达三光年多、几乎空无一物的太空。即便以他们这么高的速度,也要等到巨舰接近最外层的尘埃与气体时,使团才能抵达他们的最终目的地。他们奔向的是一个勉强能看到的目标,他们的生命托付给了薄弱的装甲与防卫系统,以及不知名物种的怜悯。

无论何时，只要首领向公众讲话，她都会提醒听众："星云不是云。它们的密度甚至比最稀薄的空气还低。实际上，按照我们制定的航线，在墨水井中航行的难度，还不到在奥尔特云中的十分之一。"

帕米尔一行刚离开，首领就发表了动听、睿智的演讲。她自己写的稿子，没有征求浣生或代理二副的意见。演说占据了每一个公共频道，她的表现堪称完美。亚斯林是代理二副，和浣生一起坐在舰桥上，那位总工程师愉快且惊讶地笑了。"我做不了这个，"她承认，"没法装出这种甜美嗓音。所以大家不会信任我。"

"你太严肃了，"浣生说，"只关心数字。"

女人觉得这评价更像称赞，很是受用。"奥尔特云很容易对付，"她说道，"最宽的地方也只有一个光月，但我们要在这座星云里穿行三十多年，而且不会有停泊，没有机会休息或维修。"

浣生看着自己的朋友加同事。她们一起在髓星上生活过，亚斯林的才干帮助船长们活了下来，还繁衍了后代。她有理由担忧。如果亚斯林看到厄运即将降临，浣生知道不应该摇头否认，或是提醒自己的好朋友，说什么大船经过种种改造，已经变得更强大了，等等。

大船的防护罩加强了，船壳几乎全部整修了一遍，激光炮的数量也比之前增加了近一倍，深藏在掩体里，遍布于厚厚的、脏兮兮的镜面装甲表面。大船也在不停地调整航向。时不时地，某个大型引擎会点火,短暂燃烧一瞬间,或是持续一整天,推着大船,让它刚好能躲过未来五到十年将面临的碰撞威胁。连绵的镜面阵列和碟形天线时时刻刻刺探着冰冷尘埃的深处,不断地修改星图,其精确度和探测深度是一百年前难以想象的。此外,她们似乎还在得到帮助——各种建议和鼓励,来自生活在那团巨大阴影中的物种。

"请牢记这一点。"首领说出结束语。随后,明亮的脸庞有了笑容,笑容辐射出自豪与不屈的信仰,"在一千多个世纪里,这艘巨舰和船员航行在我们的星系中。我们遇到过数千种物种,他们中的大多数如今跟我们生活在一起。这个团体所融合的一切经验与技艺都属于我们。相应地,我们为那些带来知识的生命提供泊位。面临极端的情况时,我们能够动用任何一个物种都无法比拟的观察力和手段。"

首领全息像的身旁一直在显示那艘高速飞船的实时图像——黑色背景下一个不起眼的亮点。对比起来,在它身后延展的星云显得一望无际,更为抢眼。水和碳形成一条漂亮规整的尾迹,今后的几年中将一直维持基本的形状。跟在飞船身后的尾迹终将与墨水井相撞,扩散开来,进一步冷却,为这个壮观、稀薄异常的物体增添一两口气息。

"这当然不仅仅是个工程问题,"亚斯林承认,声音低沉,略带希望,"聚合水塘完全是另一个谜题。当然,也不排除这种可能:它们碰巧也是所有问题的答案。"

墨水井里的居民用它来称呼自己。

聚合水塘。

浣生点头表示同意。她在一个安全频道上用了一整片镜面阵列充当自己的眼睛，观察着那条温暖的喷气尾流。看不到有什么东西。即使她知道那里有东西，也无法让自己的眼睛找到它。她看了又看，过了一阵之后，她对亚斯林说："你的伪装工作很出色啊。真有你的。"

她朋友轻声笑了，略有些得意。

"我们有足够的理由感到骄傲。"首领对着全船说道。

几十亿张脸，不管是在家中，还是在长长的大街上，都愉快地点了点头，或是用其他同等的方式表达信任与希望，至少是愿意相信。

工蚁人属于小型生物，至少在有机体中算小家伙。在违望者大战之前，他们很少能进入头等乘客的名单。他们狭窄的身体上长着三对肢。第一和第三对分别起到腿和短胳膊的作用，中间那对长肢向上伸着，末端长着灵巧的手。中间肢的中间长着一个眼窝，提供全方位的视觉。他们进食的嘴长在前面，各种各样的耳朵安插在一层层骨板之间，这些骨板从前保护的是他们长长的、暴露在外的背部。他们是其母星上的几个智慧物种之一。那是个低重力环境，此刻已在他们身后两万光年。巨舰临近的时候，那个世界的所有物种都看到了这个惊人的景象，听到了电磁频谱各个频段上意义明确的广播。但因为文化和政治上，还有地位及经济方面的原因，只有工蚁人表达出严肃的兴趣，想参与这个伟大的航程。

为了支付旅费，他们借用了巨舰传播的星舰图纸，加以改进，制造了一支圆滚滚的超异纤维舰队。飞船里装着注满液态氢的燃料箱，还造了一个微型黑洞，它被加上了高能电荷，悬浮在一个电磁笼里。船长们并不特别需要氢，这些寒冷的湖泊最多只能短暂地为巨舰引擎提供燃料，短得不超过数次呼吸的时间。但微型黑洞却有其用处，多数情况下用于搜索和通信。问题是，大船内部已经住了太多危险的小怪物了。不过，来的每艘星舰上只有不多几个工蚁人，讨人喜欢之外，他们的工作也证明他们是天才的修补匠人。于是，他们欣然接受了位于深处低重力区一个斯巴达式的生活区，轻松融入各种奇怪的物种之中。那已经是两万光年旅途之前的事了，意味着时间已经过去了六万年。登上大船的数千个移民缓慢、耐心地发展着，靠修理大船工程师顾不上的非关键系统维持生活。在某些情况下——假如情况紧急，或是某种许可证还没来得及申请——工蚁人能够在最短的时间内，像平常那样保质保量地完成工作。如果可能的话，最好能在黑暗中干活儿，因为它们是夜间生物。当然，要价不会低。但他们从来不会说客户的闲话，始终安静地生活在各种异族之中，用赚到的利润购买新的生活区，让他们的孩子在那里养育自己的家庭。最后，零星的几个殖民区已然发展成了一个有五亿人口的国家。

"阁下。"领头的工蚁人站在维修营地的入口处,开口说道。该设施用钻石建造,布置简洁,看着像一连串透明的气泡状结构,坐落在开放的船壳上。调暗的光线,成了令人舒适的昏黄色。高重力支撑架帮助他在说话时站得笔直,"您的大驾光临是我们的荣幸,殿下。"

"谢谢。"浣生回答道,微微鞠了个躬。

"谢谢您能前来。"领头人通过翻译器嘟囔了一句,"您要来点儿喝的吗?来点儿吃的?或者,我们可以为您唱歌——"

"都不用了。谢谢。"

"如果有需要——"

"我会开口的。"

"我们乐意效劳,陛下。"

离高速飞船发射已经过去了二十个月。现在,墨水井覆盖了大部分的天空—— 一团没有特征的黑色,不会向人的眼睛透露任何信息。唯一能看到的壮观景象就是偶尔亮起的闪光,那是激光击中某个山一样大小的威胁,接着是五彩光晕,防护罩承接了离子化的碎片,将离子碎片从太空中拉过来,送入精巧的、配备厚重装甲的设施,采集其原材料,根据元素组成分门别类,随后将宝藏送入库存,或是售卖给某个重要企业。

领头的工蚁人一弯腰,拦腰弯下,两对腿并在一起,将眼窝抬得离一副的脸更近,"希望我没有打扰您的重要工作,大人。"

浣生耸了耸肩,"此刻还没有。"

"但他们拒绝离开工作场地。"这个异种接着说,"我知道他们有留在这里的许可。但我们有任务,还有时间表,如果这些深层的空洞不尽快补上——"

"这些都是小问题。"她打断道。

对于工蚁人而言,没有小问题。他突然间换成紧张的语气,"女士,我知道您允许他们查看这些空洞。这就是我首先通知您的原因。过去的三十二天里,我和我的团队没能干成任何工作。或许这些空洞还有别的用处,但如果是这样的话,我们必须找到别的工作。存在的意义就在于工作,长官。只要他们还留在这里——"

"你们就无心工作。我理解。"

工蚁人垂下眼窝,深思一阵之后,他决定不再开口。

"或许我该跟他们说一声。"浣生提议道。

"可以的话,好的,长官。我们大家都感激不尽。"

她往设施深处看去。数百个工蚁人都在左右摇摆着身体,以示感谢。还有他们的机器人,数千个像昆虫一样的身体正在做着他们那个世界上表示磕头的动作。

"你们的交通隧道在哪里?"副首领问道。

"往这边走。"领头的说道,"我带您去。"

浣生轻声道:"谢谢。不用了。"

头顶正上方的一大块冰炸开了,瞬间就被一个纳秒级的紫外光脉冲消融了。

"留下,"她下令道,"交给我一个人就行。"

战争期间撞上大船的那颗彗星,其个头及质量都相当不小。直径三十千米,密度等同于岩石外面裹着一层新雪。它本身的速度很小,但大船的速度提供了很大的动能。换成任何一个普通的、由岩石和铁核构成的行星,肯定会被穿透,但船体是由更为坚固的材料制成的。热量和动能被引入隐藏的维度和只能推断其存在的区域,但损伤比正常情况下更严重,因为撞击点十分接近一个由几十亿年前更大的撞击所造成的伤痕。当时,一个月球大小的物体撞入大船,制造出了一个巨大的撞击坑,以及一圈微小的、相对无害的空洞。最早的一批雷莫拉人修补了表面,用的是最高等级的超异纤维。工蚁人的任务就是给这项始于十万年前的维修工作收尾,让船壳变得跟建造完成之初的十分钟内一样坚固。

专门为工蚁人打造的密封车对浣生来说有些小,空气也过于浓密,含有大量二氧化碳和水蒸气。每一次呼吸所带来的热气,都让她想起过去蒸过的桑拿。车速很快,转眼就到了目的地。路上的时间实在太短暂,让工作过度的船长没办法偷闲睡一觉。

咔的一声响过,车门消失了。

车外的空气稀薄了许多,异常干燥。一条原本狭窄的裂缝被扩大了,几米厚的受损超异纤维被剥离了。这是为了制造出一条通道,同时移除所有哪怕只是略微受损的地方。留下的是一条长长的、昏暗的隧道。在已做好准备、即将开始最终修补的地方,灰色的墙壁看着像是镜子。很快,大气将被抽干,上百万升新鲜出炉的高等级超异纤维将被注入空洞。新材料将毫无阻碍地与其余的船体融合,等到修复完成之后,只有最执着的专家带着最精密的探测器,才能观察到留下的拼合处。

这就是超异纤维的奇迹之一——无与伦比的融合力。无论是最微小的移植,或是大型的修补,都能完美融合。

浣生耐心地走着,但速度不慢。经过一个长长的、和缓的左转之后,通道再次向右方延展。转入那个弯道之后,她开始听到轻微的、平滑的、夹杂着人类说话的声音。

进入房间之前,她停住了脚步。

"请你考虑一下。"一个声音说道。接着响起的是某个人工智能的高密度语言,语速快、效率高,是为了探索高等的数学领域而发明的。

"考虑一下这个。"第二个声音回答道。

第二轮的机器话音更响亮,语速也更快了。一个纽联器为浣生做出翻译,另外三个竭尽全力为她解释听到的是什么。但一个接一个,她的装置都触到了能力的天花板。它们有的道歉,有的只是陷入沉默,因为太过羞耻,不愿再说了。

第三个声音说:"谢谢。"

接着响起了第四个声音,听着异常耳熟:"你为什么还不进来呢,母亲? 别担心,你没有打扰我们。"

一副走进了房间。

官方地图上标注的任何小东西,在现实中都令人惊叹地庞大。房间足有一百米宽,有人——显然不是工蚁人——布置了明亮的光线,把空气换成了类似地球的气味。穿着橡皮身体和古代服饰的人工智能随意坐在各种突起和墩子上,全不在意它们锐利的、如同镜面一般的边缘。洛克是唯一一坐在平地上的人,双腿盘着,大腿上放着一只干锤翅鸟的残骸。他露出迷人的微笑,问道:"他们不耐烦了?"

"有点。"他母亲回答,"他们已经准备好注入超异纤维。你想被永远埋在这里吗?"

一个较为人性化的人工智能做了个吓得一缩的表情,只不过缩的速度堪比光速。随后所有人都笑了。一个橡皮身体站了起来,以示友好。

"我们该离开了。"这个人工智能说。

"别急。"浣生说。等所有人的目光都集中到她身上后,她问道:"为什么是这儿? 你们发现什么了?"

"是我的主意。"洛克承认。

她没有吃惊。

"换到这里,以唤醒我们的创造力。"站着的人工智能说。它有一张女人的脸,满是皱纹,像古代的圣贤。但声音却很年轻,孩子似的。"我们有问题需要思考,有谜团需要解答。"

"新的问题?"浣生问道。

"从新的角度来看,"机器回答道,"每个问题都是新的,都能促人深省。"

洛克站了起来。一个小小的违望者口袋躺在他身旁。他伸手去解皮绳时,母亲看到了熟悉的东西。

"让我来。"她说。

他假装没有听懂。随后又想拒绝她,至少问问她,自己有没有拒绝的自由。但他没有这么做,他决定交出这个紧紧叠起的铜蝇翅膀。如同任何一个对母亲的意见敏感的儿子,他再次强调:"这些都是简单的、明显的问题。"

"我知道。"

"需要考虑的问题。"

"安静。"浣生说。

她拿着铜翼的手微微颤抖着。浣生注意到了自己在颤抖,觉得有些好笑。深吸几口气后,她打开了这个已然变旧的东西。

洛克用手写体写下了他的问题,从圆形翅膀的一头开始往下写。

"巨舰有目的地吗?"他写道,"如果有的话,人类在把它据为己有时是否破坏了它的航程?"

浣生的脸僵住了，微微点了点头。

"大船是要前往某个特定的目的地吗？"洛克问出了声，声音很轻。

"它的目的地是哪里呢？"她大声读了出来，"跟髓星中心的囚犯有关吗？"

她接着念道："或者，大船是在逃离什么吗？如果是的话，人类破坏了它的计划吗？"

她看着儿子。

洛克什么也没说，想用疲倦的笑容来掩饰。

她读着更多的问题。有几十个，跟他说的一样，没有什么新意。她曾经有多少次在脑海中琢磨过同样的问题？但在忙碌的年月里，浣生只是偶尔才会在恍惚中思考这些无法解答、无从下手的神秘。

"巨舰是否正航行在既定的线路上？"洛克在后面的日子写道。字母更清晰，墨水略微有些反光，表明它们是由奇特的浆果汁做成的。"它的航向是否被月球大小的流星撞偏了？"

她再次抬起头来。

"问得好。"她评论道，"这就是你在这里的原因？为了寻找灵感？"

洛克笑了笑。

"还有呢。"他说道，"把翅膀翻过来。"

怀着对这个早已死去的残肢的尊敬,她小心翼翼地把翅膀翻了个个。

"假如巨舰偏离了航向,"她大声读道,"我们人类以及与违望者的战争是否属于某个宏大计划的一部分? 这个计划能否将巨舰再次引领到正确的道路上?"

她点了点头,呼出一口气。

随后,她读出最后一段话,读了两遍。

"过去的几十亿年时间里,巨舰是否一直在逃离某人或某物?"

"这个东西是否一直在后面追赶?"

"假如有追赶者——假如、假如、假如——那我们人类迫使大船改变航向,迫使它踏上了一条懒散的、环形的轨迹来穿过我们的星系,这么做究竟造成了多大的破坏?"

墨水井

　　众多专家帮我安上了新的声音。利用海量的经验、加上大胆的尝试,他们让我听上去显得既谦逊又自信、既友善又坚强。在微波和红外线的浅唱之中,我向星云展示了我的渺小。一个瘢痕。一个点。我比数学上的点强得有限,在太空中居无定所,默默地划过,不会申述,也不会索求。我的轨迹只不过是一个错误。我承认自己给生活在寒冷黑色星云里的人带来了不便。为此,我感到抱歉。利用附近世界的形象和语言,我创造了一个词汇表。我先展示了语法逻辑,在此基础上作了详尽真诚的解释。我是一艘船。我承载乘客,没有其他用途。我没有提到髓星,也没有明确装载的货物。这不是撒谎,而是合理的遗漏。我怎么可能知道肚子里装的究竟是什么?我用了各种方式道歉。这次绕道不是我的计划,我希望能做出补偿。在穿越银河系广袤空间的过程中,我学到了一些经验。如果我必须付费才能穿过某些人的空间,我会付。我乐意支付。知识是我最好的货币。好几千种物种生活在我体内,我累积了他们的经验。因为我的打扰而造成的惊慌与不便,我会大方地加以补偿。"你想要什么?"我问黑暗,"我在听。告诉我你需要什么,我乐于将这些东西送给你,以换取我不可避免的存在。"

这是一个哀求的声音,希望能起到作用。但有时我也会改变说话的语气。照着一个精心准备的讲稿,我会暗示自己也有另一种面貌,另一种态度。跟宇宙相比,我很渺小,是的,但我也很古老,异常强壮。星云里的尘埃和冰块不会对我造成威胁。我不仅能在几十年的时间里穿过这片黑暗,在抵达另一端的时候还会变得更为富饶。我的防护罩可以捕捉任何对我有用的物质。我的激光能消融任何阻碍我前进的物体。假如有必要,我会点燃宏大的引擎,用足以推动行星的力量来改变我的轨迹。

谦卑地,我请求星云帮助我完成穿越。

不怎么谦卑地,我暗示我其实不需要太多帮助。我的请求是出于礼貌,为了符合银河系的行为规范。我是某个地方的公民,那个地方比任何由尘埃与灰烬组成的小小星云都要大上无限倍。我没有用语言、图像或数学来描绘它,但吹嘘就隐藏在我的声音之下。

我对着黑暗诉说。

我吹嘘。

我假装在对话,回答了所有可能的问题,它们都来自我尚未听到的声音。

后来，经过多年的诉说却没有得到回应，我陷入了沉默。有时沉默是更好的表达方式。我的每个频道都坍缩成了一个无声的低吟，我一直在朝着被称为墨水井的地方坠落。

还有三十年。

二十五年。

此刻，还不到二十年。

或许还没人听说过我。在船长们和其他知情者之中，这种可能性被广为接受。他们推测那片黑色之中的生命自有其发展规律。但是，说真的，为什么一定会有生命呢？那些缓慢的飞船可能是某个消失的物种留下的愚昧机器。离子化的水蒸气河流可能有自然的源头，温暖的小行星亦是如此。我们对黑色星云有什么了解？显然并不足够。即便里面存在着智慧物种，已知证据告诉了我们什么么？附近的世界描述过一系列的形态和身体设计。或许就是这么简单。一个庞大的空间和物质，足够数百个物种生存。但和巨舰不同，他们没有团结在一面旗帜之下。他们可能是一群乌合之众，各有各的问题，出于尚未揣测到的原因，这些物种无法或是不愿对来自外面明亮宇宙的招呼做出回应。

在缺乏证据的情况下，这个说法流传开来。

最后，在为这种新的可能性制定策略时——在专家们开始为我定制一套新的说辞、让它更适合对着一大批听众演讲时——答复终于来临了。

它很短。简洁、优雅、全面,无论从哪个角度来说,都令人欣慰。出现的第一张脸上露着笑容。看上去是个人类。他是个英俊的男人。声音流利、愉悦、温暖,微笑的嘴巴吐出一串问候语,后面跟着一个简单却令人难以置信的自述:

"我叫欧雷乐。我曾是巨舰上的一名乘客。当局势变得异常险恶时,我逃走了。"他停顿了许久来嘲笑自己的怯懦,"我本该已经死了,就像大多数吓坏了的蝙蝠。但我很幸运。一艘远离家园的聚合水塘侦察船听到了我的信标。更幸运的是,它追踪到了我的位置。它追上了我,并救了我。你们可以想象我是多么高兴。"

这是他们第一次听到这个名字。

聚合水塘。

在解释这个名字的时候,欧雷乐承认道:"我不是个语言学家。不过这个名字应该大体上能反映他们对自己的称呼。"

图像变宽了。

曾经的乘客轻松地坐在一张网椅上。有上千种线索都能显示当地的引力还不到一个G的十分之一。"这是我的家。"这个幸运的人说,"不难猜到,他们希望你们派个小组来这里。外交官、船员,或是像我这样的乘客。他们想要大船上各个地方、各个层级的人类组成一个代表团。"

男人浅黄色的眼睛里闪过一阵世故的光芒。

"我猜这是我的错。我是指他们对人类的兴趣。我解释了我们是如何找到大船并控制了它,他们对此很感兴趣。他们似乎很在意所有权。"

目光再次闪烁了一下。

欧雷乐后方是他现在的家。视觉上的感受和简单的推测都指向一个漂浮在水面上的结构。墙壁由黑色的框架和弧线形的透明墙面构成。墙面可能不是钻石,也不是玻璃。它的韧性和材质暗示它可能是某种塑料,非常坚韧,易于生产。房间里面散落着几件家具,一侧放置着一个圆形的平台,顶部是平的,除了有几个整齐的隆起。其实就是床。在最远端的墙外是开阔的水面,高高的云层遮没了天空,水面蓝得令人舒心。地平线很近,这个世界似乎跟火星差不多大小,但质量小很多——就像一个水球,包裹着一个由岩石和普通金属构成的地核。大气肯定非常稠密和温暖,被一圈安装在某种顶棚上的灯照亮了。这个人类解释道:"这个蓝色行星有一个顶棚用来保温和维持大气。灯光是为了我。大多数的时间,这里看上去是这样的……"

说完这句话后,天空中的光熄灭了。

片刻之后,看不到的摄像头调整了它的眼睛,刚才那种灿烂的明亮变成了另外一种灿烂。刚才由顶部照亮,现在换成了底部照亮。有的光线来自地表下方的浅层,也有的来自异常深的深层。高高的、潮湿的云层因为偶尔的闪电而发光,它们的腹部则反射着无际海洋发出的光。最有趣的当属水了。刚才勉强能看清的水，现在变得很醒目。有东西在水面下移动。看仔细点，就能分辨出鳍、触须和各种肉质的、形状不明的附肢。有个巨大的家伙在附近游动，突然涌起的波浪让房子上下晃动。随后，欧雷乐无所谓地笑了笑，说道："我有很多邻居。"

他房子的地板是透明的。可能是跟墙壁一样的塑料，上方变黑了之后，它变得异常清澈。

他看着自己两只光脚下，看着一个巨大的身影游走。除了腹股沟上缠着一道布条，他整个身子都光着。从各个肉眼可见的线索来衡量，他显得很健康。营养充足，睡眠充分。他看着就像一个完美假期快结束前的男人。用同等健康的声音，他说道："聚合水塘跟我们很不一样。"

他很愉快。但多名人类观察者都得出了相同的结论：他的快乐似乎一成不变。笑容和嗓音太稳定、太自信，显得有些假。欧雷乐的老朋友提供的情报，外加他公众生活记录的片段，都表明这个人从未如此快乐，也从未有过如今这样的满足。

"聚合水塘是非常大的生物。"他宣称。

笑容变得更加明朗。他接着说道："他们有耐心，周到。据我的观察，他们做事也很有条理。我知道他们还没做出回应，但他们收到了你们的广播。他们还在分析。他们给我看了，还征求了我的意见，希望得到我的帮助。因为他们的海洋……你们称之为墨水井……是一个大地方，他们的反馈也会慢一些。"

愉快的笑容再次打断了他的独白，令他放慢了节奏。

"聚合水塘没有首领。"他解释道，"做出决定需要时间和达成共识。但他们中的领导者，他们中最重要的声音……他们希望你们能前来此地拜访。双方使节见面。正如我刚才说过的，他们希望大船派出的是一个人类的使团。因为我们这个物种控制着大船，所以赢得了这份荣誉。"

眼尖的人看到了一个新动静。

欧雷乐挺直身子，用刻意装出的随便语气说："忘了说了，他们不是一个真正的物种。不是我们想象中的物种。"

在欧雷乐的右后方，有东西在移动。在他那张又大又圆的床上的那堆枕头里，一个身影坐了起来，缓缓地伸了个懒腰。因为光线从下方射来，床的上方处于阴影里。一根长长的肢伸了出来，但看不清细节。然后，这个慵懒的身体转了个身，刚好能显出一个剪影。所有的人类都注意到了一个圆润的乳房，肉乎乎的乳头耸立在中央。

"他们不是一个物种，"他对着看不见的摄像头重复道，"说他们是所有的物种可能更合适。不管他们想成为什么，都能办到。"

他再次提到那个名字。

"聚合水塘。"

外星人爬下了床。她身材修长，比例匀称。她全身一丝不挂，泰然自若于自己的形象。她似乎就是地球上经过十亿年进化之后的产物。在任何人的眼里,她俨然就是一个人类。

"我认为他们的名字来源于他们的起源。"欧雷乐说道,"虽然他们并不确定自己是从哪里来的。据我观察,他们似乎对这个问题并不关心。"

欧雷乐迟疑了一下,可能感到了随着她的靠近,房子在水面上荡漾。

她跪在他身后,用亲切有力的声音向遥远的听众说道:"欢迎,朋友们。"

她伸直长腿,往前伸去,分别架在网椅的两侧。

以一种相当自然的举动,欧雷乐爬下椅子,向后一跃。女人平坦白皙的腹部吸收了他的撞击。他尽可能地伸长了腿,赤脚放在她的臀部附近。他身子后仰,对着宇宙露出笑容,把一个硕大的乳房当成了枕头。

"你们怎么看?"首领问身边的官员,"告诉我。第一印象。"

我想说话,但没人能听到。

浣生看了眼其他人,又将目光聚焦到信息剩余的内容上。唯一给出意见的副首领是一个哈鲁萨鲁。生性多疑的奥斯米姆指出:"简单的生物学。把自己变得比对手大,就能赢得任何一场战斗。"

请允许我再次提供我的小小意见。

"但这是个愚蠢的策略,"哈鲁萨鲁宣称道,"不然的话,我们早就长成一千千米那么高了。"

浣生意味深长地笑了。

说出很多人心中想法的是首领。

"我们怎么能确定他们没有那么高? ①"接着,她轻轻地咬了下嘴唇,笑了,笑声比其他人更响亮。

---

①首领本人就采取了这种策略,让自己的体型比正常人类大得多。

十一

　　这里没有事先标定的到达位置,也没有特定的小时或时刻,可以让他们用盛着明亮液体的杯子相互碰击,温暖的手中发出银铃般的声音,祝贺自己穿越了某个障碍,进入了一个全新的领地。对于他们何时能抵达墨水井,就连飞船上的人工智能也无法给出一致的答案——它们原本对任何能够想象出来的物体都自有其见解。他们离星云依然有几个月的距离,穿越着似乎空无一物的空间,他们的机动火箭开始每过几分钟就喷发一次。去掉了每一克多余的质量之后,这艘高速飞船所能依靠的只有仁慈,而不是装甲。如烟的尘埃可以被船首的超异纤维吸收,但有一定的限度。激光可以消融或推开任何比沙砾大的物体。但大型的威胁——砾石和整颗的彗星——最好还是避开。激光以每微秒一次的频率向前方的太空倾泻,人工智能观测着碳元素和寒冰的光谱反射。以一多半的光速飞行时，很不容易看清所有的物体，并及时做出适当的反应。好在飞船又小又窄，携带的火箭比拇指大不了多少，它们能够向船体的各个方向喷射，推它一下，或者一百下。乘客能感觉到的只有这类推动。当几个火箭串联喷射时，飞船会轻微颤动，累积的震动会穿透船体。如果此刻将飞船的轨迹推偏几毫米，那么最终他们将躲离威胁好几千千米。但每一个新轨迹都会面临新的尘埃和大石块的伏击。况且还有一个急迫的、不可妥协的目标，需要他们保持关键路径不变。每一次微调都需要同样的反微调，每一次短暂启动微型火箭，都意味着必须计量后果；随后，一个特地为此次任务打造的、永不休眠的机器会消除后果，在此过程中它展现了高超的智慧、丰富的经验和无比的骄傲。

"我可不是厄尔夏拉①。"机器喜欢自吹。

帕米尔通常紧闭嘴巴，什么也不说。

"有了我，"它絮叨着，"你们不会死在太空。"

多年以前，当帕米尔觉得自己还年轻时，他曾经在一艘极其原始的星舰上工作。厄尔夏拉撞上了一颗大彗星，船上所有人都在一瞬间死去了。运气加上可预测的轨迹，让帕米尔的残躯最终被寻获。他大部分的心智幸存下来，足以灌入一个再造的身体。这个事故加上无比的运气，给了他长久的名气。

人工智能知道厄尔夏拉的故事，它也知道帕米尔。吹嘘是个诱

---

①《星髓》中出现过的一艘飞船，毁于空难。帕米尔曾在上面工作过。

饵。它喜欢捉弄船长,吹嘘所有它自己引以为傲的特征,还有它能给这次重要任务做出的贡献。

"从十光时远的地方,"它声称道,"我可以带着大家钻过一扇谷仓门。"

多么奇怪的说法。帕米尔的第一反应是想查一下图书馆,第二反应是请人工智能解释解释,但最佳的反应是什么都不做。带着故意的漠然,帕米尔飘到他小小舱室的中央,忙着准备今天的日常联络。

"钻过谷仓门。"那声音继续说道,"再给我十个光时,我能从协约拱门下飞过去。"

那是一座古老的火星雕像,帕米尔想起来了。但他依旧将注意力集中在自己那平淡的工作上。连续的遥测束和家中一直保持着联系,但他每过二十四小时就会发一份更详细的报告,加密后通过红外激光脉冲发出。这种做法在此类任务中属于规定动作。不寻常的是第二条信息,它异常简短,加密更深,就像一声轻叹,说给距离更近的一双耳朵。

"我是设计上的奇迹,经验的升华。"人工智能吹嘘道。

是的,是的。但为什么要重复每个人都知道的事实呢?装出漫不经心的样子,帕米尔挺直修长的后背,给飞船下令:"发出每日通讯,马上。"

"奇迹之船遵命。"人工智能说道。

随后，"发了。"

"谢谢。"

片刻之后，帕米尔听到了像骤雨击打在远处屋顶上发出的声音。他们距离可能是，也可能不是墨水井的边缘仍然足有五个光周。但现在每天的威胁更多了——几乎看不见的沙砾旋风，偶尔还有拇指大小的冰块。帕米尔从容地问道："只是尘埃吗？"

"根据我无与伦比的知识，是的。没有别的。"

"给我看看样本。"他坚持道，"五百种光谱，过去的九十分钟。"

须臾之后，数据出来了。

人工智能再次提醒："我可能是有史以来最棒的飞船。"

帕米尔终于上钩了。他不屑地笑了笑，问道："那巨舰呢？"

"又慢又胖。"人工智能回答道。

"又大又安全。"帕米尔反击，"又古老又神奇，又神秘又谦逊。"

"谦逊？"

"也就是安静。"他嘲讽地说。

雨点声再次渗进来，这次来自船体的另一个部位。一小会儿之后，帕米尔的正前方又传来隆隆的敲打声。他露出了冷笑，嘟囔了一声，"我懂。"

沉默。

"我懂你的感觉，"帕米尔继续说，用上了他好几个星期以来的洞见，"别想骗我。因为你办不到。"

"我有什么感觉?"疑惑的声音问道。

"害怕。"

沉默。

"我们正在奔向黑暗。"帕米尔说道,"以一个快得不合理的速度,我们正冲向一个你几乎看不清的世界。首领给我们传来了星图,聚合水塘给了你建议。但所有你接收到的信息都过时了好几个星期,星图相互之间也有矛盾。这是合理的,考虑到传感器也有极限。你比任何一个智慧生命承担了更多的责任。我们的生命,你自己的存在,还有几十亿人的命运。进一步说,一个可能与宇宙同样古老的巨型机器的命运。"

依旧沉默。

帕米尔轻声笑了,注意力回到了数据上。他看到的无疑是普通的尘埃。还能是什么呢? 多疑,加上大胆的猜测,促使他下令查看一个新的谱序,用微波观测。

"这是一个艰难的、该死的负担。"他重复道,接着点了点头,加了一句,"吹嘘是一个不错的把戏。一旦你觉得吹嘘不再有用了,告诉我。立刻告诉我。"

骄傲的声音问道:"然后你会做什么?"

"我会祝你好运,"帕米尔说道,"相信我。一旦到了那种地步,你会希望自己能走运! ……"

舱房狭小。习惯于巨舰内部巨大的大厅和房间的船员必须做出调整。所有参照物都要缩小,个人空间也压缩到窘迫的最低要求。没有十公顷大的公寓和无尽的财物,取而代之的是一个狭小的舱房和一件制服。随着任务的进展,他们适应了这个狭小的存在,甚至觉得它大得超过了自己的需求。

"人类的适应能力强。"佩芮某天宣称。他蜷在异常狭小的厨房里的一个狭小的座位里,吃着一小条人造烤肉。他高兴地接着说:"以我的经验,我们的适应能力强过大多数物种。"

"也更蠢。"帕米尔回了一句。

奎伊·李似乎在听他们小小的争论。在旁人看来,她很可爱。无论她在哪里出现,帕米尔发觉自己总能立刻意识到她的存在。和她的丈夫不同,她喜欢打扮得像过去时代那种享受中年的女人。她长着好看的圆润的五官,笑容温暖。亮黑色的头发中有一丝灰色。但此刻,她的笑容消失了,她用忧虑的语气说道:"声音变响了。"

她说的是雨点似的敲打声。

机动火箭已经火力全开,一直在猛烈喷发。他们离墨水井仍有五、六天或十来天的路程。帕米尔提醒大家,既不是第一次,也不是最后一次。"我们会调整容忍度。"

他的意思是:减少规避撞击的安全距离。

"而且,"他继续道,"聚合水塘坚称碎片区不会变得更糟糕。至少在我们前进的路线上不会。"

只有少数几个人费心再次查看了外星人的星图。大多数人都无法从一个不相识的物种那里得到宽慰，更别提相信他们的大话，说什么能把他们前面黑暗之中最危险的部分扫除干净。这种把戏似乎不太可能。否则它未免太过体贴了。或者更可怕，它是对的——聚合水塘真的可以控制他们家园里的每一粒尘埃、每一片雪花。这种力量太可怕，太难以想象，太怪诞了。只要它的情绪稍微有些变化，就可能意味着致命的威胁。

帕米尔试图把对话引回有意义的话题，他问道："对于最新收到的消息，你们有什么想法吗？"

每个人都陷入了沉默和思考。

纽联器打开，记忆被触发。

奎伊·李最先回应，声音甜美动听，"你听说过这么神奇的生命形式吗？"

帕米尔颇知道一些奇特的生物，但他没有回答。

"他们所透露的……他们的组装方式，还有他们的生理特点……"她犹豫着，"也可能不是这样。他们可能并不神奇。"

"我们不都很神奇吗？"佩芮接过话茬。

奎伊·李点点头，笑了。她用询问的目光看了看自己的丈夫，后者嘟囔出一个巨舰上物种的名字。

她也说了一个。

孩子气地挤了挤眼睛之后，他说了第三个。

　　他们在进行一场复杂的、异常私密的对话。结婚了无数个世代之后，他们如此彻底地将自己分享给对方，达到了任意两个人之间所能达到的相互熟悉、相互接受的最高程度。简单的一瞥就包含了千言万语。抬起眉毛，面露笑容，他们两人异口同声地说了一声，"女王。"随后大笑起来。面对面坐在厨房两头的他们朝对方伸出手，虽然触碰不到，但手指依然蜷曲起来，仿佛两只手握在了一起。对爱人的紧握如此熟悉，尽管彼此之间隔着六七个人，他们仍然感觉在手牵手。

　　这是令其他船员惊叹不已，同时十分尴尬的婚姻。这种婚姻让他们自愧不如，为他们设立了一个可望而不可即的目标，再活一百亿年也无法企及。

　　帕米尔真切地感觉到了他们之间的感情。

　　偶尔，在飘着经过他们那扇狭小的舱门时，隔音盾会出点小毛病，漏出来一个温暖、激动和奇怪的声音。喜悦的呻吟、疲惫的喘息。他给他们起了个绰号叫"度蜜月的"。想起这个，他笑出了声，调侃道："你们两个就不能找个没人的地方吗？"

　　佩芮冲着妻子挤了挤眼。

　　奎伊·李笑个不停，刚才的紧张气氛已经消散一空。她用温暖感性、富于感染力的声音说："非常对不起，船长。我觉得这里只有我们两个人啊。"

距离墨水井还有两天，他们的运气到头了。

"这是系统性的崩溃，"人工智能报告说，"我不太可能……等等……不行，我修不了——"

"是装甲出问题了？"帕米尔蹦出一句。

"不是。V形肘管堵住了。"声音报告说。

"现在吗？"

人工智能突然冒了点黑色幽默："是啊，偏偏挑了这个最不方便的时候。"

飞船正处于重新塑形的过程中。超异纤维伞的主体仍处于朝前的位置，但其余部分正在经历一系列重构。燃料箱、引擎和微型生活舱正在滑动、换位，重组整个机器的架构，让尾部变成头部，为长时间的减速喷射做好准备。

"你需要什么？"帕米尔问道。

"人手。"人工智能回答。

"要多少？去哪里？"

精确的结构图传送到帕米尔的纽联器，以及他舱房墙壁上的简易显示器上。

"妈的。"他骂了一句。

"确实。"人工智能表示同意。

质量限制意味着飞船没有配备能承担这类任务的机器人。如果有必要，他们可以组装出几台，但所需的零件现在散落在各处，眼下都各有各的用处。时间紧迫,至少需要两个人手。更糟糕的是,不听使唤的肘管被冲到了装甲保护圈的外面。在那里停留过久的话,无休无止的原子和小分子雨会将它风化成一堆废渣。

带着真诚的歉意,人工智能说道:"我已经根据船员们的能力做了个表格。如你所见——"

"我的名字在哪里?"帕米尔打断了它。

"你是船长。"它反驳道,"为了飞船,你不能将自己置于致命的危险之中。"

"我现在就面临着这种危险。"他说道,"考虑到经验、资历和体型,还有谁能排到第一?"

人工智能努力搜索,却找不到可以赢得争论的理由。它愤愤地将帕米尔的姓名放在首行,也就是它该属于的地方,随后又耍了个花样,找了些理由把它放到了第二行。

"不行。"帕米尔说。

片刻之后,他宣布:"我,再加上佩芮。"

"他只是个乘客,"人工智能提醒他,"一个自学成才的外星物种专家,几乎没受过这种工作的训练。"

帕米尔点了点头,脸上露出个绷得紧紧的笑容。

"你知道吗?"他问道,"佩芮出生时的身份是雷莫拉人。他在船壳上长大,过了不少危险的日子。"

"这条信息不在他的个人档案里。"

"因为这个可怜的家伙丧失了信仰,"帕米尔耸了下肩,解释道, "他去了飞船内部,找了个新身份,俘获了一个富家女,过上了新生活。但我了解这家伙。如果我有权力选择,我愿意要个丢掉资格的雷莫拉人陪我。我相信,我有这个权力。"

在这里看不到墨水井,超异纤维和近处的一个燃料箱遮挡了视线。然而,即便在他走出气闸、穿过最后一扇分界门的过程中,帕米尔也能感觉到星云的存在。他感觉到了拉力,像一种有形的引力,或是某种能作用于人体感觉器官的微妙力量。他能感觉到黑暗就骑在他的右肩上,就好像他的身体和整个飞船正被吸入冰冷无穷的幽暗。这个可怕的想象让他觉得好笑,令他在厚厚的钻石面罩之后露出了笑容。

佩芮飘浮在附近。"你居然还挺高兴。"他指出。

"快点。"帕米尔催促道。

"但你听着倒挺正常。"佩芮开着玩笑,"又和气,又丧气。"

他们在两个大型燃料箱中间努力前行——超异纤维提供了恒久的压力,将氢气维持在金属态,热约束令燃料相信自己仍然是冷的。除了一线没有星星的太空,看不到宇宙的其他地方。在无声的真空中,随着飞船在黑暗中起舞,帕米尔不禁怀念起了雨点落下的错觉。没有特别值得担心的地方,但他还是多加了一份小心,让本来就清醒的头脑变得更加清醒。他集中注意力,双手练习了一遍动作,这些动作可能会挽救所有人,也可能救不到。

佩芮在说话。通过一个私人频道,他说:"不。"

他说:"你真这么想?"

帕米尔可以在画面上看到他的脸,看到他精致的嘴唇跟留在船里的妻子说话,"爱你,爱你,爱你。"

他们来到燃料箱的边缘。

"集中注意力。"帕米尔提醒他。

佩芮停了下来,关闭所有频道,只留下一个。深吸一口气之后,他的面容变了。原本的孩子气和漫不经心消失了,留下的是坚韧和谨慎。他面露雷莫拉人的坚定神色,带着雷莫拉人的自信,道:"别光顾着说我。你也要集中注意力。"

他们一起飘向开放的太空,宇航服通过磁力绳与飞船系在一起,释放出的小股气体提供动量,推着他们前往一个看着像是粗粗的灰色绳索的东西。等到他们接近后,绳索变得像是披着蜡质装甲鳞片的大蛇。

这条长肢由生物陶瓷肌肉和热超导体组合构成,外覆超异纤维甲片。有了它,加上可以扩张的导管,燃料和其他必需品就能从任意地方传送到任意地方。在一艘没有额外质量和空间的飞船上,任何一台机器都必须承担三种功能。取决于事故的类型,这条长肢既可以包裹船体和燃料箱的破损部位,也能伸入开放的太空,抓取失控的船员。最困难的时候,它能将自己拉得非常薄,变成长达几千米的触须,通过与星系磁场的相互作用,要么缓慢地推动飞船,要么产生足够的能量,维持一到两个生命的存活。某些遭遇极端情况的船员甚至还曾切断过这种管子,从生物陶瓷和超导体里挤出氢,给他们的引擎增添最后一点儿推力。

好在他们还没有到这种绝望的地步。帕米尔感觉问题应该不大,否则他们就该被一阵突然爆发的等离子气体撕得粉碎了。

他朝着长肢飘去,佩芮紧随在他的右方。当他确定自己的轨迹肯定没问题之后,便向左方看去。宇宙变得红彤彤的,也变得略微紧凑了一些,就像燃烧了一整夜之后篝火的余烬。在那片红色的中央,有一个看不见的点。盯着它时,他想起了大船、浇生以及自己忙碌冗长的一生。

两股力量——巨舰和墨水井——正在以同样的强度牵绊着他。

他的宇航服发出嘶嘶声,随即响起轻微的警报声。

V形肘是长肢向内弯曲的部位,从结构上说,通常不会发生意外。来自太空的打击对象是长达数百米的装甲蛇身。他们始终躲在长肢的避风处,还有厚厚的超异纤维宇航服提供保护。即使如此,他们的身体仍然承受着无尽的氢原子、碳原子、羟基离子和一氧化碳的冲击。但这不成问题,经现代化改造的基因可以承受更恶劣的情况。问题在于,蛇状肢的另一面能看到明亮的闪光,每一次闪光都表示受到了大型单个粒子的攻击。

打坏V形肘的撞击远远大于单个粒子。

168

当然,损坏的范围大部分在另一面,几乎在离他们最远的地方。需要两双手配合才能进行有效的修理。两双手开始了工作,在半遮蔽的避风端做着力所能及的工作。但能做的相当有限。佩芮撕开撞击处,帕米尔刺入管子那奇特的肉身,用一系列工具和咒骂,证明了两个人早已知晓的事实:他们必须进入暴露区才能完成维修。

长肢的直径不超过十米,如同患了关节炎一样在此处僵硬地拐了个弯。两人阴沉地对视了一眼,随后用单薄的超异纤维帘盖住自己的钻石面罩。虽然挡住了视线,但能多提供一层保护。接着,利用雷达和感应地图,他们飘浮着远离彼此。两人绕着坏死的管子、沿着各自的轨迹前进,几乎同时感觉并听到了高速的尘埃雨。

宇航服和他们自身强健的身体能承受更糟的情况。只有在长时间暴露的情况下,才需要担心。

来到受损区域,他们背对着尘埃雨,打开了面罩上的保护帘。有个大家伙撞穿了一片超异纤维盘的中心,一个更大的家伙紧跟着它撞到同一个位置,摧毁了多个传感器和肌肉,足以令任何肢体失灵。

两人都恼怒地骂了一声。接着,他们开始协同工作,动作有些仓促。他们先注入诊断工具,它能告诉飞船的人工智能首先要解决什么问题,接下来该怎么办,最后怎么收尾,等等。这是一项急活儿,同时需要高超的技艺。有时间练习的话,他们应该能够胜任。

但现在,他们能凭借的只有一张人工智能提供的行动清单。经过近二十分钟不停的、未经训练的工作之后,他们终于相信自己正在取得进展。

帕米尔有意暂停了工作。经验丰富的双眼透过正迅速解体的钻石面罩往一旁瞥去。轻微的噼啪声和微小的火花显示他的视网膜正在经历某种辐射的洗礼。但他没有眨眼,或是将目光避开。他第一次将目光对准了墨水井——一片空荡荡的黑色海洋,没有特征,能看到它渗出的寒意,也能想象其中的冰冷。它显得很近,仿佛一伸手就能触摸到。

帕米尔克制住了想伸手的冲动。

佩芮捅了他一下。帕米尔回过神来之后,这位曾经的雷莫拉人说道:"欢迎回来。"

他走神的时间很短,最多只有几秒钟。随后,工作似乎完成了,人工智能也认同。"功能恢复。"它报告了一声,语气里透着欣喜。

"走,"帕米尔下令,"离开这里。"

但佩芮也想趁现在这个机会看看他们的目的地。他用靴子抓牢一旁的装甲盘,打开私人频道,对奎伊·李说道:"看看这个,亲爱的。"还故作姿态地甩了下头。

就在这时,一道闪光突如其来,耀眼且无声,蓝白色的火焰冲刷了这个小小的落脚点,又消失得无影无踪。

帕米尔眨了下眼,接着又眨了一下,想控制泪水和受伤严重的双眼。他恼怒地喊了一声："佩芮。"

他又喊了一声，"你在哪里？"

随后他嘟囔了一声"妈的"，将手伸向一团明亮的等离子气体，却惊讶地发现里面是宇航服坚硬的外壳，挡住了他的手。

"算是擦身而过吧。"佩芮开玩笑地说。

他的宇航服受损严重，但还算完整。生命保障系统失灵了，能量也不行了。但处在这件垂死的宇航服内的身体仍能轻松地发出声音，"往后退点，先别跟我说话。"

"亲爱的，亲爱的，你都看到了吗？"

十二

　　巨舰的舰桥没有设计成集中在一个地方,而是在好几百个地方分布着休眠的控制系统。这种设计就像最低级的乌贼的神经系统,又类似于高度先进的行星。出于便利的考虑,第一批人类选择其中一个地点作为管理中心。这个舰桥位于阿尔法港下方好几百千米处,是地球工程师从亮绿色的橄榄石中挖出的一个洞穴。其内部空间长达三千米,宽度为长度的一半,布置了网络和座椅,附近还有支持系统和营房,可供三个旅的安全部队使用。船长们和附带的人工智能有各自的工位,各有各的用途,适应不同的手指形状。每个人都控制着一部宏伟机器的一小部分。开始时的工作相对简单,控制大船的航向、让它保持状态良好,等等,后来逐渐演变成更为复杂和麻烦的系统。每一位新乘客都有他独特的需要、喜好和明确的界限。环境控制必须做出相应的调整,变得更复杂,也更智慧,保护着每一个新的物种居民。违望者战争加速了永无止境的变化。增强的防护罩和激光需要更灵活、更易于调整的火控系统。主引擎必须校准、保持最佳状态，能以更快的速度点火。还有安全问题，同样始终需要操心，还要考虑到不能将大船的编制扩充得太厉害。很多工作台接受了改造，以服务于新的船长，他们要么接受了新的训练，要么刚刚加入，随即便投入伴随职务而来且无穷无尽的工作之中。

尽管有这么多事在同时发生，舰桥却依然很安静。典型的一天里，上百个船长和上千个实体人工智能散布在明亮的洞穴内。浣生沿着中央走道漫步，觉得十分安心，因为这里的空旷，也因为每一个船长或站或坐地坚守在各自的岗位上，几乎不怎么走动，自信且专心地处理着需要他们的专业和判断力的任务。

当然，寂静并不总是件好事。

有时，她能察觉到紧张的气氛——绷紧的肩膀或是呼吸用的嘴在呼吸间隙紧咬着牙关。无论何时来到舰桥，浣生的首要任务就是沿着它的长度走一遍，时不时停在某位船长身旁，提出建议或表达赞赏。除非对方是个哈鲁萨鲁，赞赏对他来说意味着轻微的侮辱。

有时，这里有充分的理由表现出紧张：维修小组的进度落后了；某个物种的居民之间爆发了小冲突，或者更糟糕的情形——冲突爆发在两个或三个物种之间；或者可怕的谣言在大船上不同的通信系统内传播，在物种之间传播，最后总会演变成更有趣也更恶毒的形式。

"入侵部队在等着攻打我们。"一名新任船长报告道。

浣生很配合地略一耸肩,"入侵部队在哪里?"

"这颗蓝色行星后面,"他报告说,"在锦囊里。"

墨水井已经被尽可能地测绘了,星图的细节大多也分享给了乘客。蓝色行星是那艘高速飞船的目的地。锦囊则位于星云中央。星光的压力和勤恳的聚合水塘一起努力,将相当于几十个太阳质量的气体与尘埃压缩成一个椭圆形的物体,它比星云里其他地方更黑。然后,聚合水塘设法阻止了星云的坍塌,利用他们那耐心的技术,让气体与水顶住了它们的自然引力。锦囊的大小和密度刚好合适,能让它保持住目前的形状,不会进一步坍塌,生成新的太阳与行星。

"什么样的入侵部队?"浣生问道。

"一百万艘星舰。"船长报告,"也可能不是星舰。据说我们的大镜子刚刚发现它们。形状像彗星,配备了引擎和激光,可能有反物质能量场,肯定还有别的超级武器。"

"这么厉害啊。"浣生微微一笑,建议道,"我们也应该发明一些咱们自己的超级武器。"

船长是个人类,一个严肃的人,年龄古老,曾经是位乘客,在船上的日子里累积了大量的财富。他为他的种族和其他种族生产瓶装的梦境。他能看透不同顾客的愿望,并预测他们在未来最热切的企图。违望者到来时,他成了最有影响力的公众意见塑造者。战争让他得以显示出他对自己家园和家园居民的热爱。战斗期间,他冒着生命危险帮忙打败了入侵者。在那以后,他舍弃了自己的财富和原有的身份,以及几乎所有的个人威望,转而学习如何成为最低等级的船长。他将自己有关梦想与愿望的知识应用于工作,不断跟踪着公众的意见。

"这个大新闻的传播范围有多广?"浣生问道。

船长给出了确切的数字和自己的推测。

一副点了点头,"有什么建议?"

"什么也别做。"

她看着那张脸,以及脸上那对浅灰色的眼睛,"你的意思是不去阻挡谣言的传播?"

"对,这就是我的建议。"他点了点头,活动着镜面制服内的身子,"我打算向上级建议……让大家先说出自己的故事,我们再告诉他们哪些是对的。这样过一阵子,谣言自然会消散。"

浣生摇了摇头,笑了。

这个船长是公共问题的专家,但个体才是疑惑和愚昧的源头。他压低了声音,几乎有点胆战心惊,"你认为这不是最好的办法,长官?"

"这是你最好的、最有根据的建议吗?"

他说:"是的。"

他突然想起了什么,"或许我不该告诉上级我的想法,让你来处理这件事？"

"不行。"她警告道。

他挺直了腰背，面色有些发白。

"我们有指挥链，"她提醒他，"你报告给格兰船长，他汇报给民政办公室，然后出官方报告，我会确保阅读报告。"

"遵命，长官。"

他的工位是一块镶嵌着屏幕和纽联器接口的红宝石面板，好几百万个人工智能普查员可以通过它跟一位低阶船长沟通。他久久地盯着在一连串娱乐频道上显示的复杂图像：锦囊似乎充满了能量，它的身体里满是敌方的飞船，随时能发起进攻。不管是真还是假，这个故事对听众有巨大的影响力。他坦承道："连我都有点半信半疑了，长官。"

她什么也没说。

"我说的不是眼前的场景，"他继续说，"而是聚合水塘想把大船据为己有。"

"为什么？"

他咽了口唾沫，组织着语言。

"你看过不少我们与聚合水塘的通信信息，还有高速飞船的报告。"她稍微一顿，然后继续说道，"如果你有理由相信危险即将来临，你应该告诉我。"

"当然。"他坦白道。

随后,他带着些许后悔,承认道:"聚合水塘似乎挺友善的。他们可能喜好独处,但在目前这个形势下,他们没有选择。我们将驶过他们的大海——"

"不是故意的。"浣生提醒了一句。

"是,我觉得他们也相信这一点。至少,我没听到过不同的声音。"

"声音?"

"我是说我的本能。"他补充道。他做了一个和这个物种同样古老的肢体语言:点了点自己的脑袋,然后继续说道:"在我以前的行业,一个声音会对我耳语,告诉我该相信什么,该忽略什么。"

"希望你仍然能听到那个声音。"

他点了点头,但并不是十分确定。接着,他轻声说道:"假如你有需要,我可以给公众提供一些新的梦境。通过我以前的公司,或是别的渠道。"

"什么梦境?"浣生问道。

"能让人安心的。告诉他们聚合水塘虽然奇怪,但无害,我们没什么好害怕的。"他耸了下肩,"只是为了乘客能睡得更安稳一些。实际上,我感觉我眼前有个大市场。我们的眼前。"

"你的本能这么说的?"

"是的。"他回答道。

接着,他又问了一句:"我应该开始执行吗?"

"别问我。去问格兰船长。"

他点了点头,目光又回到屏幕上。他之前下令分析大船里上千个居民点累积的排泄物,无数人造舌头正在测量公众尿液与粪便里溶解的压力激素。

"谢谢,长官。"他感激地说。

浣生准备转身离开,突然又想到一个问题。她用平静的语气提醒船长:"你比我们大多数人更懂得公众。肯定比我懂。"

他想谦虚几句,想了想又没这么做。

"关于聚合水塘,"她继续说道,"你研究过我们大多数的档案。你知道他们展现给我们的样子,还有帕米尔看到的和解读的。依你看来,你对聚合水塘的了解是否足够多,多到能售卖梦境给大家?"

这个问题让他思索了一阵子。

接着,他面露苦笑,不得不承认,"不行,长官。不行。坦白说,对于这些外星人……我连应该从哪里着手都不知道。"

十三

因为不知道下一次机会要等到什么时候,帕米尔抓紧时间爬进自己的舱房,将自己绑在防冲击床垫上。他闭上眼睛,运用刻苦练习而成的技巧,再加上生理上也确有必要,很快便放松了长长的身体,头脑陷入深层睡眠。刚开始的梦是他自己的梦。各种荒诞的事在梦里发生:都是最近日子里普通的点点滴滴,无休止地重复。一次又一次,帕米尔发现自己在盯着一扇钻石舷窗,什么也没做,什么也没看。其实也没什么可看的,只有无边无际的黑暗,偶尔被红宝石色的闪光刺破。而且,他的小飞船总是在发出低沉的轰鸣,既在他的梦中,也在现实中。主引擎持续燃烧着,火焰穿过超异纤维伞上开的槽,吹散了尘埃,同时也耗尽了他们那巨大动量的最后一口气。机动火箭也在持续喷发,孜孜不倦地推动他们,在一条杂乱的、如同无头苍蝇般的航线上前进。到目前为止,还算安全。

　　自从V形肘维修结束之后，事情顺利得有些难以置信。帕米尔不是那种事事追求完美的人，但在过去的几个月中，他却不得不在鸡蛋里挑骨头。飞船正沿着一条狭窄的隧道俯冲—— 一条标定清晰的通道，几乎所有的大个碎片和大多数沙砾和冰晶都已扫清。墨水井里纵横交错着数千条类似的交通区。唯一的区别在于，这一条是特地为他们打造的。聚合水塘还耐心地一遍遍重申他们的承诺：他们会完成一条更宽、更长的通道，好让巨舰能轻松穿行。

　　帕米尔睡得很愉快、很沉。持续整整十个小时之后，他有意触发了一个他最喜欢的梦。

　　刹那间，他发现自己坐在一艘小船内，正在万重瀑布峡谷里漂流。这个想象是艺术家创作生成的，但帕米尔可以自由地加入任何他想加入的东西。他想要同伴吗？是的。浣生出现了，背对船头坐着，优雅的身体只穿着一件轻柔的睡袍。她笑着说："坏蛋。"她歪着脑袋，警告道："我不会让事情往你想要的方向发展。"

　　但他想要什么呢？

　　在巨舰上，很多地方都堪称最美丽、最壮观的风景。乘客们还争吵过，对于眼睛和鼻子、有时还对于敏感触角的硬尖而言，到底哪个角落、哪个空腔比其他的更漂亮。有些争吵发展成了流血冲突，尽管只是偶尔才会发生。但无论何时，只要大家搞一个不流血的投票，峡谷总是会进入优美风景的前列，任何一个乘客和船员都应该去看、去闻，去尽可能地拥抱这些风景。

一条温暖的河流蜿蜒在峡谷底部。两岸高耸着浅粉色的花岗岩绝壁。绝壁高处,花岗岩消失了,变成了珊瑚礁生物生成的方解石和菱镁矿床。在接近空腔的顶部,差不多十千米高的高处,无数喷泉正向空腔里喷发。说瀑布的数目有一万个,可能是低估,也可能是高估了。因为那里其实只有两个瀑布,各自覆盖河的一侧,各自编织成上万条银色的水珠链,从珊瑚礁底部边缘滑落,让花岗岩焕发出明亮的红色。特地设计的人造阳光衬托出了这地方无瑕的美。

"还记得我们第一次来这里吗?"船头的女人问道。

奎伊·李替换了浣生。她穿着传统的莎笼,正在对着丈夫说话。不请自来的佩芮将自己安插在她和帕米尔的座位中间。

佩芮对她说了声什么。

瀑布水帘冲击着他们两旁的水面,震耳欲聋。他们不得不提高音量,必须对着说话的对象才能让对方听清。

奎伊·李亲切地笑了。

"他烦我们了。"她说道,指了指帕米尔。

帕米尔只是摇了摇头。和这么小的一个团队生活了太长时间,甚至连自己的梦都不再是私人的了。

他还能怎么办呢?

他决定还是笑一笑。

但接着,隆隆声戛然而止。他深吸一口气,抬头看去。瀑布停止了流动。所有的喷泉也熄火了，只有最后的湿气还缭绕在绿金色的珊瑚礁上，除此之外没有别的动静。珊瑚礁正在死去。谁破坏了这一切？他又朝着自己的同伴看去，但他们已经不见了。浣生回来了，但她穿着一副的制服，满脸都是急切的担忧。

"小心。"她对他说。

他的眼睛猛地睁开。刚开始，帕米尔搞不懂自己为什么会关在这个奇怪的小衣橱里。随后他才想起这里是他的舱房，还有他的任务，梦里的一切……还意识到：经过多年不知疲倦地喷射之后，机动火箭突然间陷入了沉默。

"前方什么也没有，"飞船的人工智能报告，"除了蓝色行星。这片区域的尘埃和气体被彻底地清除了。只剩下一层薄薄的氢原子帘，其密度只比星际间的正常值高一点——"

"明白了。"帕米尔打断了他。

他开始研究无边的黑暗。

整个团队都集中在一个舱室里。因为主引擎持续地减速喷射，他们被推着聚集在靠里的舱壁前。地板上的家具都被移除了，只剩少数几把矮靠背椅子。即使没了桌子，这地方也仅能勉强装下他们所有人。每个人都盯着透镜和碟形天线传来的图像，研究上面的信息，审视激光回声信号透露的内容。他们失望了。蓝色行星——他们的东道主和恩人——虽已位于一千万千米之内，但唯一的线索只是一个暗红色的光斑,显示着从一个深度绝缘的天空下逃逸的热量。

"我们事先就知道看不到太多东西。"奎伊·李想缓和气氛。

主引擎依旧在卖力地工作着,平顺的刹车让人觉得自己身处一个高重力行星。

"但没想到会这么少吧。"佩芮加了一句。

这句话引起了长久的沉默。

通过一个保密纽联器,帕米尔命令人工智能将最新的信息传送给巨舰。在那个传送里,隐藏了另一条、也就是这条信息更为压缩的版本——发送给一个就在近处、依然隐身的接收者。

"每三分钟发送一次,"他下令道,"入轨之后,每九十秒。"

这样一来,如果出现任何问题,浣生和小不点儿能看到整个经过。

他提醒大家:"我们还有工作。进入轨道之前,我们要做好准备。为一切可能的突发事件。"

一切可能的突发事件。

帕米尔的本意就是让自己的话听上去疑心重重。他可能表现得太成功了。他看到了大家的表情、他们紧闭的嘴唇和下垂的眼帘。他让这种紧张气氛维持了一阵子,随后笑了笑,换了种语气,坦承道:"不管发生什么,肯定都很神奇。毫无疑问。"

　　主引擎一直在喷射,直至飞船的动量几乎完全被抵消。随后,按照过去几周内下达的详细指令,所有的火箭都关闭了,进入休眠状态。飞船又一次重组了自己的身体。超异纤维装甲打开了,如同鲜花正在盛开。空燃料箱被推到一侧,阀门对着绝对真空大开着。和承诺的一样,从黑暗之中驶出了一条简单的拖船——一台傻乎乎、冷冰冰的机器,旋转着上千张富勒烯网。网的外周配备了微型机器人,它们迅速且专业地将网与飞船的装甲相连。

　　片刻之后,拖船开始工作,蛮横地推着他们进入环绕蓝色行星的一条高层轨道。

　　然后,它断开了网,回收了它们。

　　依靠二级火箭轻微的喷射,外星飞船靠近了,释放出特地为此次任务打造的脐带。雷达和激光精确地测量了高速飞船的外形,应该是为了确认所有的系统是否都能匹配。帕米尔的队员也同样彻底地检查了驶近的拖船:它的引擎有多先进? 反应堆的效率有多高? 拖船的鼻部内有一个船舱。三个船员注意到那里面是空的,却辐射出热信号。他们同时向帕米尔指出了这一发现。

　　片刻之后,他自己也发现了。

　　"有什么看法?"他问了一句。

　　没人回答。

　　换了一种语气,帕米尔又问了一遍,"有什么看法?"

　　这次是命令。

人工智能率先回答。在脐带不断接近的同时,它描绘了它所看到的那个重重保护下船舱的内部。

"那是一袋脏水,"它给出了专业意见,"长度不超过两米,宽度最多不到半米。"

另有两人也给出了回答。

脐带提出了与空燃料箱连接的请求,用的是巨舰自己的语言。

帕米尔再次研究了红外图像,略微点了点头,说道:"同意请求。"

片刻之后,高速飞船开始接收源源不绝的液态氢。超异纤维强化的压缩机挤压着液体,把它变成金属氢块,钻石外骨骼维持着金属块的稳定。即便配备了星系内最先进的泵和压缩机,燃料加注也需要五十个小时才能完成。没有氢,也就没法快速地回到家中。至少在接下来的两天里,他们将与一个异常独特的外星体在黑暗之中一起起舞。

"喂?"

帕米尔眨了眨眼,摇了摇头。

"喂?"声音再次响起。

蓝色行星是个完美的黑色球体,大小如同一臂之外的指甲盖。声音来自更近的地方,语气里既有丝丝的笑意,也有真实的紧张。

"你能听到我吗?"

"不能,"帕米尔开起了玩笑,"我们听不到。"

声音是乘着拖船里发出的遥测信号而来的。长叹一声之后,它向它的听众宣布:"我来了。"

"你是水塘吗?"帕米尔明知故问。

声音笑了,说道:"我当然是水塘,我们都是水塘。你们还没发现吗?"

声音是欧雷乐的。

"我能上船吗?"失踪许久的难民问道,"请允许我上船,可以吗?"

十四

推理。猜测。解释和假设。几千年的经验用于解决眼前这一刻的问题。漫长的一生,成功只有一二而失败却有八九,培养了这样一个怪异的智慧,能胜任这种不可能的任务。理解。注重证据,更重要的是,注意到事实与数据之间的鸿沟。真的掌握了什么吗?没有。但从来不存在什么都没有的生物。每一个现代人在基础物理课的第一课上学到的不就是这一点吗?缺失绝不能混同于没有。最绝对的、最纯粹的真空也会冒出能量和原始势能的泡沫。想搞清楚任何一个物种的心智,重要的是他想隐瞒什么。它对陌生人说的谎言,它编织的传奇。

"你们最早是在哪里进化的?"

无数次的偶遇中,巨舰上的外星生物学家都问过这个关键的问题。带着天生的好奇心,他们问道:"你们源自哪里? 你们最早的家园在哪里?"

合理的问题。自然的问题。有哪个物种不想指着摇篮对外人吹嘘呢?但即使聚合水塘知道自己的起源,他们也不愿意分享这个故事。

一次又一次,他们回答了几乎所有的问题,但在这个最根本的问题上,他们始终保持着谜一般的沉默。

首领终于提出了一个她认为无法拒绝的诱惑。"如果你们愿意分享你们的起源,"她在最近一次的广播中说道,"我会告诉你们一切关于我们的知识。我们整个有记录的历史,从地上到天上!"

答复终于收到时,却不是她所期待的。

"所有的过去都是真实的,"翻译之后的信息说道,"不必执着于某个特定的过去。"

然而,聚合水塘肯定起源于某个特定的时间和特定的地点。基因里可能藏有线索,但没有样本可供分析。他们的肉体又能告诉我们什么呢?从目前他们的生活方式来看,或许起源于水中。或许他们诞生于某个冰冷的世界,其中散布着片片绿洲,他们的祖先聚集在热间歇泉旁,通过某种共生方式生存。外星生物学著作里有大量的例子。冰雪覆盖的行星倾向于将生命集中在一个个小碎片上。在某个资源更为丰富的碎片内,不同的物种会设法团结成一个精细的、生存能力更强的共生体。当气候变得温和,他们能迅速扩张。一个绿洲胜出,迅速占领了海洋和冰封的陆地。在地质年代上的一瞬间,盖亚①诞生了—— 一个高级的单一体,乔装成行星的整个生态圈。

著作中提到过一些盖亚。根据定义的严谨程度,其数目从不足一百到好几千。其中的几个巨型实体还制造了飞船,最终将数目惊人的女儿们播种到了遥远的世界。

或许这可以解释聚合水塘的起源:一个盖亚世界,进入了气体、水分和尘埃构成的黑云,找到了足够的资源,它和它的上百万个女儿于是在此繁衍生息。但在其他所有的例子中,智慧的后代继承了起源和伟大母亲的记忆。这些母亲是骄傲、迟缓和独立的生命体,她们似乎无法与其他人组合,包括她们同样自豪的姐妹。

人造实体可能是更好的解释。在某个被遗忘的世界,生物雕塑家们组装了一个生物综合体,并将他们的创造播种在冰体星球或游荡的彗星上。终极目标是改造这些天体,让它们变得适宜居住,给水体星球添加光和热,人造的盖亚会再造她身旁的世界。如果某些这种综合体偶然间获得了自由,或者她们的制造者在播种时过于慷慨……怎么说呢,种种因素相结合,可能有好事者把她们带入了墨水井,然后在遥远的过去,将她们释放……

但这个解释也不怎么说得通。

黑色星云太冷,太危险,对大多数智慧生命而言,都缺乏足够的吸引力。不管聚合水塘在墨水井内部取得了什么成就,这里肯定不

①希腊神话中的创世神。

是绝大多数物种的第一选择,甚至算不上选择。而且,经过数十年耐心搜索——在宇宙中,也在掌握的历史资料中——在附近的区域内,都没找到聚合水塘的任何痕迹,或是任何与他们相似的物种。没有潜在的摇篮行星。彗星中也没有水系的殖民地。聚合水塘只存在于他们目前居住的地方,没有在其他任何地方出现过。不要说漂浮在星云边上的温暖水坑里没有他们,就连整个广袤的宇宙之中,也找不到任何一个物种,能比在那片黑暗之中发现的东西更加神奇。

小不点儿比大多数人更能理解黑暗。

毕竟,她出生于一艘损毁的星舰内。在一段仿佛永恒的时间里,她的整个世界比自己那瘦小的身体和贫乏的心智大得多。在好几个世纪里,她唯一能听到的就是她自己的声音,唯一能发出的声音就是痛苦的呜咽,夹杂着微弱的抽泣。生存既悲惨又恐怖,而且,从一百个不同的角度衡量,她都应当是一个彻头彻尾的疯子。但即便在她最糟糕的时候,这个先天不全的生物也有一个顽强的身份认同——有关自我和领地,也有串在一起的事件形成的粗糙历史观。即便在那个永恒的地狱内,也有一扇饱受尘埃侵袭、满是磨痕的钻石舷窗,为她提供宇宙的风景。只需瞥上一眼,她就能分辨出好几百个蓝移的恒星。随着时间缓慢地流逝,那些恒星会移动。它们之间的相对位置会发生变化,外围的恒星有时会飘移向舷窗的边缘。然后,尽管她又挖又敲,强迫自己的大眼睛盯着冰冷的钻石直至充血,那些恒星仍然会静悄悄地、坚决地飘出她的视野。

　　每当小不点儿想到聚合水塘——她几乎不怎么想别的东西——她的头脑不可避免地会回想起黑暗的年轻时代。即使在那种极端情况下,变化依然是一个真实的存在。她没有遭遇什么,她的飞船也没什么明显的变化。但至少星空教会了她某些事情并不会永远存在,也不会一成不变。或许,在某些特殊的时刻,从这个卑微的洞见之中,她感到了希望,即便不是喜悦。

　　小不点儿的飞船是各种小玩意儿的组合体。除掉燃料,由超异纤维、气凝胶、钻石再加上她本人组成的整台机器甚至还不到一千吨。

　　然而,从另一方面来说,它比巨舰还要广阔。

　　在漫长的旅程中,引擎和燃料箱、镜面和双体生活舱,都以同一个精确的轨迹移动着,每一个部件都披着各不相同的伪装。有些部件与邻居通过富勒烯或微弱的通信激光相连。但大多数部件是完全独立的,执行着一系列精确的策略,同时让自己保持良好状态。草草一看,看到的大概只是帕米尔的飞船用过、然后脱离了飞船的几个助推锥体残片。彻底的检查会发现钻石碎片和几个冰块,外加一些被强力激光半熔化的似乎是机器的零件。即便借助最先进的仪器,也几乎无法看到那两个一模一样的生活舱。它们均比一间舒适的房间还要小,而且都使用了伪装技术,显得比实际更小。其中一个生活舱是小不点儿的家,另一个作为后备。和其他的伪装残骸一样,生活舱也在高速飞船的尾流里飘移,速度比其他部件慢得多,因此它们渐渐地落后了,目前散落在一个半径超过十万千米的范围内。

居住舱的中央是一个有衬垫的洞穴,只有两米长,宽度是长度的一半。连这都似乎是对空间的极大浪费。在任务开始之前,小不点儿的身体就被仔细地冰冻了。在接近于绝对零度的温度中,组织和骨骼陷入了僵硬状态,只有头脑还保持着苏醒,经过一系列的把戏和伪装之后,它的热信号衰减成了一个可以忍受的小闪烁。但凡有选择,其他人类都不会忍受这种状态的生存,这种无尽的折磨。但小不点儿经历过比这种不便可怕许多的磨难,而且,她也异常擅于在严寒之中保持头脑的活跃。

啜几口温和的电解能量算是早饭。午饭和晚饭也一样,都来自手指大小的反应堆,一根植入她后颈的电缆与反应堆相连。电流转化成化合物,用于维持必要的厌氧新陈代谢。小不点儿总是乐此不疲地在菜单中挑挑拣拣,让头脑体验家中小厨房烹制的食物的味道与口感。有时她吃迪拉食物,或至少是她记忆中年轻时在那个行星吃的东西。在她头脑之外,这种菜肴已经不存在了。那个世界已然消亡。这让每一次想象中的咀嚼都具有独特的意义——从某种角度上说,与十亿个鬼魂同桌进餐。

小不点儿把棕色大眼睛从眼窝中取出,冻了起来。一对超导电极给了她更广阔的视野。在任何时刻,她能看到任何方向。安装在飞船散落部件上的沉浸眼向她分享了输入,合成了一个生动的、细致的、不断变化的图像:掠过她身边的最后一批恒星;银河系散落在她的身后,寒冷明亮;墨水井在她的正前方,黑色,无边无际,近乎密不透风——除了那些狭小的通道。帕米尔他们便消失在其中的一条之中。

慢悠悠地、耐心地,小不点儿跟在他们后面。

每一天都有日程和目标,有责任,也有完全的自由。在过去,朋友们和旧爱们曾经问过小不点儿,"你怎么能这么生活?你怎么能在那么孤独的环境下生存下来?"

其实并不难。她跟他们说起了她的第一段长航:食物有毒、缺乏哪怕最微小的刺激。与之相比,目前这种状态好上无限倍。不管什么时候有需要,她都可以阅读。不管什么时候想对话,她会唤醒一个同乘的微型人工智能。每一个人工智能都有熟悉的声音和独特的人格。每一个都是朋友。小不点儿还暗示他们,在适当的条件下,他们能充当临时的爱人。

她读的多数是外星人的东西。诡异的、难以理解的文字。有时读的是原文。

她也读有关聚合水塘的东西,消化着最新的报告,还重新精读最早的报告,不下一百次。

每一天,帕米尔都会向家里发送最新的数据和船员的谈话记录。他是个称职的船长,聪明果断,在理解外星物种方面肯定比大多数人都强。但他的天赋比不上状态好时的浇生。还有——既不是出于自我肯定,也不会带来任何快感——小不点儿知道那艘飞船和巨舰上没有任何人具备她一半的天赋。

每一天,毫无例外地,小不点儿阅读、消化最新的报告。错误在所难免:决定上的错误,由于成见而导致的错误,等等。船员们知道自己在执行一项重要任务,这使他们急于接受任何一条似是而非的线索,就像把一团湿泥巴当成完工的雕塑一般。聚合水塘出生在这里或那里;他们有这种或那种的目的;他们显然是人类的朋友;他们也可能害怕巨舰;外星人也可能隐藏了重大的秘密……随着使团深入墨水井,妄想日益增多,日益加速。威胁占了上风。

每一天,小不点儿都会将非常地球化的探险记录翻译成她能够利用的东西。

假如她有任何秘密的话,这就是她的秘密。小不点儿不是个真正的人类,也不是迪拉,也不是任何能冠以名称的物种。她是她一个人的物种。仅此一人。但也正因为如此,她并不孤独。她获得了自由。至少她一直跟爱人们是这么说的,说他们理当觉得幸运,能享有这个罕见的、几乎是唯一的机会,与一个仅是表面上的地球灵长类结成伴侣。

"我和其他人的思考方式不一样。"

"你看上去更像是我们的人。"一个很久之前的丈夫总结道,还用他的呼吸口器开了个玩笑，"如果我是个瞎子，触觉也麻木了，我真的会以为自己睡了一个非常小的哈鲁萨鲁。"

"希望你睡得高兴。"

"你尽管希望吧。你也就是比我的手强点。"

"你在开玩笑。"她对他说。

人类几乎从来意识不到哈鲁萨鲁也有心情不错的时候。对于人类而言，奥斯米姆所属的这个物种的一切都和威吓、侮辱和一千次险些发生的战斗有关。

"我的奇妙令你陶醉。"小不点儿告诉他。

奥斯米姆只能表示同意。

"我的秘密——"她开口说道。紧接着，以令人惊诧的轻松，她离开了他的身体，将他折断的刺从自己的阴道里拔出来，用手随意地止住两人的流血，同时用平静温和、无动于衷的声音承认道："我的秘密在我的头脑里。我不知道它是什么。"

这艘散装的飞船持续着它漫长的俯冲。

通过各种不同的方法、以各种不同的深度，小不点儿被探察了不下一千次。光和微波扫中过不同的部件，但大多数反馈信号可能都没有引起注意。有几次，墨水井里有精确的能量脉冲发出，加入了那艘高速飞船的日常信号。显然，有东西进入了飞船的尾流，探查着它轨迹的后方。在看是不是有掉队的？或许吧。稍不留神就会得出人类的结论,她坚决地压制住这种冲动。说真的,经过这么多年不懈的工作和思考,聚合水塘仍旧是一个深藏的秘密,也是一个快乐的源泉,供她随时研究。

不下两次,有探测器从她的散装飞船中间穿过。

它们不是小型的机器,而且似乎对她感兴趣。通过不同的眼睛,她看到对方的镜面碟形天线专注地盯着她。但两次穿行都在不到一秒的时间内完成了。假如有人产生了怀疑,哪怕只是引起了兴趣,他们也会沿着相反的轨迹发射一个新的探测器。既然还没有人或东西在她身旁伴飞,小不点儿决定保持目前的航向。

帕米尔抵达终点以后,小不点儿也终于钻进了星云。隧道仍保持着开放——一条能让飞船返回巨舰的通道。这没什么好奇怪的。帕米尔需要一条回家的路,聚合水塘一直很愿意帮忙。

一天早上,小不点儿正在享用一份来由电流转化、仅够牛虻食用的早餐:迪拉鱼和地球海带的味道在她冰封的味蕾上弥漫开来。就在这时,她对着外部睁开了眼睛。

看不到什么。

无边无际的黑色,严丝合缝,古远,冰冷刺骨。尽管她有聪明头脑,有舒适的日常生活,她仍然感到了害怕。她想象中的呼吸变得困难、缓慢。窒息之中,她开始怀疑自己所珍视的坚强和忍耐。

可怕的幽闭恐惧症持续了一两天。

小不点儿罕有地打破了自己的规矩,让冰冷的头脑陷入冥想。

镇静剂和情绪舒缓剂为她带来了虚假的乌托邦,给了她时间,为终将面对的一切做好准备。

但她的感觉怎么会如此糟糕呢?

她感到羞耻,感到悲伤。有生以来第一次,小不点儿与孤独展开了斗争,一种能令任何人恐惧的孤独。

冥想消退了。

渐渐地,渐渐地,小不点儿学会了如何看透尘埃,注意到了热量和能量的迹象,还有奇怪的、缓慢的、大个头的飞行体耐心地从一个温暖的实体移动到另一个。从一个聚合水塘到另一个聚合水塘。多么不可思议的国度,一个怪异,却又怪异得漂亮的国度。

最终,她想到了什么。

会是这样吗?

当小不点儿确定之后,她向家里发出了十年来的第一条信息。一条精心加密、极其安静的信息——在一阵静电的噼啪声中掺入几个单词——发送给了首领和浣生。

"我还不知道聚合水塘是如何进化的,"她承认道,"我不知道他们是源自自然,还是其他人失落的工具。但在来到此处之前、进入墨水井之前、进入这片尘埃与黑色之前,他们并不具备完整的心智。"

激动的情绪加快了她仅存的那点儿新陈代谢。

"当他们出生时……我几乎可以肯定……当第一批聚合水塘产

生自我意识,以及在那之后漫长的时间里,他们自然而然地假设自己是唯一的生命,他们的家园是唯一的存在,而创世则是无边的黑暗!"

十五

"她的衣着有点太普通了,我同意。但衣服下面的风景很美丽动人,堪称完美。"接着,在一声深深的、迫不及待的喘息之后,欧雷乐继续说道,"她是个神奇、完美的女人。她真的是。"

他称赞的对象是个火星大小的球体,披着几乎纯黑的外衣。只有在红外线显示下,她才如同一块即将燃烧殆尽的煤炭一样,在冷火中闪耀着光芒。

"你们能想象这种生物的存在吗?"欧雷乐问道。话还没说完,他咯咯地笑了,然后再次强调了这个简单的事实,"那就是她。一个生物,一个有机体,一个功能完全的实体。一个直径七千千米的女士。"

"这东西确实壮观。"奎伊·李附和道。

"怎么能说东西呢? 她是个人。"

"好吧。她确实壮观。"

帕米尔保持着沉默。驾驶穿梭艇是个简单的任务,艇上的三个人工智能承担了大部分工作。但他已经对蓝色行星的这个使节感到厌烦了。与其与欧雷乐展开另一段无聊的、毫无意义的对话,还不如干点杂活呢。

再次检查他们的航线和进入点之后,帕米尔回头瞥了眼高速飞船,放大了某一块阴暗的天空,看到一个亮斑仍然在闪烁,用预先制定的、异常精确的旋律示意"我很好"。

"我给她起了个名字叫蓝色行星。"

或者只是聚合水塘自己选了这个名字,但帕米尔没有提出这个可能性。这么世故的想法很难在一个相信自己陷入了爱情的人那里引起共鸣。

"她很高兴能见到你们。"欧雷乐声称。

大约三分之一的飞船船员和他们俩一起挤在这艘小小的穿梭船里。气氛很复杂,一直在变。紧张的情绪中掺杂着激动,然后激动突然间消失,每个人都变得狐疑,甚至恐慌。随后,随着情绪又转向乐观,笑容再次出现,欧雷乐会做出一个新的声明,或是额外的承诺。然后,毫无缘由的,他会再次触发从激动到怀疑的循环。

"遇到她之前,"他说道,"我从不相信我会碰到这种事情。"

佩芮吞下了诱饵,"碰到什么事情?"

欧雷乐眨了下眼,笑了笑,"有一个异种情人。真的,我从来就不敢想象我会有这样的胃口,更别提享受这段经历了。"

帕米尔瞥了眼这个傻瓜。

那家伙误解了这个简单表情的意思,说道:"你不懂,副首领。你们没人能懂。她作为爱人能给予我的……你不懂她的感情能带来的……"

"我可以想象。"帕米尔回答道。

"哦,你不行,不行。"欧雷乐笑了。笑得咯咯的,几乎像在喷响鼻,"我的意思是蓝色行星可以轻易地制造任何身体、任何形状、任何用途。任何一种念头和特别的愿望都能得到回应。"

本来很容易反驳——盖亚不用费任何脑筋就可以制作身体,就像人长出新的皮肤细胞一样简单。这些身体没有约束,没有道德,它们能被注入所有的欢乐,同时忽略最厉害的痛楚。不管制作它出于什么目的,它肯定异常顺从,能满足一个孤独男人的所有欲望。人类这种动物怎么可能明白这位爱人的动机,尤其是该生物在这项不平等的关系中几乎没有任何投入?

帕米尔看了奎伊·李和她丈夫一眼。

佩芮挤了挤眼,大声地"嘿"了一声,将那个人的注意力引回自己身上,"你知道吗,我以前见过一个盖亚。"

欧雷乐露出怀疑的神色,"是吗?"

"很久以前了,"佩芮回忆着,"那是个难民之类的人物。和一个船长交上了朋友,然后偷偷溜上了船。"

"我没听说过。"

"她是住在一个污水处理厂里吗?"奎伊·李轻轻地推了丈夫一下,问道,"你是和垃圾一起溜进去的,是吗?"

"我跟你说过这个故事吗?"佩芮问道。

"说过。"她恨恨地说,"可你从没提过盖亚是个靓妞。我该妒忌吗,亲爱的?"

两个人都笑了。

"但她没跟我玩过。"佩芮接着说道,"我能给她什么好处? 没有,是那个船长让她上船的。她服务的是那个人。"

欧雷乐听着这段往事,脸上的表情变得越来越鄙夷。

佩芮冲帕米尔笑了笑。"二副,"他开口说道,"这个故事听上去耳熟吗?"

"一点儿都不。"帕米尔愤愤地嘟哝了一声。

佩芮戏谑地追问道:"那个盖亚后来怎么样了?"

"死了。"

欧雷乐似乎吓了一跳,"怎么会? 发生什么了?"

帕米尔耸了耸肩,"那生物是个骗子。它愚弄了那个愚蠢的船长,差点儿毁了他的事业。在这个过程中,它还危及了大船。所以,没办法,最后只好毁了它。"他换成冰冷坚定的语气,接着说道,"必须保护好巨舰。必须严肃对待任何一个威胁。几十亿个生命都仰仗着船长们的智慧。"

欧雷乐咽了口唾沫,眼睛眨巴着。

他刚登上高速飞船,就已经被全面地检查过了。机器人和心理专家人工智能对欧雷乐使出了全部的手段;所有船员,要么单独地、要么团体地,都花了时间跟他讲话。听他讲话,或是观察他。因为佩芮认识这个人很多年,所以由他负责管理这场软式审问。大家交换了各自的看法。有的疑点被细化了,有的疑点被放弃了。此刻,欧雷乐再次接受了审查,每个人都听着他要说的,但依然没取得什么结果,除了让欧雷乐感觉自己是个重要的、受欢迎的客人。

在所有人的眼睛里,他似乎完全就是个人类。

在他的骨骼内,在每一个细胞的深处,欧雷乐都是一个进化自地球,后来又被一系列精细但常见的技术改造了的生物。在他的头脑深处,他十分平庸:一个虚荣、自负的乘客,愿意付出不菲的代价来抛弃所有他熟知的人,让他们去死,让大船在烈火中炸个粉碎。

不管蓝色行星是什么,这可能是它遇到的第一个人类。

或许,运气太差了。

帕米尔秘密地检查了机器人最新的判断。欧雷乐的反应完全符合预期。根据一系列植入他体表的纳米感应器采集到的呼吸和生理化学来判断,在此刻愤怒的外表之下,这个人就是一个头脑简单的家伙,纯天然出品。

他回敬了帕米尔一句:"但她可不会伤害你。"

"我?"

"也不会伤害大船。"他脸上显露出严肃的表情,身体也变得僵硬,深知需要好好回应这个问题,"你必须相信我。她和其他的聚合水塘……她们想帮我们……没有其他目的。她们想让你们顺利地通过这片区域!"

"很好。"帕米尔回应道。

察觉到了语气里的讥讽意味,欧雷乐嘟囔道:"况且,你对她也做不了什么。绝对没可能。她很大。她们都很大。聚合水塘……她们有好几百万个……"

帕米尔点了点头,什么也没说。

奎伊·李打破了紧张的沉默气氛,对所有可能在听的人说道:"我们不想惹麻烦。这是一次简单的和平任务。还能是什么呢?"

"好吧。"欧雷乐无可奈何地说道。

黑色实体的边缘出现了一道亮光。跟预料中的一样,是蓝色的。它标志着进入点,那里的外衣稍微解开了点,为谨慎的穿梭船打开了通往内部的道路。

"我相信你们是和平的。"这个傻乎乎的家伙说。接着,面露几乎像哀求的表情,他告诉帕米尔,"我了解人。我对人性有很好的判断。我看得出来你们有诚意,我也几乎可以说相信你们。确切地说,是我们可以相信你们。"

为了这个纪念性的时刻,她特地制造了一块面积不小的大陆。

从深处长出了金属海绵,海绵上有深浅不一的孔洞,洞内注满了氢气,使得每座海绵山有足够的浮力,升出青绿色海洋那平静的表面。随后它们被串在一起,固定在一个地方,为厚厚的黑土层和景观河流提供了坚实的基础。无数模拟物种被引入这片新生的土地,都是为这次短得不能再短的拜访炮制出来的。

"真美。"这是大家的共识。

然而……

在高处的顶棚上,有一簇明蓝色的光芒,像块补丁。人工智能驾驶员熟练地操纵着穿梭艇飞抵降落点上方时,帕米尔观察了掠过的风景。高高的金属山峰在人造日光下闪闪发亮,山脊线又直又锋利,如同刀锋。森林是花哨的绿色,没有任何用处,只是为了看上去像地球上的丛林。光谱中没有叶绿素,或是任何光合作用的迹象。雷达扫描和定向声波以足够高的精度绘制了地形,连如同老鼠般大小的生物体都能看到。以精确制导为借口,帕米尔下令进行加密扫描。每个生物体似乎都是一个单独的物种。每个都长着漂亮的鳍和羽毛,都有皮肤和尾巴,都有靓丽协调的颜色,仿佛由一只细心的手孜孜不倦地画出。几千只又大又美的生物体聚集在他们的着陆点四周,等到穿梭艇在不锈钢光滑的表面停稳之后,它们开始歌唱。以协调一致的声音,它们唱出了对到访者的热情,非常动听,只是旋律太过复杂,人类的耳朵无法跟随,也难以理解。

"我没来过这儿。"欧雷乐嘟囔一声。他从前居住的漂浮小屋在另一个半球上。缓步走入舱外的热带光线之下,他有些不忿地评论道:"我不知道这个安排。她竟然这么费心……"

空气温暖、明快且潮湿,每一次呼吸能感受到独特的信息素的芬芳。聚集在穿梭艇突出的机翼底下的人类受宠若惊。这个场面是为他们打造的,成千上万种高贵的生物在丛林边缘起舞。假如有什么值得警惕的话,仅仅是随着它们优雅地走近,它们的歌声变得越来越响亮、越来越急迫。

奎伊·李对丈夫说了些什么。

佩芮耸了耸肩,笑了,"如果它们想杀我们,我们早就死了。所以,有什么好担心的?"

欧雷乐率先迎上去,但迈出几步之后,他放慢了速度,落在帕米尔的后面。眺望着明亮的金属山峦,他再次说道:"制造这些东西要花很长时间。我猜。我敢打赌这地方应该刚造好没多久。"

帕米尔估计它是昨天才完成的。

或者两分钟之前。

在他行走时,他通过一个纽联器,全程参与了留守在飞船上的船员之间激烈的对话。

"看它们的体内。"一个外星生物学家说道,并研究着穿梭艇发来的无线电信息。她指着一个声波眼,"看到这个了——?"

"内脏?"

"是的。"

"它们的内脏怎么了?"帕米尔问道。

"他们没有内脏,"专家的声音提醒他,"没有食道、胃、小肠或大肠。"

每一个生物体都显得很高贵:精心雕琢、可爱异常。它们跳着、摇摆着穿过空地,高举着从两只到二十只的肢。羽毛上有大片深蓝色和血红色,刺得人无法睁眼。头部形状优雅,有长着一个头的,也有两个头、三个头的。头的作用是为了安放简单的眼睛和张着的大嘴,它们直接连着湿漉漉的肺部组织和强健的肌肉。

"脂肪,"一个声音说道,"可能还有溶解的糖。"

"是能量来源?"帕米尔问道。

"有限的能量。"另一个声音提醒他。接着,用敬佩之中夹杂着不屑的语气,她继续说道,"假如它们一直这么跳下去、唱下去,以这个速度,它们将在一个小时内耗光所有的储备。"

就像蜉蝣,这种强度的生活支持不了一天。

"为了建造这里的一切,"帕米尔看着绿宝石色的丛林和远处高耸的金属山峰,开口问道,"要消耗多少资源? 能量、时间,等等。猜一下?"

专家们说能量消耗为中等,再加上多年的耐心工作。

但片刻之后,同样的声音又推翻了刚才的猜测。穿梭艇和飞船都布满了传感器,以及可用作传感器的精密器械。引力的细微波动帮忙绘制了蓝色行星的内部。声呐和外星人的跺脚帮助绘制了能看透水体表层的地震图。两艘船的反应堆各自朝对方射出了中微子流,过程之中穿透了这个行星。更重要的、可能也是更为不祥的:他们脚下的海洋里满是忙碌的,甚至躁动的机器。一千个反应堆突然间醒了。明亮的中微子流展示出一个野蛮的力量,其肌肉构成比任何简单的盖亚生物体更加强健。质量在移动,令大陆震动,每一个涟漪和每一个粒子的轻叹都是线索,暴露了下面的秘密。海绵状结构,悬浮于深海之中,等待着行星随时下达的命令。它们由钢、钙和塑料制成,在接近奇特的长方体地核处,确定无疑的迹象表明存在着高等级的超异纤维。

"这不是一个耐心的动物。"有个工程师说道,"从我们了解的编织方法来看,它利用了整个世界的资源,又将所有的机器都聚焦在唯一一件工作——"

"为了速度。"另一个工程师说。

"是的,场面不小。"

"因为我们是重要人物,"外星生物学家坚持自己的观点,"她想为我们展现一场壮观的演出。"

"等等。"帕米尔说道。

"为了取悦我们,或者恐吓我们——"

"闭嘴!"

突然间,欢迎的队伍停止了歌唱。上肢仍然高举着,但身体全都僵硬了,嘹亮的声音被锁在了胸腔内。突如其来的安静,只剩下远方瀑布轰隆隆的水声。一会儿之后,瀑布也干涸了。紧接着,一个声音—— 一个细微的声音——在两个高大的身形之间响起。"你们好,"它说道,"朋友们。用这个词合适吗? 朋友们,我的朋友们,你们好!"

她很小,而她就是这个行星。

苗条的身材穿着像是柠檬白的衣服。随着她走近,她展现出一个像是半大地球女孩的模样,黑色的卷发披在瘦小的肩膀上,好奇的大眼睛观察着一切,对客人露着一个大大的、富有感染力的笑容。人类也以笑容回应她,就连帕米尔都没能忍住。在明亮的、显然是虚假的日光下,她显得楚楚动人。迈着窈窕、诱人的步伐,她几乎像在跳着舞步般朝着那群人类走去。一个显然意在取悦的声音再次响起,宽阔的嘴巴里露出了细小的牙齿。"你们好,朋友们。"

所有人都点了点头,嘟囔着"你好"。一种下意识的礼貌。

随后,欧雷乐大声叫了起来,声音响亮,语气轻佻。"我的世界,我的恩人! 你好,亲爱的!"

在那个身形的后方,出现了一排腿,看着都和人类的腿一样,一条跟着一条,合力高抬着一根像是茎或是卷须的东西,粗细相当于结实的人类胳膊,一直往后延伸进入丛林。最近的腿紧挨着小女孩身体的后方。当她走入空地后,每个人都看到了:举着的茎深深地插在她浓密的黑发里,分裂成了上千股——它们是神经节,将她那对黑色的眼睛与庞大的盖亚大脑相连。

"超导蛋白质。"外星生物学家猜测道。

"太笨了。"有个工程师嘟囔了一声。

"真没必要,"另一个工程师附和,"她应该使用纽联式的连接。没有物理接口,更方便。"

帕米尔摇了摇头。

"你们没注意到关键点,"他提醒着,"这应该是为了达到某种目的。什么目的呢?"

远方的专家们沉默了,气氛略有尴尬。

"为了提醒我们——"外星生物学家终于开口。

"这是为了——"帕米尔咕哝着。随后,他对站在身旁的人说道:"——为了提醒我们是在对谁说话。"

行星比她刚现身时的样子高了些。比帕米尔还高,高了还不止一点。她走到他们面前,停下脚步,说道:"坐到我面前。"一百条腿弯了下来,"过来吧,朋友们。请跟我坐在一起。"

所有人都在温暖光滑的钢铁表面坐下了。

"你们的旅途还安全吧。"

帕米尔说道:"非常安全。谢谢你周到无私的帮助。"

她耸肩的样子更像欧雷乐的耸肩方式,透着一种明显的自得。可能并不意味着什么,只是受那唯一一个教师的影响。黑色的眼睛似乎在辨识着面前的几张脸。用轻微的耳语声,她说出了每个人的名字。但她忽视了欧雷乐,还有,在说"帕米尔"的时候,透出一种明显的偏爱,还伸出一只长长的手,指头像棕色的电线,先摸了一下他的鼻子,随后又摸了摸他胡子拉碴的下巴。

他没有动。

收回手之后,她对他们说道:"对于我而言,这很重要。像这样的会面。"

"对我们也是。"奎伊·李插嘴道。

"我们并没有那么不同。"那个声音继续着,"从某种意义上来说,你们每个人都是一个世界,和我一样。"

这句话赢得了几下礼貌的点头。

"只是比我小得多。"行星又加了一句。

帕米尔眯起了眼睛,盯着行星的一只精致的手。

那只胳膊再次伸出,手指轻快地触摸了每一张紧绷的脸,但还是忽略了欧雷乐。

"你们的巨舰一切正常?"

帕米尔略微点了点头,"应该吧。"

"好!"手退了回去,停顿一会儿之后,行星说道,"我敢说你们肯定想念那艘船。"

"非常。"奎伊·李回答道。

"回去吧,"行星说道,"愿意的话,现在就回。"

欧雷乐皱了下眉头。"这就结束了?"他脱口而出。接着,低声干笑了一下之后,他继续说道,"这些人经过了漫长的旅程,亲爱的。为了什么? 就为了坐在这里喘上两口气?"

"安静。"帕米尔发出警告。

"我不想他们离开,"那个人抱怨道,"别那么早就走。"

小女孩似的脸没有朝他的方向看,但声音明显低沉了许多,表现出无所谓的态度。"你也可以陪他们。乘着他们的船回家。"

欧雷乐露出不解的表情。他张开了嘴,紧接着又闭上,用受伤的语气问道:"是吗? 你想让我离开你吗?"

"也可以留下来陪我,"他被告知,"世界有它自己的意愿。如果你不想离开,也可以留在这里。"

欧雷乐似乎急于相信这个邀请,他急切地为这个邀请感到高兴,不管邀请本身有多少诚意。但是,某种外力或是他的本能阻止了他的庆祝。"我想念大伙儿,"他结结巴巴地说,"这就是我的意思。我想或许我们的新朋友和我可以在这里等上几年……直到巨舰来临,或许……然后等到它穿过星云之后,他们就能离开,踏上回家的道路。"

他停了下来,终于意识到有不对劲的地方。

"怎么了?"他轻呼一声,"天……天色变暗了?"

帕米尔注意天空有一阵子了。是的,蓝白色的光线变暗了。影子开始变淡,新出现的朦胧开始隐藏起一直延伸到丛林的那根没有尽头的茎,以及所有盘起的腿。

"怎么了?"欧雷乐问道。接着,带着一种愚昧的希望,他问道:"是光线出了什么问题吗?"

黑色的眼睛只顾盯着帕米尔。

"光线,"蓝色行星回答道,"光线是人类的奢侈。这个世界希望将能量用在更有意义的任务上。"

已经快进入夜晚了。

"那我家呢?"欧雷乐开口问道。

"你走了之后一直黑着,"声音回答道,"你的相似结构也被吸收并再造了。"

欧雷乐颤抖着双腿站起来。"但是,"他嘟囔了一声。随后,带着一种失去生命中挚爱的痛苦,他哀号着,声音虚弱,低得几乎听不见,"这不公平。我不希望这样。"

帕米尔站起来,其他所有人也都站了起来,除了行星。

"去穿梭艇。"他下令道。

但说完后他站在原地没动,外形看着像女孩的那袋子盐水。

佩芮朝欧雷乐探过身去。"想留就留吧。"他轻声说,紧接着又戏弄了他一句,"你能在水面停留多久?"

那个人差点动手揍他。

奎伊·李扶住欧雷乐的肩膀,用耐心和理解的语气说道:"我懂你的意思。但说真的,你应该想想自己还活着,仍然有选择。嗯?"

那个人虚弱地点了点头,跟着其他人一起撤了。

在他的第二次生命中,他再次抛弃了自己的家,为了拯救自己的小命。

帕米尔仍然盯着眼前这个实体。行星盘着长腿坐着,明快的笑容暗示着一系列情绪,但哪个都不可能,也不真实。"你从我们每个人身上都拿走了点东西,是吗? 通过触摸,那些手指,你刮走了一些我们的死皮。"

"是的,为了能更深入地了解你们。我想尝尝你们的味道。"

"这是聚合水塘的行为吗? 当你们遇到其他——?"

"分享自我是必要的。是的。"

"好吧。"他想象了一下自己的基因如何被消化、分解。随后,他压抑了恶心,说道:"我应该也尝一下你的味道。我想这符合你们的仪式。"

"自然。"

从白色礼服的下方,一只手抽出一把看似猎刀的东西,以一种令帕米尔惊恐的决绝,女孩的另一只手猛地拽起了茎,给了刀足够的空间,让它能一下子切过去。火烫的刀刃烧灼了伤口,传出一声清晰的、湿漉漉的嘶嘶声。

行星剥离的这一小片站立着,微微颤抖。

不见五指的深黑已经降临在他们四周,只有穿梭艇泄露的微光指明了他们前进的方向。一小会儿之后,各个方向的远处传来了低吼声,很快变成隆隆的骚乱声。丛林被摧毁了,消化了,吸收了。盖亚开始清理对她来说毫无意义的东西，一个精美但奇怪的痂，在完美无瑕的皮肤上。

"帕米尔。"他身边的身影说道。

"你现在又是谁？还是那个世界？"

"当你的皮肤细胞被取下之后，它们还是你的一部分吗？"

"你现在分开了。"他推测道。

她说道："是的，完全分开了。"

"那你是个新的世界吗？"

"同样的问题，"她说道，"你的细胞离开你的身体后，它是另一个你吗？"

"不是。"

"不是。"她重复着。

"但它有可能是，只要通过合适的方法。假如它能够被培养。"

"创造，"她用一种温暖、愉快、令人着迷的语气说道，"它是个无尽的、神奇的过程。是的。"

他们已经来到穿梭艇的基座。在他们身后，高耸的欢迎队伍开始倾斜坍塌，砸在赤裸裸的金属上。骨头碎裂，肉体溅落在四处，黑色液体只流淌了一下，一千张新生的嘴就开始了吮吸和咀嚼，将丰富的有机体拉回到各种各样的胃之中。帕米尔看着。借助穿梭艇昏暗的灯光，他勉强能分辨出肉山和羽毛迅速崩塌。这场演出的一切都令人印象深刻——这正是演出的目的。

"创造。"他身边的生物说道。

他抬头看着穿梭艇，声音里带着不必要的温和："对不起，我们没有空间容纳两个新身体。如果你要跟我们回家，我们只好把你冰冻在氢气箱内。"

"当然。"她说道。

她没有问欧雷乐的命运，可能没有兴趣。

随后，以缓慢谨慎的语气，她说道："我的客人，这位欧雷乐，提到过你们的巨舰上搭载了一件特别的货物。"

帕米尔什么也没说。

"也可能是一名乘客。非常古老，被秘密地放置。"

他们脚下的陆地震颤着，陆块接缝处的海绵结构体被撕走了。

"非常古老。"她重复着。

"我们不了解下面是什么。"他承认道，"在我们发出的信息中，我相信首领解释了我们所掌握的一切。"

现在，行星上唯一的光线来自穿梭艇内部，洒在她的脸上，令她显得单纯、迷人，看上去可能比任何存在过的生物体都更快乐。欧雷乐在上面某处，依旧在抽泣。除此之外，他们仿佛正在踏入一艘空荡荡的飞船。

"一个囚犯。"她说道，"有人是这么称呼它的。"

帕米尔没有开口。

"和宇宙一样古老！"她叹了口气，"甚至更老。"

他下方的世界依旧在震颤。在他身旁，成千上万吨刚刚死去的肉体正被吃得一干二净。一个悲伤的小人正在为失去辽阔的爱人而抽泣。与此同时，巨舰正一头扎入黑色星云，星云里面居住着大量非常奇特的生命。

恐惧感油然而生。但无论怎么努力，帕米尔都无法决定，在这些问题之中，到底哪一个才是最严重的、最危险的威胁。

十六

　　从距离和时间看,回家的旅程相对短暂。巨舰一直在朝着墨水井前进,飞船则沿着一条与其相会的轨迹,奢侈地耗费着新加注的氢气,以大于一半光速向回飞。回家的旅程比第一段航程要少花好几年时间,而且航路也更为熟悉。但时间对于任何头脑来说都难以捉摸,空间也总是辽阔得无法计算、令人麻木。在主要任务完成之后,没什么好做的,只能回想萦绕在心头的往事、朋友和丢下的爱人。依旧需要报告,但因为他们在飞越旧的区域,没有什么新的或是重要的情况。任务本身大获成功:首领和其他军官依然在发来祝贺的信息。虽然他们只是与一个聚合水塘共度了几个小时,但是该事件——会面、庆祝,或不管该把它归类为什么——被认定是成功的。任务中间没发生灾难。一个聚合水塘的代表正安静地躺在副燃料箱里睡觉,它的成分和冰封的神智正持续地被几十双眼睛通过各种工具研究着。外星人做到了，甚至超过了他们承诺提供的支持。飞行在来时的航线上，飞船发现道路每天都在变得更加畅通，聚合水塘的静电场和飞船自身的激光将碎片赶到了一旁。假如巨舰的航线也能被如此清扫，那穿越墨水井将变得简单且无聊。这一切之中，怎么可能有坏消息呢？

　　然而，飞船上的气氛依然保持着沉重，在不怎么顺当的日子里甚至现出一丝绝望的气息。飞船内部很拥挤，也太热，大多数船员都将此归罪到新乘客身上。欧雷乐是个郁郁寡欢、头脑简单且行为古怪的人。经历过一个大如整个行星的生物体几十年的爱意与照顾之后，他感觉自己被抛弃了，被丢进一群陌生人之中。他们不像他那么单纯、那么闷闷不乐，这十分古怪，让他无法解读。他的痛苦具备一定的传染性。帕米尔一早就注意到了。他们的客人会穿过厨房，对着飞船外的寒冷和黑暗痛苦地看上几眼，然后等他消失之后，就连最好的朋友之间也会发生点儿小口角，紧张的情绪如同传染病一般蔓延开来。

　　帕米尔一直有一种颇为有用的偏执。看着佩芮和奎伊·李在晚餐时相互攻击了几句，他立即设置了一批自动机器人。有几个恶名昭著的例子，异种仅凭尖酸的语言和生动的想象就实现了挑拨离间。这是欧雷乐此行的目的吗？然而，又经过数年的观察，再加上远方专家的帮助，机器认为只能责怪欧雷乐本人。公正地说，他是个烂人。一个极端的利己主义者，一个天生的懦夫。与此同时，这家伙的身体几乎可以活到永远,他残缺的性格和难以相处的个性已经顽强地持续了好几百个世纪,没有丝毫改变。

况且,制造这种坏气氛的并不只是他一个人。即便隧道已被打扫干净,人工智能驾驶员仍能发现小型的威胁,并启动机动火箭。黑色尘埃扮演着恶毒的角色,将最浓稠的黑色堆积在隧道的边缘,就这样让所有人都变成了瞎子。还有,船体外面是一片残酷的、无休无止的寒冷。此外还有聚合水塘本身:尽管看到了、学到了这么多,外星人仍然是个谜,一个最糟糕的谜,没有任何人类的魅力或特质。

巨舰上有许多奇怪的、难以理解的乘客,但在大多数情况下,人们学会了如何与重要的、社会化的物种互动。随便哪个正常、普通的人类,只要给他时间和机会,都会发现或推断出哪些物种身上有令人放心的迹象。但聚合水塘始终没有给他们这个机会。假如未来不改变的话,他们一直都不会给。

"你对他们有什么看法?"

每一天,这都是中心问题。有人会提出,通常是在一大早,在拥挤的小厨房内。别的人会回答,老调重弹,只是变了个方式,听上去像是新的。

"他们没得选,只能让我们通过。"大多数人会这么说,"但他们惧怕外来人,这对他们来说是个难题。或者他们是傲慢的混蛋,把我们打发走是最佳的办法。或者他们害怕我们,这很明智。毕竟,我们代表了银河系。我们是几百万个活生生的世界,代表最先进的技术,而他们却完全与世隔绝,所以他们自然害怕我们的后续行动。"

"我们有什么后续行动?"

这发生在回家路上的早期。跟其他几乎任何一个早晨不一样,欧雷乐从他的小舱房里出来吃了早饭。进入厨房后,他没看着任何人,再次提出了这个问题:"我们有什么后续行动?"

后续行动这个说法是佩芮提出的。他用魅力和优雅掩盖了说起这个问题时的不自在。在说出显而易见的答案之前,他夸张地耸了耸肩,苦笑了一下,"我不知道。我只是说——"

"我们是入侵行动的第一波?"欧雷乐闷声问道。

"不是。"佩芮的笑容凝固了,"我只是说事情可能显得像是这么回事。假如你是个隐士—— 一个居住在没有舷窗的舱房内的隐士——突然间有人在敲锁着的舱门,对你说他们遇到了麻烦,需要进你的家里去。这样还用说吗,你自然会担惊受怕……"

这个逻辑赢得了短暂的停顿,但并没有被认同。

"我们不想入侵任何人的空间。"奎伊·李紧接着解释道,"大船的轨迹不是有意设定的。"

欧雷乐抿着嘴,思考着整件事情。

帕米尔用平静的语气问道:"那你有什么想法?"

沉默。

"你跟我们的朋友有过相处的经验,"他提醒欧雷乐,"依你看,你的前女友对我们有什么看法?"

紧绷着的嘴巴放松了。

过了一会儿,欧雷乐深吸了一口气。接着又吸了一口。随后,他用不屑的、几乎是调侃的语气说道:"她对你们没太多看法。"

"没看法?"

"我印象是这样。"

佩芮轻哼一声,"你从来没说过。"

欧雷乐耸了耸肩,解释道:"这只是我的印象。一种感觉。我没有证据——"

帕米尔打断了他,"你还藏着其他什么印象?"

"没了。"

每个人都盯着这个新乘客,等待着。

最终,欧雷乐摇了摇头,笑了,因为成了注意力的焦点而沾沾自喜。"她爱我。"他用让人起鸡皮疙瘩的自得宣称。他深吸一口气,弹了下舌头,接着说道:"蓝色行星告诉我……在很早之前,她向我承认,在她看到一艘迷途的小飞船正冲向她时……那是她最辉煌的一刻!"

他迟疑着。

随后,他从记忆里挖出了新东西,至少是找到了一个看问题的新角度。"我觉得她说的是我的船,"他说道,"还有我……当然、当然、当然……"

二十四天又十五小时之后,飞船的人工智能唤醒了帕米尔。

"发现碎片。"声音报告。

这时候出现碎片完全合情合理。但因为可能有传感器趁他们没注意被偷偷带上了飞船——或是通过蒙在鼓里的着陆人员,或是藏在供给飞船的冷氢里——该事件必须显得没有任何破绽。帕米尔扮演着几十年前就设定好的角色,问道:"什么碎片?"

"我们自己的。"机器回答道,"它太大了,也太快,聚合水塘没法把它推出我们的航线。"细节传送给了合适的纽联器,包括原始坐标、分布和每个物体目前的速度。"碰撞的概率虽然小,但后果严重。"

"同意。"帕米尔说道。

紧接着,他给出了命令:"把这些垃圾从我们的航线清理出去。"

"往哪个方向清扫?"

当然应该请示这个问题。就在昨天,小不点儿发出了一个微弱的信号,给了帕米尔详细的指示。他也已经通过加密频道向人工智能下达了指令。但是,为了一个极可能并不存在、更不可能理解对话中深意的听众,帕米尔说道:"我不关心。你想往哪儿踢都行。"

激光束向前射去。

小不点儿飞船的每一个分部都覆盖了额外的钻石。碳原子熔化了,喷发出等离子气体,下面的超异纤维承受着干涉光子沉重的压力。她的飞船被干脆利落地推出航线,踏上了新的轨迹。整个过程流畅自如,却又显得十分随意,不像出自事先的规划。很快,它就将带着小不点儿进入周围的尘埃墙,之后,再深入星云本身。

旅途中忙碌的那几天里,气氛再次起了变化。

那一刻,他们已经脱离了墨水井。熟悉的巨舰就在前方,欢迎他们回家,它在残余的星光下看着是那么可爱。几十年的工作、几百万双手修复了船壳,令它如同一滴巨大的冰冻泪水一般反射着微光,低调且优雅。它的前半球上,似乎每一平方千米的面积上都安装了激光或防护罩发生器,或是面朝上的镜子。在俯冲向星云的过程中,只有一小部分激光需要对着来袭的碎片发射。彗星的残骸和岩石都在持续的齐射中被消灭了。配备了如此强大的火力,没有什么能阻挡大船。假如它释放出满腔的怒火,任何可以想象的障碍都将被突破。

为了与巨舰会合,高速飞船必须放慢速度。

降落时,它遵循了传统的客货穿梭船的路径,机动到巨舰的后方,匹配好速度与航向,随后利用大船那巨大的引力来帮助最后的进场。

随着抛光的灰色锥体转向星光,巨大的引擎露出了身形。他们位于船体上方数千千米,在巨大的圆形超异纤维、岩石、水和繁忙船体内部世界的遮挡下,墨水井短暂地消失了。

接近阿尔法港的过程中,人工智能说道:"我会怀念与你一起工作的日子,长官。"

帕米尔点了点头,略一思忖之后,他承认道:"我也有同感,我的朋友。"

降落完成了,一如此次任务的完成:专业,没有忙乱或是失误。忙乱是在降落之后才发生的。停泊在原来的泊位上,飞船被欢迎的条幅包围了,条幅上写满了数不清的语言。摄像头和沉浸眼高悬在空中。随着船员的纽联器重新与大船网络连接,他们看到了一小部分的头版。"我们的英雄回家了!"他们读着。他们听着。他们听到了呼喊的口号。接着,在帕米尔和首领结束了必不可少的演讲之后,飞船船员和乘客都被催促着进行了一轮生理和心理检查,并经历了持续十周的强制检疫。

等到能自由行动之后,帕米尔直接去了浣生的公寓。

完成例行的游戏以后,两个人躺在她穹顶天花板下方,看着船首传送来的实时画面。数天之前,他们已经进入了墨水井,或者说仍在进入。临界点究竟在何处,这始终是个争论不休的话题。但是星星正在他们身后消失,前面则什么也看不到,只有防护罩和彗星碎片被消融时发出的光。什么都没有。甚至没有黑色。墨水井实在是太深、太寒冷、太单调了。

"在我们降落的时候……"帕米尔开口说道。

浣生等了一阵子,随后问道:"怎么了?"

"我注意到引擎之间安置了一些新的镜面阵列。"他停顿了一小会儿，接着说道，"肯定是在我离开之后才装上的。"

"我下的命令。"他的爱人承认道。

"你下的命令，为什么？"

沉默。

但这其实是合理的预防措施。威胁可能来自各个方向，假如他们能在威胁尚远的时候就发现……

"是我儿子的意思。"浣生解释。

"洛克怎么样了？"

"很忙。很高兴，也很好奇。"她将画面换成后半球的视角，用承认错误的语气说道，"但我才是家里真正的偏执狂。"

帕米尔什么都没说。

随后，经过整整一个小时冥想式的沉默，浣生问道："你想过这个问题吗？"

"什么？"

"我们的大船究竟要驶向何处？"她耳语道，"外面有人吗……有人在追赶我们吗？"

十七

能量刺激着真空，激发出阵阵怒吼。

在一片无尽的黑色天空下，船壳上灯光璀璨。一片片巨大的深蓝色与浅黄色的光芒，标志着雷莫拉人的生活区和工蚁人的工作区。巨大的引擎时不时点火，过热的等离子气体随即从喷口喷出，喷向四周的严寒。强大的磁场会爆发和旋转，抓住一块块铁或混杂了铁的冰，磁场则会消失成一个短暂安详的哼唱。耳语般的信号以光速来回穿梭，携带着命令、数据、新生的谣言和激烈的咒骂，穿着加密外壳、看不到真面目的小秘密就隐藏在这片永不停歇的对话之中。来自宇宙尽头处的伽马射线追上大船，钻进它的壳体后能量消耗殆尽，或是强行穿过一个雷莫拉人的细胞。几十亿年历史的中微子钻得更深，被超异纤维巨大的力量扭曲了轨迹。随后，以它们这种粒子特有的匆忙，大多数中微子逃脱了，沿着略微改变的轨迹穿过宇宙。暗物质粒子在黑暗之中如冷雾一般悬着，偶尔会撞击到原子核，令它跳跃一阵子。还有始终存在的真空——只是名字中有个"空"字的它，拥有普朗克尺度的微型海绵状结构，无时无刻不在诞生虚拟粒子，数不胜数。在能被注意到之前，在成为现实之前，每一个粒子都会与它的镜像相撞并消失。

"预计情况不错。"康拉德报告道。他站在真空中，穿着宇航服，肩上扛着副首领的肩章，除此之外的任何地方都显示不出他的职衔。他的独眼，那个大大的椭圆形，和头顶的天空一样黑，紧盯着他的两位客人。其中一位个子挺高，另一位更高。"未来的八十个小时内都不会有实质性的威胁。然后我们就会进入碎片区。应该是颗大彗星的残骸。"他对更高的那位客人说道："肯定是你把一颗彗星从我们的航线上移走时留下的碎片。"

"眼下我无法移动任何东西，先生。"蓝色行星的使节说道，"除了我自己。"

"当然。我忘了。"雷莫拉人此时看着另一位客人，咧开红宝石色的大嘴，笑着说，"如果我的预测有问题，躲进任何一个掩体里就行。"

"没问题。"帕米尔说。他伸手比画了一圈，"过去这些年，你做了很多。"

明亮的钻石穹顶在一座城市的废墟上升起。战争期间，违望者彻底摧毁了船壳的这个部分，但雷莫拉人对于维修非常在行。他们当然会回到这个地方。他们当然会祭奠亡人,在烧焦的骨头和空荡荡的船壳上铺设新的超异纤维覆盖层。带着倔强的执着,在一百万个穹顶延伸到地平线之前,他们不会停止,哪怕在此刻,或在接下来的一万年内,这里仍然是空的……他们已准备好让自己的孩子们重新占据这里,恢复原来的人数,也恢复那一贯的傲慢。

"坐我的私人交通艇吧。"康拉德说道。

"谢谢。"

雷莫拉人盯着帕米尔的同伴一小会儿。随后,用平静、无法揣测的语气,他问道:"你以前在船壳上行走过吗?"

"没有。"她回答道。

"你害怕吗?"

"假如我感到害怕,"她问道,"会显得更有礼貌吗?"

"跟礼貌不相干。"雷莫拉人回答。

使节瞥了眼帕米尔,显然在等他的建议。

"这边走,"他提议道,"我们的交通艇在等着。"

她立刻服从了,没有任何犹豫。她的宇航服无声地行走在光滑的船壳上。

跟在她身后的康拉德通过一个保密频道说道:"你的女人知道你和这个漂亮妞在一起吗?"

"这就是浣生的建议,要是我没记错的话。"

"倒是有可能,"康拉德开玩笑道,"我从来没觉得她是爱妒忌的女人。"

笑声很快消失。

接着,换了一种语气——一种严肃的、期待的语气——雷莫拉人问道:"是船头来的消息?"

"是。"

"嫌你看得不够仔细?"

两个人对笑话都没反应。

最终,帕米尔承认道:"我们只是想看她的反应——像这样走在墨水井底下,在开放的太空中。在这之后,我们会给她看大镜面阵列,观察——"

"一个试验,对吗?"

算不上。但自从使节被从燃料箱里拉出来、解冻复活之后,基本上没从她那里获得过任何重要的信息。二十个独立的实验室研究了她的基因。她的神经系统和每一个说过的词都被彻底分析,达到了分析设备的极限。凭借海洋一样深厚的经验,多名外星人专家得出了相同的结论:她是一个相对简单的生物,基于普通的人类基因编织而成。更确切地说,是欧雷乐的基因。

"我不相信她。"康拉德表示。

帕米尔保持着沉默。

"或是她们,都一样。"

二副瞥了眼黑色的天空。

"不是因为他们做过什么不友好的事。"雷莫拉人走得快了些，走在一个巨大空旷的穹顶外缘，"我们是入侵者。我们没有受到邀请。假如有人要穿过我……"

他的声音渐渐降低，听不见了。

沉默许久之后，他问道："天文望远镜看到的东西……你觉得那代表了什么？"

使节突然停下，转头笑着问道："就是这艘小艇吗？"

"我不知道。"帕米尔坦承道。

"是的，就是这艘。"康拉德告诉她。

接着，在她爬上船的时候，帕米尔再次对他的朋友说："我什么都不知道。眼下，我对任何说法都不怎么相信。"

船壳上弥漫着各种风味的能量：雄心与创造、自私与勇敢、愤怒、恐惧与报复，加上偶尔的慷慨和真正的利他主义。

光滑的灰色在他们身旁加速。在他们左方远处，被速度模糊了的是一个工蚁人的营地。

使节询问这种小个子异种的一些细节。

她穿戴着受限的纽联器，无法接入数据库。每个问题都必须口头提问，当她倾听回答的时候，她的反应被测量着，并与所有她问过的问题和所有做出过的反应做着对比。

帕米尔简单地介绍了一下工蚁人。

"我哪天能见见他们吗?"她问道。

帕米尔说了声"当然",便打住了话头。

他们两人都没穿宇航服,但有两台精密的机器守候在一旁,万一遇到麻烦时,能及时包裹住他们脆弱的身体。帕米尔穿着一套常规制服,使节穿着一条灰色的裤子和一件宽松的衬衣。她看着非常高,有种奇异的美丽。她的脸显得既好奇又纯真。在大多数情况下,她维持着同一个形象。但自从她到达这里几年之后,她明显地老了,长长的黑发颜色变淡了,也变稀疏了,脸上也有无数处松弛的痕迹。

她是欧雷乐的基因,但后者永恒的生命其实来自生物陶瓷,它比任何氨基酸都更持久。

她正在死去。根据预测,在他们脱离墨水井的那一刻,她将死于年老。

离今天不到三十年。

一瞬间,帕米尔臆想起了与这生物同眠的情景。这不是第一次了。

他闭上了眼睛。接下来的几个小时内,他假装在睡觉。她尊重了他的隐私,允许他通过自己的纽联器工作,然后偷闲睡上一小觉。后来,一个声音唤醒了他。他坐起身,看到远处有另一片闪亮的灯火:白色的光芒,夹杂着闪烁的色彩,那是红色、绿色和紫色的信标,配合着三种最常见的血液颜色。阿尔法港就在远处的地平线上,坐落在人为划定的北极点。这里通常是最繁忙的港口,但自从巨舰进入星云之后,交通顺畅了许多。作为一项应对流浪彗星的预防措施,六个港口都封闭了。只剩下数量有限的短途任务。聚合水塘声称,就连小型交通工具都会给清扫碎片,并给无法清除的物体打上信标这样的工作带来麻烦。他们要么是过于礼貌,要么是过于不近人情,总之他们反复提醒船长们不要远离自己的家。

过了密封的港口之后,就是第一重防护罩发生器——胖乎乎的圆筒和平平的锥头,比大多数的山还大。

待在外面的每一刻都会带来实实在在的风险。交通艇的装甲板已经自动排列,迎接可能的撞击。它的引擎已加速到极限,角速度大到足以令帕米尔觉得自己轻了一两公斤。高速让近处的一切都很模糊,再说也没什么好看的。随后,无声的激光亮起,赶走尘埃与碎片。防护罩变得更强壮,也更厚了,一条五彩的极光在上方盘旋。交通艇转向左方,向东边划了个大圆,经过了垃圾站——它能收集、分类和过滤离子化的垃圾,送往有用的地方。

聚合水塘也使用了同样的工艺,只是程度广泛得多。

帕米尔连上一个附近的镜面阵列,通过它的眼睛观察摇曳的极光之外的天空。大船的后方除了黑色,什么都没有。它是片单纯的黑暗,深邃但透明。前方——锦囊——则是十倍的重量和寒冷,是黑暗笼罩中的黑暗,深藏于星云的核心。以人类的眼光来看,锦囊的密度低得可怜,是一个巨大的空无,只有尘埃与寒冷的气体。大船本身就足以承受任何航段上的风险,但它的船壳会饱受摧残,镜面阵列会分解成炽热的尘埃。好在他们不是独自作战。聚合水塘设置了巨型的电场,将前进道路上万亿次接着万亿次的威胁离子化,进而加以降伏。

在特定的读取频率下,大船的航路看得很明显。

假如锦囊是一股浓密的黑色烟柱,那它看着就像一阵锐利的清风,钻出了一个直径百万千米的洞,一直通到锦囊的另一方。

使节看着模糊的地面。根据隐藏传感器的分析,她就像一个年轻的人类一样感到好奇。对于一个对大船了解有限的人来说,她的表现与预期相比,既没有显得过于紧张,也没有装得过于随意。

"你做到的——"帕米尔开口说道。

她看着他。灰色的头发有些干涩,但眼睛依然明亮,神采奕奕。"怎么了?"

"很了不起,"他说道,"我是说你的成就。"

"我什么都做不了。"她还是这句话。

"你们这个物种,我的意思是。"

以使节应有的姿态,她点了点头,对他说了声"谢谢"。

"你知道吗,"他接着说道,"我们一直相信——我是说船长们——我们一直都为自己对外星人的了解而感到骄傲。我们和成千上万种物种打过交道,很容易就相信自己已经掌握了一切,但是聚合水塘不同。出乎我们的意料。"

她再次说了声"谢谢"。

"这不禁令我们遐想,外面还有什么?"他知道自己该说什么,但假装沉思了一阵子,"假如我们飞出银河系,进入深空……或许我们会发现其他意料之外的物种……"

不带一丝一毫的尴尬,她说道:"因为我对这种可能性完全不了解……"

"所以你不会回答。当然。"

她再次看着模糊的船壳。

"你出生在这里吗?"

使节同样在玩手段,假装没有听到。

帕米尔再次提出这个已问过不止一次的问题:"你知道你这个物种的起源吗?"

"不知道。"她回答。

诚实的回答。观察仪器说道。

"你们的历史呢?"

像人类似的耸了下肩,她回答说:"我对这种事不感兴趣。"

"我们第一次见面时,"他继续着,"你提到大船上的货物。你说的到底是什么呢?"

她问了一句:"你忘了我说的话了?"样子并不是开玩笑。

一刻也没忘。

随后,她看着帕米尔,嘴角和眼角都露出了笑意。她调整了一下坐姿,一个膝盖高高抬起,用片刻空洞的调情分散了他的注意力。

在大船前脸的中部,在光滑的灰色船首,坐落着可能是银河系中最大的望远镜阵列——绵延几千千米的光学镜片和无线电天线、遥感激光和中微子捕捉器。工程始于两个世纪之前的一个紧急方案,中间从未中断过。专门为此修建的工厂一直在产出高等级的反射镜,还培训了人工智能,专门研究海量的原始数据。为第一波建造所生产的大量机器人现在已经无事可做,除了维修一些偶然的撞击损伤,于是便将大量时间用于组装镜子和天线,并连入大船网络。假如它们不放慢速度,再过不到一千八百年,大船的这个半球将完全被望远镜覆盖。再过八百年,跟在后面的半球——除了火箭喷口和雷莫拉人的城市——也将同样被巨大的、永不疲倦的眼睛所覆盖。

交通艇开始减速,座位调转了方向,乘客们被厚厚的泡沫包裹起来。加速度对帕米尔来说不算什么,但他的同伴只有古老的蛋白质基因。她的后背和腿部都起了瘀青,没有机器人的帮助,瘀斑和疼痛会持续好几天。

从景色改变的速度来看,交通艇已经降速到了爬行。在一个似乎随机的地点,它停下了。

"我们开始步行。"他宣布道。

她套上宇航服,没有抱怨,也没有提问。

"不远。"他保证道。

她没问过，似乎并不关心。

他们停泊在一条狭窄的通道上，位于一个辽阔的、寂静的、完全静止的森林之中。防护罩和爆炸的碎片将天空装点得五彩斑斓。巨大的碟形天线矗立在他们两旁，由优雅的钻石和光学电缆支撑着。天线相互之间挨着，不会有光线照到望远镜下方，在压抑的黑暗之中，严寒变得更加难以忍受。

"跟着我的标志灯。"帕米尔指示。

高个子使节僵硬地走着，双眼紧盯着装在他头盔顶部的一个微型红色灯标。

"跟紧。"他提醒道。

但她没有能跟上男人步伐的体力。年岁和新添的瘀伤扯了她的后腿，她不得不喊出了声，"我看不见你了。"

"停下。"帕米尔指示道。

她停下脚步，耐心等待着。她的呼吸略有些急促，人类的心脏加快到了应有的程度。但一等到她的身体从过劳中恢复，呼吸和心率便再次降了下来。她自己的宇航服也有几处灯光，但她没有用它们。她似乎在黑暗之中异常自在。她的眼睛应该什么都看不到，但她还是高兴地笑了。

远处，红色的灯光闪烁着进入她的眼帘。

帕米尔说道："接着走。"

她坚定地往前走去,每一步的踏出都意味着盲目地相信船壳是平整的、是值得信赖的。只是当她赶上灯光之后,才意识到它的位置比刚才高,而且它下面的宇航服也变得和她的一样大。她迟疑了。刹那间,她那老式的水与脂肪构成的大脑出现了十分正常的疑惑,被一系列的皮下传感器捕捉到了。

"你是谁?"她问道。

高大的宇航服慢慢地转了过来。头盔内部有光线射出,面罩下,一张金色的脸打量着她。首领似笑非笑地说道:"我想问你些问题,亲爱的。跟我来吧。"

使节犹豫了一下,随后听从了吩咐。

过去几天中的某个时点,有个冰块设法逃过了激光和防护罩,以足够的速度和力量摧毁了一百公顷的镜面。撞击坑很浅,呈灰白色,超异纤维重新调整了结构,恢复了大部分的能力。机器维修小组和工蚁人已经被支走了。第二个物体逃过防护网、撞击到同一地点的概率有多高?概率很小,但不会小过其他任何区域。首领需要的是一个开阔的空间。心理学需要的是与这次意外会面相伴的剧情。先让使节感受到一定程度的难受与害怕,再将她抛进一个她事先绝对意料不到的局面。

圆形的空地中间,已经安置了黑色的椅子。

浣生在边缘处迎接首领,通过公共频道说道:"欢迎,女士。欢迎,使节。"

那生物略微点了点头。

"我们上次聊天是什么时候来着?"浣生问道,"在首领的宴会上,是吗?"

"是的。"

"希望你在这里住得还算愉快。"

使节的头脑里闪现出一阵疑惑。但她还是保持了镇定,说道:"我喜欢这里的一切。"

她的岁月在一个宽敞的公寓内度过,公寓内配备了足能用作监狱的安保措施。除了几次精心安排的旅行,她从没看到过什么。她也没要求过更多的自由,连一次都没提过,不管是正式的,还是随口提的。

"想问我什么问题呢?"使节想知道。

首领用长长的胳膊指了指,说道:"请往这边走,可以吗?"

椅子被安排成一个大大的圆圈,相互之间隔得很远。使节走到中间时,副首领们纷纷坐下。帕米尔又出现了,坐在首领的左边。康拉德坐在他的旁边,独眼盯着使节,仿佛从未见过她。

浣生坐在首领的右边。"抬头看。"她提示道。

天空是一片靛蓝色,边缘处却变得深红。

"我们的眼睛不大好,"浣生坦承,"那里有大量的噪声和杂光干扰,让这些镜子无法发挥它们的全部潜力。不过,我们还是看到了些东西。"

天空变了。

防护罩之外的景象突然出现在视野里，图像从无线电转到红外线，然后又回到无线电。锦囊原本是个巨大泡沫，充满噪声和小团的热量，此刻突然出现了精巧的结构和复杂的细节。离子化的气体和冰晶看着像扭曲的线条，最终全都通往一簇簇温暖的水体。其中的一簇被放大了，标准的比例尺旁出现了上千个点。这些点堆积成了一个漂亮的球体，直径不到一光时。每个点都有一个小型月球大小。用商量的语气，浣生说道："它们应该是某种孩子。我们称它们为嫩芽。"

一个平静却又紧张的声音说道："我不知道。"

"我相信你。"浣生说道。

画面再次改变。大船的正前方出现了一个洞，承诺中的通道空洞、寒冷，与锦囊其他地方的繁忙和明亮形成鲜明对比。

"我们的航线。"浣生嘟囔了一句。

使节略微点了点头。

"似乎仍处于开放状态，等着我们。"

"似乎？"

"对于我们眼睛的极限而言，它看着像是开放的。是的。"

使节的心脏跳动得更厉害了，呼吸变得急促，甚至能被旁人听到。紧张急促的呼吸令她的话变得断断续续。

"我不知道……你们想要什么……"

"几个星期之前，"浣生解释道，"我们注意到了一个新现象。不清楚它是否正常，但显然是一个必须提前加以应对的事件。"

"是吗？"

"这里的线条，这些水分和矿物质的河流……它们似乎在喂养那些年轻的聚合水塘，让她们获取质量和原材料。"她停顿了一小会儿，接着说道，"这些河流都同时变宽了。你看不到，在这个分辨率下不行。但它挺明显的。电磁束缚放松了。粒子在远离彼此，往各个方向扩散。"

已有风霜的脸点了点，没说什么。

"可能是孩子们已经长到足够大了，"浣生解释，"可能原因就是这么简单。"

画面突然变了。所有的人都在盯着其中的一个育儿簇。它位于锦囊的下方，隔着两光年的距离，红外信号异常明亮。在一个狭小的区域内，每一个月球大小的孩子显得如同等离子气体一般炽热，她们的一部分水体随着喷泉喷入太空。喷泉不仅热，还释放出大量的辐射。

"引擎很原始，但很有效。"浣生平静地说，"聚变反应堆驱动激光阵列，为质量提供了能源。我们对这种系统略有了解。"

沉默。

"最远处的孩子开始移动了。"她继续说着，"当然，假如她们希望前来拜访我们，近距离见识一下巨舰……这样的话，她们就得尽早出发。看上去这是一个合理的解释。"

"是的,确实挺合理。"使节表示赞同。

"但所有的孩子似乎都有同样的想法。锦囊的直径有四个光年,它边缘处所有的嫩芽都在耗费巨大的能量和珍稀的水体,看不到有什么特别的目的,只是为了接近我们。她们必须消耗超过一半的质量才能接近我们。这些你都觉得合理吗?"

沉默。

首领打断了她,说道:"我们只是想了解情况,亲爱的。你知道她们想达到什么目的吗?"

还是沉默。

"还有那个蓝色行星,"帕米尔用严厉的声音说道,"你的母亲。她肯定也辐射出了某种能量。因为在我们拜访之后,她开始将她的一部分变成炽热的喷流,向太空喷射。她在我们后面追赶,耗费了难以想象的质量和能量。"他叹了口气,接着说道,"以目前的速率,她会在我们穿过锦囊之前赶上我们……"

他的声音渐渐放低。

其他的副首领站了起来。但因为他们都不是亲身出席的——为什么要冒着巨大的风险,将所有人都暴露在船壳上呢? ——只能由帕米尔走过新撞击坑的表面,抓着使节的肩膀,用力一扯,把她的宇航服褪到膝盖以下。

关键的酶死亡了,终止了古老的克雷布斯循环①。

使节死了,而天空中布满了成千上万、数之不尽的坚定、决绝的巨人。

---

①又称为三羧酸循环,指需氧生物体内的细胞代谢。

大洪水

　　涓流从两张雕刻的脸中间流出，在粉色花岗岩的鸟嘴薄片边缘盘桓许久，积聚着体量，形成了一团清澈寒冷的水体，映射着岩石的颜色和天空壮美的倒影。它冒着气泡，颤抖着，不断增长的质量与表面的张力做着斗争。随后，一个附近的声音开口说话了。这唯一的震动足以晃动液体，令它摆脱束缚，无声地坠下。那个声音说道："我们相信所有的船长，总是，总是。"晶莹的液滴坠入一个抛光过的池子，池子则位于这两张石头双面人脸的底座。它与其他成千上万个液滴混合在了一起。"但我们最相信的是她，"那个声音说道，"浣生。"另一个很像第一个的声音说道。"但首领仍然在掌权也不错。"第一个声音说道。"我们也这么认为。"第二个声音补充道。随后，经过冗长的停顿之后，两个声音同时宣称："看看他们的单脸。他们的意图显而易见。"

　　双面人出生时只有一张脸，发育成熟后，他们会寻找一个相称的配偶，遵循一个比他们这个物种还要古老的程序，小个子的男性会用一连串精巧和锋利的倒刺肢，将自己附着在爱人的背上。倒刺扎得很深，释放出麻醉剂和精子。首次的融合耗时几个季节。免疫系统相互适应和结合。两个身体互连，血管与肢体逐渐相通。小头的位置取决于基因和社会习俗，但男性通常会将头扭向后方，关注各种风险和机遇。在古代，两个头脑保持着独立，地位也不相同，女性在任何重要场合都据上风。但随后双面人拥抱了永生。当两个灵魂共享一个身体和环境，并维持好几个世代，他们逐渐且必然地会长成一个实体。单凭习惯便能生成统一的价值观和外貌，纽联器和神经元则搭建起了永久的神经桥。当她的脸看着那个圣水池时，两个人都能看到她水中的倒影。随后，他们共享的身体转了个身，两人都看着他那张更小、但同样漂亮的脸，共享的声音重复道："我们相信浣生。她的单脸知道什么才是对大船最好、对我们最好。"

　　渗入的水装满了池子，生成一条细小的无名涓流，流入一条狭窄的裂缝——一条在祭拜公园的地板上切割出的、优雅笔直的裂缝。蒸发，外加口渴的生物，几乎令它干涸了。但最终，缓慢的水流仍汇入了一条小溪，离开了公园，注入一条在一千米的花岗岩和两米的超异纤维支撑体上切割而成的水渠。水渠注入一个小小的水库，水库里面用重金属精心地下了毒。一个人工智能店主会将毒水卖给合适的顾客。几个本地的乘客物种——其中一种的体型还颇为巨大——愿意支付高价，购买铅味的家乡风味，以满足自己的饥渴。但他们偶尔才会光临，必须保持毒水口感的新鲜度。因此，店主每过十一天便会净化一遍水库，过滤出有用的金属，允许廉价的纯净水从龙头里流出，流过钻石铺就的地板，流进穿过它小店的小河。

他是一台富有激情的机器，也有丰富的做买卖的经验，能将各种各样的液体售卖给各种各样的物种。带着机器无尽的活力，他愿意跟任何一位过路人谈论任何一个话题。

"其实我挺喜欢大船绕个道，"他对一位地球女人声称，那女人的裤子上佩戴着小小的船员标志，"没有一阵风将你吹到不熟悉的海面上，你的航行就不叫航行。我相信这种说法。"

对一位高大的哈鲁萨鲁，他说道："我非常喜欢你们这个物种。这么跟你说吧，你们早就该加入船长的行列了。"

朝两边看去，他能沿着大道看一千米。匆匆一瞥，他能认出绝大多数物种。如果交通没那么繁忙，再如果他看到有潜在的顾客正在走来，他会回到店中，重组他那个人造的身体。他无疑是个人工智能，装成其他样子挑战了好几个法律条款，更别提社会行为规范了。但跟懂得态度与笑容有多么重要的店主一样，这机器知道如何令顾客感到舒服。

释放出一股信息素之后，他告诉一个稻鸟人："你自从绿了之后就再没喝过的琼浆玉液！过来尝尝吧！"

对一个路过的热狗人，他唱道："我能帮你尿出爱人之尿。"

打扮得像个鳃人，他声称："我能帮你翻新外壳，价钱公道，过来试试吧。"

做完那笔生意后，他注意到了一个孤独的船长正在走来。他再次回到店中，随后再次冒出，用一张无疑是人类的脸笑着。"您好，尊贵的长官。希望您今天过得不错。"

船长说道："希望你也过得不错，先生。"同时瞥了眼湿漉漉的石头。

"想来点儿好吃的吗，先生？肉汤？喝一杯？或者来一杯您自己发明的甜饮料？"

"我不能喝。"船长坦承道，"对不起。"

店主这才发现船长是个投影。但他是真实的，就像月光是真实的一样。而且，他还是一位高阶船长——

"帕米尔。"影像说出了自己的名字。

"我很熟悉您，长官。我密切地追踪过您的职业生涯，我想对您说——"

"请不要说了。我不想听任何关于我的东西。"

店主点了点头，接着问道："那我该说点儿什么呢？"

"我想你肯定消息灵通。"投影想知道，"船上的气氛怎么样？"

"信心十足，"人工智能回答道，"激动。等不及想要看——"

"胡扯。"

不知道该怎么回答的时候,沉默是最好的选择。

随后,投影又加了一句:"但还是感谢你的谎言。我知道你是出于好意。"

沉默仍然是最好的答复。

"我想买点儿东西。假如我没记错,你的柜台下面有个光学捕捉器。"

"没有,我没有,长官。"

投影笑了,耐心地等待着。

人工智能了解船长。如果他们觉得自己是对的,辩解不会起到任何作用。唯一的希望就在于让他们明白自己的想法有多么愚昧。打定主意之后,机器走回了店里——一个宽敞的洞穴,圆弧形的墙面上装点着各种龙头、乳头和假的阴茎和嘴巴,还有可转换的接口,能瞬间改造成满足任何物种的需求和喜好。柜台本身是个小小的高台,由光滑的玛瑙雕刻而成。在它后面是各种看不见的小格子,里面装着应当装着的东西。但当人工智能开口说道:"您自己就能看见……"奇怪的客人却伸出长手指了指,"那是什么?"

真奇怪。机器竟然从没注意到那个小格子。碰它一下打开之后,他奇怪、惊喜且害怕地发现了一个小瓶子,里面装满灰色的物质,一种没有任何重力的物质。

"把它倒给我。"帕米尔说。

店主立刻服从。数量不明的原始数据被这个高高的有形光影吸收了。

"请再把它放回去。"

这个瓶子里只装着店主本人表达过的意见。过路人的意见没有被记录——没有记录他们的脸和声音，更别提姓名了。人工智能相当于某种意义上的镜子。他是一个模板。为了做成生意，他会戴上任何面具或摆出任何态度，这两者都能让顾客的情绪变得更乐于交流。

"谢谢。"投影说道。

"我该说不客气，对吧，长官？"

他们两人再次一起走到外面。

"或许，我应该问一下——"机器开口说道。

"你记不住的，即使我告诉了你。"

不知怎的，这听上去就像是个答案。店主点了点头，低头看着人类此刻穿着的鞋子，朦胧的目光看着清冽的纯水淌进横穿而过的河流。

"这家店你开了有多久了？"投影问道。

"差不多从航行开始后的第一个千年起。"

"你每隔多久会放干这个水库？"

"每隔十一天，船上的时间。"

"但石头还没磨损，"低沉的声音指出，"看到了？如果你在这里开了已经有一千个世纪,而且每隔十一天就会放干这个水库,更别提还有其他库存……"

"我不明白。"机器坦承道。

但突然间,这里只有他一个人。他不明白为什么他会自己跟自己说话。

小河流淌到大道的尽头,钻入另一条长水渠。在被加热到接近沸点之后,水被提进了一片冒着甲烷气泡的黑土。在一个钻石气泡中,一千个生物坐在松软滚烫的泥巴里。在过去的两万年里,这里是他们生活的地方。每一个需求都会流向他们,每一个好奇的问题都通过纽联器、发光屏幕和其他标准设备得到解答。他们这个物种没有通用的名字,只有一串数字和字母,是接收他们上船的船长们制定的。他们是非常社会化的生物,但只跟自己人待在一起。他们的天堂是一个炎热潮湿的国度,充满臭气、突发的火焰和放屁的乐声。喧闹声在蒸汽之中升腾,他们彼此谈论着:"我们付钱不是为了飞向错误的地方。更正航向,到我们保证过的目的地,否则我们要求全额退款!"

水再次被清洁、再次被释放,与另一条小河里的水融合后,开始了长长的、螺旋形的坠落,经过一系列新的空腔和长长的大道。每一个空腔的原生岩石和坡度都不同,宽度、高度和土地的休整方式千差万别。几十亿年之前，无名的手利用岩石和超异纤维、利用分形几何和工程原理，建造了崖壁、花岗岩支撑和假断层，还有数不清的洞穴。甚至连洞穴的顶棚都拒绝保持一致：有的是超异纤维的肋骨架，有的是厚重的拱顶，也有两者交织的穹顶。还有，取决于纤维的级别，它们有的亮如镜面，有的如同冷烟一般灰暗，还有的是岩石顶棚，由超异纤维的小横梁支撑——粉色的花岗岩、黑色的玄武岩或亮绿色的橄榄石，或是人造的红宝石、钻石或蓝宝石；有的是一种岩石，也有的是多种岩石混合，像一个不小心混合而成的精美的、闪闪发光的大熔炉。这里没有人造天空。照明灯又暗又稀少，颜色单调，投下微弱的白色光芒，照在河流湍急的水面上。河岸上没有土壤，这里也没有刻意驻扎的生命。此刻，这地方尚未开发。我内部的大多数地方都相似。对所有数十百亿的乘客来说，没有必要打开我太多的场域。经过一百个千年之后，我大部分地方仍保留着未开发的状态，一个由未受打扰的岩石和空旷区域组成的国度，悬浮在时间的边缘。

水流从周围的岩石中偷取了矿物，输送给几种耐心的微生物。一些有感知的机器变成了寄生虫，从偶尔的光线中汲取能量。有时，游客们来了又走，活跃的小生物圈依靠他们的排泄物和丢弃的食物过活。一簇灰绿色意味着一个腐烂的三明治。一团蓝乎乎的烂泥是一大堆排泄物的遗物，还有一直未曾离开的游客——一只奇怪的两足动物，独自游荡到这个空腔，登上如悬崖般高耸的墙，在最不应该的时刻松开了他过短的绳索。坠落摔断了他的两条腿和两根脊柱。他携带的关键设备被留在了高处，够不着。虽然能永生，但缺乏人类那不知疲倦的修复系统，他没有办法，只能躺在坠落处。随后，饥饿与干渴令他陷入昏迷。到如今，剩下的他仍保存在水线三米上方一个小坑里——一具木乃伊化的尸体，在过去的十八个世纪中未曾移动过。

这条河流与一条新的河流、外加几个小喷泉相遇了，打着转，泛着水花，一直在坠落，并长大成一条深深的、欢快的、不知疲倦的激流。流经五万千米，落差超过了两千千米。最后的空腔是一片辽阔的、宽广的平地，让河水如同一条肥蛇似的蜿蜒在洞壁之间。在无心的眼睛看来，洞壁就像光秃秃的山峰。棕色和灰色的岩石伪装覆盖了一面洞壁的一部分。住宅和玻璃穹顶藏在陡峭的地形里。在二十千米的范围内，一座秘密城市正在蓬勃发展。这是一个未被记录的社区。船长们知道这个地方，然而，除非有人走漏了消息，没有任何其他人意识到它的存在。几乎在航行开始的同时，人类就在这片荒凉的土地上定居了。他们是卢德分子①，秉承着十分奇特的信仰。出于宗教上的原因，他们不相信大多数的现代科技。认为生命应该有限和短暂，因为死后的世界更精彩。为什么会有人逃避这么一种灿烂的命运呢？在进入第二个世纪之前，衰老开始了，死亡随时可能降临。他们穿着过时的服饰，留着奇怪的发型，每个人都随

---

①反对科技进步的人士。

身携带着三种"圣经"中的一本。他们是离群索居者。只有在特别的时刻,他们才会与其他乘客做贸易,而且只通过遥远的中间商。他们不相信纽联器或发光屏幕,但他们使用聚变能源和密集种植术。每个家庭都有一个很棒的图书馆,尽管生命短暂,他们仍然注重学习,重视那些比他们这个物种更为古老、更为伟大的问题。

两位老人站在棕色山峰的山脚,像朋友一样牵着手,看着无鱼的河水从他们脚下流过。

"假如船长们无法让大船转向,"其中一个人说道,"那它会继续驶向星际间的寒冷地带。"

"我也听说了。"他的朋友附和道。

"再过几千年。"第一个人补充道。

"他们是这么说的。"

"之后再过很长时间,就能抵达室女星系团。"

距离和时间跨度相当巨大,大到难以想象,但是第二个老人给出了自己最满意的答案:"只要这是上帝的计划。"

"也可能不是。"他的朋友不祥地说道。

但他们都是老人了,很快都将死去,因为他们的生命有限且短暂。他们觉得幸运:甚至连他们的孩子的孩子都不需要面对这个可怕的问题。

又是一条终结于冰冻的水渠。

在一个保温的圆筒内,水流感觉到了突然的寒冷,流速变缓了。更多的水从后方涌来,形成压力,所以它也无法完全停止流动。机器往纯净的冰里掺入石头和土块,令它看着、闻着都像吃饱了的冰川。随后,冰块冲出圆筒,进入一个小型山谷,山谷连通着一片冰冷的天蓝色海洋。

鲸人在海中畅游。他们是鲸目动物,长着很多眼睛,修长的、肌肉发达的背部深处长着共生的胳膊。他们过着小部落的群居生活,以在冰冷的咸水中蓬勃生长、像磷虾一样的浮游生物为食。他们年轻时代的天空高挂在他们的头顶上方,辽阔湛蓝,中间是一个类木行星,周围有多个姐妹卫星。工程师们找到了办法,模拟了他们家乡海洋中巨大的波浪。波浪涌进冰川山谷,抬起冰舌,直至它破碎,开始漂浮。随后,波涛又撤退了,露出一百米长的黑色岩石和坚韧的海草,还有像螃蟹似的生物,每个都有房间那么大。

游客们坐在一艘坚固的船内,看着波涛砸下。

看着鲸人。

他们是人类,而且是非常富有的人类。男人都很帅,但女人总是更漂亮一点儿。每个人都拥有清脆的、几乎像歌剧般的嗓音。

"好看。"他们唱道。

"再靠近点儿。"他们敦促船员。

船服从了胳膊的指引,驶向蓝幽幽的冰之岛。四翼鸟在冰面上休息,淡然地看着入侵者。随后传来一阵声响,更多的是靠感觉到,而不是听到。海面下方某处发出断断续续的吼声,冰之岛碎成了大小不一的冰块。小一些的冰块突然翻了,将鸟儿倒进海里。

一个高大的鲸人跃出海面,共生的胳膊抓住挣扎的生物。

人类发出由衷的喝彩。

巨大的垂尾拍打几下,异种接近了他们,手里拿着晕死的猎物。游船驾驶员翻译了一连串的唧唧声。"告诉我这有什么新鲜的、有什么好瞧的?"那生物问道。

"哪里有新鲜的、好瞧的?"人类问道。

"看新鲜的,玩新鲜的。"一阵嘎嘎的笑声盖过水声和幸存鸟儿的叫声。"我是个旅行者。我喜欢看,喜欢玩。"

大船上永远有角落等待着发掘。人类提到了十几个新的、一定要看的目的地,但鲸人说:"我都去过了。我觉得无聊。"

这句话引起了尴尬和愤怒。

最终,一个英俊的男人问道:"好吧,那你建议我们去哪里?"

"船壳。"异种说道。

鲸人可以旅行到那个地方,这不是新闻。他们的行动确有不便之处,但待在一个盛满原生水的密封舱内,由强壮可靠的机器携带……任何乘客都可以被送到大船表面,四处逛逛。

"去看墨水井,"异种接着说道,"你们还没去看过吗?"

"去过后半球。"一个漂亮的女人说道,一只优雅的手挠着那两只非常可爱、非常古老的乳房中间,"三年前我去过一次,待了一整天——"

"不，去前半球。"鲸人鼓励道，"风景绝对值得一去。防护罩。激光发射。有时，假如你跟我一样幸运，一团东西会划过你眼前，砸在地平线上。"

很少有游客去过大船前面。有安全方面的考虑，同样重要的，还有害怕。万一有一个小冰块砸到你头上怎么办？冒险虽然有意思，但前提是不会造成真正的伤害。

"锦囊。"异种说道。

人类已经觉得这个鲸人有点儿烦了。

"假如你认为墨水井是黑的……那你该看一下锦囊，就像一头扎进最深、最冷的海里？"

"你接下来想去哪里？"一个男人问长着可爱乳房的女士。

"回家。"她做出了决定。

游船立即服从了吩咐。

"去看一看锦囊，不要害怕！"鲸目类冲着逃离的人类喊道，"想一想它的意义。想一想那里的危险。要我说，你们的小脑袋需要感受些新东西！……"

海面上升起波涛，冲刷到岸上，随即又撤退了。

然后又是一条河流，钻入一个坡度很陡的圆筒。还得坠落好几千千米才能到达底部，接着超大的泵会将水吸入，并举起它，把它分割成无数泉水、大河、水蒸气和温暖的雨水。但在这里,在这段漫长的旅程刚刚开始的地方,数千个物种在此繁衍生息。奇怪的鱼在倾斜度为四十五度的河面上穿梭。平台和悬空的礁石形成一片片平地,上面店铺林立,满足本地和偶尔的游客所需。这个社区由各种物种和贫富程度各不相同的家庭构成。它比任何一个社区都要新,但也有一百个世纪的历史。每个人都认识每个人。人类较为少见,但广受尊敬。人工智能可以向各种各样的顾客出售添加了风味的定制水。

在一个安静的午夜,一位异种进入了店铺。

"需要点儿什么?"店主问道。

问完之后她才抬起头来,看到了一个不熟悉的生物。你究竟是什么样的有机体呢?

但这问题很快就消失在小小的、迅捷的头脑之中。

"水。"异种说道。

"当然。但要什么样的水呢,先生?"

"纯水,"异种说道,"百分之百的纯净水。"

简单。机器灌满了一个似乎是合适的容器,看着它安静地放在异种身前,未被触碰。她感觉到了什么。

"真是一团糟。"异种说道。

她明白他说的是什么。她自己也感同身受。

"船长是群笨蛋。"

店主打心眼里认同，"未来显然很糟糕。"

随后，异种似乎在朝着她笑。"不对，未来很棒。"他宣称。接着，他又叮嘱一句，"忘了我说的吧。"

店主安静地坐着，等待着有什么事情发生。

她独自一人，身边没有旁人。她没有理由，却听得全神贯注。除了无尽的水流过前门的声音，她没有听到任何有意义的东西。

十八

　　她的某位早期丈夫是个伟大的数学家和宇宙学家—— 一个小个子迪拉男人，每天都在早餐桌上表现他无尽的天赋：喝着加盐的冰镇浓茶，吃着坚果蘸甜冷油，与此同时，用尽可能耐心的语气，努力给他又老又笨的妻子阐释这个宇宙。

　　"别的不说，我的方程式总是美的。"他声称，"首先，它们必须优雅，保持完美的平衡。还有，它们永远是诚实的。它们没有选择，其天性就是自然、真实。你听懂了吗，小不点儿？"

　　"真实。"她会重复，人类的嘴里吐出异族的声音。随后，她会对自己说，"它们是诚实的。"

　　"诚实于自己。"他补充道。

　　"当然。"

　　迪拉是小型两足生物，就连小不点儿这具发育不良的身体都高过大多数迪拉。但是，运气和自然选择给了这个物种敏捷灵活的头脑。他们的神经元由复杂的蛋白质晶体缠绕而成。埋在每一个神经元之中的，是一片修长的菌管森林——纤细得足以感知时空边界的扰动。迪拉的思考方式如同量子计算机。大多数智慧生物偶尔也能使用这个技巧，只有在极其偶然的情况下才能激发本能和灵感。但对于迪拉，本能就像跳动的心脏，永不停歇。每一刻清醒的时分都萦绕着这种感觉，即宇宙是终极、无尽的混沌；存在着一万亿个其他的宇宙，每一个都和他们自己的这个同样有活力、同样真实，相互之间紧紧挨着，距离还不到一个电子的宽度。从出生直到无法避免的死亡，他们始终都有这种感觉。还有，和所有天生的哲学家一样，死亡对于他们有诸多意义，不仅仅是终结。

"我的方程式很漂亮。"他会这么说。

"而且诚实可靠。"小不点儿会这么补充，并舔干净自己碗中的甜油。

"你也很漂亮！"他称赞道。

她并不完全相信他，但她如同一位幸福的迪拉妻子那样笑着，"谢谢你的美言。"

"河水也很漂亮。"他说。

她偶尔也有这种想法。

"还有大山。"

"是的。"

"我们的双生太阳也很漂亮。"

太阳正在相互靠近,很快就会摧毁这个无助的世界。但她发出赞同的声音,还用苦涩的幽默补充道:"它们是我们空中最美的太阳,是的。"

"这四种美,"他提出,"都有效。每个例子都和其余三个完全不同。"

他想表达某种观点,她知道不应该问"你是什么意思?"

"你知道我在说什么吗?"

"一点点。"

"美有多种方式。"

"同意。"

"很多数学方法描述了我们的宇宙。它们解释了创世。每一种都勾画了一切事物真正的形状。"他一口喝干了茶,黑色的眼睛笑吟吟地看着自己异常古老的妻子,"以完全不同的方法,它们都回答了我们所有的问题。我们的存在是一个无法避免的余数。然而,还存在着其他的领域,对于它们,数学就没那么确定了。"

"其他领域是什么?"她问道。

他没有立即回答。

"你说的是姐妹世界吗?"和人类不同,迪拉轻易就接受了宇宙是个量子大熔炉的说法。一万万万亿的丈夫正如同他一样和他的异族妻子对坐。有些在描述自己那可爱的工作,有些在与配偶争吵,还有为数不少的此刻正在桌面上做爱——小不点儿简单的头脑里蹦出了这个画面,她不禁笑了起来。

"镜像现实存在吗?"丈夫问道。

他能感觉到它们。

"但那些世界是真实的吗,还是只是一个真实存在的影子? 就像我们。"他笑了,享受着自己有趣的想象力,"或者,我们只是一个真实世界投下的影子?"

"我不喜欢这个想法。"她承认。

"但有些方程认为,所有的可能性都是存在的。"

小不点儿表示不信。"好吧,"她说道,"我们应该做个实验。在实验室,在天上。设计一个实验,让我们判断——"

"办不到。"他打断道。

"不行吗?"

"所需的能量是个天文数字。条件太极端了。要研究创世和一切的真相,需要跳出我们这个小小的现实。老实讲,我怀疑是否有物种能够掌握这种技术,来实现你想实现的研究。"

现实是小不点儿此刻并不想实现什么。

"未来到底存在吗?"他问道。

"未来不止一个,"她立刻回答,"至少从我开始有记忆起,人家就是这么告诉我的。明天并非确定。未来有无数种可能性,每一种都是不可避免的。"

小不点儿听着像个迪拉。在某种程度上,她相信自己说的这些话。

"好的,"丈夫继续说着,"但过去只有一个吗？一个历史？一个故事,发展到了现在这美好的一刻？"

他是什么意思？

"有时,我的方程式声称过去不止一个。"他说,"我们所认为的昨日就像明日一样未知,一样不确定。"

她对丈夫笑了笑。她还能有什么别的反应呢？

但他接受了她的笑容,没有怨言。"有时,亲爱的,我的爱人,有时我感觉我们仿佛是一个时刻的组合体。想象一下,时间被缩短成最微小、最完美的单位。然后时间这个概念就不存在了。我们只是物质与能量特定的组合,每一个组合都同样精确,只是拥有的物质与能量存在着细微的差别——"

"但过去有什么问题呢？"她打断道,"我并非出生在片刻之前,你也一样。我记得几个世纪之前的事。"

"但你不会记起那时候的所有事情。"他指出,"你记忆力惊人,我相信你记得某些东西,比如说小细节,还有大事件是哪个时间发生的。但我敢说你对过去的任何一天都不会有完美的记忆。"

"什么意思？"

"从本质上说,过去是不可知的。我研究的结果就是这样,有时候。"

"你的意思是过去很马虎吗？"

"我更愿意把它说成富有潜力。"他是认真的。他拿起他的水晶碗，说，"这是件漂亮的东西。"随后他开始舔最后一点黏糊糊的甜油。

小不点儿终于明白了这段对话的目的。她不如丈夫聪明，但她的头脑足够敏锐，最终还是捕捉到了那个对她丈夫来说非常明显的东西。"为什么只是有时候？"她问道。

他停止了舔食，"什么？"

"这些方程，"她说道，"听上去变化无常。真是太糟了。"

"这个说法很不错。无常。"

"比方说，某一天还有一个明确的过去，然后到了第二天早上……怎么，过去就变得模糊、疯狂了？"

"某种程度上说，是的，"他同意，"虽然'疯狂'这个词不是一个准确的——"

"还有，在有些天，这些平行世界是真实的。可在别的日子，它们就变成了影子，对吗？"随后，她笑了，她自己的本能也浮现了，"或者我们是影子，别人才是真实的。"

"不同的日子，不同的回答。"他说道。

"为什么？因为你用了不同的方程？"

这种时候需要沉默。黑色的眼睛盯着桌子对面，急切的喜悦浮现在圆乎乎的白脸上。几千年过后，在星系内一个完全不同的地方,小不点儿会想起这一刻:她依然和自己的丈夫、爱人坐在一起,等着他告诉她。这幅画面清晰到足以令她相信这是真正的过去,稳固恒久,铆在了时间永恒的那一刻。

"这是我留意到的:

"在两个不同的早晨,我能思考同一个问题。同样的第一方程。同样的笔,同样的羊皮纸。我的情绪同样放松,准备好了迎接新的一天。然而,等到我们的太阳落山,我的工作已经带着我进入了一个完全不同的结论。即使开头是一样的步骤,我也无法预测临入睡时的宇宙到底是什么样子。"

仍然是沉默和炯炯的目光。

随后,他发出一阵低沉的、深怀敬畏的笑声,说道:"有时我想,或许那些宏大的问题有多种答案。这些答案就像落水的人,无休无止地相互搏斗,争夺浮出水面的机会。发疯似的斗争,只为那个渺茫的、能够被发现的机会。"

警报声吵醒了小不点儿,将她的思绪牵离迪拉。

"流动已然结束。"人工智能不动声色,用消耗能量最少的方式汇报,"和你预测的一样,时间也完全吻合。冰河已经丧失其约束力。聚合水塘正在听任它死去。"

她继续着自己的苏醒过程,提升着自己的新陈代谢,积聚足够的能量以后才查看了信息,迅速给出几个命令。多年以前,那艘高速飞船在从蓝色行星返航的路上、与她快要相遇时,帕米尔把她散装飞船的不同部分往同一个适当的方向推了一把。根据几十年前制定的计划,小不点儿和她那个散装的家会钻入黑色的尘埃,消失在所有人的视野之外。事实证明,这条通道侧壁的密度比墨水井高得多。聚合水塘为高速飞船清理了道路,但和迪拉新郎清扫脏地板一样,他们只是把垃圾扫到两旁,并没有清走。接下来的几天意味着碰撞,有几次劲头还不小。她原本的居住点损毁严重,她不得不部分解冻自己的身体,冒险搬去了第二居住点。在那里,她仔细地组装了飞船的各个部分,组成一艘和原本的设计差异很大的飞船。撞击和始终变化的环境让她不得不做出艰难的决定。从第一居住点幸存下来的每一个系统都拆了下来,然后她又解体了剩下的部分,把它分解到原子水平,并把它离子化,接着弹射到前方。这让她的行程放慢了一点儿,极其微小的一点点。

在短暂的庆祝时刻,她给自己的新船起了个名字:

奥斯米姆。

她觉得老丈夫们偶尔也需要纪念一下。她知道哈鲁萨鲁会为此高兴的。

新轨迹加上降低的速度,让她飞上了一条能与巨舰相遇的航线。前提是巨舰和奥斯米姆都能成功地穿越墨水井,而且都不会改变各自目前的速度。

和所有精心制订的计划一样,这个计划刚开始执行后不久就失败了。聚合水塘的观测者理当将小不点儿视作好几个世纪以前被一艘高速飞船抛弃的一个冷冰冰的空燃料箱。她的离子驱动太轻太缓，难以察觉。有必要的话，她还可以将引擎一次关闭好几天，不会对她的轨迹造成永久的影响。但是，没人预料到她自己的眼睛会看到什么，她的耳朵会听到什么。这些东西会激起她的好奇心。只要有机会，她甘愿冒巨大的风险，为了看得更清，听得更明。

用极低的、加密的声音，聚合水塘一直在相互交谈。

她们一直在将自身的一小部分送往一个又一个温暖世界，用的是巨大、缓慢的飞船。

这些飞船几乎没有配备什么武力。它们的内部似乎没有什么值钱的东西，值得用超异纤维包裹，或是用激光保护。她将注意力集中到在她前方的黑暗中移动的一艘飞船发出的信息，放出她所有的量子破译机，努力理解这个内容丰富、却又像死结似的信号。随后，在某个时刻，信号的规律变了。加密突然失效了。接下来的一毫秒内，一个孤独的声音悲伤地告诉它的收听者："我发现，不幸的是——"

飞船爆炸成了一朵氢气云和微小的碎片。

小不点儿上千次重播这个撞击过程，测量着碎片云在无边无际的黑暗之中扩散的速度。考虑了多种可能性之后，她向家里发送了新的飞行计划，开始再次组建奥斯米姆。

假扮成空燃料箱的所有伪装都终止了。新的布局结构坚固，意图明确，只是体积并不是很大。新的引擎内有一个磁力桶，桶里塞满大质量的反铁原子。它既先进又昂贵，异常高效，有着自己的性格和骄傲。为了隐藏自己，小不点儿只能在周围的尘埃比平常密度大时才启动引擎。用急促蛮横的推力，她推着自己进入了一条缓慢、略微不同的轨迹，最终带着她抵近那艘飞船的残骸。

利用隐秘的激光，她研究了四散的残片。纳秒级的能量喷射推着她接近那些有趣的碎片。利用磁力网，她收集了最近处的带电碎片，最终采集到一团已经焦化的有机体，它比她的小手还要小一点。

死亡不是一个简单的状态。在哲学家的眼里不是，在一个意志坚定、即便手段有限的生物学家手里也不是。

在一个衣柜般大小的实验室里，小不点儿探索了烧焦物质的核心，找到了依照同一种外星逻辑所打造的神经元。如果它是一个人类的大脑，她可以重新激活它，向它问话。只要它属于任何已知的物质，她或许都可以施展同样的手段，只要有足够的耐心就行。然而，尽管它与十几种已知物种有相似之处，想取得进展却绝对不简单。它只是大脑的一小块，不知道原来的大脑有多大，也不知道它有什么功能，或者是否有任何重要的功能通过它来实现。但小不点儿还有其他可做的吗？比起研究这个宝贝，任何别的事都赶不上它的一半重要。这就是她每天早晨的态度。接下来的四千个早晨，从梦境连连的睡眠中醒来后，第一个在她头脑中迸发的想法总是：

"今天我要搞懂你，我的朋友。我的幸存者伙伴。"

奥斯米姆继续向墨水井深处俯冲。

每过一段完全随机的时间,小不点儿就会收到来自家里的情况更新。至少都是几年之前的,全都经过加密和聪明的伪装,每一条都是高度概括的信息:船长们看到了什么,专家们有什么意见,等等。数据被精简到了骨头。信息意味着声音,而任何声音,不管隐藏得多深,都会增加被发现的机会。这就是墨水井的星图只是偶尔才会更新的原因。即使限制到只更新与旧版的不同之处,数据量也异常庞杂:几百个立方光年内,布满了线条一般、由离子冰组成的河流,还有好几千个温暖的月亮和类火星的星体,再加上在锦囊内聚集的黑色尘埃和冰冻氢气,它们在那里的密度最高。每一种现象都被精心命名,用它们的邻居以及墨水井的其他地区为参照物标注出运动轨迹。每一条河流都有自己的流动速度,尘埃和气体渐渐累积成新的形状,有的围绕着某种轴线旋转,有的保持静止不动,有的在累积质量,有的则在失去质量。一切都依照着某种设计好的规范,给人感觉既像出于自然,又像是有预谋的,而且始终保持着异常的美丽。

小不点儿已经进入锦囊几个月了,远远领先于巨舰,但正逐渐飘向它的航线。一天晚上,正当她准备入睡,一束经过伪装、十分分散的导航激光送来了一个更新。有最新的星图,还有首领鼓舞人心的信息。"对你的眼睛和大脑给我们的帮助,我表示万分谢意。"金色脸庞说道,"还有,请别把自己当客人。"

"向家里汇报。"这是信息真正的意图。

离小不点儿上次的冒险已过去一年了，那一次也只是简要描述了她的轨迹。基于诸多合理的理由，她不想现在就暴露自己的存在。有必要的话，接下来的几年内也不想。有东西要汇报时，她自然会说。然而，尽管她每天工作二十个小时，累积了大量的观测数据，却并没有特别紧急或是特别重要的事需要汇报。

九天之后，又是上床的时间，一条来自远方的激光触及奥斯米姆。它的红外光束太分散了，不会引起观测者的怀疑。

光束之中埋藏着一个光子包裹，包裹里压缩了大量新信息。包裹本身非常微弱，连一片雪花都融化不了。巨舰不应该这么快就传来信息，更别提星图更新了。随机的传送时间表早就设定好了，只有船长和她本人知道。这完全是一次计划外的事件。

有人在玩游戏吗？小不点儿禁不住这么猜测。

但加密方式是对的，还有一百个预先给定的核对码确保其真实性。她存储了信息，将它单独隔离，随后询问本地人工智能谁愿意当志愿者。"检查它。"她对其中一个半意识的实体说道，"告诉我你是怎么想的。"

人工智能进行了彻底的分析与比对，速度很慢。小不点儿有时间吃了一份微量的毫无温度的晚餐：一点糖分和脂肪，给她冰封的身体足够的能量撑过今晚。之后，她没有睡觉，而是继续埋头于当天最后几个小时一直在做的一个项目。

除了神经物质，她从聚合水塘的飞船上还回收了其他东西。卷曲的塑料和合金、钻石碎片和低等级的超异纤维，这些东西综合在一起，暴露了它们共同的使命。就连它们在太空中的分布形态都很重要。通过重播撞击、将它与碎片场对应起来，小不点儿已经搭建了一个较为精确的聚合水塘飞船模型，并演练了它的毁灭过程：简单的聚变引擎、装满了液态氢的大燃料箱，再加上一个最初级的防护罩，保护着一个比她自己的飞船大不少的球形区域。有流星——可能是一团彗星冰晶——穿透了防护罩，给了飞船中心致命的一击。造成的爆炸将碎片抛洒到直径几十亿千米的范围内。所有的假设都完全符合逻辑，除了船上装载的东西不确定。

聚合水塘是自我维生的盖亚世界。

应当是。

就像大森林中的老树，最大的那些占据了本地的土地，子孙们则降生于远离它们的小丛林中。但与树不一样的是，类似蓝色行星这样的个体似乎能产生能源。她们能在瞬间制造陆地，并在陆地上生成任何她们中意的有机体。这就引出了一个问题：

她们相互之间会交换什么样的产品？

可能是政治，小不点儿推测。代表母亲世界的神经体会出发去拜访邻居，就像使节，面对面地完成一些加密通信无法完成的东西。

也可能是一种虽然缓慢但可靠的相互学习的办法。

又或者，它是一种仪式，一种古老的传统，具有无法忽视的重要性:交换身体组织与思维,这种持续发生、永不终止的过程能让所有的聚合水塘团结在一起。

或者,它什么都不是,只是在闲聊——就这么简单粗暴。

从她的观测点,用她有限的眼睛,小不点儿无法看得很远,也无法看清楚。如同密林中的徒步者,她对脚下的小径看得很仔细,但雾霭隐藏了大部分树木。在墨水井之中,尤其到了现在、深入锦囊之后,她感觉自己仿佛半盲了:半个光年之外的细节就非得极其庞大才能被看到,或是非常明亮。但这里却几乎没有什么特别大或特别亮的东西。

聚合水塘的飞船是从哪里起飞的? 它毁灭之前,又是在往哪里飞呢?

难以找到合适的目的地,这是个无解的问题。但过去的几个星期里,随着小不点儿不断深入密度越来越大的锦囊,她想起了好几个世代之前,她在一个迪拉森林里漫步时注意到的东西:树木只是最大、最显眼的居民,不管它们多么醒目,微小的东西在数量上总是能超过它们一千倍。

扫描着附近的黑暗,她在绘制自己的星图,图上标示出了那些太小或太远,因而船长们无法注意到的物体。无论她朝哪个方向观察,都能看到小型机器耐心工作的迹象。有时,她的飞船会出现意想不到的偏航,表明附近有小质量物体给她了一个若有若无的推力。当然,她本身的微小质量也会给对方同等的反作用力。

这是另外一个值得深思的问题。

"我想找什么?"她轻声对着那堆死去的焦糖物质嘟囔道,"那里面有能咬我、扎我的东西吗?"

她轻声笑了一阵子。随后她的思维开始发散。几个月来第一次,小不点儿发现自己想起了那位她最喜爱的迪拉丈夫,那位创世理论的天才。就在这时,慢脑筋的人工智能终于宣布道:"我完成任务了。"

"是真的吗?"

"是的,消息是真的。"

"它有意思吗?"

对话停顿了。相对于机器那种浓缩的时间感而言,这是个漫长、深思的停顿。随后,人工智能报告道:"我相信这是一条来自巨舰,非常有意思的信息。"

消息是浣生发来的,而不是首领。仅凭这一点,就足以引起重视。一副的全息对着好友笑着,用冷静、坚强却又疑惑的语气说道:"有些聚合水塘的幼仔——嫩芽——把自己拔了出来,开始移动了。"

一张详细的新星图在她面前展开。

"你可能还看不到它们,"浣生提醒道,"它首先发生在锦囊的最远端。当然,我们观测锦囊的另一面时还存在困难,所以无法确定那里究竟发生了什么,但我们相信它来头不小。"

小不点儿专心地看着星图,尤其是其中一个小聚合水塘。一个半球上长出了一个巨大的聚变引擎,整个身体正在以巨大的成本加速。只瞥了一眼,她就大概体会到了这其中所涉及的能量数量级。认真地看了第二眼之后,她知道了它的终极速度,以及将在什么地点与巨舰相遇。

"这些都是最远处的嫩芽。"浣生重复了一句。随后,她友好地笑了笑,道:"但我相信你能看出这意味着什么。"

小不点儿点了点头。

"你怎么看?"跨过了冰冷和黑暗的声音问道,"有想法吗?"

她再次点了点头。

"我不觉得意外。"小不点儿轻声地自言自语。随后,她自顾自地笑了,说道:"但为什么我没觉得意外? 这才是值得回答的问题。"

十九

　　每天早上,浣生都会脱光衣服,跃下自己的小帆船,在海里一直游,直到四处什么都没有,只有翡翠色的天空和平静、空旷、绝无波澜的海面。除了偶尔飘过的淡淡的云彩,天上空无一物;除了她的身体以及生活在身体上的微生物,水里几乎没有任何生命。这个水体的表层由工厂和反应堆的余热加热。在过去的一百个千年里,大船深处的这些空腔一直留在黑暗中。照明太阳是庞大的开支,为单个人制造它是极端不寻常的。不用说,她也抗拒过,反对整个提议。过去的五个月中,确切地说从使节死亡那天开始,浣生就否决了任何休假的建议。劝她放松的不单是帕米尔,还有首领。"你快累散架了,亲爱的。"上一次宴会上,首领看着每一位船长,严肃地摇摇头,提醒自己的听众,"我们需要养足精神,为即将到来的一切做好准备,但恐怕我们中有些人已经消耗过度,虚弱不堪,脑子都转不动了。"随后，她伸出问责的手指，指着一副说道，"我命令你休假。马上。关掉你的纽联器，亲爱的。脱下制服。看在你自己和大船的分上，好好休息！"

这是一项浣生无法接受的命令。

帕米尔在不同场合中反复劝说过。他很固执，很有说服力，可她擅于逃避。"我知道了。我没事。你可以考验我，亲爱的。无论怎么考验，我的身体都会过关的。"

之后他更直接了，几乎到了挑衅的边缘，浣生则继续有理有据地争辩。"我没法丢下工作，"她说，"光是今天，又有十五个聚合水塘的育婴室移动了。这还只是我们能看到的。根据最新统计，至少有五万个嫩芽已经踏上了最终将与我们相遇的航线。"

"好几年后才会相遇。"帕米尔说道。

"与此同时，成年的聚合水塘不再跟我们交流。"她接着说，嗓音和语气没有暴露她担忧的真实程度，"还有，蓝色行星和几十个其他的成年聚合水塘也开始移动了。"

"你这纯粹是臆断，"他反驳道，"我们面对的是一个孤立的物种，一心想当隐士，没有办法才不得不跟我们打交道。再说她们还兑现了所有帮助我们的承诺。"

她摇了摇头，"有名的帕米尔警惕性去哪儿了？"

"需要的时候，我自然会召唤它出来。"

浣生笑了许久。

"笑完了吗?"

"还没。"她说道。

帕米尔的嘴都气歪了,说不出话来。

随后,浣生继续陈述显而易见的危险,以及自己的担忧:"我说的这些大多是推测。我们什么都没法确定,所以一切都有可能。我们几乎做了一切,为所有可以想象的局面做好了准备。"

"我们会赢得任何战争。"帕米尔嘟囔了一句。

"但是,几乎做了一切并不是做了一切,也不要假装我们能想象到所有的局面——"

"我没说话。"他闷哼了一句。

"谢谢。"她哼了一声。

"你上次睡觉是什么时候?"

"五十分钟之前。"她回答道。

"睡了多久?"

浣生觉得肚子上像被捅了一刀,但她仍然保持着笑容,故作轻松地说:"十分钟小睡足够了,只要你懂得如何分配它们。"

"只要你懂得。"他重复。

她没法再纠缠下去了。还有情报等着她审阅,半打的鼓动会等着她召开,一大本来自亚斯林的报告需要她研究。在她的要求下,总工程师找到了方法,将大船巨大的火箭喷口改成了天文望远镜。每一次喷射之后,装上薄薄的镜片,调焦系统消除星光,校正粗糙的反射,直到取得清晰的画面。一共改装了五台引擎,每一台都十分庞大,还能倾斜到相对较大的角度,并与大船后半球的望远镜阵列相配合。理论上,它们比银河系里的任何阵列看得更远。

"当然,引擎每次点火之后,我们都不得不重建望远镜。"亚斯林提醒,语气显得不十分确定,"现在我们还无法试验,因为每过几周,我们就会启动引擎,小小喷射一番。"

穿越墨水井的隧道通畅空旷。聚合水塘不再跟他们交谈,但前部的望远镜看到了一条清晰的、被仔细清扫过的道路,穿过锦囊的中心。小喷射意味着他们飞行在正确的航线上。今天这个微小的侧推意味着大船正沿着通道的中心前进,而不是挨着任何一条边摩擦。

"但我还是不明白,"总工程师接着说,"为什么要花费时间和能量看我们已经走过的路?你在想什么?有人在跟着我们?"

"我也说不清。"

"但你肯定有想法。"亚斯林追问,"我在髓星生活过。在一段漫长的时间内,那里是我的家。还有,一副,我知道你的这种执着是为了什么。"

"不管真相是什么。"浣生开口说道,但紧接着,她的声音消失了,双眼也闭上了。过了一会儿,她问道:"难道你不想知道那里有什么吗?"

"不想,我觉得我不想知道。"

两个女人相对苦笑。然后,又经历一阵必不可少的有关聚合水塘及其动机的争论之后,会面结束了。亚斯林提出了一个很棒的新想法,但没等浣生认真考虑,她就用一百个充分的理由打发了自己的提议。随后,她重复了官方一直以来的假设,"我们讨论的对象其实是孩子,"她提醒浣生,"嫩芽只是想在近距离上看看我们。就这么简单。"

但她们后面还跟着蓝色行星,以及其他几个成年的聚合水塘。

"上了年纪并不意味着没有好奇心。"总工程师打趣道。

"我就没有。"浣生也开起了玩笑,送走了朋友。她跳过原本计划好的睡眠,打算将宝贵的时间用于研究一堆社会行为预测、民意调查、船员报告和谣言追踪。在那以后,不知怎么就到了第二天,一个唠叨的纽联器提醒她还有一个重要的会面,她不能迟到。乘着一辆小巧快捷、没有标志的船长车,她几分钟就来到了正确的公寓门前。大门热情地欢迎了她,还告诉她,她的儿子有事耽搁了。"但髓星房里已经摆好了早餐,"那声音最后说道,"洛克说请你自便。"

她去了那里,却无法感觉自在。

她独自一人坐在岩浆池边。为了再现髓星生物的生命循环,洛克用铁水淹没了这个大房间的一角。演替过程才刚刚开始。在灰暗朦胧的天空下,浣生挑了一把用杂草和珠宝甲虫编织、样式简单的椅子坐下。她吃了大半只锤翅鸟,思维从一个纽联器跳到另一个,处理着上百件杂事。然后,一个声音——独特且十分熟悉的声音——说道:"这里有个东西你需要搞明白,亲爱的。"

浣生抬起头,看到一个死去的女人站在她面前。

那张狭长的脸上绽开笑容,浣生的惊奇让对方很开心。接着,迈尔辛走近了,看着像一个吃过很多苦的女人,或是一个异常有活力的鬼魂。她的皮肤显得灰暗。她的制服是用髓星的物质做的,没有浣生的衣服漂亮,也没那么耐穿。大船迄今为止仅有的两个一副在傍晚的光线下相互看着,站着的女人说道:"我总是在努力工作。我取得的每一项成就都源自我的能力和决心,加上无休无止的工作。"

坐着的女人皱了皱眉头。

"既然你是一千项工作的最佳人选,"死去的女人继续说道,"你就该自己亲手做这一千件事,这才是聪明的做法。"

浣生竭力想站起来。

"你是怎么想的?"迈尔辛继续说着,"我一辈子都是个难以相处的恶婆娘?"

浣生醒了,发现一只手放在她的肩膀上。眼前的洛克说道:"对不起。我没把你叫醒。我们的时间到了。"

"几点了?"她嘟囔了一句,尚未完全清醒。

通过一百个纽联器,她确认了这一刻的时间。然后,这一刻过去了,被抛下了,消失了。也就是在这一刻,她最终决定了要休假。

光是让植入的纽联器保持沉默显然不够。帕米尔认同这一点，同时耐心、执着地进一步提议，"你还需要去一个没有人的地方。没有船员、没有乘客，也没有我。"

"我会想你的。"她说道。

"我们几乎不怎么见面。"他提醒她，话里带着适量的锋芒，以显示自己的不悦。随后，他提出一个特别的、独一无二的休假日程。

"大海洋。"他说道。

她脑海中浮现出一幅画面，笑着打断他，"为什么不干脆在黑屋子里挖个小池塘？不也同样黑、同样见不到人？"

"我们会为你点亮天空。"他承诺。

这种程度的浪费让她有些畏缩。

"空腔点亮的时间里，"他继续说着，"奥斯米姆的队伍可以搜索秘密的定居点和非法探险者，所以这么做除了让大船的大脑保持清醒之外，也有其他意义。"

大海洋横跨不止一个空腔，它是大船内部一连串相互连接、刚好处于同一深度的空腔所形成的一个庞大实体。最早的人类探明了它庞大的空间，随后用一百个高处空腔内的融冰淹没了它。大海洋的表面积大过地球，深达一百千米。它是大船上最大的水体，比银河系内大多数海洋更大。还有，它是空的。除了一小部分溶解的矿物质和盐分，它什么都没有，只是一片纯净、寒冷和黑暗的水体，用作大船返航路上的储备。除了罕见的自养细菌，任何生物在此都无法存活。仅仅因为她的到场，就让整个海洋里的有机物数量几乎翻了一番。

长大之后，她就不怎么游泳了。过去的三十个早晨，她练习了各种泳姿，肌肉逐渐重新掌握了节奏，习惯了水的压力。随后，游泳就变成了下意识的事，她能将自己那具没有岁月痕迹的身体用到极限，一直不停地用力划水，直至大口喘息，欢笑出声。

考虑巨舰的事是不可能的，除非是在长距离游回家的路上。思考它的时候，她将思绪集中在最大的那些问题上，而不再是那些追在屁股后面的琐碎杂事和紧迫的时间表。那个仿佛没有尽头的水体安抚着浣生，让她想到大船的个头以及年月，还有它航行过的超乎想象的距离。这一路上，它始终依靠着它自己。她爱这个伟大的球体，爱它先进的技术和简单的石头。怎么可能有什么东西能威胁到它呢，不管是真实的、还是想象的。她不禁觉得自己有点儿犯傻。

她的帆船通过她唯一允许的纽联器呼叫了她，简单的导航信标喃喃低语："这边，对，这边。"回到这个临时的家，她准备了丰盛的食物，全部吃完，然后用日益强健的背部和胳膊升起船帆。人造太阳晒黑了她的四肢。方向恒定的风总是在午间刮起，带着她再航行几千米，然后太阳下山，黑暗降临。但不是那种此处常见的黑暗。帕米尔给这里增添了一抹星河，看着既熟悉又陌生。没有纽联器，浣生无法确定它取景自何处。不过，望着光晕和稀疏的昏暗恒星时，她意识到自己看的是室女星系团——一个广袤的区域，有恒星，有未命名的行星,还有气体云和原始的能量。可能再过好几百万年,巨舰就将与它相遇。

一人独处,浣生可以和自己进行冗长复杂的对话,欣赏自己的声音,还有彻底休息之后的头脑在谈话之间迸发出的灵感。

她每次都能沉沉地睡上六到七个小时,这是她记忆中最长的、不受打扰的睡眠。然后她自然苏醒,神采奕奕的眼睛盯着辽阔空旷的水面,那可爱到极致的水面。

第三十一个早晨,她又一次下水。

一开始,浣生仰面躺着,两只胳膊一下接一下地往脑后划着,双手轻巧地切入水面,随后重重地向后划去。感觉温暖放松以后,她转身背部朝天,像一只欢乐的海豚般游起了蝶泳,棕色的胳膊同时往前伸去,身体弓起,如同一道波浪,每一条肌肉都展现着本能的优雅,修长的双脚踢出最后重重的一击。

对于人类的身体来说,这是一种相当费力的泳姿。她终于累瘫了,换成简单的爬泳姿势,时不时地停下来望向身后。地平线在远处,她的船成了个小点,而她只有人类的视力,靠它观察着明亮平静的水面。

等到桅杆和收起的帆都消失之后,她开始往回游去。

游着简单耐心的蛙泳,浣生展开了回程,晒黑的脸露出水面,黑色的长发飘荡在后背。她小声跟自己说着话,通常没说什么特别的。她也跟死人和失去的爱人说话,有时跟想象中的孙辈——他们被她留在了下面,在髓星勉力生存。

"你们在干什么呢?"她问他们。

随后她为自己的离去表达歉意。"我做了最好的选择。我希望如此。为了大船,也就意味着为了你们。"

这是她假期的最后一个早晨。

离船还有一半的距离、正在胡思乱想时,她犹豫了。她收拢胳膊,双腿保持着收起的姿势。她靠着自身的浮力勉强浮在水面,最后一点儿动量推着她随波逐流。随后,她将自己收缩成一个小球,使劲呼出空气,让肺部瘪塌下去。

浼生沉入水中。

一分钟过去,又过去了将近一分钟。然后她再次浮出水面,使劲地游着,大口呼吸。水花飞溅。腿拍打着。不到十分钟,她就游回了船边,累到第一次都没能爬上舷梯,第二次也没能爬上去。

浼生挣扎着,终于爬上了湿漉漉的橡木甲板。

仍然赤裸着,她将自己缩成婴儿形状,睁着眼,却什么都看不到。看不到。她在沉思,面无表情。即使呼吸已慢了下来,她似乎也没注意到。擦干自己、穿上衣服的时候,她仍旧处于深深的恍惚之中。

"做早饭吗?"她问自己。

"做吧。"她做出决定。

但在准备早餐的过程中,看着咸黄油块和圆盘状的人造鸡蛋在煎锅里滋拉作响时,她说了声,"停下。"

她孤独地爬上甲板,坐在狭窄的船头。

她对自己说:"好吧。就这样吧。"

假期即将结束之前的几个小时,她唤醒了一个纽联器,用平静而坚定的语气说道:"帕米尔。"

"这么早?"他气呼呼地说。

"听着。"浣生说。

"什么?"

"尽快——"她说。

恼怒的沉默。

随后,她瞥了眼空旷的水面,感受着这一天和美的微风拂过脸庞,"——改变我们的航线。"她对自己和帕米尔说,"今天就变。我没开玩笑。现在就变。我确信无疑。"

二十

"进行两次三个引擎点火，"浣生道，"第一次在十三个小时之后，再过五十个小时是第二次。短暂点火，第二次将把我们推到一个平行的航线上。这里。我们将距离现有航线十个天文单位。这里。在隧道壁之外，看不到聚合水塘或是其他大型障碍物。当然，我们会提前发送警告信号。我们不想没礼貌。还有，是的，我们不得不承受额外的撞击。穿过隧道壁，在那以后，基本侵蚀率还会提高四十倍。但这仍然处于可承受范围之内。穿越锦囊需要十年，最合理的估计？九百到一千一百次4级撞击，五十次3S级撞击。没有东西大到会引发2级或2级以上的撞击，至少目前还没发现。"浣生坚定的目光看着长桌两旁，对副首领们说道，"我来说明一下我的理由，从最明显也是最没说服力的证据开始。"她停顿了一小会儿，接着坦承，"我不相信我们的东道主，谨慎的航线变更将把我们送上一条新的、意料之外的轨迹……这么说吧,能让我今晚睡个好觉。"

又一次,她不作声了。

会议室很长,装饰简朴,一面短墙俯视着大船的舰桥。能看到他们下方有一百多名船长,站在各自的岗位上,以熟练的技能完成着任务。有的时候,其中一两个会抬眼瞥一下副首领们,加上小声的议论,既表明了船员们的好奇心,还显示出渗透至各个衔级的担忧。

为什么要召开紧急会议?他们猜不透。还有,为什么其他副首领都盯着一副,脸上都露出震惊的表情?她说了什么可怕的事?

一位工蚁人伸出中间的胳膊,这是个人类的姿势。

"稍等。"浣生阻止了他。随后,她靠在长桌上,补充道:"聚合水塘不再说话了。但如果我们做出乎意料的行动,或许能引发新的对话。"

异族人的胳膊放了下去,但焦急的声音响了起来,"长官。"

"改变航线,"浣生解释道,"我们或许能打乱东道主的计划。不管他们有什么计划。"

"长官。"

"聚合水塘需要多少时间就能阻塞我们前方的隧道?"浣生看着总工程师,"考虑到他们只需将物质移动几万千米的距离——"

"几个小时吧。"亚斯林报告,"他们只需在每一千立方米的空间内推入一克物质就够了,不到二十四小时即可完成。"随后,她面露疑色,平静地补充了一句,"假如,假如,假如他们想这么做的话。"

浣生放大最新星图上的某些部分,将它们推送到同事们的纽联器。"我看到了五个物质集中地,"她指出,"分布在隧道周围。那里有尘埃和彗星碎片的积聚,在最后一团质量里还有足够的铁,应该是颗大块头小行星的残余。可能是一颗闯入墨水井的小行星,被开采到了只剩尘埃。我们只知道这些东西一直在这里,完全是无害的。但假如变了呢……假如聚合水塘想把这个月亮恢复成一个质量体,然后抛进我们的航线——?"

"他们照样能办到。"一个深沉的声音打断她,"你的新航线并不能让我们远离这种可能的威胁。"他指出了问题,"在我看来只有一个好处,就是我们会钻出隧道。也就是说来到那堵尘埃墙的外面。我们的眼睛能看得更清楚。假如有东西接近,我们能更早地发现它。"

"这是我下令行动的原因之一。"浣生赞同道。更诚实的说法其实应该是,"这只是又一个微不足道的理由,仅此而已。"

这是一个依靠直觉做出的决定。她该怎么解释呢?

坦诚。

"你有什么想法?"她对那个工蚁人说道,"请讲。"

那生物从中间弯折身体,高仰起脸,说道:"我们的行动会造成误解。除非我们打算进攻,但要是那样的话,这么做岂不是让对方看透了我们的计划?"

浣生点了点头，等待着。

帕米尔替他们俩回答道："凭我掌握的聚合水塘的知识——我可以确信的那些知识——她们消耗自己那个巨型身体的一大部分，只是为了接近我们。做出这种行为的聚合水塘数量众多，多得太过分了。只为满足好奇心吗？有可能。但我从来没有真正相信过。我很想告诉你们我相信什么，但经过几个月的思考之后，我还是不知道。所以，我只好假设他们想占领我们的大船，就像随便哪个大块头恶棍，从不觉得有必要对自己的行为做任何解释。"

停顿。

随后，帕米尔瞥了眼浣生。这是提前警告。"但这并不表示我同意一副的计划。我不同意。但以现状而言，我们几乎没有机动的自由：我们将沿着一条固定的航线穿越锦囊，途中不会有大的变化。所以我也有自己的一个小建议。我还没跟人说过。"

浣生看了看他，随后又审视了自己的内心。她在此的动机是什么？在一切的可能之中、一切的担忧之中，她究竟更相信哪个说法？

"第三次点火，"帕米尔提出了建议，"我认为我们需要这额外的一次。"

所有人都在查看浣生的星图，努力猜测新增加的点火会发生在何处。

他说道："这一次，所有的引擎都要点火。"

在星图上，一条细细的白线标记着航线上的两次跳跃，随后帕米尔又增添了一条蓝色的亮线,将大船以微小的加速度往前推进,让它以更高的速度钻入锦囊黑暗的深处。

"它不会把我们的速度提高太多,"他承认,"但任何能打乱敌人时间表的行动,在我看来都是可行的。"

浣生考虑着他的模型。

"还要接着讨论吗?"亚斯林问道,"还是就这么决定了?"

另有十几个副首领也问了同样的问题。

那个工蚁人盯着首领,说道:"阁下,"语气里饱含崇敬,"您对这件事有什么看法和决定吗,阁下?"

高大的女人坐在长桌一头,一副和二副分坐在她左右。她仿佛在笑,但那是一个严厉、阴郁的表情,从她嘴里滚滚而出的声音同样严厉阴郁。"我对这几个机动都抱有怀疑,"她承认道,"怀疑、担心,还有真正的忧虑。但我无法独自做出重大决定。我知道,也几乎可以接受对我的这种限制。假如我的一副和二副决定了点火三次,那就点火三次。我没什么好说的。"

浣生感觉后背上起了一阵凉意。她瞥了眼首领,随后叹了口气,转身看着帕米尔,说道:"你没有标明你的大规模点火终止于哪个地点。"

"没有吗?"他开了个玩笑。

"你打算持续多少天,或者多少个星期?"

"你想让我的引擎干什么?"亚斯林追问。

"我想的是持续数年。"帕米尔承认道。他哼了一声,提醒大家,"我们中了埋伏。所以为什么不逃得越快越好、越远越好呢?"

短暂的寂静,很快就被打破。

奥斯米姆盯着首领问道:"您的疑虑是什么,长官?"

"您希望保持目前的航线吗?"工蚁人问道,"我们向聚合水塘保证过会这么做。"

一只大手在空中挥过。

"没有。"她用隆隆的嗓音回答。随后,她突然大笑一声,让所有人都吓了一跳。"没有。"她一遍遍地重复道,"没有。对于航线调整的好处和风险,我没有任何意见。"

她享受着这一刻,所有的目光都聚集到了她身上。

"但是,对于诱骗、手段,我倒是略知一二。从表面上看,这个计划合情合理,但尽管如此,我就是忍不住怀疑——胸口发紧、心脏狂跳地怀疑——这会不会正是聚合水塘想让我们做的……!"

第一次点火之前做了一次快速、全面、开诚布公的情况说明。没时间美化公告,更别提为不同的物种定制了。首领同时对船员和乘客发表了讲话,漫长世代的锻炼让她能够表现出掌控一切的自信态度。是的,会遇到一阵急促的撞击。是的,会发生更多的大型碰撞。乘客不得进入大船的前端,至少暂时不行。维修小组和织造设备将随时待命。最后,以坚定的决心,她提醒几十亿听众,他们已经穿越了一大部分的墨水井，没有发生事故。尽管聚合水塘正在赶来，但没有开过一枪，也没有宣战。"除非我们有很好的理由，"她总结道，"否则我们会保持新的航线，除了我们自己，不会对任何人提出要求。"

穿透隧道壁考验了防护罩和激光阵列。几千面镜子离线了几天，一组工蚁人遭到一块拳头大小的陨石撞击，就此蒸发。随后，大船切开冷氢，防护罩在头顶上方熠熠生辉，另外三台引擎也调整喷口点火，留下三条宽宽的热流。裸露的原子核相互纠缠，在上百万千米的范围内制造出复杂的节点。

一个小时后，第三次点火启动。

自从人类登上这艘远古的奇迹，这是第一次，所有引擎同时点燃，而且持续燃烧。液氢湖涌入高等级超异纤维制成的容器，压缩、点燃，无数种技巧和手段将喷射流变得更为强大。燃料中掺入了反物质，超异纤维在多个维度和隐藏区域内震动。通常情况下损失掉的能量又被带了回来。中微子聚集、喷发。巨大的推力传递给大船，二十个地球质量的物体以难以察觉的加速度做出回应。

从远处看，十四台引擎形成一个单一的亮点，留下一条笔直的热流，长度达到好几光周。

但在更远的地方看来，这些引擎只是一个稳定、微弱的光点，只在红外线狭窄的区域内才变得可见。大船更是什么都不是，一个渺小的点，被一连串更小的引擎包裹着，推动着那点细微的质量……

现在,嫩芽的数量已经达到了几十万个,形成一个离散的球体,正朝着一个点收缩。其数量与日俱增,甚至每时每刻都在增加。蒸汽和等离子气体的尾流推动着庞大的数量,朝着那个行动迟缓、个头渺小、处于无助边缘的机器压了过去。

二十一

　　他将一张长长的黄纸递给小不点儿，"拿好。这是给你的。"

　　"我看不懂。"她抱怨道。没人能看懂。纸很粗糙，写满精美的文字，显然是一个固执又无聊的小孩子的成果。看着她死去的丈夫，她指出："这不是迪拉文字，也不是地球文字。"

　　"但这是给你的。"他说。

　　所以她再次盯着它，这次更认真些。

　　"帮帮我。"她乞求道。

　　"这是一个隐藏得很深的规律，"一个声音告诉她，"幸存的记忆片段中，一个残留不去的想法。"

　　"我很累。"她承认。

　　沉默。

　　"有那么一会儿，我还以为你是别的什么人……"

"女士，"人工智能说道，"或许睡眠能帮助你，女士。"

小不点儿看着钻石球体，悬浮在它里面的是聚合水塘心智的碎片。温度，加上一大批灵巧的银色手指，有了这两者，一个虚弱的生命得以显现。碎片在思考，看上去应该是在思考。小不点儿又一次盯着手中的显示块，疲倦的双眼扫视着三维样本复杂的网络结构。

"这是我朋友的心智？"

"一个经过极简化的表现形式，是的。"机器的回答中隐约有些自豪，"信息量令人吃惊。尽管有时间因素，还受到了破坏，它仍旧存储了这么多。"

"一个三维影像？"

"不止三维，女士。"

她犹豫了一下，"还有时间维度？"

"是的。"

"让我看看。"

网络的每一根线开始缓慢地变换位置，一小会儿之后，它们都开始收缩或消融。图像枯萎成一个更小、更密集的形状，最终消失，只留下一个暗色的阴影。

"这是过去吗？"

"好像是。"机器说道。

小不点儿点了点头，小脸苍白，满是倦意。紧接着，她突然产生了灵感，笑道："还有更多，是吗？"

"有几个有趣的地方,是的。"

人工智能快进影像。阴影变大了,也变淡了,变成了一连串小细节,附着在三维空间内。她在手中转着方块,研究着这个最终的形状。"看着有些眼熟,"她嘟囔着,"是墨水井的星图吗?"

"有可能。"

"这些线条是冰河?"

"不是。"

"好吧。"她说,"有趣的地方,给我看。"

影像中一个微小的部分被放大到一千倍,现出一个同样复杂的结构。中央线条由众多微小的片状和圆形物体组成,新的线条像绷紧的毛发一般笔直。时间再次往回倒去。不同的结构交替出现,有时还会消失,圆形的物体淡出视线,或是收缩成小点,整齐划一地一起旋转,就像聚合水塘的嫩芽在她们的诞生地里游泳。

"仔细看。"人工智能提醒道。

时间又往前进,在某个十分接近现在的时点结束。

"你发现了吗?"

"似乎没有。"

像一个无比耐心的老师,人工智能说道:"再看一遍。"

重复了三遍。最后,小不点儿说了声"够了",用指甲触碰着图像,"每次都不同,对吗? 这些结构的位置……好像变了一点……"

"细微的不同,但确实存在。我打开这个思维已经不下一万两千次了,每一次都是独一无二的。"

小不点儿张开了嘴,接着又闭上。

"这只是部分记忆,"机器提出自己的看法,"或许你的朋友无法精确地回忆起所有的细节。"

"不对。"小不点儿说。随后她放下了方块,飘移出狭小的实验室,努力让疲惫的头脑振作起来,调动她自己埋藏在深处、有可能逝去的记忆。

一个导航人工智能低语:"你命令过我要随时报告,女士。"

"更多的嫩芽在移动?"

一个影像占满了最近处的触摸屏。在锦囊深处离此几个光月的地方,大量的水体开始加速。引擎将她们身体的大部化作尘烟,在赐予她们动量的同时窃取了她们那慵懒质量的大部。

"我想看一下大船,马上。"

依旧远远地落在她身后,古老的飞船只在红外光下可见。引擎的喷发和防护罩的能量消耗制造出一个粗糙的点,在接下来的几个月,甚至几年的时间内都会发光。就在小不点儿观看的同时,一道微弱的闪光扫过它的前端。这是激光阵列朝某个鲁莽的威胁射击。又过了几秒钟,她能看到激光成功了。如果有任何足够坚硬的物体击中船壳,她应该能看到爆炸。以她现在的情绪,她甚至单凭感觉就能知道它的存在。

"我猜这些小的也在朝着巨舰前进?"

"应该是。"导航人工智能说道。

"什么时候交汇?"

"还有——"声音说道。

她说出了年份。这是一场缓慢、公开的追逐,结果不可避免。注定了。

小不点儿又回到刚才那个人工智能。"你刚才说还有几个有趣的地方,还有什么?"

"我必须警告你,我没有接受过高等数学相关的细节与概念的训练。"

"好的。"

"记忆之中折叠了不止四个维度。它们不可见,但似乎存在着真实的解。"

她点了点头,继续看着聚合水塘们升起,飞向大船。

"我说过,这个只是部分记忆,"人工智能接着道,"可能你朋友没法回忆起——"

"我说了,不是这样。"

"你能解释一下吗,女士?"

所有的人工智能都在倾听。瞥了眼主控板之后,她知道自己已是相当一部分注意力的中心。

她再次拿起显示块,提出自己的解释。"我并不认为这是一个真正的记忆,也不是一张星图。"她摇了摇头,补充道,"我猜这是一堂

课。请你们搜索我们的图书馆,尽可能学习时间的数学处理方式
——能抹掉过去唯一性的处理方式——然后将你们的所学应用到
我们目前面对的问题上。"

一小会儿过去了。

"这是门非常深奥的学科。"人工智能抱怨道。

"说明你没能正确地思考。"她温和地责备。随后,她把方块推
到一边,下令熄灭舱室的灯光,强迫自己蜷进口袋般的床,进入深
沉、无梦的睡眠。

但过去这种东西确实存在—— 一个遥远、简单、纯粹的存在。
在那以后发生的一切都源自美丽的它自己。每一个迪拉天生就能
理解,小不点儿在漫长生命的早期阶段学到的就是:未来有无限可
能,它是不可知的。时间的任何一个瞬间都必将膨胀成为无数可
能,并由此延伸下去。存在是无数河流构成的,而河流诞生于数量
众多且日益增长的泉眼。小不点儿本人诞生于一个特定的时间和
地点,现在则生活在一百万个世界之内、世界之间,以及其他她无法
想象的地方。

这一个小不点儿有一个她熟悉、珍视的过去。

这个小不点儿表面上独一无二,但她是一条由无数瞬间交织而
成、无比丰富的时间线索的一部分。这根线索直接源自那个略微年
轻些、略微无知些的女人,正是这个女人告诉她的人工智能,"说明

你没能正确地思考"。

十一个月过去了,小不点儿再次变冷。她已经分解了奥斯米姆,将它分散开来,将能量消耗保持在最低状态,她自己的身体也冷冻在死亡边缘。四周笼罩着静止的黑色尘埃,窒息、浓稠、令人惊讶的温暖。较早前用可见光在遥远的距离上研究星云时,她什么都看不到。她最出色的眼睛盯着同一个地点好几个小时,只吸收到了偶尔的无线电噪声,以及穿透尘埃堤岸与氢气分子的漫游光子。但红外线看到的更多,显示了众多星星一样的点组成的网,还有分布整齐的尾迹。看到最多的是她幸存的中微子发现器——在表现最好的时候也只能勉强算是个传感器——它大声地宣布:"有亮东西,我看到了! 我看到了!"

形状相似的云朵散布于附近的整个地区。每一朵都是光滑的球体,通过静电聚拢在一起。每一朵都比太阳系小,因为巴克球和其他的碳组分的存在而呈现出黑色。不知道这些碳组分是自然的,还是非自然。其中只有一朵云位于近到可以触及的地方。一系列的小喷射可以将小不点儿推入一个交汇轨迹。不顾人工智能的严厉劝阻,她接受了这个伟大的机会。

几个月之后,她的散装飞船钻入了云朵。在浓密的尘埃中穿行数个小时之后,她看到了潜在的目标。它们是微小的物体。看着离得很远,实际距离却只有不到五千万千米,算得上近在咫尺。依照目前的航线,小不点儿将在九分钟内经过第一个谜团,之后再过半个小时就能掠过所有的谜团。它们是温暖的物体，某些部位还异常热，每个都配备了精巧的散热器，将多余的热能注入冷井与四周的云。它们是那么迷人，就连最谨慎的人工智能都不再公开地表示出自己的疑虑。

每一刻都有小规模撞击，不断地造成损害。

小不点儿从前多次经历过垂死的境地，但这次不是。这一次，她保持着良好的状态，就算只能保持接下来的一小会儿也行。

然后又是一小会儿。

然后是九分钟，难以忍受，却又无法避免的九分钟。

奥斯米姆掠过第一个目标，没有发生意外。它拍摄了全光谱的图像，吸入了尘埃和真空的样本，还记录了一个突然爆发的无线电噪声。即便在五百万千米处——小不点儿能够贴得最近的地方——对方的质量仍把她的飞船的各部分拉扯得更分散了一些。随后，她越过了目标，直到这时才有了余裕，能看一眼成果，也就是各种数据和人工智能最早的直觉反应。刚刚与她共舞的其实是某种机器或工厂。大个的流星被压缩后拉长，裹上了超异纤维，尾部的一圈聚变反应器为它提供动力。这个过程所产生的能量十分惊人。眼前的这个还是小意思，接下来的六个工厂更大，每个都配备了更多的反应堆。云朵中的氢气是燃料。云朵中的尘埃是原材料。两者都被巨大的静电场采集，送入这些滚筒形工厂中的第一个。工厂会根据成分将它们分类，再给它们加上电荷，然后通过平行的磁场河流向后输送。

突然，小不点儿的居住舱挨了重重的一击。

她害怕了。不是对死亡的害怕，因为当死亡来临时，你根本没时间害怕。不是，她害怕的是自己可能会被发现。每一次撞击，无论大小，都会产生一个等离子气体的喷泉，明亮夺目。小不点儿只能希望即使自己被看到了，也会被当作普通的物体。失事的聚合水塘飞船的残骸偶尔会飘到这片空间，如果有人在监视，如果他产生任何一种类似于怀疑的情绪，小不点儿只能盼望他的头脑足够傲慢，或足够懒惰，能第一时间想到这个最普通的解释。

接下来的工厂更远，也更大。尽管速度很快，奥斯米姆还是在引力波之中发生了颠簸，它的各个部分被拉得更分散了。

小不点儿让它们各自随意飞行。

她盯着数据，听着人工智能的第一反应，小声问道："接下来呢？你们都预测一下。"

没有一致意见，挺好。

而且，这些自学成才的专家没有一个能说清真相。

"尘埃呢？"她问道。

他们能尝出氢原子和氢分子的味道，还有巴克球碳结构，从锂到铁的普通元素围绕着球的核心。整朵云都和一个高效工厂所产出的产品一样正常和纯粹。通过云的流体力学特征来判断，它是一个较为近期的产物，制造于过去的一到两个世纪。近期有一条新的电磁河流蜿蜒着穿过锦囊,它可能就是河流中的一个漩涡。

"该设施的全部质量?"

目前来看,相当于一个大月亮。

"产生的能量?"

一众声音都犹豫了。

"多少?"

导航人工智能回应了,对着她的心智耳语道:"看到了一个新质量。有个物体出现在我们前面。"

"让我看看。"

在黑暗之中,有一个更深的黑暗。在寒冷之中,出现了一个深寒的区域,它的边缘围着一圈精密的机器。在此刻之前,没人注意过它的存在。

这个神秘所在离小不点儿两千万千米。

等她从它身边掠过时,最近的距离将约为八百万千米。

"质量?"

一个小型月亮。

"看着不止。"她指出。随后,"成分?"

超异纤维,至少体表是。

"等级?"

高。

在这朵云冰冷的中央,有一个完美的灰白色球体。围绕着它的机器看着都像是某种熟悉的零部件，又和任何的机器都不一样。它们是外星设备，显然是为了某种工程上的需求而制造，每个都显现出异族的审美。小不点儿发现自己盯着这群机器，绞尽脑汁想从中发现美。美和优雅是认识未知心智的可靠通道。但集中注意力好几分钟之后，她什么都没发现。她看到的都是最简化、最实用的工具，除了能完成具体且单一的任务，其余的都不关心。

"问题。"她说道。

人工智能刚才还在相互交谈。此刻，他们陷入了沉默，只有导航员耳语道："什么，女士？"

"发现任何有机体的痕迹吗？"

沉默。

"去那些跟热带河流一样温暖的区域里找。"她提出建议。

"我们找过了，女士。"

"会不会是什么独立生物系统发生的泄漏？"这里没有大型的聚合水塘，小型生物体常常会泄露出细雨般的水分和二氧化碳，以及大量有关新陈代谢和分解代谢的其他线索。

"什么都没有，女士。"

除了机器。她意识到了，除了机器，什么都没有。

随着奥斯米姆不断前进，铁元素和其他轻尘埃的撞击开始变得稀疏。本地的太空显然已经被采掘一空，或者被清扫过，以保证精密机械的安全。不管怎样，她总算松了一口气。接下来的十五分钟,小不点儿幻想着自己安全地穿过云朵。接着,她重新设置了飞船。等离散部分靠拢以后,她有重要的东西要发送给船长们,发送给浣生。她幻想那个高挑的女人坐在她的身旁,短暂地四目相对,露出一对赞赏的眼神,对她说了一声"谢谢"。

寒冷的球体在她身后消失了。

又一串工厂出现,向右蜿蜒伸向远方,终结于一条发亮的河流。

小不点儿召唤出她最优秀的眼睛,却没能用上它们。

流星袭来时,她又在做白日梦。她与六个以前的丈夫坐在一张桌子旁,桌子位于巨舰上某条宽阔的大道旁。她在倾听。来自不同物种的六个人,正兴奋地交换着曾经的小妻子的故事。

流星的主体成分是铁和镍,加入了硫和稀土作为调味剂。安装在奥斯米姆远处某个离散部分上的传感器观察着撞击,仔细地记录着等离子特征。然后,以平静的心情,它将数据与精心编撰的已知特征进行比对。在一个并非遥远的过去,这颗流星还位于某个火星级别的行星的硬核之内——推测可能是一颗闯入墨水井的行星,聚合水塘把它拆解了。

撞击之后,飞船立即开始自动组装。遵照早已设定的规范和有限的自主行为,各部分沿着静电场移动,推动它们的是纳米火箭微量的呼吸。它们需要整整五个月的时间才能聚拢到受损的居住舱身边,重新与主引擎的残余部分对接。

奥斯米姆早已远离了工厂云。

利用碎片和残余系统,一艘新的飞船组装完成。它丑陋、可憎,仅能满足最基本的功能,但毕竟有了一个新的居住舱。它有将近五立方米的空间,其中一部分还被它的驾驶员那具被真空烧烤过、死得透透的身体所占据。

大气生成了。

主引擎被尽可能地维修,尽可能地校准。也只能这样了。

木乃伊化的身体被缓慢地注入液体、盐分和糖分,还有老式和现代的氨基酸。但损害异常严重,伤口愈合的过程慢得令人无法忍受。意识迈着缓慢的步伐,越过一个又一个高原障碍,偶尔还会摔下,重新来过。为了节约能源,小不点儿一直被置于完全的黑暗之中。为了降低对脆弱的维生系统的需求,她的新陈代谢被控制在最低水平。甚至当她苏醒之后,她仍然无法移动或是看,只能通过新的植入物与幸存的人工智能沟通。这些植入物原本并不是用来执行自动程序的机器的。

她说的第一句话是"妈的!"

一个星期之后,她嘟囔着,"就这样吧……怎么会这样……"

"什么这样?"一个人工智能问道。

沉默。

"你有什么吩咐,女士?"

"你是谁?"

"你的领航员。"

"剩下的还有谁?"

人工智能列出了幸存者,包括他自己,也列出了死者,其中包括解析了外星记忆的那台机器。

"那个片段呢?"小不点儿呻吟着。

它仍然包裹在钻石内,被爆炸甩出了船体,在离居住舱将近一千千米的地方飘着。随后,一个勤奋的飞船分部追踪到了它,把它带了回来。这个片段已经侥幸熬过了两次高速撞击。

"和你一样。"一个微弱的声音嘟囔道。

她笑了一阵子。

"女士,需要我做点什么让你感觉更舒服吗?"

"巨舰,"她喃喃说,"我必须给它发条信息……发给浣生……"

沉默。

"我终于明白了……"

"女士。"谨慎的声音又响了起来。

"我们发不了,是吗?"

"我们最后的两根天线也被撞毁了。"人工智能回答,"我们再也发不出消息了,女士。"

小不点儿哭了。

随后,机器用更加温柔、饱含真情的语气说道:"我感到万分遗憾,我亲爱的朋友。"

二十二

　　攻击开始于佯动着陆和激光轰击火力侦察。六个月不间断的骚扰之后,最终的全面进攻终于来临。X射线激光朝着主防护罩发生器砍去。铁离子尘埃云缓缓坠下。肥硕的氚炸弹紧随其后,轰炸船壳和表面的防御系统。但大船已经完成了关键的维修,能够针对进攻做出相应的调整。主引擎关闭了,高耸的喷嘴指向各个方向,然后,它们开始胡乱喷射,模式完全无法预测。船体震颤着、打着滚,让聚合水塘无法判断它的轨迹。接着,为了扰乱进攻,武装飞船从六个港口中的三个起飞,对最近处的聚合水塘嫩芽发起攻击。敌人身体的直径约有一百千米。这些水囊已经消耗过度,由水分、盐、岩石和聚变反应堆组成,裹在保温的泡沫大气之下。她们每一个都配备了一台引擎,推力足以把她们推到这里,并匹配巨舰的速度和轨迹。这些引擎是诱人的攻击对象,这也是帕米尔决定先动手攻击的原因。他将船队派往最接近、最具威胁的那一群。

"合理。"奥斯米姆表示赞同。

但第一群只是入侵力量的一小部分。大船被一片黑压压的聚合水塘包围了。微型的年轻人冲在前面，成年人则远在无法轻易抵达的地方。突然，乌云在眼前分开，一个直径一千千米的冰月亮从裂缝中穿进来，加速向船壳冲去。

两台巨大的引擎发动了，竭力推动大船向旁边闪避。

但撞击无法避免。这次撞击猛烈持久，在大船的长肢附近留下了一个倾斜的撞击坑。超异纤维吸收了能量，熔化了，向外飞溅。撞击坑的边缘离阿尔法港还不到一千千米。随后，聚合水塘的孩子释放出成群的小飞船，坚韧的有机体包裹着坚韧的机器内脏，上千个小飞船飞过撞击区域，利用这个突然形成的盲点发起决定性的攻击。

帕米尔派出了八个旅的保安部队。

奥斯米姆再次说了一声"合理"。

接着，这个哈鲁萨鲁无声地下达命令，在乘客中发动叛乱。在大船最深处的区域，恐慌和愤怒交织融合，形成了一场严重的骚乱。当地的权力机构被包围了。看样子似乎别无办法，只能将预备队派往下面，利用他们的制服和闪闪发光的存在重新恢复秩序。

但帕米尔没有轻易上当。

"不派？"安全首脑质疑道。

帕米尔下令封锁该区域，狡黠地笑了笑，"一次只灭一处火。"

"很好。"

聚合水塘的飞船朝港口压过来。激光和电磁炮摧毁了前六波攻击，但还有成百个波次跟在它们后面，不可避免地消灭了防御系统。

帕米尔下令后撤。

"懦夫。"哈鲁萨鲁哼了一声。

"蠢货。"二副回敬一句。

进攻连绵不绝。攻击者是特地为这一时刻编织的聚合水塘战士，穿着高等级超异纤维制成的宇航服。这些战士英勇无畏，完全不在乎自己的生命。这就像与一窝蚂蚁或一群愤怒的龙作战。战士的死活无关紧要，重要的是宇航服。聚合水塘的每一个伤亡都被吸出宇航服，宇航服随即被维修完毕，重新载入新的战士，继续执行不断改进的作战指令。

战斗持续了几个星期。

更多的堡垒陷落了。然后，港口的上层甲板也落入敌手。

在某一刻，帕米尔注意到他那个同伴正盯着他，呼吸用的嘴噘着，好像在期待着什么。这是为什么？随后，新一轮攻击开始，防御部队设法收集了几具尸体和它们的宇航服，将它们封闭在无菌棺材里，送往专门用于挖掘数据的实验室。

棺材打开时，帕米尔明白了笑点所在。

他看见的是他自己——十几个巨型的人类形体，一张粗糙、坚强、刻意避免英俊的脸,用死去的眼睛看着他。那双眼睛似乎对眼前的一切都不感兴趣。

"蓝色行星尝了下你细胞的味道,"奥斯米姆说,"我猜它可能觉得你那可怜的基因也有用处。"

帕米尔笑了很久。

模拟进攻再一次加快速度,一呼一吸之间就完成了好几个星期的模拟。没有重要的变化。最优方案依然没有变化。如果他希望,他可以倒回过去,在下次危机之前做出调整。规则允许这么做,但他坚持已经下达的命令,用部队和一队新的机器人严守阿尔法港,抵抗接下来的进攻。

防线被突破时,一切都来得很突然。

聚合水塘一直忙着在新出现的撞击坑中央建造一个复杂的城堡。虽然她们将大多数武器用于港口,但她们的能量却大都用于在损坏的船壳内掘进,利用这个薄弱环节绕过防御系统,建造一条能潜入大船内部的秘密通道。

帕米尔等着她们。

他用预备队实施反击,但那个地方不利于防守。当战斗看上去注定会失败之时,他下达了最后的命令。一艘经过改装的快艇,上面没有载人,巨大的燃料箱内装满金属氢,强大的发动机短促的一次喷发,将飞船送上一条短暂的飞行轨迹。巨舰的引力抓住这个弹头,令它下坠。它如同炮弹一般坠入新撞击坑的中央,一连串铀弹点燃氢气,释放出一个巨大、无声、毁灭力超强的爆炸。

"合理。"奥斯米姆发表最后的评论。

登陆部队被摧毁,他们赢得了漂亮的胜利。但帕米尔并没有轻松下来,更别提自信了。"你知道这些模拟的用处,是吧?"

"让我们看看永远不可能成为现实的场景。"呼吸嘴说道。

"没错。"

门开了,来访者盯着帕米尔。

从他们第一次见面到现在,形势发生了根本性的改变。非但不再是敌人,反而成了盟军;非但不再是陌生人,反而是一个眼神就能彼此明了。但感觉依然格格不入,尤其是洛克这一方。"我来找我母亲。"他嘟囔了一声,灰暗的脸上一时有点儿泛红。现在是船上时间的午夜。"没打扰你吧?对不起。"

"没有,也不用对不起。"帕米尔回答道,"进来吧。"

个头较小的男人走进母亲的公寓。"我问了她在哪里。舰桥事先就接到了命令要回答我……当值的船长说她在家。"

"你没跟她约好?"

"没有。"

帕米尔点了点头,"有要紧的事吧?"

"算是吧,"浣生的儿子回答,"但我也可能是错的。"

"好吧,"帕米尔说道,"我去叫她。跟我一起走?"

"我还是在这里等吧,长官。"

听到对方嘴里清清楚楚地冒出那一声"长官",帕米尔几乎笑出了声。母亲有个爱人,在这个家里随意走动,这一点显然让洛克有些意外。或许他为自己被瞒着而有些愠怒。他们在隐藏他俩的关系上做得真有这么好?没有,应该没有。更有可能的是,他对这种事太不敏感了。他跟人工智能生活了太长时间,一直以他们那种清晰的、非激素的方式思考,这时却被现实生活的气息扑面而来,让他有些不自在。

浣生的公寓不大,也算不上豪华。狭窄的走廊连接着一串圆形房间。每个房间的天花板都是简洁的亮绿色半球。在天花板和墙壁的外面,以及在石头地板的下面,还有超过一百米的岩石,再外层是一个中等级别超异纤维的泡泡——它才是这个小小居所真正的外墙,居所本身只占了三公顷的面积。

浣生在她的房间里,正慢条斯理地穿衣服。

"你睡得不够。"他注意到了。

她站在房间中央,制服自动穿在她修长的身体和下垂的胳膊上,镜面织物刷刷作响。她点了点头,说道:"我保证,这个世纪结束后,我好好睡一觉。"

"我会盯着你的。"

她真心实意地叹了口气,说道:"好。"

洛克依旧站在门口,没进房间。他的礼貌和态度让帕米尔明白,这个曾经的违望者十分注意自己的言行举止,这些方面比他这个二副聪明得多,有一种帕米尔绝对不希望拥有的亲和力。闯入母亲的私生活让洛克觉得尴尬,但他的头脑拒绝纠缠于这些小细节。他稍微晃了晃脑袋,回到此次前来的主题。他挤出个微笑,道:"我们得出了最终的结论,母亲。"

"最终的?"浣生问道。

"算是吧,"他温和地说,笑了笑,"当然,不排除可能还会有新的发现。"

"这边走。"

浣生领着两个男人穿过一排花园房,每个房间都是外星的环境,还有一个专门给髓星生命留出的小角落。接着,他们走进一个大房间,这是做饭和吃简餐的地方。

"饿了吗?"她问他们。

见两人没什么反应,她承认道:"我饿了。"

足够三人享用的食物送了上来。帕米尔把浣生右手旁边的座位让给那个恭恭敬敬的儿子,自己在新长出来的桌子远端坐下。摆在洛克面前的是一盘辣味蛋白和岩浆面包。

饿坏了的女人吃了两口。

"你想听听我们的结论吗?"洛克低声说。

"首先,"浣生说道,"我想听听你的情况。你怎么样,儿子?"

沉默。

帕米尔看出来了,这母子俩是同一种人。两个人的注意力都极其集中,他们的成功便因此而来。也因为这种集中,他们在其他方面显得比较笨拙。

"好吧,"她让步了,"跟我们说说你的结论。"

"用你屋里的纽联器?"

浣生给了他访问权。

灯光熄灭了,漆黑的天花板闪现出一道道柔和的光芒。他用一个问题作为开场白,"有人在追击巨舰吗?"

帕米尔觉得心脏猛地抽了一下。

"这些年里,我们分析了船长们手头的数据池,还有乘客的私人文件。我们进一步把数据融合成了一个条理清晰、功能强大的模块,可以用它来搜寻任何可能是第二艘船或是跟在后面的物体,然后利用飞船后部的新镜面阵列观察墨水井,寻找任何意外扰动的迹象。"

黑暗之中,一点亮光显现,冲着他们飞来。冲着银河系。

"我们的运气不错,"洛克继续说道,"大船被发现时,上千个物种都制造了巨大的镜面,目的仅仅是观察聚和水塘。"

小亮点就是巨舰,带着无声的优雅,它燃起引擎,将自己推向一个高密度的白矮星近日点,后者旋即将它弹往银河系的主体。

"有些物种成了乘客,"他说道,"他们支付船费给船长们。部分船费是以知识的形式。"

看上去空无一物的黑暗其实并非如此。突然间,星际间出现了各种物体,每一个都有各自的速度和隐含的历史。在稠密的恒星漩涡外还有更多的恒星,多达数百万——年长的团状簇、金属含量低的恒星、孤独的漫游者,有时还有小星系被搅碎的中心,在很久之前被贪吃的银河系吞下。还有尘埃和气体的面纱,比银河系内部更稀薄,更冷,分布在一个更为广阔的区域内。那里还零零星星散布着一些星体,没有太阳或热源,没有生命,也没有可以称呼的名字。所有的重子物质都在一个极难察觉的粒子海洋中游泳——传说中的暗物质——一切都舒适地漂流在稀薄的、难以察觉的海洋之中,一个代表宇宙的阴影和无限可能的海洋。

"假设有东西在追赶我们,"洛克喃喃说道,闭上眼睛沉思了一会儿,"一个追逐者。"他在睁开眼睛的同时,说道。他的眼睛跟他死去的父亲一样,明亮、灵动,但声音却是他自己的,"假如那是一艘星舰,再假如它的直径大于十千米,有最低的热信号和超异纤维的反射系数……那么,你们本该现在就能看到它。假如它跟在大船后面大致一千个光年处,我可以指给你们看,本来应该在这里……"

帕米尔研究着复杂的星图。没有哪个矢量符合这些条件,也不可能有。

"当然,它也可能是艘小型星舰,"洛克道,"或者它的信号更弱。但只要它具备一定的质量,我们就能在这里看到它。"星图中的某个区域拉近,"预计将第一个抵达大船的探测器还在这个区域,上面有一个信标。现在依然能收到这个信标,虽然经过了这么多世代,信号已经大为减弱了。假如我们后面跟着个质量体,我们应该能看到探测器的航线发生偏移。但这种变化从未发生过,也就意味着该质量体最多——"

"等等。"帕米尔打断了他。

洛克停下了,灵动的眼睛久久地盯着他。

"这些工作相对比较简单。"二副指出,"我知道,你必须整合很多不相容的数据库,为不同的镜片留出误差,然后解决大量无限体引力问题。但是……你在这个问题上花了多长时间?"

"几十年。"年轻人回答,有些不悦,"不是全职投入。"

"我跟你说过他的工作。"浣生说道。

"时间够长的,"帕米尔说道,"但是,你从来没有分享过结果,我猜……"

他突然停下。

"等等,"他嘟囔了一句,"这些只是背景介绍,为了方便我理解,是吗?"

"这样做比较礼貌。"洛克说道。

帕米尔笑着说道:"闭嘴,老家伙。"

洛克点了点头,有些尴尬地笑了笑,"假如有追赶者在过去的几十亿年内一直在追赶这艘船,那么就能得到两个结论:追赶的飞船必须有可靠的驾驶员和引擎,否则它早就该跟丢了。因为撞击已经让巨舰的轨迹改变过无数次了。将一厘米的偏差乘以一百亿年的时间,偏差将是巨大的。第二个结论……假如有追赶者,几乎可以肯定它已经落后了超过一千光年。"

帕米尔立刻明白了其中的道理。

但洛克却非要解释。"一艘功能完好的飞船追赶着迟钝的、无人驾驶的巨舰。它的速度并不快,否则追赶早就应该结束了。出于同样的道理,它也不可能太慢。"停顿了一下之后,他接着说道,"即便速度相当,它应该也能赶上不超过五千或六千光年。"

星图再次变化,沿着时间线往回扩张,追随着被判定为最有可能的巨舰路径,深入过去几十亿年的深空。不管建造者是什么人,他们肯定不希望自己的造物碾过恒星密集的区域。宇宙就像啤酒泡沫,每一个泡泡都由相互作用的星系簇构成。飞船总是在某个稀薄的区域穿过泡沫壁。只是因为出现了差错,它才会穿过本地星群,而银河系刚好位于它的航线上。假如巨舰诞生于宇宙的早期,由于当时的空间仍然狭小,十分拥挤,所以没有哪双眼睛能看得这么清或这么远,从而制定出如此完美的路线。所以建造者可能是运气不错,或者,如同某些人偶尔指出的,尤其是在喝啤酒时,建造者所建造的远不止这个由超异纤维、岩石、铁和空腔构成的小球。

或许宇宙本身就是他们的。

"一个优秀的驾驶员,"洛克瞥了眼桌子对面的帕米尔,"一个意志坚强的驾驶员,他会研究巨舰,关注撞击和途经质量体的影响。

因为星系之间有游荡的恒星,还有与恒星质量相当的黑洞,以及常见的星体残骸。驾驶员会利用这些质量体的效应,对航线做出微调。自然,这一切都是估计。我在数据和星图中寻找多年之后才做出了最有可能的猜测。假如有追赶者在追赶巨舰,它应该在后方不到一万光年的距离内。而且,我也可以大胆地说距离应该超过三千光年。也就是一个七千光年的窗口……"

洛克停了下来,饶有兴致地注视着帕米尔。

"我们穿越银河系的航行……"帕米尔刚开口说道。

"说得没错。"一声令下之后,星图发生了第三次变化。片刻之间,过去的十万年一一展现在眼前。大船的引擎点火了,可能是有史以来第一次。一颗又冷又老的白矮星拥抱了这艘飞船,把它甩上一条新轨迹。随后,船长们驾驶着自己的俘获物,踏上了一条时刻变化的航程,利用途经的质量体和强大的引擎制造出一条摇摆不定的航线,穿过银河系内人口稠密的区域。尽管没有损失动量,但大船就像一个只能循着无数个浮标前进的泳者,他们与饥饿鲨鱼之间的距离大为缩短了。

帕米尔平静地指出:"假如有飞船跟在我们后面,我们早就能注意到了。"

洛克表示同意。

接下来的一瞬间,这位高效率的船长便得出了结论,跟洛克花了数天的时间研究数据、精心计算、在人工智能之中构建复杂的模型,最后画在他浅灰色手掌里的结论一样。

在白矮星的近日点。

一个急转弯。

"假如我在你身后五千光年,"帕米尔说道,"假如我看到你启动引擎、驶入银河系,驶向那些恒星和行星……我可能会试图抄个近道,赶到你的前面。"

他将一只手放平,表示银河系;另一只手的食指画出一条位于恒星漩涡上方的直线。

两只手都放下了。

"我记得那颗白矮星。"帕米尔喃喃说道,"我们在轨道上放置了探测器。绘制了星图,测量了它的质量,以确保我们在飞过的时候不会撞到任何东西。"

洛克钦佩地点了点头。

"那些探测器还能用吗?"帕米尔问道。

随即,他自己给出了回答。"以前是能用的,我们一直跟踪着它们的广播。"他花了点时间,用自己的纽联器找到相关的日志,"在航程的前半段——"

"船长们做事很仔细。"浣生插话道。

数据容易找,因为洛克在几天前给它们做上了标签,看得很清楚。在他深入挖掘的这些古老的数字中,五十来个条目有高光记号。

"结论是什么?"帕米尔看着桌子对面,"有人在太空里追着我们吗?"

洛克瞥了母亲一眼。

浣生挺直了腰,端平肩膀,等待着。

"没有任何别的物体途经过那颗死星。"洛克说道。

随后,用一种完全不同的嗓音——更加响亮,显得心向往之——他说道:"这意味着没有其他飞船。一直都没有。当然,除非它设法找到了一条不同的路径,或者它遵循的是我们无法理解的规律。或者,也有可能,我们一开始就看错方向了……"

又一个夜晚来临。

已经过了几天,也可能是几周。近来,人们已然不怎么在意时间的流逝了。大船上似乎没发生什么值得注意的变化,可能永远都不会发生。这是普遍的看法。帕米尔无法用充分的逻辑或是冷静的实用主义来打发这种一成不变。人类的大脑已经多方改进,但它仍然会受到引诱,产生一种无限之感,一种如同天鹅绒似的自我麻醉。即使头脑再清醒的人,都会觉得自己一直就在这地方,穿行于墨水井之中……

他们再次躺在浣生的床上。她的天花板上显示着大船前端传来的实时画面,以不同的频率、不同的细节滚动。聚合水塘嫩芽开始逐渐抵达,尽管有不错的模拟预测了各种行为,她们却按兵不动。几千个她们散布在一光周的黑暗尘埃之中。尽管首领和副首领们不断地请求,拦截者却没有回应过一个字,更别提解释此行的目的了。

一天晚上,两位船长在那个拥挤的天空下做爱。

另一个晚上因为太累,所以他们除了睡觉,什么都没做。

然后,到第三个晚上,帕米尔醒来太早,发现自己正平躺着,看着又有一百来个巨型的水体冲出黑暗,粗劣的引擎推着她们接近。

浣生动了一下,梦中的她翻身远离了他。

帕米尔坐起来,喝了杯冰水,没说什么,盯着爱人曲线玲珑的后背。

"怎么了?"她问道,脸仍旧背对着他。

"感觉到我的目光了?"他问道。

"我还以为是刀子呢。"她开了句玩笑。随后她翻身靠近他,略一思索之后问道,"你在想什么?"

还能想什么?

"你有什么烦心事?"她问道。

数不胜数。

她柔声唤了声他的名字。这个游戏让她厌烦了,她希望该来的赶紧来,打破这个僵局。

"帕米尔,"她说,"你到底在想什么?"

"我在想,"他轻声说道,"面对现在这一切,为什么你和你的儿子……为什么你们花了这么多时间和精力来搞清楚是否真的有东西在追赶大船?"

"但要是真的有东西在追我们呢?"她反问道。

"我并没有质疑问题的重要性。"

"那是什么?"

"这种执念是从哪里来的?"帕米尔笑了一下,夸张地耸了耸肩,"两个与髓星的联系最为紧密的人,一心想找到那些无法找到的东西。你就从来没想过,这么做也许不光是因为感兴趣?"

二十三

生活本该意味着接连的富饶、醉人的荣誉和无尽的享乐。欧雷乐一直抱有这个无耻的信念。然而在现实中,他一生的大部分都游走于阴影,通过哀求或欺骗来达到不足挂齿,却仍能令他享受的成功。只是最近的几十年里,他才意识到自己过往的生活是多么渺小和可悲。他的觉醒始于逃离似乎即将毁灭的大船的那一刻。在他的心目中,自己展现出了无与伦比的主动性和勇气。独自一人,他穿行于敌意重重的蛮荒之中。独自一人,他遇到了独一无二的外星异族,并和她交上了朋友,与蓝色行星建立了亲密关系,将自己的一生、自己的物种和巨舰的知识教给了她。当人类的使节最终与聚合水塘会面时,他又在其中扮演了最关键的角色。随后,欧雷乐愉快地回到了家。在他的记忆中,事情经过正是这样。他主动且自由地离开,带着巨大的胜利回到这里,在历史上留下了自己的篇章。

欧雷乐这个名字将在未来的无数世代中被铭记,他的冒险经历将是无数个故事的主题,引发无数的神往。

没错,回家的航程并不特别愉快。每一天,每一次呼吸,他都能感觉到船员对他明显的厌恶。更糟的是来自二副那深深的不信任感。欧雷乐也没有受到英雄般的欢迎。他和那个冰封的一小块蓝色行星被扔到旮旯里,成了最丑陋、最没道理的恐惧的牺牲品。还有一些意想不到的事在等着他——各种限制和不公平的待遇,无疑会让任何完成如此壮举的人失望。

比如说隔离。

为什么要把他与乘客和船员隔开?或许理由非常单纯,一如船长们的解释。"只是出于谨慎,临时措施而已。"这是帕米尔护送他进入大船深处一个与世隔绝的私人寓所时对他说的,"我们只是想确认,你并不比看似的你多一点,或是少一点。"

什么是看似的你?

帕米尔摇了摇头,用刻意做出的轻松口吻笑道:"你是个非常走运的人。考虑到你获救的概率,说不定是最走运的人。相信我,我们一定会让运气好的人在新家里住得愉快。"

不管是好话还是歹话,船长们倒是没有撒谎。欧雷乐确实挺愉快。公寓足够大,能满足大多数高要求的乘客。超过两百间宽敞的房间,加上弯曲的走廊和小过道,共同组成一个精巧的迷宫。它唯一的住客想怎么装修都可以。欧雷乐以极大的热情承担了这项重任，干劲之大，连他本人之前都无法想象。最后，将近六十个房间完成了改装，这都是他用自己的双手完成的，再加上一队听话的机器人的帮助。椅子、盆景、近半个立方千米的人造土，以他的名义自大船上的远方买来，经过一连串气闸，最后倒入一个超异纤维喉管，进入他气派堂皇的大门。六十个房间是一项了不起的成就。怀着强烈的自豪，他会领着任何一个前来拜访的人参观自己的成就。当然，没人亲身来过这里。连船长都是以投影现身。这些谨慎的措施是否必要、是否合理，欧雷乐不知道。当初在那艘高速飞船上，他不是和其他船员一起生活吗？那时的他们不是和他共享空气，还喝过他循环利用的尿液吗？他们怎么不需要隔离呢？况且，在航行之中与之后，欧雷乐经历了一系列详尽的测试。他的血液和骨髓、思维和心脏，被所有的工具、所有的方法、所有的形式检查过了，证明了他早已知道的事实：

他仍然是欧雷乐，永远都是。

船长们真正的用意渐渐显现。一位曾经的爱人通过全息来访。在他展现了自己的魅力、加上苦苦哀求之后，她答应附身于一个温暖的，覆盖着皮肤的机器人。随后欧雷乐领她去了自己最喜爱的床，爬到她身上。就算她不享受这段经历，至少她发出了合适的声响。结束之后，感觉疲惫但舒适的他坐了起来，对着机器那张临时的脸笑了笑，假装随意地问道："你觉得他们什么时候才能结束这出隔离闹剧？"

她盯着他看了很久。她没听到问题吗？或许她的沉浸室与他的床之间的连接被切断了。哦，不是，她只是在琢磨他的问题。随后，她哼了一声，轻轻摇了摇头，说道："亲爱的，"语气惆怅，"你还不明白吗？他们可能称之为隔离，但这里其实……其实是个监狱，亲爱的。"

这个观点需要很长时间来消化。

即使在欧雷乐终于相信了她的话之后，他又花了更多的年月，才真正接受了这个简单的现实。

"还要关多长时间？"他问。

这是对来看他的帕米尔提出的问题。这个位高权重的人愿意浪费自己的时间和精力，足以证明欧雷乐不是一个普通的罪犯。"你是问隔离还要多长时间吗？"帕米尔闷声闷气地说，"我跟你说过了。等我们穿过墨水井，你就能回家了。"

"就为这个？"欧雷乐追问，"只是出于谨慎？"

"是的。"

"我不是个犯人？"

"当然不是。"

"你真这么想？"

大个子哼了一声，晃了晃大脑袋。"为什么要把你当犯人？"

"因为我非法弃船，"欧雷乐提示，"为了救自己的小命，用非法资金贿赂船员。"

"罪犯必须经过审判,"帕米尔反问,"你经历过审判吗?"

这是一个欧雷乐自己都用过无数次的借口。

"罪犯,尤其是已经定罪的,都住在很小的空间里。"二副接着说,"根据法律和习俗,大船统共只能提供一万平方米的可居住面积。"

对这个事实,欧雷乐知道得很清楚。

"这地方看着不像监狱,对吗?"

他们站在他最大、最豪华的那个房间的海滩旁。从阿尔法海引下来的海水淹没了房间里大部分的面积,形成一个小湖。在高高的蓝色天空景观下,打扮成聚合水塘的机器人在微波荡漾的水面下游泳。

欧雷乐对着湖水露出了笑容。

"你想她了?"帕米尔问道。

是吗? 分开这么多年、经过无数次回忆之后,欧雷乐对自己的真实情感没那么确信了。

他听见自己嘟囔了一声,"好吧,我不是犯人。"

"没错。"

"但这也不是普通的隔离。"他强调了一句。

全息像并不完美,但那双眼睛绝对是帕米尔的。明亮的目光看穿了他。带着明显的不屑,帕米尔瓮声瓮气地问道:"那还能是什么?"

"审问。"欧雷乐回答着。

回答引发了一阵响亮的、不以为意的笑声。

"还是换个好听点的说法吧。"二副警告了一声,随后消失。

欧雷乐虽然被隔离,但信息远谈不上闭塞。

用船长的资金,他打造了一个沉浸室。在那里他可以看到大船的任何地方,除了那些没有眼睛、没有摄像头,或是安保措施严密的角落。他无法以全息影像的方式拜访朋友和爱人,因为不允许。但他可以坐在一张舒服的皮椅上,看着他认识了一辈子的人和生物,看着他们闲扯。

他的老朋友全都是无聊的人,无一例外。忍受他们几年以后,这个悲哀的事实渐渐浮出水面。欧雷乐无法出面讲述他自己的故事,所以他别无选择,只能听着其他人说话。即使在这段短暂的时间里,他们每个人也没有多少故事可说。名字变了,环境变了,但故事依旧是老一套,刚开始就能猜到结局,没有任何悬念。每一个笑话都是过去成千上万个笑话的略微变体,同样的笑点一次接一次地重复。

他们是一群无聊到不值得关注的人。但奇怪的是,欧雷乐并不觉得无聊。

首先,他想念他们。他想念真实的肌肤接触,味觉和视觉的真实陪伴。当他的老朋友们提到他时,他感觉到了愉悦的温暖,那些乏味的话于是变得有意义起来。

尽管他们不经常提到他，提到的时候也只是三言两语。

他们会提到他的一个旧名字，名字背后那个有一万年历史的老故事就此出场。每个人在诉说自己那部分故事时都会犯些小错误。有时，有人会提起一个共同的朋友，然后小团体会忙上一天，挖掘古老的故事和新鲜的谣言，偶尔与欧雷乐有关。有时，一个从前的爱人或是密友会以全息的方式出现在他面前，在那以后他们会告诉其他人，描述他的公寓、新生活，以及他的状态。简而言之，欧雷乐在其他人眼中似乎有些郁郁寡欢。实际当然并非如此，但他又能怎么办呢？因为他之前抛弃大家独自逃生，所以他们希望他过得很凄凉，对过去做的事很后悔。其实他一点也不凄凉，完全不觉得后悔。为什么他会觉得后悔呢？到头来，一切岂不是都好好的吗？然后，等他们成功地将他的精神状态贬低到跟他们自己相当的水平时，总会有人问道：

"那他有什么看法呢？"

他们说的是聚合水塘。

"他担心吗，还是高兴？我们那位好朋友是怎么想的？在他的小脑瓜里，她们意味着什么？"

他们说的是聚合水塘的婴儿。成千上万个嫩芽正朝着大船的轨迹进发，匹配着它缓慢增加的速度。现在她们已集结成群，数量数不胜数。大船正在接近锦囊的远端，聚合水塘和它一起飞行。几十万个物体,因为远航变得干瘪,多数的直径只剩下几十千米。她们以一个精美的图案排列着,乍一看是个球体,却有意排成了不对称。大多数嫩芽依然位于大船的正前方,规避喷射引擎所产生的等离子流。这么多物体,每一个都泄露出适量的挥发物,制造出一层薄薄的、绵延的大气。她们的身体和集体的呼吸让天空变得更灰暗,要么是出于偶然,要么是有意为之,以便隐藏她们前方的东西,无论那是什么东西。

他那个爱人没有提及钻入机器人的身体,一句都没提到那次虚拟性交。她是这么说的:"我问过他,"等其他人的注意力集中到她身上以后,她用担忧的语气说道,"我问过欧雷乐,'她们对我们隐藏了什么?'"

"他怎么说的?"另一个旧爱问道。

"他声称她们什么都没隐藏,又说了句'她们在做的事很明显。她们在帮我们。就这么简单。'"

聚合水塘挡住了来袭的尘埃和彗星。这还不明显吗?用她们的身体和巨大的动量,排头的那些吸收了巨大的撞击。单从今天飘落到大船上的脏兮兮的冰雹来看,有些聚合水塘已经被撞击摧毁了。

"可她们为什么要帮我们?"另一个人问道

"我问过欧雷乐这个问题,"第一个爱人接口说道,"你知道他是怎么回答的?他向我保证,'聚合水塘对我们很关心。'"

他并不是这么说的。

"他告诉我,她们希望我们能平安地穿过她们的家园。"

她在撒谎,对别人、也在对自己撒谎。完全是出于自己的原因,她借用了欧雷乐的权威,对大家说道:"没什么好担心的。一点都不用。"

但制造担忧的材料极为坚固。轻飘飘几句话,一个勇敢的笑容——这些起不到任何作用,只是凸显了普遍的情绪。各个地方的人都在担忧。各个物种都在为未知而苦恼。在此前的生命中,欧雷乐从未发现这种情绪,此刻却随处可见。乘客和船员被永无止境的疑惑折磨得筋疲力尽,气氛已经不安到无法忍受。船长和专家使出浑身解数来安慰大家,但他们字斟句酌的话和一贯冷静的表情不再有用。

"告诉你们我是怎么想的。"欧雷乐冲着那群无动于衷的朋友喊道,"下一次你们这些混蛋中有谁想来见我,我肯定不会给他开门!"

但已经没人在乎他了。一个既非囚犯、也不在检疫隔离状态的人,发现自己独自坐在宽敞的家中,整个白天和漫漫长夜都耗费在看着天空和读各种公共新闻上。一个一生追求享乐、还能活很久的生命,现在只剩下唯一一个刺激:看着好几百万个聚合水塘在大船前方和后方起舞,形成一片精巧的、广袤的、可爱的黑云。

黑云的直径有一光周,可能更大。

无数个水与盐、铁和碳组成的身体,挡住了来自外部宇宙的一切：尘埃与辐射，还有难得一见的光。几天、几个星期，聚合水塘什么都没做，只是默默地吞下落到她们身上的一切。然后，在某一刻——在时间上并没有什么特殊意义的一刻——她们开口说话了。尽管船长们一直在乞求对话，但这个突然的回应却让他们大失所望。突然暴起的无线电信号并不是对他们发出的。尽管船长们试图对太空中突发的咆哮保密，消息还是不胫而走。片刻之间，巨舰上的乘客陷入了恐慌，船长们也都面露苦相。

"你觉得这意味着什么？"一个女人的声音问道。

欧雷乐从沉睡中醒来，在皮椅上伸了个懒腰。这里是沉浸室的中央，墙壁和高高的天花板配备了市面上最高级的投影仪。不用说也知道，他的来访者是一个投影。他从皮椅里撑起身子，极力露出笑容，"很高兴见到您，长官。"

首领走上前来。

"我倍感荣幸，"欧雷乐道，"您大驾光临——"

她伸出右腿，踹了他一脚。

他猝不及防，摔倒在地。地板上覆盖着六边形投影仪，冷冰冰的，仍旧处于休眠状态。这么说，她是真的？这个问题肯定浮现在他的脸上。首领又踢了他一脚，更重了些。她喝道："这绝对算不上你的荣幸，你这个小玩意儿！"

他匍匐在她脚边。

"不要再玩什么手段，"她威胁道，"这出戏该结束了。现在我想听实话。你能说实话吗?"

"当然。"他结结巴巴地说。

"你觉得现在是什么情况,小玩意儿?"

"现在?"他迷惑不解。

"告诉我实话。"首领正色道。

"关于聚合水塘——?"

"还能是什么? 你还睡过其他外星人吗?"

他垂下头,努力咽下口唾沫。

"聚合水塘有什么打算,欧雷乐? 告诉我! 马上!"

"为了保护自己。"他轻声说道。

"是吗?"

他对那个用远程模式拜访过他、跟他上床的爱人就是这么说的。"再简单不过了,"欧雷乐当时是这么解释的,"巨舰是一个毒素,一种污染。聚合水塘就是这么看我们的。乌云只是一种最佳的方式,给潜在威胁裹上一层保护膜。我们的邻居只是想确保我们无法对她们造成持久的伤害。"

但突然间,他对自己的逻辑不再确信。在他入睡时肯定又发生了新情况。否则首领为什么会不嫌麻烦,亲身前来? 船长们关注着他的每一个小细节。他们吸收了每一句他说过的话。首领肯定知道他对别人都说过什么。欧雷乐足够精明,能读懂金色的脸庞和巨大的眼睛中的惊恐,他自己古老的血液里也升腾起了恐惧的漩涡。

欧雷乐承认道:"我不知道她们想要什么——"

"看!"她咆哮着。

投影仪苏醒了。

她再次踢了他一脚,说:"抬起头。马上。"

他发现自己坐在前端船壳的图像里,四周包围着精巧的镜面森林。在他入睡时,天空还是黑的,但现在已经不是了。一片漂亮的蓝色光芒笼罩了他瘫软的身体。

"她们又启动引擎了。"首领解释道。

"为什么?"他喃喃问道。

"你看到的,"她解释着,"是引擎发出的光,透过她们的水体。"

但他无法看到近处火箭的喷发。这一点很奇怪,非常奇怪。他花了很长时间才明白过来:

聚合水塘在减速。

一百万个聚合水塘嫩芽转了180度,现在她们正在给自己最轻微的推动。

为什么?

随后,欧雷乐听到自己笑了。笑声之中,他断断续续地对首领说道:"长官,我不是个聪明人……我知道……我有自知之明……但是,在我看来,我们可能得准备好迎接一场降雨了。"

二十四

即便到了现在,仍然能以相当正常的方式过日子:按时吃饭,保质保量地完成日常工作,去奇怪的区域来一次短期旅行,与各种物种进行充满仪式感的会面,有时在睡眠中体验一下购买的梦境与爱情。聚合水塘宏大的计划正在空中渐次展开。她们正在下降,此刻已经没有能抵御她们的力量。但浣生仍然找到了片刻时光,与朋友和同事一起共享晚餐。坐在昏暗的饭店中一张随意摆设的桌子旁,她发现自己仍然能在拌着墨鱼与西红柿的面条中品尝到幸福的滋味。她能为帕米尔某个离奇的故事发出真心的笑容。而且,她发现自己还镇定自若地为那个故事增补情节,加上自己的视角,最后还摇了摇头,耸了耸肩,说道:"这就是为什么我们要将猫人和狗人分别安置在大船两头的原因。"

每个人都配合着发出笑声。奥斯米姆的呼吸嘴发出满意的啸声。奎伊·李和她的丈夫偎依在一起,点头示意。佩芮可能听过这个故事。亚斯林瞥了眼她的同伴,那个人工智能看懂了她的提示,英俊的脸上露出笑容,各种各样的手整齐地叠放着。工程师和他们的机器之间到底是什么关系?难道他们的技艺如此高超,单纯用工具就能获得比自然求欢更大的满足?浣生想问这个鲁莽的问题。随后她迟疑了,片刻之后她意识到,自己可能喝了太多跟食物一起送上的强化红酒。

另有六个船长坐在圆桌旁,加上他们的配偶或伴侣,还有一名船长同时拥有两者。一个职衔最低的船长鼓足勇气,羞怯地问道:"你经常来这里吃饭吗,长官?"

"从没来过。"她坦承道。

他曾经是个售梦商。过去的几十年里,他在公众心智方面的经验被证明十分有价值,这是她邀请了他的部分原因。最主要的还是她觉得他既让人愉快,又十分聪明,而且比绝大多数船长更为诚实。船长笑了一阵子。随后,纯粹出于好奇,他忍不住问道:"那你是怎么选了这个地方的?"

"我在附近长大。"浣生回答道,长长的手指在空中画了个圈,"在离这里不到两千米的一座小房子里。"

时间已经很晚了。除了浣生一伙,外加饭店的老板和服务员,没有其他人了。

奎伊·李说道:"长官。"

浣生瞥了眼这位年长的女士,眉毛抬了起来。

她立刻改口,叫了声"浣生"。奎伊·李不是船长,没有必要这么正式。"我刚刚想起了一件事。我以前可能问过,我不知道——"

"什么事?"

"除了巨舰,你还去过其他地方吗?"

"没有,哪儿都没去过。"浣生回答。

佩芮扬起精致的下巴,"髓星呢?"

她想了想,反问道:"为什么那里算是别的地方呢?"

"大船有船长管理,"他辩称道,"谁管着髓星呢?"

"有道理。"她望着佩芮,回想着他漫长繁忙的一生,在无数回忆片段中胡乱摸索。引发她兴趣的究竟是哪个片段? 就在她快要想起的时候,一个新的声音打断了她忽隐忽现的思路。

"长官。"

一个年轻人出现在饭店门口。在他身后,在深夜的昏暗中,大约还有几十个人三三两两地站着。都是年轻人,不全是人类。至少有两对鳃人夫妇站在离门口不远的地方,身后杵着一个高大的哈鲁萨鲁。

她对他们所有人说了声"嗨"。

"长官。"年轻人再次开口,随后走近几步,粗大的指头不停地动弹,暴露了他紧张的情绪。"你还记得我吗?"

保安系统无声地提高了警觉。

脸看着挺熟，但也可能是错觉，对那副粗壮的身板似乎有点印象。如果他的头发更长一些，年纪再小一些——

"我跟你一起走过一段路。"浣生想起来了，"首领和她的官员当时在这附近开会。"随后，很自然地，她又对自己的直觉产生了怀疑，"我说对了吗？应该就在两个世纪之前——"

"对我来说差不多是一辈子之前了。"他高兴地接口说道。

保安纽联器中浮现出一个名字。浣生没理会它，而是直接问这位年轻人："我该怎么称呼你？"

"朱利乌斯。"

"那些都是你的朋友吗，朱利乌斯？你身后那些？"

"是的，长官。"

"加入我们吧。"她说道。他还在犹豫，她已经从椅子上站起来，冲着众人招了招手，制服在昏暗的灯光下泛着微光，"进来吧。我们挤一下。请吧。"

几十年前，亚斯林猜到了聚合水塘的计划。大船还在墨水井的外围时，她就提醒过："要知道，这个星云哪怕只有一小块砸到我们头上，都会闹出大乱子。"

后来她忘了自己随口说出的这句话。她有很好的理由放弃这个想法。大船在高速航行，而星云几乎是静止的。聚合水塘习惯于慢速航行。还有，种种迹象表明，她们挪走尘埃和气体时只使用了缓慢、耐心的方法,但浣生还记得她的提示。聚合水塘嫩芽刚开始加速,她就把这句话跟她的总工程师重复了一遍。"你现在有什么想法?"

亚斯林无奈地耸了耸肩,说道:"没啥想法,长官。"

"不担心吗?"

"当然有,担心很多事。但要说她们可能全体一下子冲过来……不,让我晚上提心吊胆睡不着的不是这个。"

她有自己的理由,非常充分,合情合理。那样做的话,整个行动的规模将大到无法想象。几十万个物体怎么可能同时行动,不会造成相互之间的碰撞?她们的体型和质量过于庞大,相互碰撞时,她们的水体可能融合。哪怕一次碰撞就能产生足够的热量,让两个受害者的身体沸腾,有机体被煮熟。换句话说,她们会死。如果好几个直径五十千米的嫩芽撞到一起,然后又因为质量大增而吸引了更多的嫩芽……总之,出错的机会实在太多了,有太多的方式会让多个聚合水塘云掉进同一个引力井,制造出一个蒸汽与死亡的世界,却无法实现任何战略目的。

"但要是这个新世界击中我们了呢?"浣生问道。

"万一出现这种事……"那女人耸了耸肩,"它的质量很庞大,是的。我们的武器和防护罩完全无法阻挡。但请记住,她们会以跟我们非常接近的速度移动。动能相对来说比较小。可能的后果,让我想想,对,最显眼的结果就是船壳被毁坏,加上巨大的闪光,然后嘛,接下来的几千年里,蒸汽云会缠绕着大船……"

"大船能幸免于难?"

"不仅能,还会变得更繁荣。"亚斯林回答,"想想吧,突然间有了那么多免费的水。"

那几年里,对话通常到此结束。

但聚合水塘不断从锦囊深处涌现。引擎喷射着,仔细地将她们的身体排列成一个复杂的、不断变化的球体。个体之间足够分散,相互之间的距离足够远,能避免任何意外的撞击。亚斯林多年之前依靠直觉看到的画面,如今每一个人工智能、船员和警觉的乘客都开始见识到了。

接着,聚合水塘之间开始对话。很快,先锋队伍倒转身体,开始刹车,降低巨大的动量。当首领站在欧雷乐的寓所、想寻求那个从未得到的答案之时,她的一副去找了亚斯林。她面带愁容,看着老朋友,直截了当地发问:"接下来会如何?"

"你是问假如她们能协同发起攻击?"

"是的。"

"同时还要假设,如果我们改变速度,她们还能修正自己的速度?"

"是的。"

以无比的诚实,亚斯林轻声描绘了一个概率极小、但仍有可能的未来。

"假如那种情况真的发生了,"浣生问道,"接下来呢?"

"但我并不认为它会发生。"工程师强调。

"为什么?"

她沉默了一阵子,随后脸上荡漾起了笑容。笑容背后的头脑因为这个奇怪的、出乎意料的谜题而兴奋。发出一阵几乎算是愉快的笑声之后,她承认道:"我估计不会出现这种情况,因为它实在是太奇怪、太可怕了。我现在要走了,把脑袋塞进哪个黑窟窿里冷静冷静,这都得谢谢你。"

新到的客人看样子很高兴,同时也充满敬畏,表现得相当客气。当着这么多大人物,就连年轻的哈鲁萨鲁都有些怯生生的,气得奥斯米姆的进食嘴发出一声粗鲁的闷哼。"要坐就坐得自在点儿,"副首领警告道,"不然就躺地板上,腰弯过来给我搁脚。"

老人都笑了,年轻人也跟着发出紧张的呵呵声。那个跟帕米尔和浣生一起步行过的男孩选了一个他们两人中间的位置。一盘热腾腾的食物送上来,但他好像不饿。他微笑着说了声"谢谢",对着盘子笑了笑,拿起叉子,然后又放下,对着晚餐又说了声"谢谢"。

"我记得那次短短的散步,"帕米尔说道,"你答应我长大后要当个船长。"

客人都陷入了沉默。

"我记错了吗?"

朱利乌斯叹了口气。"没有。"他回答道。

"但我没在职衔表上看到你的名字,"帕米尔瓮声瓮气地说,"怎么回事?"

宽肩膀耸了耸,一个尴尬的声音说道:"我改主意了。"

浣生露出理解的表情,"你当然能改主意。只有傻瓜才一直生活在童年的梦想里。"

但帕米尔的第六感更敏锐,"这不是真正的原因吧。我说的对吗,朋友?"

另一个年轻的人类——漂亮女人,长着粉色的大眼睛——脱口而出:"当不当船长又有什么意义呢?"

所有人都陷入了沉默。

粉色眼睛使劲眨了几下,接着为自己辩护道:"剩下的时间连在船长学校通过第一级考试都不够,不是吗?"

朱利乌斯警告地盯了一眼他的朋友,接着解释:"已经传开了。再过几天,聚合水塘就要到了。她们会落到我们头上,用洪水淹没大船,我们没法阻挡她们。"

好了,终于有人说出口了。

但浣生却露出了笑容。"我们并非束手无策。"她强调道,"我们制订了计划,准备了很多年——自从大致猜到她们的意图之后就开始了。调整,部署。没有哪个地方有我们这么多能量和人才。我也不相信有任何人能真正明白我们的力量是多么强大,连坐在这张桌旁的大人物都做不到!"

这句话起作用了。新到的客人们松了口气。就连船长们都显得更放松,也更自信了。

"就算她们真的下来了,又如何?"帕米尔低声说,"她们必须在船壳上生存下来。她们必须至少打破一扇舱门。所有舱门都被十种不同的方式加固了。即便她们进来了,尽管不太可能,她们也必须与多少百万的生命体作战,才能抵达大船的任何一个重要区域?"

阴郁的情绪被赶走了。现场出现了一种强烈的、稍显脆弱的必胜之心。

浣生观察着一张张脸、一具具身体。她的同伴之中,只有两个人的姿态流露出了怀疑。奇怪的是,其中一个竟然是刚刚说话的那个人:帕米尔紧闭着嘴巴,仿佛在努力克制以免说出什么不中听的话。难为他了,他想表现得像个优秀的船长,勇敢、自信,充满活力。但他知道得太多,也太诚实了。再过几秒钟,他就会咳嗽两声,清清嗓子,说出些带刺的话来。

另外一个怀疑者坐得离她更近,嘴巴也更快。

"但我怀疑——"朱利乌斯嘟囔了一声。

浣生端详了他一会儿,"你怀疑什么?"

"我们真的知道她们的目的吗?"他看着更像个孩子,而不是大人,但有时这也是一种优势。朱利乌斯还没有足够的时间或经验对任何问题形成顽固的看法。"聚合水塘,"他说,仿佛担心有人忘了他们在讨论的对象,"我们假设她们想抢走巨舰,但这个假设会不会太牵强?"

"牵强?"亚斯林抢过话头,语气已经十分不悦。

奥斯米姆发出粗鲁的闷哼。

但年轻人不愿就此被吓住。他很酷地耸了耸肩,径直说出自己的理由。"我记得,"他对现场众人道,"有证据表明一旦有行星闯入墨水井,它们就会消失。聚合水塘会设法分解它们。"

亚斯林挥手打断他。"首先,"她开口说道,"行星是非常缓慢的物体。每一个都要花好几万年时间才能穿过墨水井。而我们的速度比任何太阳系都要快得多,在这里停留的时间不会超过三十年。"

"同意。"

"其次,我们是由超异纤维构成的,不是岩石和铁——"

"仅仅是我们的船壳。"朱利乌斯打断了她。

"还有我们的骨骼。"

年轻人点点头,等待着。

佩芮提出第三个不同。"把飞船解体的话,它就丧失了价值。"他充满感情,双手握着奎伊·李的手,同时为他生命中的另一个挚爱辩护。"毁掉一个古老的作品……一台伟大的机器,只是为了取得它的零件——很难想象任何一个智慧物种会做出这种行为。"

朱利乌斯低头看着自己的盘子,再次用左手拿起明晃晃的叉子,终于将齿尖插入已经变凉的面条。

"你说得对。"他让步了。

随后,他再次抬起头,仿佛尴尬似的笑了笑,"可能我不懂。我没意识到。原来我们对聚合水塘的了解已经这么深入,这么确定……真的是这样吗,长官?"

随着宴会进行,节奏变得更为轻松舒适。浣生发现自己看着佩芮,又想起了先前产生过的直觉。他注意到了她的目光,痞里痞气地一笑,还冲她挤了挤眼。奎伊·李跟他耳语几句,他笑了。随后浣生通过一个私人纽联器联系他,在礼貌的话语声和刀叉碰撞声中对他说:"我想跟你聊聊,就你一个人。"

佩芮沉默着,嘴巴和纽联器都没有动静。但他的眼睛睁大了,警觉起来,漂亮的嘴巴抿成一条直线。

"我要把你介绍给我儿子。"浣生道。

他明显吃了一惊。

"洛克在为我做些工作,"她解释,"一个奇怪的项目,加上你对大船的了解——"

"他乐意帮忙。"奎伊·李插嘴道。

他们还分享纽联器?太奇怪了,有点令人窒息,但也很珍贵,很有爱意。

佩芮隔着桌子说道:"我乐意帮忙。如果能帮到的话。"

其他对话声突然变小了。接着响起一个低沉的轰隆声,引得盘子都发出了短暂的共振。浣生收到了加密解释:一个聚合水塘婴儿湿漉漉的身体穿过防护罩,逃过了激光,砸在远处船壳的某个空地上。每个船长都很快检查了损害,没发现什么紧急情况。随后,他们的甜点上来了,用多种冰乳汁雕刻而成。朱利乌斯在拿起叉子的同时轻声开口说道:"长官。"

"什么事?"

"我有个问题,"年轻人承认,"有关一件我不该问的事。"

帕米尔把耳朵凑了过来。其他人似乎都没注意到。

"什么样的事?"浣生问道。

"我认识的一个人,他认识另外一个人,而那个人跟一些船员聊过。我不知道是哪几个——"

"又有什么流言,对吗?"

"那还用说。"他开了个玩笑。然后,面带窘迫的表情,他说道:"很多年以前,我们秘密地派人去了墨水井。一个人。"

浣生吃了一大口甜甜的、冰凉的甜点,让它在舌尖融化。

"一个小个子的地球女人。"男孩继续说着。

"你到底要问什么?"帕米尔催促着。

朱利乌斯吓了一跳,但他很快镇定下来,看着他们两人问道:"她跟我们报告过什么吗? 有没有发现什么有用的情况?"

帕米尔和浣生飞快地对视一眼。既然秘密已然泄露,正在四处散播,小小地承认一下又有什么坏处?

"她非常有用。"这是帕米尔的意见。

　　朱利乌斯点了点头，目光重新聚焦在他的勺子上。

　　然后，浣生咽下口中的甜点，用空着的左手碰了碰年轻人——只是在手腕上轻轻一触——用坦诚、沉重的语气说道："但这位朋友的汇报已经误期了。老实讲，我们已经有好几个月没有收到任何消息了。"

二十五

　　小不点儿尽了最大的努力鼓捣天线。在漫长的几周里，将超异纤维碎片和富勒烯长丝编织成一个复杂结构，再慢慢展开，形成一幅蛛网，拖在她受损严重、半死的飞船之后。假如条件允许的话，她会往家里发送大量数据，描述她自己的受损状态，解释她是如何得出那个既优美又可怕的结论。问题是天线的传送能力十分有限，而且，她的新航线不仅增大了她与巨舰之间的距离，还带着她去往一个计划之外的空间位置。他们不会在这里寻找她的踪迹。即使有人碰巧望向这个方向，蜂拥而至的水体已经包围了巨舰，彻底屏蔽了船长们。她们粗大的身形和喷出的最后一口火箭等离子气体形成了一个明亮的、高噪声的球体，看着像悬挂在远方的哈密瓜。就连强信号都难以穿透那层迷雾，甚至连未经伪装的消息——没有经过变频或深层加密——都可能会被忽略。不管要传送什么信息，它必须说得足够多,同时又必须简练,而且还得证明她是真正的小不点儿。为了让它能被注意到,她必须将信息重复好几千遍,用略微不同的形式,通过一个事先约定的、平常不用的频道。

小不点儿调校了简陋的天线,把它对准那个巨大的生命与烈火球体的中心。

她本打算将信息重复发送十万次,但是还没等完成一万次,小规模的撞击就切断了蛛网的丝线。接着,中央支点又被一片尘埃撞毁,弹片划破了本已褴褛不堪的残余部分。

小不点儿花了一整天的时间,试图再造天线。

但是,已然注定的命运无法改变。她陷入了黑色的绝望,整整持续了两天。悲愤的头脑努力寻找方案,想解决这个无法解决的技术难题。将奥斯米姆的残躯解体,理论上可以造出一根新天线和发送机,但完成这个任务需要好几年时间,等到那时,一切都已经没有意义了。远离大船达两个光月,她的新航线意味着她再也无法匹配巨舰的轨迹。她现在已经游荡到了墨水井的其他区域,不再与大船平行飞行,好让它能渐渐赶上。她的引擎的状态也很糟糕,即使它能全功率运行,耗尽所有的反物质铁燃料,也只会让自己成为一个死去的冰冻残骸,漂流在巨舰的尾流里。

她无法再抛弃任何质量。剩下的都是关键部位,除了她自己那个小小的身体。割下头,把剩下的抛掉?没用,做出这样的牺牲也没用。

她需要帮助。

巨舰能帮她吗?

或许他们能注意到她简短的信息,测出她的航线。在那美好的一刻,小不点儿想象着勇敢的志愿者组成救援小组,穿过笼罩的迷雾,驾着武装快艇,完成那个唯一的任务——拯救自己人的生命。

自嘲一番后,她将这个画面逐出脑海。

又过了一天,导航人工智能打断她的冥想,用略微紧张的语气说道:"聚合水塘云发生了变化,女士。"

虽然只配备了最基础的眼睛,小不点儿还是看到了发生的情况。包围巨舰的物体又开始移动了,其中有几个抵消了她们的惯性,飘向大船,从她的视野中消失了。二十个地球的质量抓住了她们,把她们向下拉扯。

她小声地、恨恨地说了声:"妈的!"

"确实。"人工智能回应道。

悲痛需要时间来抚平。在这个异常狭小的空间里,愤怒和绝望无异于自杀。片刻之间,她强迫自己不要胡思乱想,而是集中到真正的可能性上面。

"天空全景,"她脱口而出,"快给我看。"

导航员立刻服从命令。

"这里。这是什么?"

一队出租车——这是她给那些又大又慢的星舰起的绰号——

从离她不远的地方经过,向着看不到的目标飞去。

"目的地?"

不清楚。

"这是什么东西,这里?"

尘埃之中能看到一个漩涡,很显眼,几乎是静止的。

"这些红外信号特征是什么?"

它们是工厂,可能跟之前调查过的类似,"你想靠近它们吗?"

"不用。"她回答。

紧接着,"这些! 放大这里!"

一小群聚合水塘嫩芽——差不多五百个婴儿,显示为微弱的红色针尖状闪光——正游过一个浓密的硅酸盐尘埃团。她们以密集队形向巨舰飞去,每个个体都有各不相同的航线。判断距离和轨迹需要长时间观察,即使对一艘健康的飞船来说,深空导航也向来不是件易事。人工智能思考良久,仍旧什么都无法确定,只好用抱歉的语气说道:"我没法确定。但你的想法……我感觉不可能实现。"

"矢量?"

"不匹配。"人工智能的声音回答,"我们没有足够的燃料,这还是在假设引擎可以承受的情况下。"

"在某个现实里,它可以。"

这句话没有引发任何回应。

小不点儿检查了与嫩芽之间的距离,她们那大嘴引擎喷出的火光,还有对尘埃和气体的大致消耗。随后,她轻轻地咦了一声,说道:"她们晚了。看到了? 没等她们赶到,大船就会脱离锦囊。到那时候,根据我的判断,其他成员早就落下去了。"

"这些嫩芽是从很远的地方赶过来的。"人工智能猜测道。

"还有,她们比别的大多数嫩芽都小。"小不点儿补充了一句。

"她们不得不消耗了更多的身体来充当反应材料。"她的同伴一下子得出了结论。

"也可能——"她说道。

"什么?"

"锦囊是个育婴室。"她提示自己的同伴。

人工智能吸收了她的意见,考虑了一阵子。"这些可能是更年轻的嫩芽,"他回答道,"质量更小,可能还处于生长早期。"

小不点儿眯缝着大眼睛,大脑飞速地运转着。

终于,她做出了判断,"这可能是部分答案,我感觉。"

"请解释,女士。"

"看,看这里。"她指着一串例子,"这里一有个梯度。总质量、速度——"

"同意。"

尽管处处当心,吸收了一切有机物质储备,小不点儿还是比之前的版本小了一圈。她的体能已消耗殆尽,而且这种状态延续了太长的时间,她已经无法想象其他状态的样子了。现在的她只是处于死亡边缘、精疲力竭的一丝游魂。她的手指如同蜘蛛的腿,她的肌肉成了透明状,没有乳房的胸膛下面凸显出淡黄色的肋骨架。连她的血液颜色都不对,从粉红色变成了紫色,流动缓慢,被虚弱的心脏挤压着流遍微小的身体。但她的嗓音依然清晰,甚至还有力量。用多年来最响亮的声音,她说道:"这群嫩芽后面还有更慢、更小的嫩芽吗? 我们能看到落伍者后面还跟着其他落伍者吗?"

"有可能。"她的同伴回应。

"假设有的话,"她说道,"你有什么提议?"

导航员给出一条新航线,在天空中画出一条蓝色的曲线。

"不行,"她说道,"这会耗尽我们所有的燃料。因为我们没有目标,可能需要机动。"

一条新蓝线,刚好能拦截想象中的落伍者。

"何时点火?"小不点儿问道。

"现在,"人工智能回答道,"虽然昨天可能更好——"

"调整航向,点火。"她下达了命令。

"我们会暴露的,"他提醒道,"这么多眼睛,离我们这么近——"

"我们有选择吗?"

显然没有。"但我们需要为你做一个防冲击网,女士。以你的身体条件,加速度会——"

"调整航向,点火。"她重复了命令,声音有些嘶哑。

片刻之后,引擎开始对抗她们的惯性,将小不点儿甩到了舱壁上。黄色的骨头断裂了，大眼睛也塌陷了。随着现在的矢量速度被强行转换成另一个矢量，一阵辐射喷向黑暗，一个微小的、接近于无的柱状区域变暖了，或许自宇宙诞生以来首次变得如此温暖。

小不点儿终于被发现了。当然有可能她早就被注意到了，但被当作了一个不值得关注的威胁。她从昏迷之中醒来之后，发现三台不同的机器在追踪着她。其中两台距离遥远，根据引擎的排放判断，它们无法赶上她。第三台机器尽管离她更远，但航行在一条更为高效的线路上。此时，她的航线改变已经结束，速度的方向和大小刚好合适。引擎失灵过几次，但从未完全熄火，也没在最关键的时刻失灵。

"看来这个现实还算走运。"人工智能不禁有些得意。

正在赶上来的装置几乎不含什么有机体。小不点儿研究着这个如同海蜇一样的物体。随着氢气的燃烧，它的身体在不断塌陷。它配备了一个高输出的聚变引擎，但没多少超异纤维。根据她的观察和以前的数据，她认出这是一种通用的侦察装置——就是这种东西发现了在恒星之间飘荡的欧雷乐。

海蜇遵循着精确的指令，避免靠得太近。在两万千米远的地方，它已经能看得足够清楚，并向太空发出了报告。它看到的是奥斯米姆的最新一次转世：小不点儿仔细地将超异纤维装甲汇聚成一个球体，以便给自己全方位的保护。只有眼睛和喷射完毕的引擎暴露在外面,外加一个她在过去长长的一周内设法组装的小惊喜。

激光扫描着奥斯米姆的表面。

通过某种本地的语言和一个弱小的、伤痕累累的传送机,小不点儿宣称:"我是个迪拉学者。"

希望她们能听懂这门语言。但是激光变得更亮了,从扫描变成了敲打,仔细地测试着装甲的强度。

"我是我们这个物种的最后一个人。"她说道,随后发出她早已死去的丈夫的画面,加了一句,"我前来寻找你们。你们知道的,我也知道。以下就是我知道的。"

一连串密密麻麻的公式跨越了短短的鸿沟。

"这就是真相。是吗,我的同伴?"

激光消失了。随后一阵光线暴起,射向附近的聚合水塘嫩芽群。这群嫩芽已然飞过了这片太空。这个举动就像用手指捅捅上级的后背,请求指示下一步的行动。

答复需要一整天之后才会抵达。

有了这么充裕的时间,小不点儿尽可能详细地观察了机器,偶尔还跟它说了更多失落的迪拉的故事,还有"一切"的意义。

"我爱你们。"她在撒谎。

"我们掌握着相同的事实真相。"她在撒谎。

随后,在嫩芽的任何回复抵达之前至少一个小时,她准备好了使用那个精心布置的惊喜。从她飞船分离出去了一块剩下的燃料。反物质铁,体积还没有一个指甲盖大。从磁力罐中释放之后,加上一点点惯性,它的密度及颜色看上去和普通的铁差不多。它在海蜇状飞船的尾迹里飞行,没有撞到任何物质。接着,它触到了飞船的壳体,离她瞄准的地方只差了不到几米。无声的爆炸摧毁了飞船的心脏。

五天之后,小不点儿设法找到了一个有用的目标。

就她们这个种类而言,她是一个微型个体。不到三千米的直径,由水和有机物、矿物质加上少量超异纤维组成。这是她见过的最小的聚合水塘嫩芽,而且它还消耗了身体的大部分,为了关键的目标奉献自己的力量。

只有巨舰才称得上关键。

利用最后一点燃料,小不点儿与目标匹配好了速度。她的惯性太大,撞击将再次杀死她。但她的小船应当能保持自己的形状和完整性。运气好的话,她甚至还能最后复活一次。

"这个现实里的运气不错。"有个声音嘟囔了一声。

是她说的,还是那个人工智能?

然后,随着最后一阵笑声,那个声音问道:"有关系吗? 管他是谁说的。"

二十六

　　装备了武器和装甲的交通艇安坐在磁力轨道上,轨道坐落于船壳上一片光秃秃的、异常光滑的灰色区域中央。在狭小的座舱内,三名乘客看着远处的防护罩亮了,泛起涟漪。电磁帘抓住带电离子、氢气、羟基物质、一氧化碳和苯酚,将它们送往过滤器和采集库。库里已经填满了气体状的宝贝。防护罩状态完好,始终保持着充沛的能量,迎接着每一次的攻击。耀眼的紫色闪光和猛烈的电磁炮弹让五只眼睛不停地眨着,流着泪水。随即,一万束激光向上射去,终于穿透了防护罩。每一束都被设置成能蒸发一整个海洋,暴露出敌人内部的有机体。激光后面跟着氚弹和试验用的毒药。爆炸和毒药后面跟着第二波激光。又有一万个聚合水塘嫩芽被煮熟了,飞溅成炽热的蒸汽云。都死了,却仍然在俯冲,没有头脑的尸体轰击着愤怒的大船。

奇怪的是,最终竟然是奥斯米姆率先承认:"还挺好看的,这场面。"

康拉德勉强表示赞同,"壮观。"

帕米尔摇了摇头,检查着仪器和一系列纽联器。多种模拟都预测了同一个薄弱点:防护罩和武器最终将被饱和攻击吞没。薄弱点在三十三分钟之前就已经出现了,然而每个系统似乎都无怨无悔地顶住了致命的攻打。他提醒自己,工程师都是骗子。他们制造出的东西总是、总是比对外宣称的更好。

又过了十分钟,康拉德大声问道:"假如我们的防御系统扛住了攻击,会怎么样?"

大雨会持续,是的。但它已被消毒,嫩芽的生命已经从中蒸发了。水分会在船壳上积聚,其中含有大量的污染物:烤熟的蛋白质、死去的机器熔化成的矿渣、破损的生物外壳,等等。但在这盆越积越多的浓汤里,只要激光还在不断发射,不管是一天、两天,还是二十天——

"不好。"奥斯米姆嘟囔了一声。

帕米尔体内一个重要的纽联器呼叫起来。

"南方,"奥斯米姆说道,他听到了同一个警告,"被突破了——"

地平线上方亮起一连串迅疾无声的闪光,第二梯队的激光和电磁炮朝着一群水体开火。但她们的数量太多,掉落的地方又太集中。接下来的一阵闪光表明,离船首不远的地方遭到了首批一百次的撞击。

"出发。"帕米尔下令。

交通艇立刻开始加速,让狭窄的黑色轨道推着它前往阿尔法港的方向。第一次突破意味着之后还会有第二次,然后是几十次。顷刻之间,大船的前端遭到密集撞击。下一波聚合水塘已经抵达。领头的那几个感觉胜利在望,于是点燃了肥胖的引擎,加速冲向关键炮位、激光阵地和镜面阵列。虽然个头如同小行星,但她们的速度和大船相近,所以撞击时不会将自己撞得粉碎。看不到等离子气体云或熔化的超异纤维坑。温度很高,蛋白质煮熟了,所有的大型结构都摧毁了,但她们的大部分水体依然保留了下来。水体的上方是一片绵延的蒸汽,盘旋在光滑灰色的表面,开始发光发热。

一道巨大的闪光出现在交通艇的左方。

没有声音,震动也被船壳和智能围挡抑制住了。帕米尔接通舰桥,能听到无数的咒骂声。

浣生的声音是最响的。

"——听到我了吗?"她问道。

他说了声"没有。"

"别去阿尔法了,"她建议道,"你到不了的。"

他已经排除了大部分的逃生路线。防护罩正一处接一处失效。激光还能发射一个小时或九十分钟,前提是不要被一个五十千米宽的水塘直接击中。

他情不自禁地大声抱怨道:"我干吗要上来呢?"

"我早就问过你这个问题了。"浣生回答道。

他朝奥斯米姆示意了一下,指着投影地图说道:"这里,这个无线电阵列里有条通道。"

哈鲁萨鲁拉起操纵杆。交通艇翘翘一下,离开轨道,在空中滞留了一小会儿,随后坠落到船壳上。除了自身那台惊慌失措的引擎,它没有额外的动力。于是,交通艇的速度渐渐慢了下来。

他们仍处于开阔地带,四周一百千米范围内没有任何设施。在他们上方,最后的主防护罩正在失效。最新一波聚合水塘此刻如同一粒粒红色光点,散布于黑暗之中。无数的身体形成了一场奇怪的暴雨,砸向一个从未接触过水分,也从未想到过能接触水分的表面。有时,两个或更多的嫩芽会相撞并融合。撞击产生了清晰的红外信号。随着她们的大气表皮碎裂,温暖的内脏喷溅向周围的太空。随着她们不断降低高度,更多的个体撞在了一起,造成了一定程度的自相残杀。至于这时的大船,已经无法再对她们造成杀伤了。

聚合水塘关闭了刹车引擎,以大于每小时五万千米的速度坠落。大船的质量为她们提供了加速度,随之产生的动能造成了注定的后果:皮肤碎裂,水体沸腾。但正如精确模拟所预测的那样,每个聚合水塘的核心都裹在一个生物外壳内,其强度刚好能抵御撞击——大量的有机装甲解体了,神经核却只是略有些受损、略有些麻木而已。

她们三五成群地砸了下来。第一波攻击制造了一片突然出现的炽热大气，看着像傍晚的云彩，深红色混合着金色，悬浮于远处。

帕米尔看到了三朵云。

几分钟过后，数字变成了十二。

奥斯米姆以哈鲁萨鲁的方式笑着问道："咱们干吗要上来呢？"

"充当目击证人。"康拉德回答道。

每个人都轻声笑了。

天空中又出现了一波新的聚合水塘攻击波。领头的几个加速冲向剩余的激光器。大多数都喷射着双管火箭，将速度降低了一半，然后是一半的一半。

"我们快到了。"奥斯米姆提醒道。

帕米尔先是松了口气，紧接着又产生了一种不该有的不满。他们并没有暴露于真正的危险之中，还不如行走在高速飞船的船壳上危险呢。交通艇一直行驶在聚合水塘不会坠落的地方，就算情况有变，他们也能向左右闪避，避免被重击。就算那一大袋子水真的倒在他们头上，交通艇也能承受。在最严酷的条件下，至少能支持一会儿。

但愿如此。

他们前来充当目击者。但更确切地说，他们来这里是因为昨晚在首领的晚宴上，帕米尔宣称："我们不能仅仅躲在船壳下面。"因为这关系到一大批物种,尤其是大量愤怒不已的人类。他争辩道:"必须有人去上面,冲着这些混蛋骂几句。"

他现在就在骂,用了一连串丰富多彩的语言。

奥斯米姆也加入了,接着是康拉德。在他们痛骂聚合水塘、嘲讽她们那非自然的繁殖和排泄方式之时,交通艇经过了一大片天线区——一个由面朝天的巨大圆盘织就的网络,一个个圆盘如同最有天赋的体操运动员一般,平衡于非常高、非常细的钻石底座之上。

透过网络的空隙,他们能看到倾盆大雨。五六个聚合水塘正向最近的一团炽热蒸汽俯冲。她们的皮肤顷刻被扯离,在最后的撞击之前,身体也被加热。根据模拟,再经历六次攻击之后,大气就会变得足够厚、足够浓密,可以充当有效的刹车。从那一刻之后,每一个坠落的聚合水塘都会先钻入大气,再潜入新出现的海洋,再也不会触碰到下面的船壳了。

"还有一千米。"奥斯米姆说道。

交通艇用能压碎骨头的加速度顿挫了一下,放慢了速度,往右偏了偏,然后又回到原来的线路上——拐弯只是为了绕过一个高高的基座。

帕米尔盯着上方的大屠杀,随后逐渐注意到了碟形天线本身。它的直径几乎有一千米,厚度比蛛网还薄,却和宝石一样坚硬。而且,它还在移动。即使他们躲在它下面,朝着它基座下方的一条通道前进,他仍能观察到圆盘对某个动静做出了反应,一个从地平线附近传来的动静。

没等他开口发问,浣生呼叫了他。

"忙吗?"她打趣道。

阵列中的所有碟形天线都被重新校准了。他通过一个纽联器看到了,然后用另一个跟浣生说道:"挺忙的。"

"过会儿再说。"她说。

头顶上方不到一万千米处,一整个海洋的水体正朝他们头上倾泻而下。他最后一次咒骂了聚合水塘,随后交通艇停了下来。他戴上头盔,跟着康拉德和奥斯米姆进入真空,走向一扇突然打开的舱门。

但是,和所有的人一样,他们不甘心就此离开暴风雨。

驻足开阔地的他们暴露在危险之中。一个聚合水塘击中了天线阵列的远端,耀眼的光芒笼罩了他们全身。紧跟着的是狂风的前哨,随着风一起来的还有低沉的,几乎听不到的大爆炸的呼啸。

但他们仍然停留在原地。

不到几分钟,狂风吹来了。蛮荒的力量。为真空环境制造的碟形天线开始颤动,发出如歌声一般的声音。这些轻微的动作赋予此刻一种意想不到的、怪诞的美。气体和蒸汽冒着泡,从受伤的聚合水塘身体中冒出来。那是什么气体呢?氮气、氧气、稀有气体和二氧化碳。帕米尔不禁怀疑,说不定这些算不上什么问题。有这个可能吗?聚合水塘其实只是跟其他难以计数的智慧生命一样,只想能有幸登上巨舰,哪怕只是片刻也行? 他这么想已经不是第一次了,但肯定是最后一次。

有这种可能,他想。

在位于船首方向的地平线上,一直到阿尔法港和贝塔港,一百个聚合水塘以急促的间隔依次砸下。

滚雷般的声响震动了船壳,然后是空气。

三个人终于踏进敞开的舱门。那种异族带来的空气必须先抽出去,再用医疗级的手段处理干净。然后是用上千种方法清洗他们的宇航服。这以后,他们被催促着去了下方。一队工蚁人随即封死了他们走过的这道门。

帕米尔仍然能听到雨点落在上方的声音,一种自孩提时代起就能令他舒心的隆隆声。他露出一丝浅笑,意识到自己太老了,太局限于自己的思维定式,已经无法从不同的角度思考。

二十七

一个女人等在洛克的门内。很长一段时间,浣生都没能认出这张脸。她要操心的事实在太多,所以眼睛只注意到了她的漂亮。儿子什么时候开始和这个陌生人交往的?然后,这女人开口说话,浣生也没能听出她的声音。一副再次低下头,看着小小的正方形平板,纤长的手指在上面跳跃着。那个声音问道:"有多深?"接着,"还会砸下来多少个?"随后,一只柔软的、看不出年龄的手碰了碰她的手腕,说道:"浣生?"听着挺耳熟。

奎伊·李?

"你还好吗,长官?"

一点都不好。但她找到了足够的力量挺直了腰,用沙哑的声音轻声问道:"他们在哪儿?"

"和平常一样,在髓星室里。正讨论呢。"

两个女人并肩走在一起。一个人尊重了另一个人的沉默。浣生终于关闭大部分纽联器，开口说道："我们的船壳上足有五千米深的滚开水，到处都是。"

"到处？"

"后端还没有。"首领又在呼叫浣生，想知道她去了哪里。她也关上那个纽联器，然后对她的同伴说："想象一下往一个大澡盆里倒水。水流的下方会形成一个短暂的尖峰，然后它会涌向仍然干着的地方。"

奎伊·李严肃地点了点头。她用两只手抚摸着紫色和奶油色相间的纱丽面料，然后用紧张、抱歉的语气再次问道："还有多少个会砸下来？"

"我不知道。"唯一的声音是鞋子在石头地板上发出的踢踏声。毕竟，在她们与激流之间，隔着太多千米的超异纤维和岩石。紧张的神经更进一步放大了这种虚假的宁静。"我们做了预测和模拟，"浣生说道，嗅着肯定是从屏蔽门里溜出来的潮湿气味，"所有的模拟都一致给出了可怕的结果，如果你想听真话……"

走廊变暗了，也变宽了，随后消失。

和真正的髓星一样，巨大的房间里变成了奇特的深夜。熟悉的树木不见了，变成了处于冬眠状态的种子或坚强的、深埋的根。伪昆虫和其他小型动物要么在安全的洞穴中入眠，要么展现出完全不同的形态和习惯。浣生上次离开时仍然处于傍晚余晖之中的天空，经过两个多世纪之后显著变暗了，让夜行动物暂时成了优势物种。房间尽可能地模拟了这个转变：柔光的气泡和圆筒，植球和绒毛藤蔓从缺乏光线的森林中升起，消化着木头和最后一点儿存储的脂肪，新的根扎入富含铁的人工熔岩，后者支持着一系列自养细菌的生长，接过了为新森林提供营养的重任。

阴影之中，真菌闪闪发光。

在死亡的本影树树冠和新生的漂白木之下，光线明亮到可以阅读——地面和空中都散发着柠檬色的光线。两个人分坐在两个树墩上。一个人仰面半躺着，什么都没说。另一个坐得直直的，盯着远处，用平静的声音讲述过去那个重要的、广受尊敬的违望者的生活。

他们没注意到两个女人的到来。浣生停住脚步，一手将奎伊·李拉到身旁。

"我们这群人严厉、自信、强壮、聪明、忙碌。"洛克说道，"我们会死，你也知道。经常死，数目还不小。髓星总是充满了各种危险。铁会在任何地方沸腾。有好几个世纪，我们缺乏医疗技术，无法给昏迷的心智重新制造一个身体。但我们很快乐。我很快乐。危险令每一天都很宝贵。还有，因为在髓星，我们只有一天，长得无休无止。"

他为这个古老的笑话笑出了声。

369

浣生感觉被冒犯了,并不是因为儿子谈起那段时光时那眉飞色舞的样子。她受到了冒犯,因为大船正遭到攻击,而这竟然不值得成为他们的话题。她真的生气了。她把这两个人放到一起是有原因的——她相信他们能完成重要的工作。然而,洛克那梦一般的童年记忆又怎么能帮到那个任务呢,即使你的想象力再丰富——?

"你们要过来吗?"佩芮问道。

他坐起来,温柔地瞥了一眼两个女人,脸上露出轻松的笑容。

奎伊·李走了过去。

然后是浣生。

洛克依旧盯着远方。深深叹了一口气之后,他解释道:"你是对的,母亲。佩芮比任何人都更了解这艘船。但他从来没去过髓星,他很好奇。"

"有什么最新情况?"佩芮问道。

"跟我们想的一样。"他妻子回答。

他点了点头,笑容化为冷峻。他揽过奎伊·李,说道:"我没料到能在这里见到一副。你不是应该在舰桥吗,长官?"

洛克依旧盯着朦胧的远处。他的表情既疏离又专注,虽然痛苦,但没到无法思考的程度。透着一丝骄傲,他说道:"母亲,我想我们做成了点小事。"

"我应该在舰桥,"浣生向佩芮坦承。随后,她问洛克,"你们做成了什么?"

"是这样，"小脸扭了过来，但并没有正视她，"你知道有多少个物种正式登上了大船？"

通过纽联器，她查到一个巨大的五位数。但她没有说出来，感觉这只是儿子的开场白。

"有多少个灭绝了？当然，是官方数字。"

"根据最新统计，"佩芮插嘴道，"311。"

浣生又瞥了眼自己的平板，再次拒绝了首领的通话请求。然后，她用严厉的口吻告诉洛克，"现在，我们都在像违望者一样生活。"

换句话说，每一天都很宝贵。

儿子没理睬她的警告。"佩芮跟我说过一件事。我之前从未注意过。你知道吗？乘客与船员有一个分布规律。不是什么严谨的规律，有好些跳出这个规律的地方。但总体而言，船长和船员住在离船壳较近的地方，但深入到船体内部时，乘客的分布遵循着一个梯度——"

"什么梯度？"她脱口问道。

"船长、工程师再加上哈鲁萨鲁是住得最高的生命。"他通过纽联器传给她一张完整的物种表，"大致说来，他们是最讲究实用的物种。当然，雷莫拉人住得更高，生活在大船外面，声称更追求精神生活。但我遇到的那些……怎么说呢，他们似乎并不关心精神方面的事……"

"精神？"浣生打断道。

"也可以理解为神秘性。"佩芮解释道，"当然，这从来不是什么严格的定义。"

一副此行只有一个明确的目的，可她却遭遇了另外一个完全不同的问题。"你是说住得越深的物种就越神秘？"

"这是我很早以前就注意到的一个小规律。"佩芮说道，耸了耸肩，"很早以前，时不时地仍会想起。"

浣生没有去研究任何大部头。没那个必要。大量的研究、普查，加上大批著作无数的外星生物学家，却几乎没有得到任何成果，最多不过是发现了一点细微的趋势。

"神秘这个词不完全恰当。"洛克警告道。

"任何统计都有大量的干扰因素。"佩芮接口道，"物种必须定居在居住地，讲究实用的船长决定了多大的区域，以何种方式进行类地化改造。还有引力方面的需求，经济上的限制。除此之外，你不能因为某个物种总是在谈论神和启示，你就认为他们真的相信自己的话——"

"或者说，自称追求实用的物种就真的那么实际。"奎伊·李插嘴道，替丈夫说完后半句话。

佩芮笑了。

随后，洛克盯着母亲的眼睛，说出了一个词，"！离奇"，说得相当地道。叹号的位置是一个弹舌音，清脆响亮，而后面的"离奇"则在瞬间就说完了。

　　没有哪个物种比"！离奇"族住得更深。他们的居住地位于某个被弃用的主燃料箱内。船长们曾把他们的旧家园用作进入髓星的基地。作为一个物种，"！离奇"非常惧怕外来者，也非常奇特。好几千年前，他们就在官方宣布消失的那三百多个物种中占有了一席之地。

　　"这个规律很有意思，"洛克说道，"我想说的就这么多。"

　　"你们的工作到底是什么？"浣生不耐烦了。

　　儿子点头的时候还真像个孩子，笑容也很羞怯。"物种，包括现存的和已消失的；大船的一些还没被注意到的有趣现象……这些都是佩芮带来的。谢谢你，母亲，让我们两个一起工作。"

　　"超异纤维。"佩芮冷不丁地说了一句。

　　"超异纤维怎么了？"浣生问道。

　　洛克点点头，注意力集中在旁人无法察觉的内心深处的某一点。"巨舰很可能是世上最大的超异纤维单体，这已经足够令人好奇了。但更重要的是，我认为……我们周围的超异纤维，比我们能想到的其他例子要古老好几十亿年。"

　　浣生觉得自己的心跳加速了。为什么？

　　"超异纤维之所以被称为超异，是因为它连接着隐藏的维度和现实。这就是为什么它的强度如此之高。它那么尊贵、那么完美，在量子表现上又那么奇特。"

浣生轻声道:"这些我都知道。"

"但你意识到没有,它越老,它的连接就越广泛?至少数学上的计算是如此。"洛克举起手,在昏黄的空气中随意画着形状。"这一大团超异纤维,我们船壳的大部分和下方的支撑结构,还有包裹髓星的外壳……这些都存在了一百二十亿年,或甚至更长。在我们的现实存在的每一年,都让它连接了更多的阴影维度和其他智慧造物。"

"但它并没有因此变得更强。"浣生指出。

"我说的不是强度。"儿子回答,语气有些焦躁,"我指的是连接。假如巨舰是在宇宙诞生之初建造的——你之前提出过这个设想,母亲,在髓星的寺庙里——这些隐藏的维度在那时可能还没怎么隐藏。我说的是创世之初。这一点可以引申出很多有趣的观念。"

浣生知道的足够多,多到令她的身体颤抖,但又不够多,无法提出任何意见。她能做的只是盯着硬化的霉菌发出的黄色光芒,用坚定的、讲求实用的声音——船长的声音——说道:"推测有什么用呢,亲爱的? 如果你还没意识到,让我来提醒你:过不了多少天,大船就不再是我们的了。"

三个人变得更严肃了,安静又哀伤。

还是奎伊·李最终打破沉默,"为什么你现在会来这里,长官? 为什么在大家都需要你的时候却来了这里?"

浣生拿起平板,解开几个深层加密,有意义的文字随即显现。

"攻击刚开始的时候,"她说道,"我们收到了一个简短的、不断重复的信息。顺便说一句,用的是一门已经消失的语言,叫迪拉文。这让我们得以确定,信息的发送者是小不点儿。"

光是提到这个名字就足以令人肃然起敬。大家都屏住了呼吸,连手指都不动弹了。

"这是一条简短的信息,我们听到它重复了五十七遍。我感觉她并不确定我们是否一定能收到,所以……"浣生陷入了沉思。随后,她突然笑了,让每个人都吃了一惊,包括她自己。"我累了。"她承认。接着,深深地叹了口气之后,她开始从平板上读出译文:"只有一个聚合水塘。没有嫩芽,只有无数手指。"

奎伊·李瞥了眼自己那双柔嫩的手,"哦,老天。"

"墨水井,"洛克喃喃地说着,"是一个盖亚?"

"符合逻辑。"浣生道,"存在着大量的证据,有些是小不点儿发回来的,都指向这个方向。"

"那些慢船将神经物质从一个地方运输到另一个地方。"佩芮回想着,"那可能是在运输一个有形的共享心智,就像大脑细胞之间的电脉冲。"他停顿了一下,"假如星云是单个的盖亚,而且它想以众多温暖小行星的方式存在,那它必须将身体分得很开。因为一旦聚拢之后——"

"就会形成恒星。"奎伊·李回答道。

"并杀死自己。"她丈夫说出了结论。

洛克端详着母亲的脸，"信息还没完吧。我说对了吗？"

浣生放下平板。

"小不点儿还跟我们说了什么，母亲？"

她往前走了一步，给他看了整段文字。带着欣赏的表情，他研究着第三句，也是最后一句话。

"说什么了？"奎伊·李问道。

"它是一个复杂方程式中的一个小片段，"浣生坦承道，"我判断小不点儿是想告诉我们：这就是对方的想法，聚合水塘、墨水井、那个唯一的心智……"

"哪个方程式？"佩芮问道。

"大一统理论中的某个方程式。"他的新朋友回答。随后，洛克抬起头，没有看着谁，解释道："这是数学上的奇迹之一。它完美地解释了一切，和它的六个好朋友同样完美。"

"我还以为只有六个大一统理论呢。"奎伊·李嘟囔一声。

"一直存在着第七个。"洛克向她保证。

"它偶尔会被提及。"浣生说道。一个深处的回忆涌了出来，她母亲的脸出现在她眼前。"工程师和大多数科学家用不上这个怪物，所以他们懒得提它。"

"它到底说了什么？"奎伊·李追问道。

大家都看着洛克。

"你们知道我们刚刚说到的隐藏维度吗？"他说，"平行世界之类的？"他将平板面朝下放在潮湿的黄色地面，"在有些理论中，平行世界是真实存在的。在别的理论中，它们或多或少只是阴影、埋在方程式里的鬼魂，我们才是真实的，才是现实。我们的现实携带着其他所有平行世界，就像树干支撑无数根树枝。"

他停顿了一下。

随后，带着深深的不屑，洛克说道："第七种理论同样无法证伪其他理论，而且更加缺乏实用性。基本上，它认为创世中的一切都处于阴影之中，如同鬼魂一般虚幻。未来当然是模糊的，过去也是。"

"什么意思？"奎伊·李追问道。

"所谓的历史并不存在，至少你我在意的所谓历史不存在。"他摇了摇头，一只光脚踩在发光的平板上，"这意味着没有一个所谓真实的过去。每一个我们称之为现在的时刻都不过是影子，诞生于一万万万亿个过去……"

他短暂地停顿了一会儿。

"更重要的是，宇宙还没有真正地诞生。尽管听上去很奇怪，它却是同一个方程推导出来的结果。这一点毫无疑问。创世被暂缓了。创世仍有待于开始。设想一下，几十亿年以前，一个小球沿着一个斜坡滚落。突然间，这颗球发现自己被……困住了。困在一个岌岌可危的边沿上。"他仍然长着违望者的脚，宽大、粗糙，舒适地光着。他将脚踩在发光的地上,承认道:"我不太懂这些方程,但我听说过一些研究,我自己也读过一些。它们声称假如你是影子之一,假如你碰巧发现创世暂停了,停在小球卡住的地方——假如你能朝那个固执的小球重重地踢上一脚,朝着正确的方向……"

他用大脚指头踢了踢一个小铁块。

用几乎听不到的声音,他说了声:"砰。"

孕 育

我还记得……

我自己。一个人。我，简单而又纯粹，没有其他任何东西，在无可感知的时间里，只有我。对占据了多少空间，或是多少空间尚未被占据，都没有感知。我比现在小，可能处于不存在的边缘。可能。但我什么都不记得了，只有我自己的形态，完美且永恒。以深刻的、与生俱来的方式，我理解一切都没有选择，一切都必须成为我的一部分。除了我之外，什么都没有。还有什么是真实的？我漫游于无尽而完美的黑夜之中，没有一丝光线能定义四周的黑暗。甚至在我的梦中，我也不知道还有别的。我也无法想象温度，只有不变的寒冷，驻留于什么都没有的边缘。我也无法体会自己那惊人的、永恒的运动。

我确信，我诞生于黑暗。

无疑是独自诞生的。

我们两个很像。不是吗？我们都拥有漫长的记忆，黑暗与寒冷，亘古不变。假如我们能交谈——假如你有自己的声音，一个来自你最真实的灵魂的声音——我相信，我们会找到许多共同点：一样的想法，一样的领悟，一样深藏着永恒的本能。

和我一样，你诞生时很小。

但和你不一样，我会长大。我的黑暗不像你那般虚无，然后黑暗结束了。我还记得什么？我自己那赤裸裸的惊恐，当然。还有撕裂的痛楚。还有，最糟糕的，我想起了那可怕的突然变化。片刻之前，一切都是黑暗，永恒。片刻之后，我撞上了一个未曾看到的、未曾感知的身体。实际上，我撞上了一颗大彗星。撞击产生了夺目炽热的火光，火光倾泻到一个空间，比我能触摸的一切广阔数百万倍。由此，我能够想象的空间也扩大了好几百万倍。当然，我没有看到这个壮观的景象。我的身体和灵魂受损严重，暂时死去。但在另外一个时刻，或者一百亿个时刻，我剩余的部分设法修复了自己，在一个依然在熔化的世界深处重建……慢慢地、慢慢地，我学会了使用我的肢体、力量，在辽阔的新天地里缓慢地徜徉着。

一切依然是黑暗。我依然是一个人。在我这种情况下——我们这种情况下——诞生的实体没有选择，只能相信无边无际、永恒的孤独。任何一个适应了这种想法的心智，不会轻易放弃他的孤独，可能永远都不会完全放弃。

我发现了一整个世界,我彻底探索了它。我游在冰海里,然后挖出一条路,来到表面,在满是尘埃的黑冰之上休息。渐渐地,我认识了宇宙:世界那迟缓的拉力教会了我引力,风化的撞击坑暗示了时间的深度,每一个新形状都给了我几何学方面的经验,偶尔的尘埃与小石子碰撞让我相信,创世之中除了我和这个广阔的世界,还有别的东西。

和任何生命一样,我长大了。

从尘埃与冰块之中,我找到了自己的印记。逐渐地、逐渐地,我吞噬了我的世界。

我开始茁壮成长,力量与心智。

当我开始想象创世时——我觉得所有物种都有这么一个启蒙时期——我将智力集中于缘起与直觉。很少有生命体会这么想,除了纯理论研究之外。

在那个完美的黑暗中,我看到了简单的创世。

在影子的领域里,我看到了一个建立于模糊的可能性之上的存在。没有真实,除了我伟大的自己。

我自身的世界独自漂浮着。在很长一段时间内,这就足够了。在星云稠密的中心,尘埃和雪球会自行前来。这是自然的累积,给了我更多的财富去吞噬——可供消化的肉,以我喜欢的形式任意转化。但接着,我决定长得更快一些。在另一段很长的时间里,我挥舞着触须和网,足够精致、足够及远、足够强壮,能把更多的财富送入我嘴中。但更有效的方法是将远处的尘埃离子化,用电磁河流捕捉它们。饱餐一顿之后,一开始的冰块和渣滓长大了成百万倍,创造了一个深深的水体,有足够的质量捕捉任何途经的东西。

我不相信只有一个历史。

有无数的路径通向我的故事,每一个都终结于这一个完美的、不怎么现实的一刻。但在每一个过去的某个时点,我都会抵达一个关键节点。我不得不倒转电磁河流的流向,因为消耗不完。然后,在另外一个节点,我会问我自己——用私密的、集中的、只有我自己能听到的声音——"我还能实现什么?"

我制造了第一批实验性的嫩芽,谨慎地制定了一些符合逻辑的规则。我把嫩芽送出去,送入寒冷。

一系列潮湿温暖的行星变成了我。

有了新的财富,我开始试验生物学和物理学,偶尔会发现新的规则和可能性。

我意识到黑暗并非真正的黑暗。我大量的新眼睛探测到了点点光芒,尤其是在红外线和无线电的频谱内。不断长大的眼睛向外看着空无,渐渐地,宇宙展现在我眼前。但在我看来,这是一个十分无聊的宇宙。毫无特点,令人失望。错误的创世建造于真空——一片无尽的、真正的空无,只有温暖物体构成的稀疏网络和短暂的等离子气体。只是简单地看了看,我就能看到所有的未来:恒星变老死去,但新的太阳却诞生缓慢;星系变红变老,耗尽了它们有限的尘埃;而垂死的空无正在扩张,以惊人的速度加速向四周蔓延……一个该死的遗忘之地,等待着下一个新生……

我什么都没看到,随后我闭上了眼睛。

在很长的时间里,我愉快地制造着全能的嫩芽,让它们寻找新的彗星,让它们生长成我身上的新世界。

在富含物质和势能的领域里,我茁壮成长。

在冰冷的云里,我变得庞大。没人注意到我的手在工作,彻底改造了大片的空间。

几个太阳散布在我的身体里。这些闯入者具有强大引力和危险热量。因为它们不符合我的需要,我让它们离开了,但它们的小小行星提供了珍贵的金属和宝贵的经验。我发明了解剖这些世界的方法,提取出它们有用的热能,然后分解残余部分。

其中一个世界上有生命,在那个小小的活物里还存在着意识。我的孤独结束了,哪怕只是短暂的一小会儿。我研究了这个小小的生物。我比他们更了解他们自己。当然,他们没有任何特别或美丽之处,也没有提供任何有关与我类似的存在的知识。只有一点东西对我来说是新的,我接受了。我接受了他们的世界、他们的肉体,消化了他们的每一个心智。利用他们自己的基因,我创造了他们从未想象过的美丽身体。

后来,我发明了机器,能载着我的细微部分离开星云,从我的邻居那里偷取肉体和技术。我总是将我自己装扮成我一贯的样子：强大、深不可测，而且永远无法定义。

一切都是影子。

过去与未来一样模糊，创世在开始之前就被放弃。我倾听那些小物种交谈时，没有一个提出过这个显而易见的真相。

显然，其他人都是傻瓜。

劣等、渺小、可鄙。

经过无数个世代，在每一个可能的过去之中，我保持了自己的完美。我唯一的遗憾就是我会活着看到这个空旷、无聊的宇宙终结——星系在变冷，退化成空无，挥霍无度的太阳吞噬自己的血肉，直到自己变成冰冷的灰烬或是吸收光线的洞。所有的小物种最终都会坍缩成尘埃。

创世假如没有缺陷，那该有多好，我想。

假如它巨大的潜力可以被实现，影子被永远地抛在一边……

然后，在黑暗之中，我发现一个微粒在说话。

我发现了欧雷乐。

这生物在为一艘伟大古老的飞船唱着赞歌。我随意地听着。随后他说到飞船体内携带着一个微小但可怕的东西——一个可能如同宇宙一样古老的东西。我热切地听着。

突然间，一切都明白了。

创世。

巨舰。

我。

在一切的广袤之中，你找到了我。运气加上一群笨蛋的行为，把你带给了我。你无法想象时机有多么好。

以光的速度，消息在我广袤的自我之中传递。

"我的使命已然明示。"我的数百万个身体宣称。没有丝毫疑虑，没有片刻迟疑，我开始了工作。

我们彼此很像，你和我。

但是，不要跟我争斗，妹妹。

假如你能听到我说话，我想对你说：

你又小又弱。我又大又难以抗拒。不要挣扎，让我们一起完成神圣的创世……

二十八

"想象我的身体,这具小小的躯壳,变得跟我们可爱的家一样大。"她开口说道,"想象一下。"

正在广播一系列视觉和声音图谱,附带各种译文。几十亿人看到了首领未加修饰的样子:坐在相对简朴的房间里,庞大的身体穿着士兵的军装,戴着相应的帽子,姿态放松但警觉,大大的金色脸庞显露出庄重和愉悦的表情。她看上去十分自信,对困难不屑一顾。她紧闭的嘴巴暗示着即将爆发的力量,灵动的黑色眼睛充满怒火,能够吓退一切敌人。在眼睛的后面是一个野蛮的心智,复仇心切,已经准备好教训奇怪、邪恶、愚昧到顶的外星人——后者选中的是一个最可怕的敌人。

"想象我是巨舰。"她拖长声音说道,伸手指向听众。然后,这只手开始生长,轻松且自然,一系列特效让观众相信这条普通的人类附肢突然变成了几千千米长。慢慢地,她将短粗的手指收进宽大的金色手掌,随后握紧新生的拳头,仿佛在她胳膊的末端长出了一个指节凸起的月亮。她说话如同天神般自信坚定,隆隆作响。"我来告诉你们到底发生了什么。没什么,几乎什么都没变。我驶入了一片不断降落的雨幕,到现在,我不过是披上了一层薄薄的潮气。我广袤的表面,附着了一层潮气。我的骨肉上披着一件新外衣—— 一个丑陋的妆容,未经我同意强行画上的。当时机成熟时,我会对这个不受欢迎的礼物做适当的处理。"

突然间,这位女巨人变得只穿了一件薄薄的土色织物,在众多美学体系中都丑陋无比,只勉强遮住哺乳动物的乳房、粗壮的大腿和显眼的金色臀部。时不时地,有图案试图在沸水中形成,但首领会晃一晃肩膀或甩一甩腿,将挣扎着想要浮现的不管什么图形打散。毫无疑问,她掌控着局势,聚合水塘只是微不足道的薄膜,死命想攀附在她伟岸的身体上。为了证明自己的优势,首领突然间打出一拳,打在她结实的、裸露着的腹部,就在肚脐眼上方。指节闪出白光,下面的聚合水塘变成了蒸汽和死亡。

宣传是一种伟大的表演形式,排名仅在宗教之后。

这句漂亮话是谁说的?

首领只是在演讲中途稍想了一下这个问题,刹那之间,一个微型纽联器罗列出上千个可能的候选者,有人类,也有别的种族。

她让它安静，还说了声"谢谢"。

通过一系列纽联器，她衡量了数目众多的听众的总体反应。无数个计量方法生成山一般的数据，送入她彻底改造过的大脑。她由此知道，听众的疑虑仍旧无法驱散。哈鲁萨鲁一族喜欢她的咆哮，但仍未信服。于是，以一种他人无法企及的高超技艺，她轻松地调整了原有的文字。对那批最顽固的怀疑者，她承认道："当然，这不会简单，也不会很快就结束。在它结束之前，我相信……我们中的有些人会死去，而且是永远地死去。"

说完这句庄严的话之后，她停了下来。浣生坐在她一旁，帕米尔坐在另一旁。即使他们对她的润色有所不满，至少他们知道不该在公众面前表现出来。事实上，浣生还做出了频频点头的姿势。幅度很小，大多数异族和不专心的人类都无法注意到。帕米尔则眯起了眼睛，宽阔的棕色脸膛像石头一样毫无表情。穿着船长制服这么不自在的人，除他之外，还有吗？她繁忙的头脑里蹦出了这个问题。没等那群纽联器有所反应，她又取消了这个问题，将注意力集中到预先准备好的演讲稿上。

"现在，大船上覆盖了一个海洋。"她坦白道，并调出一系列真实影像和详细图表。"在大船前后部，我们被一层水体和其他物质覆盖了，测得的深度约一百千米。"嫩芽之雨已经停了。惊心动魄的几天过后，他们的头顶上形成了一个全星系中最大的海洋。"因为撞击，海洋的温度很高。在它上面有一层大气，由水蒸气、自由氧、惰性气体和各种人造分子构成。"

船壳下方,一个族群破口大骂起来。

"雷莫拉人,"她对他们、同时也对所有人说,"你们帮忙击败了违望者,你们为自己的勇气和英勇付出了惨重的代价。现在,我们又要面对她。这个侮辱,这个新的灾难。"

雷莫拉人被迫进入了船体内部。这期间,他们得到了一个真空状态的超异纤维空腔作为住所。

"但你们很快就能重返船壳。"她保证道。

她真这么认为?

老实说,她的真诚度无从判断,就连首领本人都无法确定是否相信这句话。

工蚁人已经回到了深处的老家。

她对他们说:"因为你们的功劳,船壳很坚固。因为你们,我的朋友,我们几乎可以承受这场大雨带来的任何打击。"

哈,这是谎言。

但她用前所未见的坦承掩盖了这个谎言:"我不会告诉你们我知道的一切,朋友们、同事们、乘客们。因为敌人已经兵临城下,正用所有可用的耳朵监听我们。因此,我偶尔会故意对你们撒谎,我也会对她撒谎。"

帕米尔轻哼一声,以示赞同。

浣生挺直了背,仿佛想缓解一处顽固的小伤痛。

目光直视前方,首领能够一眼望到舰桥的尽头。船长们最后一次站在各自的岗位旁。当然,这是个秘密。她没有在这个想法上盘桓,以防万一聚合水塘有什么意想不到的能力。假如这个怪物能够读取心智,那他们还有赢的机会吗?

一点儿都没有。她知道。

船长们穿着自己最漂亮的制服,做出久经训练的坚毅表情,隐藏了所有的恐惧和怀疑,服从着打磨多年的纪律。情况万分危急,但对于远方的观众而言,最重要的还是控制局面的感觉。熟悉且可靠的细节会带来一种正常之感。重要的是这些制服的象征意义,穿着它们的身体则几乎无关紧要。

首领对着她的亿万人民笑了。

一瞬间内,她测量出了他们整体的情绪。

让她备受鼓舞的是过去几天里浮现的真正平静,这比任何其他东西对她的鼓舞都大。聚合水塘来了……他们也终于意识到了,它只是一个生物体。一个敌人,这个敌人对大船发动了战争。自然地,此刻应该暂时放下宿怨,完全忘掉最近的争吵。首领所领导的对象突然间变成了一个类似国家的组织——一个生物体的团体,被共同面对的可怕命运团结在一起。她忍不住笑了,无法让那张容光焕发的圆脸止住笑意。

"现在,我想对你们每个人说几句知心话。"

这段是新加的。

"过去的几十年里，"她接着说道，"我们为一切可能的突发事件做好了准备。我们预计了所有的攻击方式以及可能的反击手段。至于聚合水塘会不会真的想毁了巨舰……这么说吧，在我们的排位表里，彻底灭绝并不是最有可能的情境。但我们也为此做好了准备，包括为巨舰上的每个人定制了一条信息。"

笑容膨胀，填满每个人的视野。

随后，她放出一个从未使用过的大招。淡出视野之后，首领一下子坐回椅子，因为激动、紧张和疲劳而微微颤抖着。

帕米尔的影像闪了几下，消失了。

浣生摸了摸那只金色的手，先是指尖，随后是大拇指，抚摸着干燥光滑的皮肤。

"快走。"首领下令。

她不是在跟自己的一副说话。浣生不需要鼓励，舰桥上的其他船长也不需要。除了寥寥的几百个人之外，整个设施已经被遗弃了。过去的几年里，他们秘密兴建了另外五个同样强大的控制中心，此刻已经全员上岗，开始运行。

"快走。"她说道，这次是对她自己。

浣生站起来，向首领伸出一只稳定的手。

"保持形象。"女巨人又说了一句。随后，她眺望着舰桥的尽头，可能是最后一次，看着船长们平静地离开，前往别处。她脸上流下了泪水——真正的、温暖的、亮晶晶的泪水。她再次对固执的自己说道,"快走,亲爱的。现在就走,保持形象。快。"

数据银行分发了首领的瓶装影像。

她立刻在所有的地方同时出现,展示着众多值得信赖的全息影像。根据她嗓音编织的声音说出几十亿个名字,每一个都有特定的对象。这个声音十分亲切,虽然是人工打造的,但仍旧足以打动人心。以令人生畏的精确,她告诉每一个船员和乘客,此刻的他或她应该做些什么。

六个哈鲁萨鲁坐在一条繁忙的大道边的一张桌子旁。

"回家,留在家里不要出来。"首领对其中两个说道。

"有什么用?"一个女人问。她就是那个曾经假装想吃掉小不点儿的女人。以同样的顽固,她用进食嘴发出一个生动的声音,用呼吸嘴问道:"我要在那个小地方待多久?"

"有必要的话,"首领郑重地说,"几年。"

她的同伴也收到了各自的指示。有个男人跟她一样,也被下令回家待着,还有两个被命令前往大船上一个完全不同的区域。剩下的哈鲁萨鲁则必须赶快行动,去一条未投入使用的燃料管道报到。

"为什么去那里?"女人不满地嘁了一声。

奥斯米姆做了个手势,让她管好自己就行。

用各种语言,首领的影像命令路人回家,或去其他意想不到的地方。船长们的意图很快就浮出水面:分散乘客,并限制他们移动。在每一张桌旁,在每一个物种的家园,每个人被要求前往完全不同的方向。但即便这女人理解这个显而易见的丑陋答案,她还是难以接受。

不知多少年月里,几乎一半的哈鲁萨鲁都生活在三个区域中的某一个。"可我们被安置到了各个地方。"她抱怨道。

奥斯米姆平静地说了一声:"是的。"

"假如我们像这样子分散——"

"是的。"

他想让她闭嘴,可她就是控制不住自己。一只手伸了出来,握成拳头砸在桌面。这是她这个物种表示力量和坚韧的手势,与此相反的手势则代表忍让和懦弱。一根接一根地,她伸直手指,向人造天空袒露着手掌,天上已经挤满了忙着赶往车站的有翼生物。

"这么做意味着我们很懦弱。"她嘟囔着。

现在桌旁只剩下他们两人。

"分散,"她恨恨地说,"稀释。"

奥斯米姆抓住一把钻石刃刀,把它从难以下咽的最后一餐的食物上拔了出来。

"懦弱。"她重复了一声。

他把刀插进桌面,以示警告。

她看着锋利的刀刃划破自己的中指。

"握拳。"他说道。

"其实我也明白。"她争辩道,"要我们散开,免得一下子全死光。"

"握拳,快!"

她微微一颤,随后掩饰了自己的恐惧,坐直身体,鼓起勇气,握紧了拳头。

奥斯米姆高高举起刀,瞄了瞄,用力甩了出去。

女人感觉到了疼痛,但疼痛只存在于她的想象之中。刀并没有击中手,差得很远。

为什么?

"我们分散了、稀释了、密度低了,"奥斯米姆解释着,"这样做不仅仅是为了防止哈鲁萨鲁被灭绝。这也是最好的方式,来确保所有的物种,无论大小,会共同承担痛苦。

"如果真的到了这一步。

"真的到了这一步……"

二十九

　　球形舱配备了装甲,穿上了各种各样的伪装。如果装甲或伪装失效,还能选择不止一条逃生线路。尽管做了精心准备,高耸的火箭喷口内还安装了一系列武器和防御系统,球形舱内的所有人仍然十分紧张。每一个有肺的种族都在急促地大口呼吸,有心脏的种族感到心脏变得很沉,或是在发疯般狂跳。各种各样的血液里充斥着恐惧的有害物质,而每一个心智,不管是机器的还是有机的,都被骇人的末日景象吓呆了。然而,尽管如此,每一个目击者仍在想着帕米尔开口说的第一句话。

　　"真美。"他说。

　　接着,用响亮、沙哑且真挚的嗓音,他问道:"你们见过这么美的景象吗?"

　　球形舱附着在火箭喷口的外表面上。一个排的保安部队和二副以及康拉德站在一起,还有各式各样的人工智能专家。从他们所在的位置,能看到大船主推进器中的六个。这些火箭都在喷射,维持着巨大的推力,勉强改变着他们那巨大的惯性。十四束宽宽的等离子束刺向异样的天空:超光速喷射流冲击着墨水井,烤灼着尘埃、冰块和碳水化合物的遗物,高能原子发出多彩的辉光,落向大船的后端,照亮了一片被彻底改变的风光。

船壳被掩埋在突然出现的海洋底部。

海洋表面之上是一片炽热浓稠的大气,内部的巨大闪电给它装饰了花边。

另一个声音说:"真美。"

第三个说:"壮观。"

康拉德却只感到惊恐,"美什么!这简直就是该死的灾难。恐怖、丑陋。闭嘴!"

帕米尔瞥了一眼这个雷莫拉人,接着低下了头。除了月亮大小的火箭喷口,海洋已经吞没了一切。所有的雷莫拉人城市,所有的工蚁人营地,所有的镜面阵列和中继站,所有起了名字或标了号码的一切……都埋在深达一百千米的热汤和活体泥巴里。大批如同机器的骨骼在其中蜿蜒穿行,以疯狂的速度生长着,为接下来的行动做好准备。仅凭肉眼,帕米尔就能看到水在搅动,表明巨大的肢体正在伸展,新生的身体正在演练精心设计的技能。虽然他所在的位置是离海洋表面两百千米的高处,但他却依然能看到一个长着翅膀的物体在暴风雨云层之中穿行——一个能飞的造物，比许多星舰的个头都大。

传感器窥探着那个怪物的身体，品尝到了中微子。

是的，一种聚变式新陈代谢。

球形舱突然抖动了一下，滚到一旁。帕米尔知道发生了什么，以及为什么，但他还是无法完全掩饰自己的不适。每个喷口都服从着完全随机的程序，随时改变自己的喷射方向，巨大的火箭推着大船，飞出一条不断变化的轨迹。他能看到火箭缓慢地、优雅地转动自身，直至机械上的极限。大船就像一个滚下一座宽宽的楼梯的大胖子，伸出绝望的手，用尽浑身的力气，想避免即将遭遇的险境。

此刻，巨舰几乎是在蒙着眼飞行。

"最新情况。"帕米尔提出要求。他用内视之眼查看最新的数据。它们是如此混乱，让人胆战心惊。

每个喷口的顶部都安装了一系列望远镜，观察着后方的太空。中微子从各个方向飞来，刺穿了船壳，被深层传感器捕捉到的少数几个粒子暗示出附近聚变反应器的位置和运动轨迹。附近还有引力。激光束震颤着对新的质量做出回应。海面上荡漾起微微的波浪，专门有一队人工智能负责将这些细微的线索串联起来，让二副能做出预判，注意到目前为止只存在于想象中的东西，那些看不到的东西——但愿能一直保持着看不到的状态。

时不时地，还要运用另外一种工具。

"五个探测舱，"一个声音报告道，"向外发射。新轨迹。"

帕米尔询问总工程师，"这五个的数据？"

"正在出结果。"亚斯林报告，"好了。"

等离子喷射流炽热迅疾，由低等级超纤维组成的小物体可以乘着它们，如同泡沫乘坐急流。这些小型舱附着在喷射流的边缘，在向外飞行的过程中，其外壳会退化。等它们飞到大船之上好几千千米处，就能甩开周身的火焰，自由滑翔。这时，探测舱内部的机器就可以抛掉变脆的外壳，进行短暂的观察。

帕米尔看到了颜色。

埋藏在一团火红色黏稠物体中的是一个浑圆、冰冷的玩意儿。并不是蓝色的，但他想到了蓝色行星。在追逐了几个光年之后，第一个聚合水塘终于赶上了他们。昂贵的旅途让它萎缩了许多——但愿它被耗干了——但它仍然活着，直径仍然大于一千千米。

片刻之后，所有探测舱都被激光干脆利落地摧毁了。

与此同时，一根裹着超异纤维的胖手指捅了捅帕米尔。

康拉德大喊："快看！"

一道闪光从下面亮起。

"她收到我们的礼物了。"康拉德高兴地喊道。

还能看到更多的闪光——海洋下面突然爆发出模糊的蓝色光芒。几天之前，在迅速放弃城市的同时，雷莫拉人留下了信物：聚变炸弹，还有超微机器腐蚀弹。与后者相比，炸弹是更耀眼的礼物，但破坏力却不如腐蚀弹。那个聚合水塘突破钻石穹顶时，这些简单的武器自爆了，制造出炽热的等离子泡沫，升上海面，在美丽的紫色光芒的间歇泉中一个接一个迸裂。

"看，"雷莫拉人说道，"我猜她受伤了。"

海水卷起波涛。他们下方那个巨型飞行生物突然收拢巨大的翅膀，向下俯冲，钻入一千米高的浪头，消失得无影无踪。溶解了。接着，又过了五分钟，水面平静下来。巨大的动量被吸收了，或是被干脆利落地转移了。怀着一丝不屑的敬意，帕米尔不禁怀疑他们是否什么目的都没达到，只是给敌人提供了免费的能源。

"她受伤了。"康拉德依旧坚持自己的观点。

那个飞行的物体是什么？帕米尔再次查看传感器数据，高速播放那东西的之前的状态。

亚斯林打断了他，提醒他说："即将发射新的探测舱。"

他几乎没听到她在说什么。

"我们能好好看看眼前的东西了。"总工程师担保道。

帕米尔研究着那个飞行物，尤其关注它死亡的那一刻。随后，通过数个不同的频道，他下达了命令，确保下一个飞行物能够被更仔细地监测。

"快看。"亚斯林催促。

帕米尔眨了下眼，转换了纽联器。

他第一眼什么都没看到。只看到大船在锦囊里现出了身形，但墨水井剩余的部分仍是一片辽阔的黑暗。散布的探测器乘坐着大仰角的火箭喷射流,不会受到大船身体的干扰,但它们那微小坚定的眼睛什么也没看到。

什么都没有。

帕米尔启动了一个加密纽联器。

"怎么了?"一个熟悉的声音回应了他的请求。

"我有了一个目标。"帕米尔报告。

奥斯米姆和一个精心组织的团队等在下面,躲藏在一个次级泵站里。他向他们提出自己的要求:"让我看看。"

但却看不到第二个飞行物。

"要我们用上所有的观测手段?"哈鲁萨鲁问道,"为什么对那个飞行物那么上心?"

他的理由究竟是什么? 帕米尔想了想,随后承认道:"我也不知道为什么。它很少见。又大、又漂亮。所以我觉得它肯定很重要。"

沉默。

"理由很充分。"奥斯米姆终于同意。

帕米尔转身看着跟他站在一起的人,用平静坚定的口吻说道:"做好准备。"

接着,对亚斯林说,"等我们找到目标。"

随后,对一个他好几个小时未曾说过话的对象,他说:"是时候让它尝尝疼痛的滋味了——"

"同意。"浣生回答。

短暂地停顿了一下,她补充了一句:"要小心。"

但帕米尔已经关闭了额外的纽联器,所有的感官和传感器、能力和声音,全都集中于那可怕的、不断翻腾的几百万平方千米的生命。

目标诞生于一个漩涡之内,漩涡的颜色和质地如同一锅牛肉汤。它的身体比刚刚那个飞行物要小,只有一千米长,身体的侧面很高,但身板很窄,如同一把刀。其底座是钻石的,上面有精心编织的强韧有机物和充满灼热气体的袋子,还有缠绕的超导神经和高密度的内脏,不知道有什么功能。这个物体乘着漩涡上升,让水流给它加速,直到长长的钻石翅膀高高扬起,提供足够的升力,让它摆脱聚合水塘那巨大的身体。

漩涡平静了,消失了,它的能量重新回到水体和上千千米长的蛋白质肌肉中。

新生儿以不规则的圆圈在空中滑翔。大大小小的眼睛检查着它的四周。地平线位于远处。在任意方向上,云层厚厚地堆积着,每一朵云都形成了暴风雨,发射着闪电,蓝色电光一路舞动着抵达新生大气层的最高处。各种耳朵都听到了隆隆声和低沉的搅拌声,远方的雷声混合着近处更大的声响。肌肉正在生长,或是正在愈合。聚变反应堆网络不断生长和分裂。金属和稀土从炽热的卤水中分离、净化、存储，以备日后使用。那个类鸟物体品尝着海洋赐予的丰盛营养，再过一会儿，它将庆祝自己的自由。

一座巨型火箭推进器刚好矗立于风暴的上方：灰黑色的圆锥，利用超异纤维和磁力内芯，约束着升腾而起的光和强烈的辐射，控制着流速，调整着它的动量。喷嘴的仰角很大，看着仿佛倒塌到一半时却戛然而止。毫无声息地，它使出浑身的力量推动着大船，力图使这个大家伙产生侧移。

那个类鸟物体可能会认为这是徒劳的挣扎。

激光利箭从那个喷嘴高处一个隐藏的球形舱里射出。在这道激光闪电飞向十千米远的目标的过程中，那个超导的心智可能想到了很多，也可能什么都没想。那道蓝白色闪电具有极高的速度和能量，它一头钻入大气，将气体变成稀薄的等离子，呼啸着甩向两旁，就这样一路钻出一个深深的空洞。

二十道闪电接踵而至，穿过那个空洞，煮沸了下方的水，煮熟了一百万吨新生的肌肉。

类鸟物体仍在盘旋，寻找着时机，隐藏着自己的能力。攻击属于意料之中，而且伤害不大，伤口已然开始愈合。这更像是一种侦察射击。

下一波攻击猛烈了一百倍。

从火箭喷射流里钻出的是各种微型机器的集锦，每个机器都穿上了超异纤维外衣，完美地按照预先设计的方式逐渐解体。热量撕

开的缺口中露出了小引擎。小小的钻石眼睛获取了目标。敏捷的、
无心智的大脑引导着机器飞行。当拦截者从海洋里升起、拦住去路
时,它们竭力避开障碍。

拦截者是铁飞镖,虽然是瞎子,但数量众多,多达几十亿。

尽管没能击中目标,但它们有效地将来袭的机器赶进了一片集
中的区域。

就在聚合水塘的敌人呼啸着闯入大气的高层时,黑色的、保护
严密的器官从水中跃起,吐出一道道相互交织的闪电,就像一条条
樱桃色的绳子,一直射到电离层。所有的攻击者都未受损伤,毕竟
它们刚刚还乘坐在温度高上无数倍的喷射流上。但每一个都被标
上了记号,带上了微量的电荷。母体发出的下一个脉冲—— 一股
连贯的、无法阻挡的电流——则抓住来袭的武器,将它们甩回刚刚
脱离的喷射流。

母体之海咆哮着、叹息着,每一声听着都很愉快。

类鸟物体又死死地盯住天空,看着大海在片刻之后才能看到的
东西。

刚才的只是佯攻。从第二个更远的火箭喷射流里袭来了成千
个物体,每一个都披着精巧的伪装,异常狡猾,利用战斗的闪光作掩
护,偷偷接近,如雨点般落下。

有些物体是微型的太阳,在耀眼的闪光之中诞生,也在耀眼的
闪光之中死去。

有些和邻居们连在一起,生成更大的太阳,设法钻入母体之海后才点燃自己。

一柱柱蒸汽冲天而起,围住了类鸟物体,几乎令它失明。超热的空气把它驱来赶去。但那家伙以漂亮的舞姿,优雅轻松地转动翅膀,将最好的那些眼睛对准爆炸的最亮处。本能告诉它,那里隐藏着更可怕的危险。

母体之海上滑过一个东西,像平静的水涡。

它是一个池塘,一个湖泊。一下子消失,又一下子出现。然后,在类鸟物体的注视之下,它又消失了。

类鸟物体用一万种声音发出警告。

母体之海中升腾起无数其他的声音。刚才,就在火箭喷口的基座上,从一扇隐蔽的、很快就消失的舱门里,溜出了一个新的对手。看着像是水涡,其实是一队交通艇,配备了防护罩,笼罩着某种精美的光晕。片刻之后就将慷慨赴死的交通艇释放出配备了各种工具的噬菌体。这些东西虽然微小,却十分贪婪,像癌细胞一样进食和复制,用死亡和它们自己那不断增多的小身体感染了母体之海。

类鸟物体收拢了翅膀。

冲压喷射装置推动着它进入超音速飞行,烧掉了它大部分的身体,带着它飞越将近一千千米翻滚的、熠熠生辉的水面。

深处的内脏爬到了它的表皮上。

用剩余的眼睛,类鸟物体瞥了眼交通艇。飞镖和行动敏捷的卷须已经剖开了它们中的一部分。里面装的是水囊,像一个个各自独立、具备心智的微型影子。它们溢出到海面,被巨大的速度撕裂,随后被最大的阴影以一千种方法杀死。

它看到了哈鲁萨鲁。

类鸟体关闭引擎,向下坠落。它瞄准的是一条已污染的条带,那里的海洋受伤了;还有那个小水涡,那里的海洋已经死了。海洋的反应很慢,类鸟体却很敏捷。个头大小并不重要,它能制订并实施完美的计划,制造有针对性的新细胞,吃掉入侵者,从而对一个难以避免的攻击手段做出迅速的回击。母体之海,和所有的海一样,熟悉每一个种类的机器以及它们那丑陋的作用。类鸟体的作用是加快海的反应,至少在敌人看出它的重要性之前,将攻击控制在有限的范围之内,以免它们做出调整,找出新的办法来对抗母体之海。

像刀一样坠落,类鸟体准备好了迎接死亡。

突然间,一道精心制作的光能弹向它袭来,射穿了它,一条蓝色火焰不断变宽,吞噬,然后切开内脏和它敏捷的心智。

从许多角度来看,它已经死了。

它也试图以多种方式自杀,以便毁灭它的本质和可能性、毁灭它的技巧和深藏的潜力。

只差一点儿,死亡的阴影就会抓住它。

然后,在异常的惊恐之中,它听到了一个声音。

"我叫帕米尔!"他朝俘房咆哮。他和保安部队将这具身体的大部分有价值的碎片收进了船舱。康拉德驾驶着他们那艘独一无二的交通工具。这条船一部分是交通艇,一部分是星舰,配备了足够多的高等级超异纤维,能够在上千千米的火箭喷射热流中行驶。强劲的引擎先抵消惯性,随后开始加速,努力逃离愤怒的聚合水塘发出的十几个攻击。他们随时都可能瘫痪或被捕获,所以必须立即开始这场极其重要的审讯。

"你听到我了吗?"帕米尔大声喝道。

飞船猛地抖动了一下。雷莫拉人改变了航向。虽然有防冲击网和安全带,但船舱里的每一具有机身体都感觉骨头快碎了。

"我们知道你想要什么!"帕米尔咆哮着。

沉默。

空气中弥漫焦臭和其他有毒的气体。他受伤的双腿正在努力自愈,疼痛让他的嗓音变得沙哑刺耳。

"我们会阻止你。听到了吗,小水囊?"

有些专家认为这是一种有效的侮辱。帕米尔不怎么相信,但他现在愿意尝试一切手段。

"颠簸。"康拉德发出警告。

飞船再次剧烈震颤,足以压碎骨头。

下方的某处,一记黑色的滚雷爆开,随后归于寂静。接着,在精确瞄准和小小运气的帮助之下,康拉德驾船穿过一扇新造的、位于聚合水塘大气层之上的舱门。那具巨大的引擎已经熄火,好让他们能在喷嘴巨大的碗口里飞行。磁场抓住了这艘小飞船,推着它进入复杂的螺旋形轨道,小心地抵消它的惯性。

"你能听到我。"帕米尔断言,受伤的身体被推到一堵加装了衬垫的舱壁上。

那堆烧焦的神经组织仍然活着,连接依然可用,质量也还可靠。里面的生物以一种像是不服气,却又无可奈何的语气,说道:"你是二副。"

"我们知道你们想要什么。"帕米尔又重复了一句。

沉默。

"我们甚至能猜到你们打算如何毁灭我们。"

"我毁灭不了任何东西。"那东西更正道,"因为宇宙是由空无和影子构成的。"

轮到帕米尔沉默了,他等待着俘虏继续往下说。

最终,那声音说道:"我的这片东西并不掌握重要的信息。你可以想尽办法来折磨我。你可以研究我所有的碎片,但我没有特别的知识。"

"好。"帕米尔回答道。

随后,用威吓的语气,他加了一句:"无知对吧? 但我想不出还有什么东西比无知更有用。"

三十

"仍然被困在家里,是吗?"

欧雷乐没有纠结语气中的深意,回答道:"目前还是。你呢?"

"首领派我去了暂居地。"

"那儿怎么样?"

"还行。"

根据法令,所有公共通讯必须保持简略,将大船通信系统的大部分容量留给船长。欧雷乐看到的是以二维呈现的旧爱,漂亮的脸蛋和完美的身材,外加一些平面的快闪图像,显示着优美的风景:一座茂盛的蓝绿色森林,紧紧地围着一个深不见底的黑色湖泊。古老的记忆被唤醒了,欧雷乐突然间回到了过去。他不叫欧雷乐,爱人也换成了另外一个女人,有她自己独特的风韵。她叫什么名字?千年过去之后,他忘记了发音,却仍然记得它的节奏,它的韵律。就像水溅在平板岩石上,是这样吗?

"你在笑吗?"女人说道。

"是吗?"欧雷乐谨慎地用手遮住嘴巴,抹去任何不合时宜的表情。

"你当然该笑喽,"女人接着说道,"你的女神来了。你认为她来这里是为了解救你。我敢打赌,这辈子你从来没有这么快乐过。"

"胡说!"他脱口而出。

"别撒谎。"

他在撒谎吗?

"我们了解你,"她提醒道,"别以为我们不了解你。我们也经常谈起你。"

他该怎么回答呢?

"看着我,欧雷乐。"

他放下了手,露出一脸沉重的表情。

"我们死了。"

"不——"

"你帮忙杀了我们。"她坚称道。暂居地在欧雷乐的牢房下面不算太深的地方,他们之间的通讯几乎是实时的。如同黑水一般的眼睛盯着他身后远处的某个地方。那是死亡的凝视,与之相应的是干枯的、没有感情的声音——鬼魂的声音,没有热情,也没有愤怒。她用这个声音提醒他:"你跟她说过我们。说过巨舰和它的秘密货物。你就是关键、原因、动力。一个微小的原子核,引发了灾难性的链式反应——"

"不是!"

"你该死。"她说道。

他还能说什么?

女人停下,剧烈地喘息了一阵。随后,用冰冷嘲讽的语气,她问道:"你知道他们为什么要让我们在船上分散开吗?"

他的老朋友和旧爱们四散到了各地。

"不知道。"他说。随即他意识到她指的不仅是他们这个小圈子里的人。很可能在人生之中第一次,这个女人谈及的是所有人,包括乘客和船员。

"你的女神想杀死我们的大船。"她提醒他。

蓝色行星并不是他的。聚合水塘和墨水井并不属于他。他跟那个巨大的生物说了什么,没说什么,此刻已然不重要了,因为她自己就能学到一切,继而导致同样可怕、同样不可避免的结果。他希望人们不要再重复这个毫无意义的说法,哪怕只是两秒钟也行。

"你的爱人想摧毁我们的飞船,她想释放关在中心的魔鬼。可能会导致已知宇宙的毁灭。"她的牙关咬紧,眼睛也瞪大了,"船长们放出了消息,因为它实在是太重大、太可怕了……太真实了,无法再保密……"

欧雷乐瞥了一眼公共资讯。通过位于某个巨型喷嘴处的加强眼,他能看到过度消耗但仍然巨大的蓝色行星的卵。她跟月亮一般大,乘着一大条辐射束,继续沿着几年之前就开始的航线前进。这条航线将与大船交汇。再过几天,她将跨过关键位置,巨舰的质量将和她的巨大引擎共同发挥作用,让她进一步加速,扎进已然成为她自己的身体。

"你的女神的武器可真不少。"女人总结道。

不同的影像来源带来了灾难的景象大杂烩。聚合水塘搅拌着吐出闪电和激光束,摧毁了前去伤害她的炸弹和高速飞船。触须和氚离子开始攻击大船的引擎,显然是想把它们熄灭。待到他们的大船丧失动力、漂浮于太空之中时,会发生什么?

"我们还没见识到她所有的招数。"女人说道。

"不是我的责任。"欧雷乐悄声道。

"那是谁的?"

"任何人都有可能。"

"就是你。"

"我不该从大船上逃走,"他放缓了语气,"还要我说多少遍?"

"但我们很高兴你逃走了,能摆脱你让人高兴得发疯。"既灿烂又苦涩的笑容洗刷了她眼睛中的黑色,"你的错误是忽视小概率事件,欧雷乐。你忽视了它们。但是,你仍旧活了下来。"

他动手关闭自己这头的通话。

"你赢了,暂时活了下来。"她嘲讽地说。

他摇了摇头，"我相信船长已经准备好了惊喜。巨舰也证明了……它同样不需要指望小概率事件。"

但女人已经消失，只剩下他一个人在空虚的黑暗中苦苦哀求。

蓝色行星开始下降。

欧雷乐独自待在超大监狱中最偏僻的房间内，观看着公共资讯。他对战争新闻越来越不感兴趣。他能做什么？什么都做不了。不管是聚合水塘，还是船长，都对他没有任何兴趣。他的朋友和旧爱也不回应他的乞求。他们为什么要回应呢？没什么好做的，除了坐下、必要时睡觉，以及偶尔吃些勉强能下嘴的食物。他又过了两天，连思考都变得费事。这比漂浮在那个超异纤维救生舱里、在恒星之间游荡还要难以忍受。他感受到了更多的孤独和失落，看不到任何能成为大人物的希望……

第三天，他哭了一整天，有几次差点背过气去。

然后他睡着了，突然就到了第四天。

蓝色行星即将坠落到他们头上，欧雷乐从短暂的沉睡中醒来。他想不起做过什么梦，脑子里空空一片，但显然有东西深深地钻进了他的心智。感觉很明显，可能没什么用。但它是一个如此简洁、如此完美的想法，他无法置之不理。

船长们给他留下了一个特殊的纽联器和指令。"如果你想到了什么新东西，用这个纽联器告诉我们。任何新的回忆、新的领悟。

即使你觉得不重要,也要告诉我们。让我们来判断什么是重要的、什么是无用的。"

"我是欧雷乐。"他轻声唤醒纽联器。

在公共频道上,他能看到蓝色行星正在急速坠落。小小的耀斑代表在它下方空间里爆炸的弹头。无疑是试图用辐射和其他危险品杀伤她。

"我刚想到了些东西,"他对着寂静说道,"一个明显的东西,我相信你们也想到过。也可能没有。或者想到了,但没有重视。"

没有船长回应。他们都在忙于战斗。在一切结束之前,他们可能顾不上其他的事情。

"喂。"他一直在呼叫。

几分钟过去了。

仿佛是永远。

没有哪个人曾经如此孤独过。他对自己说。

随后,一个悦耳的、音乐般的嗓音传了过来,熟悉且动听。欧雷乐差点又流泪了。

"快说。"浣生只说了这一个词。

他对着一副嗓嚅了一声,"谢谢,长官。"

"什么事?"

欧雷乐迟疑了。他掂量着,露出狡猾的笑容,用一种让他们两个人都吃了一惊的坚决口吻说道:"不。"

"什么?"那个声音有些心不在焉。

"我想帮你们。"欧雷乐嘟囔道。

沉默。

"还有巨舰。"

浣生轻声问道:"你有什么想法,还是没有?"

"但我不会告诉你们。"他强硬地说。她能看到他的笑容吗?可能。随后他觉得这样也挺好,让她看看自己那张得意的笑脸。

"你们得放了我。"欧雷乐提出了要求。

"不行。"

"让我来帮你们,"他恳求道,"给我派一个困难的任务,哪怕有危险也行。我不在乎。"

沉默。

"好吧。"他说道。随后,怀着一种诞生于绝望和无限渴望之中的信仰,他跟一副说了他终于意识到了什么。

沉默。

"有用吗?"他问。

"可能没有。"她说。

当然不会有用。

但随后,浣生用冷冷的语气小声地提示了一句:"你应该去前门那儿看看。你可能会发现它并没有锁上。"

三十一

两个世纪之前,这个人设法赢回了他的工作和职衔,后来还赢回了他原来的名字,伊斯特夫,还有原生的脸。他对自己能获得赦免万分感谢,逢人便说自己的故事。"一副和二副找到了我,"他总是以这句话开场,"有这么多地方可以躲,我却选择躲在我姐姐的房子里。"然后,用一种久经锻炼的羞愧感,他承认道:"我不止是个胆小鬼,还是个笨蛋。想象一下,我竟然躲在这么一个容易猜到的地方。我也不知道我为什么要躲起来,老实说,我肯定是疯了。"

有些人不相信他的故事。它显得太荒谬:两个最重要的人类,在随意的散步途中碰巧撞到了他。即使浣生是在那所房子里长大的——故事的讲述者手头也掌握了不少的证据——但概率能有多大呢?很小,无论你用什么方法来计算。荒谬,显然这个人类,这位工程师,是个骗子,而且是个蹩脚的骗子。

"他们大可不必宽恕我，"他这样吹嘘，"但他们还是做了。因为我在与违望者的战争期间逃离了我的岗位，我被判处缓期徒刑。但那以后，我的记录就不再有红色了。明白吗？从那以后，我的工作考核一直是最高的，或者接近于最高。"

他的故事说他曾经是个愚蠢的懦夫。但现在他是一个最忠诚、最具奉献精神的船员，即使在无怨无悔地服务了两个世纪之后，伊斯特夫依然觉得自己幸运。当然，他不再经常讲述那个故事了。至少不再对陌生人讲，他们通常都不关心；也不对自己的好友讲，因为他们对故事早已了然于心。但那个时刻是如此可怕、如此不祥、如此糟糕，因此船长的温暖令他永远感激不已。"从现在开始再过一百万年，"他夸口道，"不管巨舰有什么样的遭遇，我都会坚守岗位。无论浣生和帕米尔交代给我怎样的任务，我都会尽最大的努力去完成。"

当然，这些年过得很平静。作为一个为大多数种类星舰提供服务的专家，伊斯特夫发现自己的日常工作很清闲。没有客流，也没有贸易，所有港口都处于保养状态。他那个港口——阿尔法港——承担过一个重大的任务，但那艘星舰由其他小组改装。然后，当那艘星舰回来时，它被最严格的隔离措施给封闭了起来，再后来，还是由别的技术人员对它进行了消毒。

那个任务自始至终都严格保密，伊斯特夫并没有觉得被排挤了。虽说记录上没有红色，但你不可能成为船长，除非你有优秀的记忆力。候选人多达好几千名。当然,他也有事可做,可以打发时间。通常是保障港口的某个偏僻角落,让它保持整洁,为他们最终逃离墨水井和该死的聚合水塘的那一天做好准备。

但在接下来的岁月里,等到巨舰钻入星云之后,伊斯特夫的任务发生了变化。

首先是有了指示。低阶船长会跟他和他的同伴们讲话,零零碎碎地做点解释,但没有透露全盘机密——船长很可能自己都不了解全局。但某些趋势还是显而易见的:高阶船长在制定应急方案。船壳下面安装了防御系统,每一个重要港口也有。不管是聚合水塘还是其他什么,没有哪个外星异族能突入到生物圈内,更别提征服大船内部了。

然后就下起了聚合水塘的大雨,原有的防御系统进行了相应的调整和升级,用一系列巧妙、天才的手段来对付如此大量的水和生命。伊斯特夫和同伴们的情绪依然自信,甚至高昂。

他们得知,聚合水塘只有一个。一个极其巨大的生物体,看样子想夺走属于他们的东西。

"去死吧。"技术员们嚷嚷着,向在他们头顶滚动的潮湿月亮挥舞拳头。

"大船是我们的!"他们叫嚣着。

然后,在一阵大笑声中,他们接着喊道:"我们会干掉你,把你变成我们的池塘。"

开工之前和收工之后，技术员们会在小酒馆里谈论正在进行的战争。各种谣言和大家看到的船长的动向被不断地重复、放大，言之凿凿的声音无休止地争辩着那个巨大咆哮的泥塘里到底有什么。接下来紧张的几周里，可怕的事情开始露头。一个中阶的船长无意间说了几句话，用的是一个非保密的纽联器，一个可能有、也可能没有资格在那个频道上工作的技术员碰巧听到了一切。然后，在辗转反侧一夜之后，她误了早餐，什么都没吃，独自坐在一张长长的花岗岩桌子的一头。技术员们使用这张桌子已经超过千年。

"外星人想要我们的货。"她嘟囔了一声。

伊斯特夫碰巧坐得离她最近。惊讶让他变得有些迟钝，他不假思索地问道："什么货？"

然后他想到了，尴尬地眨了下眼睛，说道："髓星下面的囚犯。我忘了。"

"这跟宇宙有关。"她喃喃自语着。

其他人开始倾听。一阵小声嘀咕之后，现场陷入不详的沉默。随即，所有技术员都在上了漆的花岗岩桌面上探出了身体，争着抢一个能看清她愁容的位子。

她再次说了一声"宇宙"。随后她重复了几个古老的方程，都是陈腐的数学概念，他们中的大多数人离开学校之后就再也没接触过，也没人用到过。"她相信，"她用苦涩的声音解释道，"宇宙从未诞生过。创世被暂停了。否决了。所以一切都是空的。除了暗能量，它一直在增长……到处都有……"

"你听到什么了?"伊斯特夫问道。随后,他又紧张地提示了一句:"你可能没听清吧?"

她不耐烦地瞪了他一眼。

"聚合水塘并不想占有大船,"她强调说,"它想毁了大船,释放它的乘客,然后完成耽误了几十亿年的创世。"

摧毁完全不同于占有。桌子旁的每个人都立刻认清了这一点,多数人都觉得这是能想象到的最可怕的局面。但坐在桌子另一头的一个固执家伙喊了一声:"没事。我们这里刀枪不入,怕啥?"

伊斯特夫咧了下嘴,没说什么。

第四个声音来自一个四十年之前才加入他们团队的工蚁人。他挺起身体的中段,用一种被翻译成不耐烦的抱怨语气指出:"我们正在一个星云中间飞行,还瞎了眼睛。我们的对手已经证明它能把相当大的质量移动相当长的距离,谁说得准我们还会面临什么?"

言下之意是,对手可能朝他们的航线上抛了几颗行星,正在前面等着他们。

"但那些大引擎在推着我们,"那个怀疑者固执己见,"我们在跳舞,使出了浑身解数。现在往旁边跳上个两米,就意味着将来我们会避开这些行星至少十万千米,假如它们存在的话。"

伊斯特夫推开早餐,朝凉凉的粉色桌面上使劲哈了口热气。

随后,他在呼出的潮气中画出大船和它的航线。

他再次哈了口气，就此抹掉刚才的画作。第二次出现的雾气就是这片星云。假如它已经有好几百万年的历史，一直游荡在星系的这个角落……再假如在过去的几百万年里，黑暗而寒冷的聚合水塘已经吸收了无数进入这片可怕空间的物质，将可以用作工具或武器的东西全部收为己用……

"不是行星。"他嘀咕了一句。

但他的声音肯定比他想象的大。抬起头后，他看到了将近一百张脸，人类的和各种异族的，都在盯着他。

他又说了一句，这次声音轻了些："还有更厉害、更可怕的武器，我的意思是比行星强。"

他真的就这么说出来了吗？

"假如我想摧毁巨舰的话。"他又补充了一句，可能为时太晚了。他作为船长忠实奴仆的名誉受到了损害。可他就是忍不住要说出自己的计算，以及一些粗略的事实。"无论什么东西都不能穿过超异纤维，"他提醒大家，"但要命的是这个'无'字。'无'有好几种形式：一个速度足够高，或质量足够大的物体，当撞击到巨舰时，会产生一个等离子喷射流，它的温度极高，高到将自己变成了接近于'无'。到了这种状态，它能钻进最高等级的超异纤维。还有激光或是其他电磁辐射，它们也能成为'无'，又因为它们没有静态质量，所以可以缓慢地腐蚀超异纤维之间的连接。中微子几乎也相当于'无'，它们能轻松地穿透我们的船壳，继而穿透髓星，然后从另外一侧穿出去。"

他停顿了一下,知道每个人都想到了他想举的最后一个例子。

但他不想让别人说出它,这是他的舞台和表演。以多年前描绘自己的救赎时同样的虔诚,伊斯特夫说出了每个人的心中所想。

"假如我想摧毁这条船,"他终于说了出来,"我会给这些'无'加码。我会给它们加上电荷,把它们拖到我们面前。我会用这种或那种方法,掌握大船的前进方向,再推着大船走上一条最佳的航线,好让我能准确地击中这个目标……"

"这就是我想做的,"他对大伙说,"假如这个目标真的有那么重要,假如我真的相信自己能完成创世——"

接着,他压低嗓音:"——假如我认为宇宙还没完成。我一直讨厌这种事……留下半截子的工作!"

蓝色行星攻击之前一个小时,伊斯特夫被一个不速之客唤醒了。他的小组住在远离阿尔法港的临时营地。没人给他们清晰的指令,显然他们被用作预备队,等待着最可怕的一刻。一旦出现了巨大的损伤,不管是本地还是远方,他们就会被派往关键地区。到那时,他们将利用维修受损星舰所累积的经验,修补大船的伤口,转移关键的功能,为来得更慢、工作更彻底的维修小组铺平道路。有必要时,还会为自动机器或活人医生打好前站。然后他们会撤离,等待下一次不可避免的重击。

他还在睡觉,再过一会儿就该起床了。

碰到他下巴的手粗糙有力,捏了几下之后,它决定还是小小地扇他一下。

伊斯特夫突然醒来,呆呆地摸不着头脑。

"坐起来。"帕米尔对他说。

他手忙脚乱地想站起来。

"坐着就好。"二副下令。随后,面露诡异的笑容,他问了一声,"你还记得吗?我曾经帮过你。"

"是,当然。我怎么会——"

"听着。别说话。"

技术员闭上了嘴。

"我有个新的任务给你和其他几个人。"

伊斯特夫点点头,感到既激动,又害怕。

"你来领导这个新的小组。"帕米尔不容置疑地说。随后,通过一个保密的纽联器,他发过来一个名单,上面列出名字和物种:两个工蚁人,一个雷莫拉人和一个哈鲁萨鲁,还有另外三个人类,他都不认识。"去阿尔法港。现在就出发。今天就开始工作。飞船在这里,这是它的泊位,这是我想对它做出的改装。"

技术员闭上眼睛,看到了一切。

紧接着,他用略微困惑的语气,小声地说道:"这不对啊。您想要的——"

一根粗壮的手指捅了他一下，一个严厉的声音说道："我告诉你的一切都是秘密。你以为自己知道的一切都是冰山一角。我最少都有两万个应急方案，这一个是在最后时刻所需完成的最后细节。"

伊斯特夫点了点头。

他抿紧嘴巴，鼓起了腮帮子。

最终，他说道："我明白了，长官。我会去干的。但我只想说……我想提醒您，长官……有关这次任务，长官，我相信您还需要一些额外的供应……"

帕米尔盯着他。

"您是个大忙人，"技术员用崇拜的语气说道，"但改装星舰是我的工作，我还挺擅长的，我只是想提议……长官……稍微改动一下您的购物清单，改动一点就行……"

三十二

　　轰炸很漂亮,是那种炽热的、精确的漂亮。光点在蓝色行星的表面显现,每一个光点都是亿吨级的爆炸。它掀掉了天空的顶盖,产生了白色蒸汽和裸露原子核构成的喷射流,像这个枯萎但仍旧庞大的生物上长出的手指。但炸弹只是开胃菜,只是让她尝尝口味。更大型的核弹装在光滑的高等级超异纤维囊里,钻入每条喷射流的根部,加速冲向液体和临时弹坑的底部,随后再加速,钻得更深,钻石覆盖的眼睛瞄准看上去大个的或是重要的东西。

　　在人类的眼睛看来,蓝色行星像是受伤了。每次爆炸都引得它身子一缩,隐藏的内脏下意识地躲闪,导管和特殊血管被炸断了,丧失了功能,其他的一切都散发出微弱的、病恹恹的粉光,看得首领心花怒放。

　　"它快死了。"她说。

浣生只是点了点头。

"还有多久——"首领刚开口说道。

"现在。"

就在浣生说话的时候，行星改变了模样。眨眼之间，一道狂暴的蓝光从它的深处射了出来，这个象征着力量、活力澎湃的幻象是伴随着几百颗炸弹突然爆炸而产生的。除了普通的核弹，还有伽马射线发生器、反物质地雷和几瓶装激光脉冲——猛烈爆发之前还悬浮在缓速矩阵之中、停留在绝对零度边缘的干涉光。巨型的蒸汽泡沫打着旋膨胀，然后爆炸。狂暴的气穴现象制造出持久的吼声，震碎了远处的构造，把组织和各种各样的机器搅成了一锅汤。蓝色行星颤抖着、翻滚着，蓝色很快退化成了土灰色，持续变暗，逐渐向黑色靠拢。

"快死吧。"首领仿佛像在哄孩子睡觉。

她正在一个备用舰桥内踱步。她的影像在浣生的身旁踱步，后者独自一人站在原来的舰桥内。两个女人都在消化着来自多个渠道的信息，把有些问题的放在一边，注意力集中到重要的细节和端倪上。在这个复杂、庞大的游戏之中，首领是专家，是天才。浣生承认，在这个高难度的领域里，自己始终只是一个小学生。她也因此在这个女人身上设置了一系列固化的、深藏的连接装置，想尽快了解后者的种种手段，无论它们是精妙还是可怕。

首领居然还一直在向她询问。

"它死了吗,浣生?"

她无从判断。

"你有什么想法,亲爱的?"

即便蓝色行星死了——

随后,她身边的鬼影说道:"该死的。我们差一点就成功了,可惜!"

首领看到了什么? 浣生开始查看数据和人工智能的推演,终于注意到了一个其实很容易发现的现象。在蓝色行星的表面,在那些圆形的、水仍在沸腾的区域之间,活力十足的触须正在将一座座金属泡沫岛屿和机器拼凑到一起——它们原本是被剧烈的爆炸从深处卷起的乱糟糟的碎片。

首领又骂了一句。

"什么?"浣生问道。

巨大的影像单腿原地转了一周,显示了女巨人也有优雅的一面。随后,她用老师式的教导口吻说道:"假如你想统治这艘飞船……假如你真的希望有一天能坐在我这个位置上……你必须学会如何同时关注到所有的细节。"

她口中的细节躲在一个火箭喷口长长的影子里。不知不觉地,一个波浪开始生成。在一千千米宽不断搅动的、泥土色的聚合水塘表面,肌肉正在伸缩,复杂的神经系统依次传递着信号,一个突然的、巨大的、非常优雅的力量赋予了水以动量。波浪涌动着离开喷口的影子,渐渐加速。保安部队发射了小核弹,切断了几根肌肉。但显然不够。以成倍于声音的速度,一百千米的生命液体长成了两倍的高度,然后又是两倍。

"中央引擎!"一个声音喊道。

是亚斯林。

"三道波浪。"她报告道。

在几千千米之外,三道一模一样的波浪正在积聚。水、肌肉和不知名的东西突然跃起,冲向新生的大气层。流体力学被应用到了极致。为这个单一的攻击所积蓄的能量顷刻之间就释放出来。塑料、橡胶和压缩黏液起到了脚手架的作用,成为每道波浪的脊椎骨。随后,仿佛是为了证明这种攻击不可行,其中一道波浪坍塌了。在距离目标还有几百千米的地方,液体山峰裂开,化为平地。水还在向四面八方喷涌、寻找着最低点时,组织的碎片已然被采集回收,并分门别类。

剩下的两道波浪维持住了,还升得更高了一些。

首领咒骂了一句。

浣生已经说不出话了。

依然是亚斯林,坐在远方的一个备用舰桥内,轻声说道:"我们事先就猜到了,这就是最糟糕的情况——"

但就在这一刻,第二道波浪也消亡了。

聚合水塘能产生多少道这样的波浪? 如果他们不断地攻击她

的聚变反应堆、切断她的神经……敌人什么时候才会疲劳,不得不放弃企图……

最后一道波浪让液体向中间靠拢,带着自身的巨大质量向上抬升,形成一根细到不可能的柱子,高高地穿透了大气层。摩擦力,加上那些疯狂的机器和肌肉所泄露的热量,令水开始沸腾,接着爆炸。白色的蒸汽喷射流冲向真空。在很长一段时间内——六分钟,给人感觉像是永恒——波浪一直在往前冲。然后,蒸汽终于感受到了大船的引力,开始坠落。随着温度降低到冰点以下,强降雪开始飘落,随后在聚合水塘的表面再次融化。

剩下的都是更为坚韧的物质。

水都被蒸发之后,一条肢体显露出来。它高达数百千米,却很灵活,由钻石骨骼、富勒烯线条和超导触须构成,以一种之前从未见过的方式挥舞着。事后,在从各个角度查看重放时,浣生注意到它缺乏协调——一个打耳光的动作过后,是三次未能成功的尝试,想抓住立在它身旁的火箭喷口。足足三次,它差点儿也崩塌了。但聚合水塘做出了调整,提升了它的准度。第四次尝试时,它不但抓住了喷口的外表面,还抓住了喷口的边缘。只见一根有生命的手指迅速果断地把自己插进冲天的火焰里,手指上还戴着起保护作用的超异纤维套子。

暴起的电磁流打破了磁力约束。

手指核弹破坏了排气口和镜面。

但杀死引擎的,而且是一劳永逸地,是悬浮于光之中的那一摊超异纤维碎片浓汤。令人窒息、几乎无敌的洪水让一千个人工智能系统明白了一点:有麻烦了,过载在所难免。如果船长们不下令关机,这些AI就会跳出来自己做。

亚斯林愤愤地给出了命令。

首领停止了对怪物和对自己霉运的咆哮。她往旁边瞥了眼浣生,说道:"它做到了,它也知道了它可以做到。它会对下一台引擎发起攻击,以最快的速度。"

"换作我也会。"浣生赞同道。

但她是在自言自语,因为首领已经消失,把她一个人撇在被遗弃的舰桥上。

他们正坐在床上,突然间,夺目的亮白色光芒刺破了黑暗。浣生和帕米尔眼看着蓝色行星结束了它长长的追逐。撞击来自大船的后端,位于德纳里港和最外圈的引擎喷口之间——这里的引擎只剩下一台还在工作,其他的都熄火了。凭借着厚重坚硬的船壳,大船做到了船长们的所有武器都无法做到的事。它煮沸了整个行星。部分的动能向下释放,制造出一个所有人都能感觉到的雷声,响彻了整个大船。随后,能量又从船壳远处的尽头反弹回来,聚集在爆炸区域,让蒸汽和四处奔流的大水都因此抖动了一下。

到了这时,浣生几乎成了瞎子。

安装在垂死火箭上的传感器和沉浸眼一个接一个失灵。但是，可能出于故意，也可能是出于意外，聚合水塘允许船长和船员还有乘客们看着最后一大滴活的、有思维的水滴与它自己会合。在几百万年的生命之中，聚合水塘从未在一个地方聚集过这么多的自己。这个新情况会是她的弱点吗？一个机会？浣生开始思考，开始咨询专家……然后，随着上方最后一批眼睛被切断之后，她的声音渐渐消失了。

在蓝色行星的核心，被超异纤维包裹的东西和装有防护罩的反应堆是可以存活的。接下来的几天或几周内，它们会被融入聚合水塘那不断生长的身体。大船的船壳依然完好。火箭死了，但亚斯林正在用一千种方法解决这个问题。总有一些未曾尝试过的选择，一些新的手段，等待着被挖掘。

她小声地用愤怒、失落的语气咒骂了一阵。

帕米尔决定什么也不说。

最终，他们试图做爱。他们努力了许久，直到确定了两个人都没有真正兴趣时才放弃。然后，他们试图睡觉，在很长一段时间内，这个企图也看不到有实现的可能。

这将是一场持久而残酷的战争。

浣生一遍又一遍地提醒着自己这个冰冷的事实。

为了放松下来，她告诉天花板换一个景象，换成一个恒定、黑暗的景象，有一种独到的美。

帕米尔没说什么。

他躺在浣生身旁，依然醒着，双手交叉着枕在脑后，表情呆呆的，有一点儿愤怒，但总体还算平静。这是累了的表现吗？他们两人一起看着红色的铁河流入新的盆地，在河流之间的黑暗中，他们看到了依稀的光线，那里还有生命，还有可能性。

"备用方案，"他喃喃自语道，"我们要继续制订。"

他在跟她说话，或者是对他自己。

随后浣生睡着了。整整十五分钟。她放松到足以做起了梦，似乎还是一个愉快的梦。随后闹钟把她叫醒了。眼泪汪汪地，她发现自己正盯着天花板。但髓星消失了，代替它的是一个广阔的、详细的图表，显示着巨舰上所有海洋波浪的参数。

一个东西正向下俯冲，从他们头顶上方的某处。

"帕米尔？"她嘟囔了一声。

他回了一句："在呢"，伸出一只手扶她坐起来。

接着，没等她开口，他抢先做了报告。"显然不是个大家伙，但离得很近。"苦涩地笑了笑之后，他又补充了一句，"跟谷神星的质量差不多。"

片刻之后，黑洞击中了他们。

一个完美的虚无奇点—— 一个无形的存在，由引力、自转和电磁辐射构成。它钻入船壳，钻透了它。以近三分之一的光速，它十分轻松地切开了大船的内核。

三十三

　　她漫长的一生之中只有这一次旅程。看着自己存在的总和，小不点儿发现自己的生命是个点，是数学上的余数，在每一个维度里游荡，历经了创世之中真实的一小部分，吸收了所有它碰到的东西的点滴。她觉得自己既有运气，又蒙受了眷顾——这两者略有差别。她独处时最快乐，问题是她独处了太长时间。"太长了。"她耳语道。接着，用并不十分确定的语气，她说道："这应该行得通。"她最后一次检查了设备，然后爬进去，用迪拉的声音说道："未来才是最重要的。"接着她换成人类的声音，语气温和且庄严："希望我有好运。"

　　和自己那巨大的惯性抗争了几个月后，通过全力喷发和精确机动，小不点儿取得了成功。她已经获取了一个合适的目标，只要没什么重大变故，有超过百分之九十七的机会能与它在极短的距离内擦肩而过。但目标本身是个小家伙,直径只有十千米,还在加速追赶巨舰的过程中不断萎缩。撞击几乎是不可能的。即便这种不幸的局面发生了,小不点儿只是最后一次死去而已。她的轨迹与它差别太大,动能不仅会蒸发她的血液,还会烤熟她的心智,把它炸成一团愚昧的等离子。嫩芽本身可能会沸腾,从里到外,被咆哮着钻入它水体表面的物质撕成碎片。

小不点儿要做的是最后一次大角度的航向调整。在彻查库存,计算了每一克质量和每一束超异纤维之后,她只找到了一个勉强可行的办法。

过去的几个月中,在喷射和简短的睡眠间隙,她在奥斯米姆外部加装了能想象到的最简单的、最纤细的尾巴。在这个装置面前,头发丝都显得太粗。从她的头发以及皮肤和身体组织上剥离的蛋白质被织成了一根几乎看不见的线,一根掺杂了超导材料的线,并用超异纤维细丝加强。

新的尾部能产生一个微弱的但永不消失的电流。

一个裹着铁的小物体可以乘坐在尾巴上。如果能及时完成所有的调整,物体可以摆脱看不见的尾部,走上一条新的、更加有用的轨迹。

完成之后,奥斯米姆尾巴的长度超过了两万千米,质量只比一打人类的心脏略重。

这么细的路只能承载最小的货物。当小不点儿最后一次完成计算时,她明白了什么是可能的,什么是不可能的。最终时刻来临时,她差点儿未能实施。为什么不待在损害严重的飞船残骸里,继续自己的旅程呢?在某个遥远的未来,她会现身于墨水井之外,一个智慧的天才物种会来迎接她,在击败种种的不可能之后,她将再次发现自己获救了。

放弃自己小小的身体,这个要求实在是太高了。

这是一具废了的、没有活力的人类躯体,毫无吸引力,微不足道且可悲。但当机器人开始割走喉咙时,小不点儿几乎喊出了"停下"。

即便她的喉咙被切断了,她仍然可以通过纽联器发出乞求:"停,我想再考虑考虑。"

她为什么没有呢?

因为她实在是太害怕了,没法好好思考。就是这么简单,这么真实。当关键时刻来临时,这个小小的人类发现自己有太多的恐惧,但最糟糕的恐惧就是她可能会迟疑。审视着数字、几何和概率时,她不知道该怎么办。她会犹豫不决,错失良机,然后时间和无情的轨迹将替她做出决定。

"这是我的选择。"她提醒自己。

然后她就瞎了,眼睛被一束轻柔的、感觉不到的激光蒸发了。她的嘴巴也成了一团骨头碎片的蒸汽。微弱的回声在这个小小的、几乎有毒的船舱内来回游荡。

她的颅骨也蒸发了,露出了生物陶瓷的大脑。

但就连她这个小小的心智也太重了,太麻烦了。机器人接下来要取走的东西需要花上几天的时间,手法也要相当精细,只有在深空和接近于零的加速度中才能实现。凭借激光凿子和纳米级的精度,机器去除了一大堆冗余的部分和标准的部分。小不点儿的一半心智被彻底遗忘了,剩下的——希望是最有经验、最聪明的那一半——被放入一个薄薄的铁盒内,轻轻地送到舱外,乘着那根细长的尾巴,随着它的扭曲卷动,减缓她依然骇人的惯性,直到她落入外星异族的前进路径。

几天之后,聚合水塘感觉到了热源,看到有东西闪着光,穿透了她的天空皮肤。一开始,她以为那只是个平常的碎片。她的一个胃开始消化这免费的铁元素时,发现里面的东西太复杂,也太可爱,不可能源于自然。

她尝试了一千种方法,力图重现这个奇怪的、严重受损的心智背后的生物。

然后她发现说明书被蚀刻在心智本身之中。

还碰巧用的是聚合水塘的语言。

用一个个原子写成的微型符号告诉了这个生物应当如何开始,如何进行下一步。经过耗时但还算简单的工作,一个新构建的生物体躺在了活海洋的表面。

"你是谁?"她的救世主问道。

那女人仰面躺着,踢了一下腿,经过许久的停顿和多次深呼吸之后,她说道:"你。我就是你。"

三十四

　　黑洞披着一层如皮肤般薄的超异纤维外衣,在静电场和一只熟练的手的指引下,它被推到指定位置,固定在太空中。被打瞎了所有眼睛、丧失了所有机动力的巨舰以三分之一的光速一头扎入这个等待着的陷阱。整个过程还不到一秒钟。外衣如同气球一样爆了,释放了内容物。黑洞钻入船壳,进入点在船首东面八千千米处。超异纤维在这个微小的、相当于小行星质量的物体周围裂开,产生了一个手指粗细的通路,灼热异常,黏糊糊的。随后,这个武器穿透了岩石和低等级的超异纤维,通路也随之变大。最惨重的损失来自开放的空间,它沿途捕捉了公寓、街道和四个小海洋。它钻过水体和活的组织,任何临近的人都死于高热和强烈的核辐射冲击。一万名船员和乘客的尸体和残肢被甩开。两个一线燃料泵被迫离线,还有半打辅助反应堆。大船后半球的一个深海损失尤为惨重:切伦科夫辐射的蓝色闪电在海床上爆发,将一种行动迟缓的自养生物所建造的唯一城市夷为平地。这种名叫天堂蠕虫人的智能生物居住在深海排水孔附近,要不是首领事先下令让他们分散,他们会就此灭绝。但还是有几乎一半人口留在了家里——有些是非法的。在不到一毫秒的时间内,他们被巨浪、强光、炽热撕裂,外壳从身体上撕下,没有生命的灰白色液体漂浮在红热的、由熔化玄武岩和过热海水形成的湖面。

"不要靠近,长官。"

在战场上,保安部队拥有最高权威。

"长官。"哈鲁萨鲁又说了一遍,语气严厉、不耐烦,"说不定这就是敌人所希望的。制造一个导孔,然后用一个更大的奇点来杀死好奇的人。"

"奇点"是哈鲁萨鲁语中对"黑洞"的称呼。

浣生想做出回应。但亚斯林先开口,提醒这位谨慎的军官。"这样的射击难度太高了,不太可能。"

眼下这个奇点的轨迹远称不上完美。即便武装了十亿吨级的质量和可怖的速度,它在穿透船体时仍然改变了线路。这是超异纤维的罪过,或者说是它的功劳。即便在攻击过程中船壳熔化了,古老的力量依旧在努力地维持自己的连接。切断的连接之间混乱的相互作用产生了强烈的电磁脉冲。奇点本身就带有大量电荷,在持续深入船体的过程中,它对这些在它身边突然爆发并与之相抗衡、完全无法预测的电场做出了反应,产生了偏转。

最终偏转了半度。

关键的半度。

但两个船长都没提起这个好消息。出于众多重要的理由,这次考察打着普通的、冠冕堂皇的旗号,也就是检查损失情况。一个在大船度过五万年的种族遭遇了惨重的灾难,现场调查当然合情合理。

保安军官再次说道:"不准靠近,长官。"

浣生停住脚步,跪了下来。

总工程师在她身旁跪下,看着逐渐冷却的石头,随后又看了看上方黑暗的水体。默默致哀之后,她们站了起来,行走在海床上,身边围着一个排的士兵。

"我还是个孩子时。"

亚斯林眨了眨眼,"怎么突然说这个。"

"我还是个孩子时,"浣生又说了一遍,她的钻石手套内握着一个圆圆的温暖的玄武岩石块,"在我的屋子里,朝任何地方看……都是大船的模型,做得很精巧。"

"父母是工程师嘛。"她的朋友赞同地点了点头。

"并非所有的模型都是他们的。"浣生把石头递给同伴,"但最好的那几个是。有些是数字模型,如果放大关键的细节,会看到古老的伤痕。跟这东西留下的伤痕一样——假如我们不去修补的话。"

即便在最荒凉的深空,创世的过程中也制造出了无数个微小的黑洞。大船偶尔会撞到这些自然界的陷阱。但船壳总是能自我修复。超异纤维具备这种天赋,这种愿望。切断的连接会重新寻找连接,而连接总是能相互找到,在不到一根手指直径的距离内就能找到。这种亮闪闪的灰色材料只需耗费少量潜伏未用的能源,在它变干、硬化之前,它会向内流动,连接、再造,直至它达到钻石强度的一万倍。

更多的损害出现在岩石上。但是,岩层的厚度以千米计,岩层中无处不在的压力很快就能封闭岩石上的伤口。大气和各种液体就更不用说了,用不了多久就能轻松复原,就连天堂蠕虫人最终也会恢复,无论是数量还是活力。此次撞击真正能留下的唯一一件遗物可能是黑洞本身。它带着高能电荷不断飘移,它的新轨迹最终将带着它离开墨水井。

"我有个想法,"浣生道,"我还是个孩子时,我想过如果我们能数一下伤痕的数目,或许能猜到巨舰的年纪。"

"这真是你想到的?"她的朋友打趣道。

"我想到过。"她说道,"但我不知道其他好几百号人已经想到了,而且付诸行动。"

概念挺合理,但其中蕴含了太多的问题。伤痕越老,超异纤维把它藏得越严实,而且没人能确定遥远的宇宙中的黑洞究竟有多大的密度。沿着大船的航向往回追溯帮助有限。和其他二十种方法的结论一致,巨舰肯定比地球更古老,但推测应该比创世年轻。

"至少我父亲是这么跟我说的,"浣生说道,"但他说得很婉转,如果我没记错的话。后来他足足跟我解释了上百次,说我那个异常聪明的点子其实不是我自己的。"

她们身边的海水再次变暗变冷了。除了一层薄薄黑色的沉积物,看不到任何生命的迹象。除了她们走过的地方,没有任何动静。此刻,首领正在对飞船讲话,公开描述了损害,重点放在哪些东西逃过了这一劫。乘客们的情绪如何? 船员呢? 浣生有意忽视了多种工具,稳步走向一辆装甲船长车,另有一个排的士兵在守卫着它。

"他们是你的人吗?"亚斯林问道。

"谁是我的人?"

"天堂蠕虫人。是你把他们迎上船的吗?"

浣生刚要回答,又犹豫了。最后,她平静地承认:"不是。但我要去查一下才敢确认。"

"我们是两个老女人了。"亚斯林自嘲地说,"太多的回忆,塞在一个太小的空间里。"

浣生点了点头,又沉浸在孩提时代的回忆中。

最后,她问:"是谁发明了超异纤维?"

她身旁的工程师瞬间就给出了父亲在几个世纪之前就给出过的回答。古老的人马座外星人从银河系中最古老的物种那里收到了这个神奇的礼物,而那个物种早已灭绝……

亚斯林迟疑了。

"看来这不是你要的答案。"她猜道。

"我也不知道我想要什么。"浣生承认。

两个排的士兵开始登上装甲车。在它后面是另一辆小得多的、非常不起眼的车子,躲在一条小裂缝里。它是沿着另一条路偷偷来到这里的。

哈鲁萨鲁军官登上小车。然后她用指头钩了一下,简洁明了地示意两位副首领上车。

"是建造巨舰的人最先发明的。"亚斯林让步了。

可能。

"你想跟我说的就是这个?说你在小时候玩的那些模型?"

"不是。"浣生说道。

女人们解下各自的增压服。

"不是。"浣生再次说道。她随即坐下,车子准备驶入阴冷的黑暗。她冷冷地说:"我本想告诉你我是多么骄傲。那些可怕的小黑洞,宇宙中最可怕的力量,它们一次次地钻入我的飞船。而神奇的大船挺过了这些灾难,几乎没留下什么痕迹。"

保安队军官不幸言中了。下一个奇点大了足有五倍,更糟糕的是,它本身还带有强大的惯性,以几乎十分之一的光速向着目标狠狠地冲了过来。没有预警,甚至对最高阶的军官也没有。首次碰撞五天之后,浣生坐在某个后备舰桥内,和其他副首领以及一系列物种之中挑选出的船长和代表们的全息影像开会。那一刻到来时,她没在说话,但碰巧抬头瞥了一眼会议桌的远端,眼角捕捉到了一道闪光——她的一位同事变成了等离子和光线。

其他一百个全息影像都下意识地看向闪光的方向。

无数个警报声响起,众多船长和自动系统都在请求数据。

不到半秒钟,黑洞已然钻透了大船。有自身惯性的帮助,它更为有效地对抗了超异纤维的拉扯。更糟的是,黑洞的进入点离船首不到二十千米,画出了一条完美的垂线轨迹,几乎称得上迎头撞击,损失惨重。鳃人副首领死了。反应堆被刺穿了。钻入的黑洞还穿过了大峡谷——一个纵向空间,高达几百千米,里面满是大船上最贵的公寓。这一次是真正的大屠杀。每过两秒钟,死伤名单就会更新一次,人工智能预计最终数字将接近五万。全都死了。穿过大峡谷之后,黑洞钻透了飞船的核心,到了后半球,堪堪错过了十二座城市,最终从大船的中央火箭处重新冲入太空,给本已饱受摧残、仍然没有动力的引擎增添了新的伤痕。

但在这堆丰富的数据和冰冷的运算之中,有一个值得注意的缺失。

髓星。

浣生站了起来。

帕米尔的影像站在她身旁。用熟悉的表情,他要求她待在原地。用一只听话的光子组成的手,他握住她的真手,仿佛他能在此处真的抱住她。

她又坐了下来,感觉能量已经耗尽。

帕米尔接替她主持会议。以浣生的名义,他发布着命令,制定任务的轻重缓急,随后他转身看着亚斯林问道:"我们什么时候能准备好?"

总工程师有些踌躇。

"哪一个?"

"奋进。"他说出大船港口的名字。

"八天,"她说,"又一个小时。"

工蚁人副首领尽可能地弯下腰,随后抬起头,宣称道:"我们能提供额外的人手。"

"人手不是问题,"亚斯林解释道,"太多了反而不好,我现在就觉得已经太多了。"

紧急项目总是太过于雄心勃勃,工程师此刻也做不了什么,以便更快地完成这个不可能的任务。帕米尔点了点头,接着处理其他的问题。更多的命令亟须颁布。大峡谷发生了骚乱,有歹徒正四处劫掠,他命令奥斯米姆派出后备部队。"你只需要恢复秩序,不能杀人。明白吗?"

"明白。"一张嘴说道。

很快,所有与会人员都被派往合适的地方,受领了新的任务。浣生到这时才重新接手。间隔虽然只有三分钟,给人的感觉却十分漫长,跌宕起伏。首领再次向全船发表了讲话。浣生也再次盯着桌子的远端,修长的手指威严地按在光滑的黄绿色的桌面上。她用泰然自若的语气对听众说道:"去干活儿吧。不多说了。"随后,她突然产生了一种预感,不由自主地用上了威胁的语气,"这不会是一场漫长的战争。从此刻开始,无论聚合水塘有什么手段,她都会朝着我们使出来。"

这之后,他们回到了浣生的公寓。

当然,没有谁敢真的进入这种明显的、广为人知的目标区域。要是聚合水塘派出一串微型黑洞袭击这个地方,试图杀掉一直以来住在这一区的船长呢?不,他们没有在浣生的公寓里,当然更没在她的卧室里裸着身子。他们在大船的两头,手与手紧握的影像只是一种伪装。然而,大船别的地方都没有这种特殊的沉浸眼,传送着加密的信息。只有在她的卧室里,在黄绿色的天空下,浣生才能俯视着髓星。

黑暗之中,铁水泛着红光,火焰四起。但这个世界比任何时候显得更为安静,更为黑暗,尽管有黑洞穿过——这一击近乎完美,离它核心的中央只差了不到一百千米。

"差一百千米,可以视为差得很远。"帕米尔起了个话头。

她没说话。

"囚犯位于中央，"他继续说着，"一直以来的推测都认为它小到不能再小。聚合水塘击中这种目标的概率有多大？"

浣生拒绝回答。

"她可能有一千个小质量的黑洞。"他接着说道，"当然，只是个预计数。假如她一直朝着我们发射，每一次都比上一次更精确……根据这两次攻击的变化速率来分析……"

"百万分之一。"她给出了一个数字。

很小的概率，足以令他们感觉稍好了一些。但帕米尔太实诚，不愿欺骗自己。"她要做的就是把这东西从禁闭中释放出来，"他说道，"不管这个囚犯是什么。荒凉，或是建造师。或是被暂停的创世。"他放开她的手，补充道，"毕竟，这就是囚犯的意图。在此之前，它曾试图把我们赶进那个大黑洞。"

浣生本想回应。

她的话已经组织好了，随时可说出口。她的嘴巴已经张开了，准备发出第一个音节。紧接着却发生了她未感知到的撞击。一个到目前为止最小质量的黑洞击中了离大船真正船首不到四十六米的地方——那是超异纤维上的一个数学点，由一片普通的钻石片做出标记，此刻已沉没在一个百千米深的活海洋里。

那是一个微型奇点，但聚合水塘把它加速到了三分之一的光速。

轨迹近乎完美。

浣生看着——说不出话的嘴巴张着,眼睛发亮——她看到髓星正上方的超异纤维发出一道闪光,穿过空无一人的基座,穿透了铁星的心脏,随后从另一头冒了出来,发出同样诡异的蓝色霞光,闪耀在近乎完美的真空之中。

假如核心的禁制被打破……

假如古远的守卫失败……

假如魔鬼被释放,就在此刻……此刻,她还能和帕米尔一起躺在没有褶皱的床上吗?

"我们可能没有八天了。"她想着奋进港。

"我们可能连八分钟都没有。"帕米尔恨恨地嘟囔了一声。随后,他大笑道:"我们可能已经死了。宇宙终于诞生了,我们只是影子,正在发出微弱的、无关紧要的声音!……"

三十五

这六个巨大的港口是以一个被遗忘的探险家的子女来命名的。阿尔法是人类最先进入大船的地方，一直是皇冠上的珠宝，船长和贵客的首选之地。贝塔是妹妹，高贵，一贯可靠，独具魅力。卡普利斯是大型货船装卸货物的地方。德纳里赢得了法外之地的称号，虽然它的主要功能是处理具有一定危险性的物体和生命。奋进是一个安静整洁的设施，用来停泊出租艇和高速飞船。最后一个港口是奇怪的、最不常用的革温斯，在人类占领之后的十万年里几乎没怎么用过。它的中央圆筒很少被点亮，从未被加压。除了对邻近的舱门和泊位做些基本维护，这地方看着像是自从建造师们收拾完工具离开之后就再没人来过。

欧雷乐走进一间异常狭长的房间，紧张地抽着鼻子。他什么都没闻到。

什么都没有。

由此,他推断没有人类或其他物种来过他现在所站的地方。一个发光球跟着他,用温柔的粉红色光线点亮了整个房间。地板是一层超异纤维,比银河系还要古老,一尘不染,但在时间的作用下显得有些灰暗。两侧的舱壁和低矮的天花板也是如此。需要走一百步才能走到房间的最深处。他走了进去,随后来到一扇厚厚的钻石窗框前,窗框由超异纤维束加固。发光球熄灭了。欧雷乐用手指碰了碰钻石,这时他才注意到自己的手一直在颤抖。两只手都在抖,胸口一直压着块巨石。他该干什么? 独自站在黑暗之中,等待建造师的回归? 霎时间,绝望笼罩了他。他垂下了头,盯着冷冰冰的窗框,双臂环抱于胸前,紧紧地压着,强迫紧张的肺脏先是呼出一口气,再往里吸气。

"看。"

声音在他身后。

"看前面,"那声音说道,"下面。"

他什么时候才能停止听命于他人? 他的生命什么时候才能属于他本人? 显然还没到时候。用一双已然适应了漆黑一片的眼睛,欧雷乐发现自己正俯视着一个巨大的房间,足以容纳一百艘加满燃料的星舰。

那里,还有那里,点点的光线跳动了一下,随后消失。

更多的光线显现了。其中有一条从圆形的地板上升起,没有发出他能听到的声音,也没有透过厚厚的窗口传来什么震动。他看到的景象很优美—— 一团闪闪发亮的光,还有正在释放的能量。欧雷乐看着那物体升起时,他意识到它很复杂,也十分庞大,最后却变得异常普通。

一辆普通的工程车坐落在光线的中央,车上挤满了工蚁人和雷莫拉人,正沿着看不到的线上升。

"发生了什么——?"他开口问道。

"还没发生。"那声音对他说。

欧雷乐认得那个声音。一个名字和一张脸从记忆深处涌出,随之而来的是更多的相关内容。奇怪。这是他的感觉。非常奇怪。一千个细微的记忆不知从哪里不断冒出,在此过程之中,他说了一声"佩芮",语气轻柔,近乎绝望。

"安静。"佩芮告诉他。

他无法服从。"我感觉不好,"他解释道,"我的头出了问题,我的脑子——"

"站好别动!"又一个声音吼了一声。

欧雷乐没能听出那个男性的声音,但他没再说过话。佩芮走近了一些,不知是否真的是接近,还是利用声学上的把戏,他对着这个吓坏了的男人耳语道:"你很安全。你没事。我带来了我的一位老朋友。"

在黑暗之中,欧雷乐什么都没看到。"我想帮忙,"他再次说道,

"我告诉了浣生——"

"我们知道。"

"我突然意识到了。"欧雷乐嗫嚅着,"我当时在思考,突然就意识到了……假如它有用,我愿意帮忙……"

"但我们要做的与此无关。"佩芮道。

欧雷乐闭上了眼睛,融入黑暗之中。

"我的朋友带来了一个机器。非常罕见,非常精密的工具,有助于回忆。你知道吗,欧雷乐,宇宙有无数个层,你存在于其中一个碎片上,这个碎片在这层的占比极小,小到接近于极限。你知道吗?"

"是的。"他脱口而出。

"你理解吗?"

不相信,也从没琢磨过。他摇了摇头,承认道:"我一直都觉得它没什么道理。"

"我也是。"佩芮回应道。

欧雷乐再次转身,透过钻石向外看着。没人跟他说过不能动,头脑中那个奇怪的刺痛似乎也消失了。下方的光线变得柔和了,也稀疏了许多。在他看着的过程中,两道闪光融合在一起,消失了。接着又有两道。

"我们认识多久了?"

佩芮问出这个问题,然后给出确切的答案。他说出了他们首次相遇时的年份,随后用严厉的语气问道:"我说的对吗? 还是错了?"

欧雷乐吃了一惊,说道:"对的。"

随后,他犹豫了一下。

"不对。"

"我错了?"佩芮喝了一声。

"比这还要早八年,"欧雷乐承认道,"我有不同的名字,不同的脸。你和你的老妻——"

"奎伊·李。"

"你们参加了一个派对。在威尔士区,是吗?是的,就是在那儿。我已经很久没想起过那个派对了,可能从没想起过。"

"你还记得什么?"

"你的老妻子。"

沉默。

"她溜走了,去找些不那么时髦的吃的。她是这么跟我说的,'不时髦的东西'。然后我转向你问,'你怎么找到……'"

他打住了话头。

"我怎么找到的什么?"佩芮用温柔的、几乎像在诱惑的声音问道,"告诉我你想起了什么。原原本本地告诉我。"

"'你怎么找到这么甜蜜的地方来停泊你的生殖器的?'"

在黑暗之中,欧雷乐的身体绷紧了。那一刻的记忆回来了:一个脸蛋漂亮的男人把水晶酒杯砸在他的嘴上。突然间,他仿佛又感受到了数万年前的那次重击。他一只手抚摸着并不疼痛的下巴,问道:"这个把戏是怎么回事?"

"从某种层面来说,心智可以贯通量子宇宙。"佩芮似乎靠得更近了。他的声音既轻柔又响亮,语气里只有一丝恼怒。他解释道:"记忆可以强化。如果把你这个身份和无限多个非常相似的欧雷乐联系起来,如果你们所有人一起回忆已然遗忘的事情——"

"对不起。"

"不,你并不觉得抱歉,"佩芮告诉他,"你只是在害怕。"

可能一辈子都会怕下去,欧雷乐心想。

"是的,"佩芮说,"那就是我们初次见面。"

"我真心希望能感受到歉意。"

"得了吧。"

欧雷乐深深吸了一口气,但他仍然什么都闻不到,除了他自己和身处的空无。

"知道你为什么来这儿吗?"佩芮问道。

"不知道。为什么?"

"我也不知道。浣生让你来的。"他的审问者笑了好一阵子,"是她告诉我去哪里能找到你。我打听你在哪里,是为了问你几个问题,趁着还有机会。"

欧雷乐浑身一凛,"什么问题?"

沉默。

下方已经没有光线了。但在上方,闪烁的光点轻快无声地移动,明亮到足以照亮欧雷乐一只颤抖的手。

"有关很久之前的过去。"佩芮提示道。

"好。"

"以及外星人。"

"什么外星人?"

沉默。

欧雷乐的头脑中再次感觉到了上万亿根手指冰冷奇怪的触碰。他声音颤抖着问道:"哪个种族?"

"我想了解你从未想起过的那个外星种族。"

上方的光点眨巴着,熄灭了。突然间,所有冰冷的手指都插入了欧雷乐那无助头脑的深处。

三十六

水体的皮肤厚实又黏稠,温暖,散发着好闻的气味,有点类似盛开的丁香花花瓣。小不点儿躺在水面上,脸朝着天,双手并拢着放在瘦小的腹部,裸露的脚踝交叉着。她使尽了浑身解数,倾听着水体,感觉着身下这个世界的脉搏和潮汐。

在过去一段漫长的时间内,脉搏加快了。

巨大的内脏开始移动,根据某种新的需求转换着位置。水体渐渐变暖,有时,一阵液体的喷射流会令它的表面微微泛起涟漪。这个小小的生命体——庞大的聚合水塘上一个无名的液滴——正在为某种东西做好准备。小不点儿则是附着在这个生物上的一个渺小的生命,没有衣服,也没有机器,从任何角度看都显得无助。

"我现在就展示给你看。"

她的回应是什么都不做。她一动不动地躺着,缓慢地呼吸着,甚至连新生的心脏都跳得懒洋洋的。她紧闭着双眼,只有微弱的光痕映入眼帘。

"小不点儿。"听着像女人的声音说道。

她不愿轻易做出回应。

"你会希望看到这个。"聚合水塘做出了判断。随后,以焦躁的态度,它蒸发了她的眼皮。

巨舰填满了天空,小不点儿勉强辨认出了眼前是什么。

"看着。"声音命令道。

这是她唯一的选择。她的头突然被固定住了,无助的双眼无法产生泪水。她看到的是一个庞大的球体,布满明亮的色彩和能量的闪光。船壳隐藏在一个深深的、狂暴的海洋之下。唯一存活的地标是火箭喷嘴,但每一个都被安上了从水体里长出的新附肢。引擎都熄火了。大船正在漂浮,无助,陷入重围。正当她思考着这种无助状态的后果时,一道闪光突然出现,填满了中央喷口,留下一道薄薄的尾流,那是离子化的物质形成的稀薄气体。

小不点儿的新心脏在新的肋骨下剧烈地跳动起来。

聚合水塘放开了她。她站起身,但这个世界的皮肤仍然抓着她的小脚。

"为什么?"她问道。

"你的目标,你打不中的。"她宽慰着自己。

随后,以真正的好奇心,她忍不住问道:"你叫它什么? 你认为在飞船核心藏着的那东西——?"

"一切。"

"它在髓星内吗?"

"一切。"那声音重复道。

她回味着这个词,"'一切'",庄重地点了点头。随后,她用坦诚的语气承认道:"我不懂有关的数学,还有哲学。在我的世界里,学习第七理论的机会不多,也没什么人相信。"

沉默。

"宇宙尚未完成。你说的。"

"你认为创世已经完成了?"那声音以理解且嘲讽的语气说道,"恒星不再老去了? 所有的物种都进化到了完美? 你现在能看到、能想象到的东西,再过一万亿年也不会改变?"

小不点儿的视角位于巨舰后方的侧面。她的目光能越过它湿漉漉的肢,看到墨水井的深处。她伸出一根手指,碰了碰一个看着像一个简单的蓝色斑点的东西。蓝点变大了,也变亮了,最后,她看到了太多的东西:强壮的机器和活的肢体组合在一起,操控着一个超异纤维球体。在球体内部,有一个异常微小却异常强大的东西,携带着大量电荷,被悬空束缚着。她知道那是什么。又一个黑洞做好了瞄准,一只谨慎的手正要把它掷向一个微小的目标。

"宇宙在变化,一直在变,"她附和道,"所有东西都在演变,以各种方式,是的。"

"但你看到的只是影子。"聚合水塘断言道,"影子和模糊的可能性。每时每刻,宇宙中有用的能源都在流失。恒星老去,熵在增加,物质被压缩成虚无的空洞,星系乘坐着黑暗的潮汐,以不断加快的速度远离彼此,变得越来越快。"

就在小不点儿看着的同时,成群的机器开始折叠自己,变成一个个小点,钻入球体,给最终的武器增添了自己的质量。她用紧张的语气小声问道:"假如那个'一切'就乘坐在大船里……假如它真的存在……'一切'有多大?"

"它没有可描述的大小。"

"但你的实际目标有多大?"她将食指与拇指搭在一起,"你想把它从禁闭中解放出来。也就是它的监狱。那么,你想砸开的这个果核有多大?"

"很小,没错。"

"像一个果核?"她在手中拿着这个想象中的核桃,"比它大? 还是小? 还是你也不知道?"

沉默。

"欧雷乐什么都不知道。只是一些半知半解的谣言。具体的参数,假如存在的话……只有在髓星上生活过的人才了解内情。"

此刻,聚合水塘的活体片段正爬进超异纤维球体的内部,应该会一直掉入那个黑洞之中。活着的水和垂死的肉体加速到了接近光速,然后,随着一阵 X 射线,消失得无影无踪。

小不点儿将目光拉回到巨舰。

"违望者。"她嘟囔了一句。

"怎么?"聚合水塘回应道。

"欧雷乐并不是你唯一救过的生命。是吗?肯定不是。逃离大船的人有好几千。你还找到过谁?一艘小小的交通艇,里面挤满了奇怪的灰色人群,是吗?"

她点点头,自己回答了自己提出的问题。

"在髓星的中心,在炽热的铁和镍之下,有一个机器。可能是个牢房。不管它是什么,总之很古老。多年之后,我看过官方的档案。浣生也跟我说过她掌握的情况。违望者会在金块和铅块上缠上超异纤维,把它们放在冷冻舱内沉下去。一直沉到牢房,沉到封禁之舟,不管你叫它什么……沉到一切被永久封禁的地方。"

"一共有二十三个违望者,"那声音承认道,"其中一个恰巧有足够的地位和运气,亲眼看到了'一切'。"

小不点儿点了点头,重重地喘息着。

"但巨舰的生存能力很强,"她提醒道,"它被设计成适于远航,能承受遭遇的任何自然灾害。在星系之间,恒星质量级的黑洞非常罕见。但微型黑洞,就像你用的那种。用它们攻击一个直径几千米的目标,很可能会有一个命中。这种概率……"她摇了摇头,"这种概率太大,简直是不可避免。建造师绝对不会把牢房建造成这样,千疮百孔,轻易就被攻破。"

她说道："'一切'没有形体。"

她越来越自信了，"你试图用比我指尖还小的炸弹去攻击一个没有形体的东西。没用的。你不可能成功。十亿个影子领域中有一个……有可能……但在那个影子的领域内，这种灾难必定每天都会发生……"

随后，她悲伤地笑了笑，说道："但我们还在，并没有毁灭，不是吗？"

超异纤维球体正在加速，迫不及待地向巨舰冲去。第一道闪光在大船的前端亮起，这出乎小不点儿的意料。她不应该能看到撞击的，因为她看不到船首。可她偏偏看到了那个辐射性气体的喷泉。瞬间，甚至没等她狂跳的心脏能装满血液再次跳动，那个扭曲的、带有大量电荷的空无就从飞船的后端冲了出来。这一次不是从最中间的喷口冲出来的，也远离其他高耸的喷口丛林。黑洞错过了核心，误差接近两万千米。再次进入太空之前，它打出了重重的一击，肯定杀死了数以千计的生命。它的尾迹之中留有一个针尖般大小的热点，此刻已然开始冷却。

"准头太差。"小不点儿差点说出口。

但她阻止了自己。用紧张低沉的声音，她说道："这是故意的。是吗？轻轻推一下，让你的目标进入一个更好的位置。"

沉默。

但沉默之中有某种自鸣得意。她轻轻地吹了声口哨，说道："给我看大船的前面。"

视野立刻变了。她看到的是一个飞行在不同轨迹上的姐妹嫩芽或机器给出的信号。身处巨舰旁边,她却能看到任意方向。以大为提高的敏捷度,她辨识并研究了一系列布置在大船航线上的小蓝点。

每个蓝点都和其他一样——完美球形超异纤维外衣下的微型黑洞。

更远的地方看着更有意思。在可见范围之外——但可能再过一两个星期就会进入视域——等待着一个完全不同的东西。小不点儿放大了它,看着像是一摊暗红色黏液。过了一会儿,也可能是一个小时之后,她才又开始了呼吸,但她拒绝发表任何评论。以最大的努力隐藏着自己的痛苦,这个娇小的女人强迫自己看着相反的方向,用那对神奇的棕色眼睛往回看着锦囊。

"你会死的。"她说道。

"我并没活着。"聚合水塘回应,"我是影子和空无,我从来就不存在。"

"在所有的现实之中,船长都会打败你。"她保证道。在她渺小的生命之中,她从来没有表现得这么像一个人类,用自豪到夸张的声音说道:"他们会找到一千种方法打败你。让你的梦想破灭。让你显得愚蠢和可悲。然后,你会死。"

沉默。

"在这几百万年里,你占据着这片星云。太阳从旁掠过或从中穿过,你移动气体和尘埃到合适的位置,不让它们坍缩。依靠天赋和强健的肌肉,你一直可以保住你的海洋,让它完好无损。"她停顿了一下,放大黑色锦囊稠密处的关键部位,"但现在,它已经成了垃圾,"她咆哮着,"看。这么多引擎的尾气——大部分是你的引擎——推动着尘埃,让这里形成了高密度区域,吸引着邻近的尘埃和气体。再过几千年——这段时间很短——你的这个家园,这个奇怪的巨型身体,将会坍缩成一百个新的太阳。你会死。"

这生物再次说了一声,"但我只是影子。"

"一个懦弱、愚蠢的影子。"她说道。

她脚下的皮肤泛起涟漪,随即又恢复了平静。但它的黏性消失了。片刻之后,小不点儿跺了一下脚,让自己飘了起来。嫩芽的引擎已经停止了喷射。她们俩离目标已经足够近了。巨舰的引力将拉着她完成剩余的航程。

"别把我松开。"她轻声说。

水中长出一根紫色的触须,朝她伸过来,随后又犹豫了。

"抓紧我,"她说道,"当你抵达表面时,你要设法保护我。"

"有什么好处? 你会帮我吗?"

"乐意效劳。"

"那就告诉我——"那声音说道。触须变得扁平,变成了一面简单的镜子,照着小不点儿。

"告诉你什么?"

"这些勇敢的船长将如何战斗?"

"我不知道。"小不点儿坦承。

"大船的秘密弱点在哪里? 只要说出这个就行了。"

"我知道的都不重要,也都过时了。"盯着她自己在镜中的影子,她耸了耸肩,"抱歉。"

沉默。

"我觉得你并不理解我说过的话。"她警告道。

小不点儿换了种冰冷的语气,再次解释道:"你会死。船长们会跟你战斗,直至将你打败。在我们身后,你的星云会坍缩成新的太阳和行星。你的邻居将不再爱你,他们中的某些将猎杀你存活的部分。或更糟糕,你的各个部分将分开,成为各自独立的物体,每一个都有自己的名字和小小的灵魂。"

"你怎么帮我?"那声音问道。

小不点儿笑了。

她久久地展示着自己的笑容和人类的自以为是。随后,带着冷峻的笑容,她宣称道:"还不明显吗? 你这个愚蠢的家伙,你还不明白我对你意味着什么吗?"

三十七

　　各种故事纷至沓来,涌向浣生:对损伤和死亡越来越快的估计;维修小组的首份报告;一百个随机幸存者的第一手目击资料;黑洞的质量、速度和它精确的线路。浣生开始掐自己,两只手的指头用力捅着两肋,坚硬的指甲压着镜面制服和制服下面的肌肤。她想承受一种普通的、持久的疼痛。大船的状态很凄惨,然而她能感受到的,除了最琐碎的情感之外,只有深深的、冰冷的麻木。她觉得悲伤,那是自然。还感到悲痛,不敢相信。更令她惊奇的是甚至觉得尴尬。这种事怎么可能发生?在这艘飞船漫长生命中最糟糕的时刻,站在临时舰桥上的人是谁?

　　尴尬令她痛苦,但只维持了一阵。她加大了手劲,仿佛要在自己的肚子上钻出一个洞。随后,数千年养成的习惯又回来了。浣生挺直后背,抽回正用力捅的手指,伸手摸摸头,耐心地找到一个最优雅的姿势,整理戴在头上的小小镜帽。

她一声令下,关闭了大部分纽联器。

用一个熟练的、几乎是随意的手势,她吸引了首领的注意。"你准备好之后,"她对这位古老的女人说道,"请做个情况说明,安抚大家。请尽量表现得诚实。"

首领一脸严峻和愤怒。汗水让金色的皮肤闪闪发光,目光似乎能喷出火来。临时舰桥是个草草修建的地方,巨大的房间里摆满控制台,但大部分岗位此刻都空着。若不仔细看,几乎就像只有这两个女人在试图控制着大船。

"我知道我的责任。"首领咕噜了一声。

背后的含义是:你知道你的吗,浣生?

"亚斯林?"

距离和众多干扰迟滞了回答。

"在,长官。我的队伍在行动。"总工程师流利急促地回答,"等到贝塔箱安全之后,就去加强卡拉区。"

黑洞的质量相当于一个直径一千千米的铁球,体积却小于一粒豆子。它毫无阻力地碾过了无数个社区,吸入物质,烧焦它无法吸入的。而且,它还在大船的一个主燃料箱上打了两个洞。一个海洋的液态氢正从受伤的超异纤维里喷射而出。洞太大了,没有帮助的话,伤口无法自己愈合。

浣生没有回应。

亚斯林意识到了。"你不想听这方面的消息,是吗?"

她看不到的一副点了点头。

"奋进港?"

"刚才那次攻击可能是想推一下。"浣生用坚定的口吻说道,黑色的眼睛打量着长长的走廊,"假如我没猜错的话,聚合水塘想调整我们的航线。"

"合理。"远处的声音表示赞同。

"你什么时候能让它重新上线?"

"十二个小时又三分钟。"

"如果我们现在放弃港口——?"

"我有太多的人在处理太多的事。假如我们现在放弃,除了港口外,还有百分之四十的效率损失。"

浣生点了点头。

"长官?"

亚斯林是她长时间的同事加好友。听到她说"长官",用了这样的语气——服从但迟疑,立刻引起了浣生的注意。

"什么事?"

"长官,"总工程师又说了一次。随后,她紧张地笑了笑,提议道:"工程师都知道有种十分罕见的情况,这种时候,解决问题更多需要用心,而不是智慧。多一点鼓励胜过指导。你懂我的意思吧,长官。"

在警卫的护送下，浣生离开了舰桥。

一辆等待着的车载着她和士兵上行，以折断骨头的速度，冲过一段垂直的高速公路。公路上空荡荡的，因为法令，也因为恐惧。长长的街道和小城市被塞进侧面的舱室，看着像被剥夺了生命似的。大船上所有的生命体加起来也只是一个很小的质量，现在都被极大地分散了，躲在公寓、无用的堡垒和复杂的洞穴里。每个个体都极力保持着不可见的状态。

在革温斯港，另一队黑制服的士兵迎上浣生。他们之中站着帕米尔，匆匆一瞥，他就说完了千言万语。

情况很糟糕，他说，运气不好的话，这种糟糕的局面还会再糟糕上无数倍。

浣生询问客人的情况。

帕米尔用简短的词语做出了评价。他说，"害怕"，然后"好奇"。随后，他露出了真心的笑容，把另一位客人描绘成"紧张加期待"。

很快就走到了第一个房间。"害怕"站在门旁，随着士兵和两位船长的进入，他露出了笑容，声音颤抖着声称："太好了——"

"是吗?"帕米尔喝道。

浣生越过了欧雷乐。他不得不小跑着跟上她，用近乎惶恐的声音说："我感觉到了。附近有震动。"

"没那么近。"她反驳道。

"不近吗?"

"人都清空了?"她问帕米尔。

"我是最后一个离开的。"他回答。

"开始吧。"她下了命令。

他们离钻石窗户仍然有五十步的距离。但帕米尔点了点头,使用了自己的权限和一条简单的加密信息。

浣生以为感觉到了远处传来的震动。

但不是,只是又一个黑洞。这次是个小的。它命中的地方距离船首只有几厘米,带着可怕的惯性,它在不到十分之一秒内就贯穿了大船。

损伤报告立刻涌来。

她没理睬它们。她赶在其他人之前走到大窗户前,两只手压在凉凉的表面,抬头看着一片巨大的黑色。

"我帮到忙了吗?"欧雷乐问道,"我说的有用吗?"

她什么都看不到。她也应该什么都看不到。太早,也太远了。各种模拟都预测,一两分钟之内,什么都不会看到。

"什么忙?"她问道。

"我的回忆。"

"什么回忆?"

二副清了清嗓子,"我让他拜访了他的一个老朋友。佩芮。佩芮有几个问题要问。"

"跟回忆有关?"浣生疑惑地问道。

"很久之前的事了。"帕米尔回答道。

比预料中的早。一道闪光亮起,隐约传来震动。浣生拒绝从其他任何视角来观看眼前的情景。她就在站着的地方,用她那对疲倦的双眼,看着一个垂直的圆筒。之前它从未感受过强光的爱抚。

"重要吗?"她大声问道。

两个人都没回答。

浣生回头瞥了他们一眼。到底怎么回事?

欧雷乐对帕米尔说:"我想起了我能想起的事情。比我预想的多。我真的希望自己有用。总之,我能——"

又一道闪光,在港口内倾泻而下。

欧雷乐勉强笑了笑,问道:"什么情况?"

帕米尔跟着浣生来到窗边,用不怎么深奥的语言解释:"聚合水塘用串在一张超导塑料网上的聚变反应堆为自己提供能量。当那张网变形得太厉害,它就会破裂。塑料会试图弥合裂缝。当裂缝的两端距离足够近时,它们会制造出耀眼的火花。"

港口突然被深蓝色的光照亮,炽热的光线距离很近。

"十万根蛛丝刚刚断了,"他对欧雷乐说,"你的爱人应该觉得有点痛吧。"

欧雷乐终于也走到他们身旁。

"不会。"他轻声说。

帕米尔笑着说:"会。"

"你们打开了主舱门。是吗?"

两个船长都没有回答。

欧雷乐试图笑,脸上却是将信将疑的表情。窗外,活的水流和活的火正在完美的真空中降下,加速冲向港口那光秃秃的地面。

"你一直说想帮忙,"帕米尔提醒欧雷乐,"好吧,我们决定邀请你亲爱的姑娘进来聊聊。给你一个机会,把你想跟她说的说给她听,假如你还愿意的话。"

欧雷乐从窗边退了回去。

又一道光芒,跟着水体一起进来了。柔和的生物光,让地板看着像是血。激流带着雷鸣声扫过地面时,浣生对身边的男人耳语道:"佩芮在干什么活?"

"就是你儿子起头的那件事。"帕米尔解释着。

随后,他直视着浣生,接着说道:"顺便说一句。现在佩芮也想访谈你。非常非常想。"

三十八

"我什么都不知道。"俘虏宣称。

"好的。"阴影中的声音说,"我想不出还有什么东西比无知更有用。"

然后,违背了它的意愿,利用最强制的手段,俘虏受到了悉心的照料。它三次企图自杀,头两次用的是有毒代谢物,然后又尝试完全关闭电活动。但每一次死亡都被击败了。因为专家们已经从十几个物种那里总结出了抢救经验,再由一队医疗机器人负责实施。这三次,俘虏都成功地进入了无限的空无状态,结果还是被唤醒、修复。从那以后,每一次自杀企图都被事先料到,然后破坏:致命的基因没等投入使用就被删除;意在摧毁神经元和细胞膜的病毒尚未激活就被中和。随后,它糖浆似的血液中被引入了别的病毒,一种新制造的噬菌体,用来维持心智健康,还能令它异常地、危险地愉悦。

最终，各种新的感觉器官被植入这个完全无助的生命，包括一个小小的嘴巴。

"我什么都不知道。"俘虏宣称，"你要是想浪费时间，我乐意奉陪。请尽情地审问我吧。"

关押它的人希望能软化它的意志，将它置于黑色水体世界的影像中。它插上了翅膀，翱翔在这个世界上方。它新生的眼睛能感受热源，新生的嘴巴还能歌唱，仿生的耳朵吸收着回音。这副耳朵还有一个新功能，能迅速绘制出低于它的温度的周边环境的声呐图像。在很多方面，这个场景很熟悉，能令它无限地放松。关押者很聪明，也乐于展示自己的聪明。这个不存在的地方很像那个"她"，能以多种方式和俘虏交流。即便知道这地方不真实，仍旧让它觉得舒心。

"我不是真的！"俘虏喊道，热切地相信自己处于不存在的状态。

它想起了，存在只不过是影子。

只有在影子之外，在那个尚未诞生的国度，存在和生命才会变得真实可爱。

"我在帮忙创造真实。"它发誓说。

"可能吧。"一个声音回答，用的是人类的语言，"我们来聊一聊这个话题。"

突然间，翅膀消失了。

只一瞬间，俘虏就被安置到了一个长长的房间里，寒冷、无情且空旷,只有它本人和一群奇怪的身体,披着人类的外形,但其他地方看着根本不像人类。一张橡皮似的脸裂开了,露出两排宽大的塑料牙齿,牙齿中间传来奇怪的、意想不到的话语:"我们有些话要对你讲,然后你可以问问题。"

"我什么都不想问。"那个心智宣称。

但接下来的一瞬间,它感觉自己的信心急剧下降。在梦中的飞翔久久地飞行于幻想的世界之上,这个经历成功地让俘虏产生了混淆。它还被做了可怕的手脚。他们肯定研究并培养了神经元样本,织成了新的大脑物质,连接到原有的心智上。不知不觉之中,敌人已然将它的智力放大了三倍,制造出一个慵懒的心智,赤裸地躺在一摊盐水里。黏稠的蓝色血液提供着氧气分子,血液是钴基的,一种古老的设计,一个奇怪而又熟悉的心脏泵送着血液。到底植入了何种有毒的记忆,随时能颠覆它最基本的信仰?俘虏做好了被摧残的准备,但似乎什么都没发生。由一伙天才匆忙造就的新心智显然还是空的。一个空无。但和所有空的神经网络一样,它很饥渴,渴望品尝任何新鲜事物。

"你想说什么?"俘虏脱口问道。

人工智者们全都笑了,每个的表情都略有不同。每一张面具般的脸都预示着与众不同的个性和哲学观。迫不及待地,他们谈起了高等数学和隐藏维度。他们每一个都画出了独特的、精细的宇宙创世图。描述了创世之后,他们每一个都讲述了一百个不同的故事,跟现在和遥远的未来有关。

"一切都不可知。"他们宣称道。

然后,他们又同时说道:"一切都已知。"

突然间,俘虏变成了反驳自己的专家。突然间,它发现自己能以新的角度思考现实。伴随着寒冷的恐惧,它意识到新生的自己中有个部分乐于相信影子并不存在,一切都是真实的,而它之前的自我不过是一个迷惘的儿童所做的残梦。

聚合水塘停止了向港口内的流动。

再次独处的欧雷乐往钻石窗户外看去,看着湍急的水流慢慢降低速度,起连接作用的组织和受损的内脏开始愈合。一次,一个金属物体掠过窗户,亮闪闪的鳍刮擦着钻石,发出类似孩子尖叫的声音。随后外面的一切变暗了,聚合水塘似乎许久都没做出下一步行动。

两次,大船因为黑洞穿透心脏而发出震颤。

两次,大船都幸免于屠杀,再次向所有愚蠢的怀疑者证明了自己的耐力。

"她并不在乎我。"欧雷乐轻声道。

浣生担保过,会一直关注他,倾听他所有的话。但此刻她没有回应,没有理由这么做。

"或许她根本没有注意到我。"他嘟囔着。

他需要鼓励,但没人理睬他。

他该怎么办?

凭借在厌倦之中诞生的勇气,他向前走去。再一次,他将脸贴在窗户上,感觉到潮湿的皮肤上有电击的刺痛。他看到了动静。他看到一对大眼睛正在睁开,射出深蓝色的光芒,照亮了一张熟悉的脸。

一张漂亮的女人的脸,压在厚厚的窗户上。作为回应,窗户开始熔化,最终消失。

乘着好几千米活体水流的压力,那张脸流进长长的房间,随后停下。只要聚合水塘愿意,她能在瞬间淹没整个房间,将欧雷乐的身体碾压成碎片。但她选择了停下。或许她知道船长们已经做好了预防措施。她能取得的成果不过是欧雷乐的死亡。除非他的死能产生某种意义,否则不值得为此付出努力。

脸长出一具女人的身体。

一条无尽的脊椎往后一直通往聚合水塘,一个诞生于某个巨大神经组织的声音说道:"你好,我的老朋友。"

欧雷乐不禁绽放出了笑容。

"你知道船长们的意图吗?"

他说:"应该知道。"

"你知道有多少个像这样的,有人待着的房间吗? 被像你这样的生命占着? 正在发出害怕的小声音?"

他不知道。

"几千个。"她说。

漂亮的脸蛋露出不屑的表情。一个深沉的声音接着说道:"船长和乘客在求我。他们希望我能停止这件对我唯一重要的事。"

欧雷乐咽了一口唾沫。

他缓慢地伸出一只手去摸那张脸。它的表面很硬,也很温暖,由钻石混合物或某种奇怪的冰构成。不管是哪种,它很坚固,不会在房间里炸开。

"你的小声音想跟我说什么呢?"

他什么都想不起来。

"我们在一起这么长时间,"她接着说道,"我不相信你还有什么有意义的想法。"

欧雷乐听出了侮辱。他下意识地挺直了背,端平肩膀,说道:"我抛弃了这艘飞船。我错了,但错了就是错了。那时的我既害怕又愚蠢,然后我就迷失了。"

亮闪闪的蓝色眼睛变得更亮了。

"在一片荒芜之中,我的恐惧变得更糟糕了。"他接着说,"我是个吓破了胆的小人物,四周什么都没有。除了空旷和寒冷。所以我开始说话、尖叫……任何我觉得可以救命的东西……拯救一个在子宫里就开始说谎的生命。但所有一切的谎言,都没有我对你说的那个大……"

他抑制不住地笑了。

"为了能救我自己的命,我什么都会说,"欧雷乐承认,"我是一个乘坐在超异纤维球里的魔鬼。利用所有能为我所用的嘴巴,我声称知道很多事情。我向任何能听到我、并前来救我的人承诺了一切……

"假如你仔细想的话,巨舰或许也一样。可能是某个人小小的救生艇。可能吧?

"这个你打算从核心中释放的东西……或许就是……完全有可能是……一个吓坏了的混蛋。跟我一样……一个天然的骗子,一个懦夫……一个伪装者,竭力令自己看上去很重要……"

他犹豫了。

突然间,脸又变了。坚硬的表面滑过一系列变化莫测的表情,那两只蓝色眼睛里第一次露出警告的意味。

"我只是想让自己显得重要。"欧雷乐重复道。

"这就是我那时在做的事。"他说道。随后,他摸了摸那张坚硬的脸颊,补充道,"我觉得这也是你一直在做的事。孤独、疯狂、大声吆喝、满嘴胡言!"

人工智者不再说话。

俘虏思考着刚刚学到的一切,并竭力否认那些数学推演,以及它们的结果。随后,在这场激烈的内心斗争中,它感觉自己再次发生了改变。一条神经索毫无征兆地融入了它那膨胀的身体。第二队自动机器随即将它连到聚合水塘主体的身上，动作迅速且精细。显然，船长们希望这个新的知识能够影响辽阔的活海洋。希望心智的改变能凝结出几个缥缈的方程式，随后刷的一声，战争结束。这个计划是如此愚蠢、如此自欺欺人，让这个现在已连上母体的俘虏感到好笑。为了这个计划，对手们浪费了如此之多的精力和能量，这一点让它十分开心。

橡皮脸的机器们正要离开长长的房间。

俘虏用一连串的讥笑欢送它们，它说："这没有任何用处，明白吗？甚至不会造成片刻的迟疑。"

通过这个俘虏，她问道："你们能提供什么我还没想到的东西？好几百万年的时间，这么多的资源……像你们这样的机器能提供什么样的新意？"

俘虏和聚合水塘同时发出了吼声："宇宙是空无。"

他们声称："宇宙仍在等待诞生。"

"你们应该帮我，"她们用嘲讽的语气吼道，"而不是跟我作对！因为你们的行动……因为你们冰冷的手……创世降临了……这难道不是一个伟大的开始和完美的终结吗？……"

在那些模仿人类的机器中间，出现了一个新的身体。

俘虏一直在说话，飙着各种侮辱和鼓励。与此同时，它自己的心智正在被活海洋清洗、重建。随后，它慢慢降低了语速，最后不再说了。聚合水塘突然间陷入了沉默。利用安装在俘虏身上的眼睛，古老的外星异族饶有兴致地看着，看着一个奇怪的小外星人拍打着一对长长的皮质翅膀，出现在眼前。

"你是谁?"俘虏问道。

然后，通过同一张嘴，聚合水塘说了声"不"。

此刻，长长的房间里只剩下了这个新的外星人和聚合水塘。以熟练的姿势，有翼生物设法高昂起头，露出长满小小的钩子状脚的腹部。

脚之间藏着一张嘴。

翻译之后的语言听着有些平淡，略有些恐惧。

"你好。"新来的这位嘟囔了一声。

嘴巴紧闭了一小会儿，脚也蜷缩着贴紧了肚子。然后，嘴巴再次张开了。

"我也不大清楚，"这个生物小心地说，"但有充分的理由表明我是……可能是，或许是……我可能是你的一个小妹妹……"

三十九

"你这个笨蛋,"她说道,"你不明白我对你的意义吗?"

没有意义。显然这才是小不点儿的处境。她的豪言壮语之后是冗长的沉默和完全的寂静。看着天空上的展示,她一直在观察她们往巨舰那里漫长的坠落。私底下,她也不禁怀疑自己是否真的起了哪怕一丁点儿的作用。随后,水体突然喷喷作响,她身下的世界被一个鲸鱼模样的物体推开了,看着像是一对上下颚的东西同时在小不点儿的两侧升起。她盘坐下来,芦柴棒一样的胳膊抱住低垂的头。

刹那间,她被吞食了。

又一个刹那间,多余的水体排走,她发现自己倒在一张软床上,潮湿的空气热到足以燃烧,一只看不见的大手压在她身上,将她的脸和肚子紧压在厚实光滑的脂肪上。压力几乎令她窒息。

这头鲸鱼应该是只小小的穿梭船,她猜测着。

穿梭船正在改变轨迹,对抗着巨舰强大的引力以及自身的惯性。小不点儿喘息着、抽噎着。当她积聚了足够的能量后,她尽力发出低语。"我们俩差不多。"喘息一口之后,她补充道,"有些方面几乎一致。"

"是吗?"一个近处的、好奇的声音说道。

"但是,其他人眼中的你……"她开口说道。

加速度增大,折断了她脆弱的肋骨。

"其实不是你。"小不点儿说道,痛苦地喘息着。

"我不是什么?"

"盖亚。"

船体开始呼啸,最高层的几缕大气急速掠过。她倾听着吼声,希望能听到更多的话音,但穿梭船保持着沉默,笔直地钻入新生的大气。紊流摇晃着她们两个,加速度再次将她狠狠地压在闪闪发亮,如同牛奶一样白的脂肪上。随后吼声降低到了低沉的隆隆声。她抬起满是瘢痕的胳膊,比孩子还小的手握成无力的拳头。她小声地哭泣着,急促地小口喘息着。但痛苦没能减轻,让她意识到自己有生以来第一次处于一具凡人的身体里。聚合水塘只是复活了她肉身中最古老的部分,基因和蛋白质只能以极其缓慢的速度起舞,再也无法让她身上的大量伤口迅速愈合。

"我是什么?"那个声音问道。

她倒吸了一口气,说道:"我不知道。不确定。"

"但你觉得我和你类似?"

"从某种层面来说——"

"那你究竟是什么?"

她说了自己的故事。用喘息的声音,以简洁的话语,她解释了自己为何独自诞生于恒星之间。她描述了自己的孤独,漫长痛苦的光年和世纪。但她的孤独终结于一个行星和上面的人们,而那段漫长痛苦的经历仍然能给她带来难以衡量的喜悦、丰富的记忆和信仰。

小不点儿停了下来,穿梭船开始分裂,并脱去水分。

转眼之间,隔热罩和肉身被一个装甲喙撕开。她发现自己坐在一只非常长的飞鸟身上,坐在它狭窄的尾部。飞鸟的外形像是一只巨大的信天翁,但它宽大的翅膀收拢成两坨硬疙瘩,某种喷射流提供着动力。她们正在飞跃一个狂暴的海洋,高度刚好可以避开最高的海浪。她的周围好像裹着某种绝缘层,让空气保持着静止状态。在这个制造出的宁静之中,她说道:"你过去不是盖亚,现在也不是。船长和我一开始的推测错了……我们那时还不了解你的历史。"

"历史并不存在。"聚合水塘回应。

"因为所有的历史都是有效的,影子不就是这么认为的吗?"小不点儿笑出了声,"所有的过去都是真实的,同时也是可忽略的。这不正是你的信仰吗?"

沉默。

她说了声"有意思"。

她下面的海洋里充斥着移动的身体和敏捷明亮的机器。彩虹色的蒸汽在她两旁高高升起,挤压着绝缘层和隔音罩,暗示着雷声和咆哮。

"我有星星可看,"小不点儿继续说着,"我的星舰快死了,但我可以看着一个充满光明的宇宙。而你……你漂流于星云黑暗寒冷的深处,独自一人。"

依旧是沉默。

"你的运气在于你乘坐的飞船。我就是这么想的。没错。"她频频点头,变得越来越确信,"它基本上算是完好无损。它配备了一个完整的循环系统——简单来说,就好像封闭的瓶子里的生态圈。就算它的引擎失灵了,至少它没有多大的惯性,需要你去对抗。你在漂流。你还记得吗? 我猜不是很清楚吧。毕竟都是几百万年前的事了。你是一个渺小的、孤独的、可能已经疯了的心智。谁知道你的记忆中有多少是你的幻想?"

"我记得所有的事情。"

"都是幻想。"她重复道,"几十万年的白日梦和疯狂。然后,出乎意料地,你发现了什么?"

"很多个起源。"它辩称道。

"不对。只有一个。说不定是一团焦油和冰块，但也足够你用了。"她停顿了一下，抚摸着肋骨，微微喘息了一阵，"那时的你是单个的有机体，配备了一系列天才的机器。在机器的帮助下，你活了下来。你长大了，或者说，你至少设法复制了身上的反应堆，还改造了你小小的世界。但你缺乏其他物种——你什么都没有，只有你自己那医疗级洁净的身体，贫乏的基因和有限的细胞数目……你只能靠着这些东西，渐渐地、异常缓慢地，发明了一个接近于真实生态圈的东西……"

她身下的喷射流猛地一震，巨鸟加快速度，飞过滚滚波涛。

"盖亚很罕见，"小不点儿承认，"但她们总是产生于活的世界。毫无例外地，她们是多个物种的综合体。动物和植物，微生物和真菌。我知道的每一个盖亚，还有少数几个我有幸亲眼见过的，她们都有共同的特征。她们以自我为中心，沉醉于自我。但她们不是神，也没有假装是。因为神需要敬仰，而她们无法接受敬仰。她们是如此自我，以至于来自另一个实体的赞美或畏惧，不管是大是小，完全无法引起她们的兴趣。至于来自她们自身这个物种的敬仰……怎么说呢，就像是我期待自己的拇指把我奉为神明一样。"

她笑了。

"那时的你有一个小世界，"她说，"你孤独一人，还是个疯子。可能在数以万计的年月里，你一直这么贫乏，无论从哪个角度来说都极度贫乏。但与他人共处的愿望被刻在你的基因里，如此强烈，无法抑制。我猜,你一直是一个社会化的有机体。基因对你的低语,你只能服从。最终你想到了克隆自己,再加上一点微调和奇怪的变异,让每个你自己从事某些功能。而且,这些功能还越来越狭窄。

"你不是为了某个伟大的目的而改造百万个物种的盖亚,你只是把单个的有机体逐渐复杂化了。

"独自一人,你开始填满你的天空。

"只要有足够的工具,就可以办到。不会很快,更不会一帆风顺。我想象曾经发生过灾难,意见相左的克隆体之间还爆发过小规模的战争。但你最终找到了手段和关键路径,将自己那些不断扩张的部分通过精神联系在一起。通过心智。"

一道巨大的波浪在她们前方升起,随后以极其缓慢的动作,它退却了,露出海洋中不同于其他地方的一个圆形区域,一个由沸腾的白色泡沫标出的区域,分布在阴暗的,几乎是黑色的水面上。

巨鸟昂起头,往高处飞去。

"最后的结果就是,"小不点儿总结道,"你和盖亚已经没有多少差别了。但我说的不是结局,也不是现在。起源,这才是我一直在谈的东西。"

巨鸟收起翅膀,加速向上飞去。

"你相信宇宙不是真实的。它还没有完成,也没有任何可持续的影响与后果。这是多么可怕的信仰啊。我认识的大多数生命都更像我,而不像你。这不禁让我疑惑:你为什么如此不一样呢?

"单单责怪你贫乏的起源是不够的。假如我是你,假如我出生于没有星星的黑暗之中,假如我首先想到的是这个奇怪可怕的理论……好吧,我可能也会相信它。但过后,当我遇到了其他物种、看到了星星之后,我觉得我最终会接纳怀疑,并且找到希望。我会让过去变成真实的存在,会产生各种影响与后果,未来则是一个我能生活的国度,快乐地生活。"

白色泡沫在小不点儿身下溶解了。四周数千米范围之内,黑色的水面十分平静,像巨碗中盛着的墨水。

她飞在大船的一个主港口上方。外星人突破了船壳吗?还是船长们故意造成的?

小不点儿尽了最大努力,让自己不要显示出恐惧。

相反,她平静地说了一句"不对。"

她摇头说道:"从另一个方面来说,我们之间有本质的不同。"

巨鸟已经抵达大气的最上层。隔离层外的空气稀薄寒冷,下方则躺着一个广袤幽深的国度,如同天空一般黑。

"你不是单独出生的。"她说道,语气平淡且坚定。

她沉重、伤感地点了点头,接着说道:"我感觉还有其他实体,可能有很多个。我认为你最古老的记忆就是,一个跟你十分相像的实体对你说,'你被放逐了。你不适合跟我们生活在一起。我们要驱逐你,直至永远。'正是那一幕造成了眼前这一刻。

"那些实体将你驱逐到了这片星云内。孤零零的,一个人。

"你仍是个孩子,或者跟孩子差不多。这个惨痛的经历你还记得一些,一想到就让你痛苦不已。所以你会抓住任何理论或浅薄信仰,以此向自己保证,过去所有的痛苦都没有后果。"

小不点儿摇着头,先是对着天空,然后又对着水体说:"如果你足够聪明,又足够冷酷,你可以消灭所有伤害过你的东西。你可以清除一个你不愿相信的过去,但你永远无法摆脱它,不管你有多聪明,信仰有多坚定!"

四十

"我不是很了解你,姐姐。

"我对你的了解,仅限于那些伟大的船长们对你的了解。这是最纯粹、最完整的事实。他们不厌其烦地研究了你的基因、在你的细胞和内脏里重复出现的结构、你那些微小的身体和那些庞大的身体。他们剔除了从别的物种上借来的信息,将它与属于你自己的分离。他们发现了——他们向我展示并详细解释了——你的广袤和我的渺小之间的雷同和近似。我们不是同一个物种,不是。经历了太长的时间和太多的变迁。你对你自己做了许多了不起的改进,这些改进已将曾经的你抹去了很大部分。但跟我一样,你有钴基的血液和戊糖的新陈代谢。跟我一样,你有一个优美的湿件大脑,我们最大的肢体之间的组织就是它的诞生之地。我们是异常保守的生命。我们的分枝,哪怕是最远的那些,都忠实于自己的本源。在所有可能的身体形态中,你下意识地选择了跟我十分相像的身体。经过改造,是的,但仍保留着本源。即便到了现在,它们仍在你庞大身体上方的潮湿大气中起舞。愉快的地球猿人总会露出笑容,你同样无法在他人面前隐藏最真实、最古老的自我……"

"而你完全不了解我,姐姐。

"在你面前,我是个婴儿。根据这艘飞船的纪年,我出生于两万年以前,我是一只有鳍的幼虫,徜徉在一个海洋世界。我们称自己的世界为乌鲁。乌鲁人是我们的名字。我们是谦逊的物种,不会衰老,但也不像多数物种般命长。我们数量稀少,没有野心。但我们不是傻子,也不怕和其他物种相处。在我们漫长的历史中,产生过英雄,他们愉快地告别了自己家乡的天空,乘坐来访的飞船,去领略外面的世界,并给家乡传来从一千个世界上采集的歌曲和影像以及精美的气味。直至今天,我们其余的人依然能够体验这份经历。

"这艘我们乘坐的飞船……你对它真正了解多少?

"在我们首次听到巨舰在群星之间歌唱时,我还是个孩子,无论从哪个层面衡量都是。它在远方,但正在接近。利用古老的机器和过时的手法,我们制造了一艘小小的星舰。然后,在一场更注重形式而非速度的竞赛中,一千个孩子竞相争夺远航的荣誉。我第二个完成了比赛,但是,这个名次跟最后一名没有区别,甚至更糟。不过,冥冥之中,运气玩了个把戏。胜利者在一场不是事故的事故中被杀,我则在另一场同样罕见的事故中活了下来。随后,我们发现是排名第三的乌鲁设计陷害了我们两个。因为犯下谋杀罪，他被判处了末日仪式，这是对卑鄙者的惩罚：锯掉翅膀，依然活着的身体绑上重物，在我踏上伟大的冒险之时，他被丢进海洋，沉到黑暗的海底。他折翼的身体将孤独地度过余生，在黑色的污泥里爬行，依靠残渣和无尽的苦难过活。

"我了解你，姐姐。"

"我刚到这个地方的时候，结交的第一个朋友是位伟大的船长。浣生迎接了我，向我解释了大船最重要的一些法则。作为我的旅费，她获得了我们的太阳系内一个干燥小行星的所有权，将来可能会被改造成一个新的家园。此外，她郑重致谢，接受了完整的、未删节的乌鲁历史，包括古老时代的每一个记录——那是个非常短暂的时期，那时，我所属的物种正在宇宙中积极地寻求自己的殖民世界。在那个时候，我知道得很少。我现在知道了许多。浣生最近拜访了我，询问我们种族之前的一个重大项目。那是前往另一个水世界，建立一个殖民地。从任何角度来看，它都是一个成功的殖民地。但最后，我们丧失了对远方的兴趣，我们的公民回了家。在漫长苦闷的航程中，一个婴儿孕育并诞生了。但当星舰沿着一片年轻星云稀薄的边缘航行时，婴儿突然死了。他稍微年长一些、喜欢妒忌的姐姐受到了指控。记录很完整。即使到了今天，审判仍以电子形式保存着，未被几百万年的时间侵蚀。浣生说有一队人工智能学者，通过接近光速的运算，发现了那个家庭的基因和你的相似之处。某些编码顺序一直保留到了今天,嵌入了你最古老的几千个基因,其中包括一个在你的钴基血液之中没有用处的奇特变异。婴儿的死亡可能是出于事故,也可能是被残忍地谋杀了。可以肯定的是在回家途中,公民没有表现出仁慈。他们下令割去女孩的翅膀——尚未成型的小小的翅膀。在一个庄严残忍的仪式上,他们给罪犯裹上了一层金属外衣,并将她丢进黑色星云的深处。

"幸存下来是不可能的,但你显然做到了。这实在难以解释,任何我送给大船的记录都无法解释。所以,我只能假设父母之一,或可能是他们二人,从飞船的库存中偷取了给养。我猜是一个聚变电池,加上足够的循环设备,让你能活上几千年。这就是你幸存下来的原因。悲痛的父母,出于非理行的仁慈,违法救下了一个小女孩——救了你。然后你被丢进黑暗,弄瞎了眼睛。几千年后,你忘记了自己的过去,我只能想象你的生存状态是多么可怜。

"你应该了解我,姐姐。

"我一直想成为一个光荣的乌鲁人,一个受人尊敬的使节,代表我渺小的物种。出于这种虚荣,我必须要对你说:

"只要有机会,我会再次割下你的翅膀。

"看到你现在的所作所为,了解了你可怕的企图,我会高兴地砍下你的每个翅膀,你可悲的残片,我不会将它们扔进黑暗,而是扔进熊熊的烈火;不扔进寒冷无尽的朦胧,而是扔进光明的火,更永久地、更彻底地焚烧你、弄瞎你!"

四十一

巨鸟砸在黑色的水面上，身体碎裂，内脏松脱。下一刻，所有的残片都溶解了。

小不点儿也跟着倒了霉，几乎被砸碎了。折断的肋骨再次扭曲、粉碎，刺进海绵一般的肺脏和柔弱潮湿的肌肉。但她忍住了没有发出尖叫。她紧闭着嘴，对抗着巨大的压力，感觉自己即将窒息。她的新肉身太脆弱，在缺氧的环境下支持不了多久。她也不肯让自己相信，在她逐渐缺氧变蓝的嘴唇边上有可以呼吸的空气。

一股巨大的力量拽着她不断地下沉、下沉。

随后，不管她有多大的努力和决心，嘴巴里还是冒出了一个泡，泡里面是二氧化碳和其他有害气体。它从她的脸上升起，破碎成上千个微小的泡泡，顷刻间消失在水涡之中。

片刻之后，又逃出了第二个泡泡。

她眯缝着双眼,看着宝贵的空气逃离她的嘴巴,将她遗弃给了最赤裸裸的恐惧。她看到自己的胳膊向上浮着,皮肉紧紧地贴在骨头架子上。水、血液、肉体和精神的重量,如此之大,威胁着要把她压扁。

第三个泡泡开始显现。

随后,感觉胸腔里像是着了火,疲惫不堪的小不点儿让最后一丝空气逃离了,带着一声悲哀的、长长的、遗憾的叹息。

空气向上爆开,随后停止。

她盯着那一团气体,银色、活泼、非常美丽。她见过这么可爱的东西吗?没有。陷入昏迷时,她欣赏的是一个小女人最后一口气息的美丽,看着它轻快地离她远去。

她闭上了双眼。

泡泡膨胀了,向下沉去,罩住了她张开的双手和细长的胳膊、凸出的手肘,接着笼罩了她光秃秃的头顶、平静的脸和那具娇小却顽强的身体,胸膛上面有小小的乳房和尖尖的乳头,看着更适合高大的女人。那具身体摇晃着倒下了。可它仍旧服从着那个最终的命令,拒绝呼吸。但是,一个手指似的物体穿过气室的墙壁,捅了捅她,接着又捅了一下,这一次还带着蓝色的电火花。

小不点儿咳嗽了。

她吐出了水和蓝色的、缺氧的血。

没等她的意识完全恢复,甚至没等她想起自己在哪儿以及为什么在这里，一个熟悉的声音就迫不及待地说："听。"

她又呕吐了几下。

"能听到吗?"

她的脸上浮现出理解的表情。首先是迪拉的方式，大张着嘴，露着舌头。然后她给出了人类的点头姿势，疲惫但放松。

"听。"那声音再次说道。

"我——"

"什么都不是。"

"什么?"她听不清对方说的什么。她必须做出吞咽动作，把水从耳朵深处挤出来。做了之后，仍有一种麻木的嗡嗡声，掩盖了其他任何声音。

"我既渺小。"那声音说道。

那生物在朝她咆哮，急切地想让自己被听到。

"告诉他们!"

"你既渺小。"小不点儿耳语道。

"也广袤。"

她点了点头，理解这两种说法为什么同样都是对的。

"渺小的我可能会相信，"那声音宣称道，"但广袤的我不愿听你或他们说话，也不会相信听到的。"

"终于——"

"不，"聚合水塘打断道，"终于如何如何——现在没时间说那个。"

小不点儿将嶙峋的膝盖收拢到胸前,战抖着。在这间新造的气室外,水流正急促地咆哮而过,也可能是她在急速下降。看着透明的墙外时,她瞥到了一扇像是高高的窗户,后面站着各种各样的人。

"没法停止。"声音警告道。

"连你都不能让它停下?"

"什么都不能。"聚合水塘咆哮道。

随后,怀着深深的歉意和满腔的骄傲,她解释道:"我预见了所有的可能性。我知道你可能会骗我,甚至你会让我相信自己错了。所以我设计了一个武器,能够抵御任何怀疑。

"告诉他们这武器没法停止。假如你愿意,跟他们说渺小的我感到懊悔。

"可以吗,请你转告他们?"

四十二

　　一根手指举在灰色的光线中,亚斯林盯着那根手指那肥大的指肚,露出一种显得既好奇又疲惫的表情,说道:"不。"声音既干巴又苍老。过了片刻,又带着明显的失望说:"还没到时候。"又停顿一小会之后,她用郑重的语气说了声"不行。"

　　她看着糟透了。浇生的总工程师已经一个星期没有睡觉了,也没洗过澡。从消瘦的脸颊和孱弱的脖子来判断,亚斯林肯定也放弃了进食。对这个女人来说,光是站着就已经是负担了。站在一副身旁,她微微摇晃着,将不断下降的体重从一只疲惫的脚挪到另一只上。她最后又说了一次"还没到时候。"随后,突然间,几乎出乎所有人的意料,那张疲惫的脸亮了起来。无限的负担被拿走了,至少拿走了一部分,一个年轻了十万年的声音轻声地宣布道:"好了。我们准备好了。"

浣生点了点头。

对着首领的影像,她问道:"你同意吗,长官?"

从那张金色的脸上看,她得到的休息比亚斯林稍多一点。从某种角度看,几乎可以说显得很自信。这是她真正的脸吗,或者她只是加强了自己的外貌? 浣生有足够的时间想起这个念头——那女人站在大船的另一头,距离足够长,任何回应都会迟滞宝贵的一秒。

"同意。"首领最终回复。

仪式结束。命令其实早已制定完毕,并达成了一致,就在一副手中。最终的决定权在她这里。令她吃惊的是她在下达命令时的轻松。"执行。"

亚斯林也是个投影,但实体的距离更近一些。"奋进港——?"

"执行。"

警告信号加上原始数据,这是第一个变化的迹象,从纽联器里传来。片刻之后是一圈沉浸眼捕捉到的图像。一扇比地球还古老的舱门正在打开。隐藏的铰链开始弯曲,它的超异纤维覆层产生了上千条裂缝,紧接着门开始向后折叠,动作出奇地轻松和优雅。这真是太让人震惊了,因为门的上方还压着东西:深达一百千米的有生命的水堵在舱门上,向下的压力足以压碎钢铁和皮肉。水向下冲进了等待的真空。以专家的眼光,浣生辨认出了重要内脏和聚变胃,还有摇摇晃晃穿行于聚合水塘体内的那些有弹性的条状物和墙壁状物体。之前在革温斯港,这具身体毫无阻碍地向下流进宽阔的竖井。这一次，聚合水塘做出了调整，加强了条状组织，往液体里掺了智能胶体。因此，海洋这一次坠落得慢了一些，随后更进一步放慢速度，中间部位垂下去，边缘则紧紧地附着在竖井光滑的灰色表面。

这一次，这个外星生命体试图缓慢地移动，谨慎从事。

"好。"浣生小声地说道。

关闭之后，舱门的面积有好几百平方千米。即便全速运行，关闭过程也需要九十一秒。外星人的前缘出现了眼睛。下方的黑暗看上去寒冷且空无一物。她放下探测器和当成标志物的生物发光体。一段时间里，这些东西什么都没发现，只有真空，还有熟悉的，也许让它们觉得舒适的寒冷。

随后，第一个警告出现了。

亚斯林的投影已经消失，首领也离开了。此刻现身的是帕米尔，他站在大船别的部位，靠近德纳里港，在某个备用舰桥内。他用调侃的语气说道："看，我们的客人开始紧张了。"

聚合水塘唯一可见的反应是身体深处的黯淡闪光，蓝幽幽的。

有人说道："开始。"

是亚斯林。

就在这时，闪光消失了。突然之间，聚合水塘的肚子整个变成了白色。浣生的视角只能显示港口的上缘，尽管她知道会发生什么，强烈的耀光还是让她吃了一惊。瞬间过后，第一股喷射流发起了攻击。上升的等离子气体煮沸了水体,吹散了新生的蒸汽,将电子从尖叫的原子核身上剥离。精心加强的身体被消灭。凝胶消失。膜和碳纤维解体。缓慢流动的洪水变成激流,倾泻而下的水遭遇了冲着它而来的更大的洪峰。

一百台引擎同时启动。

接着又有一百台,攻势如潮。

通过一个微小的、重重保护之下的眼睛,浣生向下看去。这个计划是个紧急项目,重点放在"紧急"这个词汇上。它动员了大船上的工程师和技师。一大群人编织了超异纤维加强筋和支撑壁,进行了实地测试,随后将它们绑在库存中最强大的引擎上。一大批星舰被卸除了肌肉,燃料箱也充当了临时演员,通过改造的泵和空隧道,一整个湖的液态氢从深处的燃料箱中抽了上来。

巨舰再次拥有了引擎。

没错,这是一个笨拙的、低功率的引擎。但浣生还是感觉到了和缓的冲击,她不禁露出了笑容,只有一点点,就足以令帕米尔摇着头警告她:"它也可能会失灵。"

但它不会。亚斯林太聪明了,而帕米尔的运气又很好。尽管做好了最坏的打算,但是浣生看不到她们的敌人有什么办法能对抗这个非常简单的行动。

也无法对抗接下来的行动。

等着看好戏的她问自己的伴侣:"你的工作干得怎么样了?"

"还行。"他回答道。

"时间表?"

"计划内。"

浣生再次抬头看去。众多星舰引擎的推力一重重叠加,这种精心设计的叠加方式能增强推力,让它的使用者有更多的选择。累积的力量向上推着垂死的水体。原理上,无论什么东西,只要以液态形式出现,累积到高达一百千米高,它都够长时间地抗衡这个推力及其热量。但沸腾的水不断变成等离子,膨胀成有用的、活跃的力量,竭力找到任何能逃逸的路径。而这里无处可走,除了往上。火箭不断加大的推力让火焰没有其他路径可选。尽管有好几百立方千米的水从四面八方涌来,也只能将那个白热的等离子气体浇灭一小部分。

一个灼热的泡沫形成,并被推了上去。

第二个更大的泡沫在它的尾迹之中形成,承受着引擎顽强的推力。它上升得更快,和第一个泡沫融合之后,双双消失在视野中。

浣生又笑了一下。

人工智能梦想过这一刻,而且它们的梦离现实并不遥远。取得胜利的不是第三个气泡,也不是第四个。聚合水塘的反应足够快,也足够聪明。她开始了反抗,还反抗了不短的时间,以至于亚斯林呼叫一副,警告道:"我们就快被突破了。"

港口里有太多的小舱门需要防守。时间不够、人手也缺乏。他们没有选择,只能任凭一千堆火灼烧着走廊和临近的通道。

"推力?"浣生问道。

"百分之九十四。"亚斯林说道。无数的人工智能和告警纽联器也说了同样的数字。

减小推力,还是应该加大? 浣生提出了问题,但她不需要做出决定。下一个等离子气泡又开始往上冲了,与此同时聚合水塘加大了对抗引擎喷射流的力气。刹那间,她的身上被刺出了一个圆孔,上升的喷射流—— 一个巨大、稳定且持续的圆柱体——冲入了太空。

一毫米接一毫米,大船做出了反应。

确切的、令人鼓舞的测量数据陆续报来,浣生于是知道他们在缓慢地改变航线。下一个黑洞来不及匹配这个新轨迹,这些毁灭性物质再也没有希望击中大船的中心了。只要引擎一直在喷射,聚合水塘就始终在受到伤害——致残、烤焦、煮熟,慢慢变成了一团比太阳还热的蒸汽。

浣生向帕米尔伸出了手。

她的手穿过空气,穿透他的身体。一阵短促的笑声过后,帕米尔的影像说道:"嘿,你想看真正的大场面吗?"

警报声响了起来。

一名高级人工智能突然呼叫了她的名字。

"什么事——?"浣生开口问道。

然后,她看到了一张脸。

她看到了她。

"小不点儿。"语气极其复杂。惊喜、诧异之中,混合着一千种各式各样的怀疑。

然而,每一次测试都显示出同样的结果。

"就我所知道的,"这个小小的生物,依旧赤裸着,滴着水,"我就是她。就这么简单。"

小不点儿出现的地点是革温斯港的一个房间。就是在这里,那个被关押、经过强化的聚合水塘心智与她失联许久的乌鲁妹妹刚刚见过面。小不点儿和这个心智在房间的深处,和外界隔着一连串绝缘门、嗅探器和不休不眠的设备,后者能杀死任何污染物或可疑物。聚合水塘心智陷入了一种状态,因为没有合适的语言,只能称之为睡眠。女人也需要休息,但她坚持要站得离浣生尽可能地近。她很痛苦,但令她痛苦的不仅仅是肉体上的伤口。

"你需要引擎。"她喃喃地说。

一台机器人检查了她的皮肉和断裂的肋骨,将她与累积千年的海量数据做了比对。

"你必须起舞。"小不点儿说道,然后爆出一阵艰难痛楚的咳嗽声。

她不老的基因被剥离了,或者说她死了,然后又用她的人类基因重生了。浣生点了点头，以得意的语气，对那个生物说："我们现在有了一台引擎。"

"是吗？"

一副解释了其中的原委，但没有说透。

"这还不够。"女人打断了她。

她是小不点儿吗？是真的吗？

"还差得远。"娇小的女人喘息着。

浣生挺直了背，用硬邦邦的，几乎像受到冒犯的语气问道："为什么？"

小不点儿告诉了她。

浣生平静地吸收着这个消息，同时一直在提醒着自己：她们无法确定眼前的这位真的是自己那个老朋友，她说的这些可怕的事情是否真的可以相信。这出戏可能只是精心布置的骗局——聚合水塘将一个值得信赖的脸和声音派到一副面前，企图诱导她做出错误的反应。

"你听清楚了吗？"

是的，一个词都没落下。

"浣生？"

我的确是浣生。可你又是谁呢？

随后，这个小生物用迪拉语、一门已经死亡的语言说道："杀了这具身体，看看我的大脑。假如你怀疑我——"

"不行。"浣生说道。

一副后退一步，然后停下。

她再次说了声"不行。"仿佛在自言自语。

帕米尔已然站到她的身旁，是个投影。首领也出现了，跟着一起的还有亚斯林、康拉德和奥斯米姆。片刻之后，其余还活着的副首领也都来了。她没理睬他们。她在意识中搜索着可用的纽联器，找到了合适的眼睛——一个安装在这个房间墙壁上的监控眼——她以它那个狭窄的视角审视着自己。

亚斯林看着很疲惫，浣生的情况更加糟糕。

那个女人很瘦，但一副更瘦。最后，她小声说道："好吧。我相信你。我相信。"声音苍老悲怆。

四十三

当帕米尔更像个罪犯而不是船长的时候,这里是他最喜欢的地方:德纳里港。这地方的名气一直很响亮;喧闹、野蛮,却出乎意料地美丽;充满各种奇怪的物种和危险的人类,谈着各种生意,上头的大人物们很少过问。然而,变化是宇宙之中最通行的硬通货,现在帕米尔成了最高权力者之一,他的老朋友和旧爱们四散到了大船各处,曾经让港口繁荣昌盛的自私自利现在被更有力量、更加集中的能量替代了。

玻璃质的灰色地板上散布着一群群哈鲁萨鲁人,人群中间高高悬着的是各种星舰。大多数是来自外星的老旧船只,速度和耐力刚够将富有的乘客送上巨舰。每一艘都被拆解了,最好的零件被重新组装,吊起来,装到高处超异纤维的加强筋上。再过几个星期,运气好的话,这里将成为大船的第二台临时火箭。或者,再做多点工作,加上由哈鲁萨鲁掌舵,这一大批奇形怪状又充满创意的废物会变成一支关键力量,将战争再次推回大船表面。

但是,几个星期也可能变成永远,帕米尔提醒着自己。

奥斯米姆站在一艘小飞船的影子里,黑色玻璃似的眼睛盯着远方,一只内部的眼睛看着最新的新闻。"再过一会儿就会发射探测器。"他报告道。

帕米尔从小小的车里爬了出来。

奥斯米姆闭上玻璃似的眼睛,进食嘴发出粗俗的声音,呼吸嘴说道:"我不知道。"

"你不知道什么——?"

"她是我以前的妻子,或者不是那个人,而是别的什么东西。"提起小不点儿,他不由得透过镜面制服触摸着腹股沟,这是表示真心喜爱的姿势。"她说的是实话,要不就是在撒谎。或者半真半假。"

他们说话时,一连串微型探测器行进在几条改造过的通道内,通道连接着奋进港。探测器是事先准备好的,到了最后关头,又被手忙脚乱地改装了一番,简化了它们的任务,所有传感器都只负责监测同一小片天空。不管怎么说,总之它们准备好了。舱门打开后,微型核动力推着它们和它们的超异纤维外衣进入大漩涡。超异纤维开始解体,化作尘埃,机器则升了上去,甩开聚合水塘正在沸腾的身体,渐渐远离大船,进入宁静和寒冷。

很快就会收到第一批数据。

帕米尔感觉胃抽紧了。他恶狠狠地盯着他那支半完工的船队，他想咆哮，想发泄怒火。

奥斯米姆则发出重重的叹息声。

随后，带着像人类的沉痛，他说道："她可能不是我以前的妻子，但那个小东西说的是实话。"

"现在我们知道了。"亚斯林宣称道。

随后她陷入了沉默。

副首领们又一次和首领在备用舰桥上会合了。每一个都是投影，但真实到足以捕捉他们的情绪，感染到旁人。担忧、挫败、愤怒和坚决，此外还有真正的好奇。现在他们知道了将面临什么，但他们对此有多少了解呢？浣生打断了亚斯林的沉默，说道："具体情况。"

亚斯林一口气说完了他们的观测。有些探测器失灵了，还有一些被聚合水塘的武器摧毁了。但幸存者发来了上千个影像，展示了一个看似绸带的东西：一条漂亮的银色蕾丝，薄薄的却不透明，一眼望不到边的外缘上有一个还是两个，不对，有三个点略有些弯曲。绸带足有一千多千米宽，厚度比手掌厚不了多少。它组成一个完美的环形，直径十万千米，比大船大一到两倍。它是一个环形结构，坚固到足以旋转，不到十秒就能转一圈。

它以十分之一的光速旋转着。

顾不上喘气，亚斯林接着说道："这是一个你在学校初学工程时才会设计的东西。这是一种所有好学生都梦想过的、在头脑中组装过模拟过的机器，你的老师会给你一个及格的分数，不会再高，她还会跟你说，'但显然没有哪个物种有时间或需求，来建造这样的装置。'然后，假如你还想留着草图的话，你会把它扔进随便哪个抽屉里。我们的星系中可能有一万亿个这样的抽屉，里面装着这种荒谬的设计。老实说，我从没想到它能被实现。"

更多的细节显现。超异纤维至少和巨舰上的最高级别相同。长轴上有三处弯曲，是由静电场和几乎看不到的线拉扯而成的，它的中央是一个巨大的质量体：反应堆和控制器，可能还有几个强大的引擎。绸带上的弯曲是新出现的特征。随着时间流逝，每一个弯曲都变得更为显眼。每个船长都明白在发生着什么：巨大的绸带轮正在转向，将自己对准就在眼前的目标。

"现在我们知道了。"亚斯林又说了一遍。

首领问道："我们知道了什么？"

"聚合水塘是如何拆解整个行星的。"总工程师回答道。她先是露出欣赏的表情，然后又露出了不屑，"我们总是假设她有耐心。某种缓慢的有机体，拆解着碰巧落入星云的巨大身体。但她的动作并不慢。这是我们的教训。她其实……她做了一把砍刀……一把巨大的超异纤维砍刀……然后把它转起来，推着它来到离目标足够近的距离，然后让行星自身的引力把它拉近，等着它切割。"

她陷入了沉默,头脑里想象着那个画面。

"你无法将行星砍成碎片,"她承认,"没那么简单。引力会把碎片拉回主体。但是,刀的作用不仅仅是砍,它还能加热。它惯性中的能量会转移到目标上。不管你是砍木头或钢铁,抑或是大陆和下方的地幔,被砍的对象都会吸收能量,一切都会在相对较短的时间内熔化,几个世纪而已。"

又一次,她变得有些吞吞吐吐。

亚斯林的自信需要数据来支持。数据确认完毕后,声音中又显示出了权威。"刀刃会触及核心,然后聚合水塘会把它扬起,再次加速,再砍下去。然后再扬起。重复足够多的次数后,目标会变成一团耀眼的石头与金属蒸汽,再通过给绸带的表面加上电荷……哦,肯定是这样……聚合水塘可以抽取任何可用的东西,把它们送入太空。"

"你说的是肢解行星。"首领开口说道。

帕米尔的投影站在浣生身旁。他们相互看了一眼,等着她接下来要说的话。

"我们的大船可不仅仅是岩石和铁。"女巨人提醒众人。随后,即使意识到了自己的错误,她仍用满怀希望的语气说道,"即便是最高级别的超异纤维,甚至以和光速相近的相对论性速度,也无法深入我们的船体。"

所有的副首领都在研究数据。

"刀刃会退化、破碎，"亚斯林同意道，"这是当然，长官。自从猿人制造了第一个切割工具之后，刀刃的硬度一直是个问题，挫败着我们，也激励着我们。"

帕米尔看到，沿着巨型绸带的边缘，每隔一段固定的距离，都有很说明问题的标记。

他低声骂了句"妈的！"

首领也注意到了。她伸出巨手触摸显示屏上的某个点，放大，直至画面变得模糊。模糊之处正是关键所在。另一台探测器朝这个关注点发射了一道激光，激光击中了一组精密机器，它们只有一个功能，就是不断地迭代自己，按照受领的技术要求，从一个隐藏的仓库里源源不绝地取出新的物质。

"妈的。"每个副首领都以各自的方式发出同一个咒骂。

"那些先前的黑洞——聚合水塘之前冲我们扔的那些——它们显然无关紧要，或许她想用它们掂量掂量我们，找找对目标的感觉。"亚斯林触了一下同一块屏幕，说道，"如果你的锯子不如你想锯开的木头硬，那你就需要加强它。在棉线上贴上玻璃碴，或是在钢刃上掺入钻石砂。

"或者，如果你非常有耐心，而且决心非常大，体型也非常大，你可以往锯子里灌入一千个微质量的黑洞，加载高能电荷，令它们能被控制，均匀地布置在刀刃的前端，随时可以切入我们的船体，或其他任何东西，切得越来越深。"

帕米尔溜出了会议。

还没意识到灾难的哈鲁萨鲁仍在工作,服从着时间表和厚厚的计划书。现在这些都没用了。通过一个微型纽联器,他一直跟踪着讨论。首领当然会怀疑这样一种机器是否真的能运转。亚斯林回答了每一个疑问,听着更像对敌人的赞美。浣生对站在身旁那个空洞的投影说道:"我们需要一个好办法。"

"没有办法。"帕米尔回答。

随后,他加大音量喊了一声:"奥斯米姆。"

那位副首领依旧站在他身旁。奥斯米姆花了点时间摆脱其他人,这才关闭将他连至会议的纽联器。他盯着帕米尔,看着这个猿类手指的动作,先是一脸疑惑,然后又变得好奇。

拆解了一半的星舰船壳上堆积了一层灰尘。厚厚的尘土,由人类的皮肤、外星人的皮肤、超异纤维的碎片和其他一些业已消失的东西留下的丰富印记堆积而成。帕米尔在灰尘里画画。用在绝望中爆发的能量,他发明了种种不实用的、纯属异想天开的办法——大多数都是关于怎么引爆每个港口内的星舰,用自己的手剖开巨舰的肚子,让它倒下。

"这办法不行。"浣生轻声说。

她在用着他身后的一个监控眼。

"那你来想更好的办法!"吼了一声后,他摊开手掌,开始抹去画的飞船。随后他又犹豫了,嘟囔道:"我们还需要一台引擎。"

"时间来不及。"亚斯林插嘴道。

每个副首领都在他背后看着。

"刀刃正在向我们砍来,"总工程师说道,"一个小时之内,它就会接触——"

"看这个。"浣生打断了她。

用投影的手,她抓住帕米尔的手,引导他的指尖,在画的飞船上又增添了几条优雅的线条。随后,用坚定平稳的语气,她解释了自己的意图。

听到她的主意后,亚斯林说:"有可能。有可能。"

"你怎么能想到这么妙的点子?"帕米尔脱口问道。

用和其他人同样疑惑的语气,浣生坦承道:"我也不知道。"她的幻影手抓着他的手,话音颤抖着,"老实说,我不知道这点子是哪里来的……"

四十四

"这是接下来会发生的事。"

通过各种不同的语言——有的是通过声音,有的是通过气味、闪烁的发光器官或触觉——她提出了警告。接着,她又停了下来,表现出一种极度痛苦和万分忧虑混合的心情。金色的巨脸长时间保持着紧张和浮夸的表情,大眼睛里闪烁着泪光,却执着地不肯掉下。她的嘴张着,粉红色的舌头抵在异常白的牙齿中间。几十亿乘客和船员等待着首领的下一次稳重潮湿的呼吸。他们知道这将是非常可怕的消息。很少有人能想象到接下来会发生什么,但即使是最奇特的物种,与世隔绝,不熟悉人类的表达方式,却也能感觉到不管她下面要说什么,肯定都异常恐怖,可能他们所有人都会死去。

"这东西就快来了。"首领说道。接着,她向他们展示了一个不可能的东西。她分享了最新的数据,刀刃的大小、密度,它的速度和接触点。"在船首左侧。"她描述道，接着又深吸了一口气，"再过十二个标准分钟。"

惊呆了的观众试图消化这条消息。

"船首装配了最厚最好的装甲。"她提醒他们。但没等人们能从中感受到慰藉，她又以残忍坚定的口吻说道："我们的超异纤维会被旋转的黑洞切开，这一点毋庸置疑。会切开一条白热的裂缝，在受伤的装甲自我合拢之前，聚合水塘的刀刃就会切入等离子。它的高速旋转还会增加损伤。我们认为刀刃携带了大量的电荷。我们做了模拟，结果大都显示，一条扁平的超热物质喷射流会喷出大船。质量的损失不大，但这当然不是关键。"

她再次停顿。

再次呼吸。

"我们给这装置起名叫创世之剑。每砍一次，它的黑洞就会持续地吸收质量，增加自身的破坏力。它们身后的超异纤维已被精心塑造成能胜任这唯一一个任务。聚合水塘试图切开我们飞船的核心。在富含岩石和空气的区域，损害区域将扩大。冲击波效应和塌方会摧毁方圆二十千米范围内的一切。因此，我下令下列区域需彻底疏散……"

"为什么还要跑？"很多人问自己，"根本无路可逃，所以干吗还要延长受罪呢？"

随后，仿佛听到了他们的疑虑，首领自己打断了那份长长的厄运名单。一瞬间,古老的傲气浮现出来。她已经演变成了一个挂名首脑,船上几乎所有的人都知道她的个人历史和无数个谣传。浣生才是真正的女王,其他副首领也有各自的权力。但首领仍然是大船的脸面,她是它的声音。当她告诉所有人,"这还没有结束。"他们听到了、闻到了、看到了和感觉到了她的言下之意。这是一张任何一个心智一瞥之下都能读懂的脸,而这一瞥又带来了足够的鼓励。在这同一张脸跟大家说"做好准备。你随时都需要撤离。"的同时,几十万人已然开始了撤离。

随后,叹了一口气,再次悲壮地摇了摇头之后,首领报告道:"不出意外的话,创世之剑将在两个小时之内触及髓星。几分钟之后,膨胀的黑洞将开始攻击那个神秘世界的核心。至少,我们将有幸知晓那下面究竟是什么。"

然后,她露出宽大疲惫的笑容,接着说道:"我这一生中有过许多幸运。但这一个幸运我将竭力避免。"

四十五

"最锋利的刀刃是你永远无法感觉的刀刃。"

小不点儿先用迪拉语说了这句话,然后用地球语,最终是纯正的莽星语。随后,她瞥了一眼浣生刚刚给她的一个老式计时器——一个圆形机器,里面塞满嗡嗡作响的零件,包裹在一个暗银色的外壳里。她仔细地读着秒数,直至刀刃接触。出于一大堆合理的理由,她仍处于隔离之中。一个小小的、紧张的机器人照料着她的新身体。她无权访问任何纽联器,只能依赖观看投影来关注事件的进展,画面投在房间内最长的那面墙上。至少信号还是实时的,真实的,未经过加工。位于大船高轨道上的探测器从各个角度观察着这把剑。从正前方看,这台巨大的机器是一道精美竖直的微光,一条绷紧的线,在巨大的压力下振动,然后振动会稍稍放缓,阴森的威胁突然间会消失在黑色的星云背景之中。但从两侧观察的探测器看

516

到的是一条巨大的绸带,完美的圆形,给人静止不动的错觉。没有可供观察的参照物,大脑无法看出剑在旋转。而且,即便它很大,在巨舰面前还是显得微不足道,就像孩子滚的铁环即将砸到一块无动于衷的、埋在水里的大石头。

机器人跟她说了声"放松,"用愈合剂黏合她破碎的肋骨,"现在请呼气。"

小不点儿呼出一口气,疼得咧了下嘴。

"请吸气。"

疼痛明显减缓了,也可能是她的心思完全没放在这上面,没注意到。

在剑的下方,新生的海洋搅动着。突然,水流中出现了一条窄窄的壕沟。纤维组织、凝胶和超异纤维形成了两道墙,而且立刻开始分离。她想象这可能是一种条件反射。聚合水塘已做好必死的准备,她的肌肤却本能地想拯救自己,再多活个几分钟。耗费了巨大的能源和心力,这个实体在自己的肌肤上挖出了深深的山谷,露出大船的外壳。一瞬间,小不点儿看到曾经的望远镜已被波涛和压力摧毁,还有厚厚的、无助的装甲,袒露着光滑的、灰白色的表面。随后,剑从这道裂缝砍了下来,在船壳上悬浮了惊心动魄的一小会儿。

有火箭在对着船壳喷射,最后一次微调剑的角度。然后,它们蓦地停止了喷射,已调整到了完美,像一个女人拿着匕首朝着自己胸膛扎去,大船的引力拽着刀刃,一道炽热的白光充斥整个屏幕。

小不点儿微微地打起了摆子。

是撞击造成的,还是她本人的紧张引起的?

"不要动。"机器人提醒道。然后它换了一个声音,向她保证:"你会活下来的,亲爱的,我们其他人也会活下来。"

小不点儿不相信它的话,但她还是情不自禁地受到这种情绪的影响。她看着屏幕,机器也在用它额外的眼睛看。过了一会儿,她们中有个声音说:"壮观。"

这个词很不充分,但没有哪个词能做到充分表达。每隔一秒钟,就有一百个微型黑洞扫过已知的最坚韧的材料,刨着、切着、搅动着碎片。在精心布置的电场作用下,半液态的流体主动上升到刀刃锋利的边缘,并往外被甩出去。喷射流形成了一道蒸汽,白热且集中,如同幽灵一般,有一种可怕的美。几十千米的超异纤维被迅速割走,失去了效能。随着剑的深入,它再次放慢了下降的速度。火箭开始喷射,而且更用力了,刀刃保持着速度,抵达了某个关键位置。突然间,白色的等离子蒸汽掺入了黄色和琥珀色的痕迹,随后又爆发出明亮的深红色。黑洞钻入了花岗岩和玄武岩,也触到了大气和水。

机器人停止了工作。玻璃似的眼睛盯着仍远离此处好几千千米的画面,蛛丝般纤细的手指高高举着精巧的仪器。它用从未如此惊慌过的声音问道:"我们该怎么办?船长们会怎么办?浣生怎么才能打败这玩意?"

一阵明显的、无法否认的震动使得房间摇晃了起来。

"她会摧毁这把剑,"小不点儿说道,"或者把它弹走,让它追不上。我猜。"

两个人都沉默了一阵子。

随后,带着些许怀疑,机器问道:"有可能吗?"

紧接着它又否定了自己的问题。"每一种疾病都有治疗的办法。"它声称,"我还有什么好怀疑的呢?"

又过了五分钟。

随着时间推移,震动变得越发厉害。先是变得明显,然后变得剧烈,后来变成了重重的打击,夹杂着尖锐巨大的隆隆声。大型的爆炸和小塌方震动了船体,很大一部分震动顺着船壳的基底传到革温斯港,带来低沉的咆哮声——更多的是感觉到,而不是听到的。

小不点儿独自坐着。她脆弱娇小的身体已经被尽可能地修补了,自信又害怕的机器已匆匆离开,给出的理由是"我有其他更需要我的病人。"没关系。再好不过。小不点儿喜欢的不就是独处吗?但就在她跟自己说挺好的时候,一个新的声音找到了她。它又轻又刺耳,说了声"你好,"接着又说"我在找你。"小不点儿不禁感到一阵发自内心的轻松,在椅子上转了个身,即使身上有一百个地方都在疼也无关紧要。她看到了那张人类的脸——即便是这个家伙——

也令她由衷地高兴。

"你好，"他又说了一声，淡黄色的眼睛瞪大了，"我叫——"

"欧雷乐。"她打断了他。

他迟疑了。先看了一阵长墙上的画面，随后又强迫自己走得更近些，问道："我们见过吗？"

"从没见过。"她肯定地说道。说完后，她又朝正前方看去，端详着一直在进行的切割和从伤口冒出的颜色鲜艳的蒸汽。"但我研究过你，还有你从蓝色行星发来的信息——"

"哦，你就是那个他们派往墨水井的人。秘密任务。"

她点了点头，没看他。

"这就是我们被隔离在一起的原因。"他接着说道，"我听说过你。不久之前，一个船长解释过……聚合水塘把你还给了我们。"

小不点儿已经对这家伙感到厌烦了。

"我们两人差不多。"欧雷乐继续说着，又走得离她近了一步。看着大屠杀的景象，他用平静、敬畏的语气说道："我们两个都和她一起生活过。作为她的一部分。"

从某种层面来说，是的。她心里想着。

随后他跪了下来，靠得离她太近了。他执着地将脸贴近她，说道："我们两个都为这个外星人效劳过。当然，以不同的方式。"

狭长的刀刃击中了海洋。氢气的电子被剥离，剩下的氢离子被甩进太空，一条生动的白线标志着几十亿升水的消失。看到这一幕,小不点儿真希望自己是个瞎子。闭上双眼之后,她感觉大船摇晃得更厉害了。随后,她身旁的声音又提到了一个外星物种的名字,低声笑了笑之后,他问道:"你还记得他们吗?"

"! 离奇?"小不点儿说道,"是的,还记得。"

"你确定?"

"我研究过他们。在他们上船之前,我去了他们的世界,和他们共同生活过——"

"这是你的工作。和不同的物种相处。是的。"他的声音里满是欣喜,几乎笑出了声。"你不认识我,但我听说过你太多、太多的故事。"

闭嘴。她在心里想着。

小不点儿又睁开眼睛,将注意力集中到墙上,看着不断加深的沟槽凿向大船的心脏。还有多长时间,剑就能刺到核心? 瞥了眼盖住了整只手的新手表,她低声说道:"四十二分钟。"

欧雷乐没有听到,或者他只是不关心还剩多少时间。他想说的是"我也认识他们。"

"谁?"

然后他再次说出了那个名字。他笨拙地弹了下舌头,然后说了声"离奇""! 离奇。"他对她说道。带着一种孩子气的快乐,纯粹,几乎显得可爱,他吹嘘道:"他们雇我干过一件事。一件非常重要的事。当然,已经是好几个世代之前了。但我应该没记错。我猜他们过后肯定对我的头脑动了些手脚……某种选择性的失忆……"

"你为什么要跟我说这些?"她脱口问道。

但欧雷乐没有直接回答他。离大船以及整个创世的毁灭还剩四十多分钟,而他却浪费了整整两分钟,吹嘘他从中挣到了多少钱,他又是怎么被愚弄的。"我干完活之后,他们让我相信这钱是我的遗产。"他浅浅地笑了一下,"那可是一大笔钱,我用了整整一千年的时间才花完。而在那么长的时间内,我完全忘了那钱是我挣的。我甚至欺骗了自己,告诉其他人那是一个死去朋友的礼物——"

"!离奇已经灭绝了。"小不点儿打断了他。

欧雷乐冲她眨了下眼睛,点了点头。

"至少在这艘船上。"她说道,努力地回忆着具体情况,"几千年之前,他们突然消失了。"

"哦,我知道。"

他的语气本该能吓到她,但她的精神中已没有地方容纳额外的恐惧。小不点儿摇了摇头,一只手推着这个体型大很多的男人,厉声问道:"你为什么要跟我说这些?"

"他们问起了这件事。"欧雷乐说道,"问起了!离奇。问了我那些尖锐的问题。搜索了我的头脑,用的是高级的记忆增强工具。我在过去的一百个世纪中真的没想起过那个物种——我忘了多少事啊,想想就惊人。但现在差不多都想起来了。"

"你帮!离奇干了什么?"

他一直在笑。"他们需要人帮忙。你知道吗,他们举行了某种投票,然后决定了……嗯,跟你说的一样……很久以前,他们突然就灭绝了……"

"是你干的?"她呸了一声。

他耸了耸肩,像个邪恶的孩子,说道:"他们急得不行。我现在想起来了。"

"你谋杀了整个物种?"

"假如一个物种希望死掉,"欧雷乐反驳道,"那就不算是谋杀。不是吗?"

她用双手使劲推着他。但男人拒绝移动,反而盯着她,目光里满是自豪,变得愈发凝重。最终,用受伤的语气,他问道:"你觉得我是魔鬼吗?"

即使大船在他们身边解体,他还是要告诉她,"我没必要杀了他们。我只是需要让他们看上去在世界上死了。明白吗?我一直在试图解释给你听。"

四十六

送到这个奇怪地方来的东西很少。六个旅的士兵带来了野战武器,以加强保安。一队工程师发疯般工作,以完成布置。这里有一个物体,被一大批小机器包围着,这些机器是为了服务它而造的。一副和二副也刚到,没有必要再隐藏了。几分钟之内,这里将要发生的,会决定大船的生死。浣生和帕米尔肩并肩站着,手互相触摸了一阵,随后分开。其中一个人反复说着"不可能,"另外一个则频频点头,露出浅浅的笑容,以及由衷的自信。

这个设施没有名字,只有一个复杂的代号,描述了它的位置和功能。他们所站的地方是一个几公顷的密封空间,里面封存着控制装置和温暖的空气。它位于大船深处,在寒冷的铁核边缘。在他们上方,透过绝缘的钻石和气凝胶三明治,能看到一个大得多的房间——一个球形空间,直径略小于一百千米。它是几十个一直未启用的备用燃料箱之一。每个燃料箱里只有真空和黑暗,都保存在大船的深处,与六个主燃料箱分离。不可避免地,这些空空的燃料箱中的一个会位于船首与髓星之间。于是,它成了最佳的最终战场。

工程师们聚集在大房间的一头,他们的大部分工作都发生在一根长长的管子内。还能看到机器人和人工智能模糊的身影优雅地移动着,用零件组装着一个精巧的设备。当然,总会遇到麻烦:零件无法啮合,一个小时之前才制订的计划必须做出点小调整,还有连绵不断的震动从船身传来,摇晃得越来越厉害。亚斯林站在她的工程师中间,问着问题,主动提供建议。最终,小队的领导转身看着她,郑重其事地说:"长官,我们知道自己在这里干什么。你没有我们懂。要是你再盯着我们,我把你的头拔下来,再往你的脖子里拉屎。长官。"

受到斥责的亚斯林加入了浣生一行。

抬头看,她们什么都看不到。黑暗再次统治了宇宙,寒冷充斥其中。在疲惫的片刻,浣生发现自己正在思考:

假如聚合水塘是对的,又会发生什么?

假如创世被终止或延误了……假如释放了神秘的乘客、那位髓星中心的囚犯,能够照亮这个无尽的黑夜……那我们今天犯下的是多么可怕的罪行……

浣生把疑惑压在心底,闭上了眼睛。

在这个自我强加的黑暗中,一个声音在说话。

"母亲。"他说道。

一瞬间，她以为洛克在别处。她没睁开眼，而是打开最后一个工作上的纽联器。但唯一等在那里的人是首领本人。

"有什么消息？"女人问道。

"没什么。"浣生承认道。

"那联络我干什么？"她哼了一声。在纽联器关闭的同时，洛克对母亲说道：

"这儿。我在这儿。"

他站在她身后。她没注意到他来了，就在她转身面对他时，下意识的愤怒攫住了她。为什么她唯一的孩子要主动以身犯险？就在脱口而出斥责他的前一瞬间，浣生的怒意消失了，反而产生了一种轻松感。她小声地、不带希望地说了一句："我们会在这里取得胜利。马上。"

小个子男人郑重地点了点头，什么都没说。他穿得像个人工智能长者，只是腰间缠了一根违望者的腰带，棕色的皮革在奶白色的袍子外看着有些扎眼。和在场的所有人一样，他看着十分疲惫。有力气说话之前，他必须首先深深地喘上几口。"我一直想找你，跟你说——"

"我始终为你开着一个纽联器。"她打断了他。

"面对面地说，母亲。"

决绝的语气引起了她的注意。

她看着他的脸问道："说什么？"

"我知道他们是谁了。"他开口说道。

"你说的他们是什么人？"

"和你猜的一样，也和我想象的一样。在几十亿年的时间里，甚至可能从一开始，他们就一直跟在大船后面。"

浣生感觉肚子上仿佛狠狠地挨了一记重拳。

"他们在追赶我们的飞船。"洛克接着说道，"但他们离得很远，而且我相信他们并不知道目标的具体位置。只能猜个大概。但随后我们启动了大引擎——有史以来第一次。我们改变了航线，不止一次，而是好几千次。"他举起一只摊开的手掌，用另一只手的指尖演示了他想象中发生的事件经过。巨舰驶入银河系，画出一条复杂的、广为人知的航路，绕着星系飞了半圈。而远远跟在后面的另一艘飞船则面临多种选择。

"第二艘船可能驶近了那颗古老的白矮星，跟我们一样。"洛克说道，"但这样的话，它就会被注意到，而我认为它的船员不希望被发现。况且，他们仍旧会被远远地甩在后面。假如他们的目的是赶上我们——"

"但他们做不到。"浣生打断了他，"我们一遍又一遍地讨论过。"她摇了摇头，用她自己摊开的手掌和指尖勾画进入银河系的不同轨迹，"我看不出有谁能赶上这么大的一个距离……可能在我们身后好几万光年。"

"但要是这第二艘船⋯⋯"

洛克刚要提出另一个问题，随后又住嘴了。地面在晃动，整艘飞船都在震动。很快，一个洪荒之力就要来到了。

帕米尔抬头看去。

亚斯林盯着这个违望者，眼睛瞪得大大的，目光有些迷离。"但要是追赶者有一艘高速飞船——"她开口道。

"或者类似的东西。"洛克赞同地说，"一艘快船，但体积有限。太小了，装不下能定位巨舰确切位置的传感器。也没有富余的燃料可以无限地改变航线。"他点了点头，提醒自己的母亲，"锤翅鸟捕猎时的飞行速度很慢。只有看到了猎物之后，它们才会全力加速。"

晃动的地面暂时平静下来。

随后隆隆声变得更响，威胁着要晃倒每一个人。

"他们没法看到目标，直到我们启动了引擎，直到我们给了它一个声音。人类掌控巨舰之后，我们让它吹嘘自己的优点和将来的航线。对于一艘非常快又非常小的船而言，最合理的航线是什么？"

帕米尔垂下目光。"超到我们前面去。"他猜测道，"设法埋伏在我们前进的路上⋯⋯"

"那他们需要非常有耐心才行。"亚斯林提醒道。

紧接着，她又承认道："但他们已经花了几十亿年的时间来追赶。"

人类永远无法理解这份执着。

"我仔细思考过这个问题。"洛克接着说,"假如我又小又快,假如我不知道巨舰的位置,但我对它的速度有个大致的概念——我会尽可能地匹配它的轨迹,然后我会等,观察,再等,要等多久就等多久。当我看到巨舰第一次启动引擎时——在我前方数千光年处亮起的小火花——我就会知道,终于有人发现了它,把它据为了己有。这时候我会用上所有的后备资源。我会尝试马上追上大船。可能我没有足够的能力从它的新主人手上把它抢回来,但我可以预测出大船未来的轨迹。假如我耗尽最后一克燃料超到了前方,在那条轨迹的某处钻入银河系,找到一个合适的世界……"

他迟疑着。

"接着说。"浣生催促他。

"我会找一个空的世界,玩一个宏大的游戏。"洛克解释着,"我会增添我的数量,发明一个历史,然后用那个历史欺骗船长们。我会乞求在这艘巨大珍贵的船上能占有一席之地。经过适当的时间间隔,我会悄悄地从船长们的眼皮底下消失。"

地面突然猛地跳了一下。

一千个无声的警报给浣生带来了最坏的消息。在接下来的瞬间,小队领导宣布道:"我们还要装弹和校准,然后就能准备好了!"

他们的上方出现了第一道微弱的光线。

洛克抬头看了一眼,随后小声说道:"! 离奇。"

但副首领们没有时间来听奇怪的故事和古老的历史。忽然间,他们都跑向有助于组装最终一战武器的位置,甚至连浣生都不得不对儿子说道:"现在不行。再过几分钟吧。我不能再听你讲下去了,亲爱的。"

洛克发现只剩下他自己了。

他上方的那道光变得更亮了。聚合水塘的终极武器刺入了突然出现的空洞。但他对这场灾难并不关心。他抿着嘴,眼珠子飘忽不定,随后他张开了嘴,对着空气说道:"但这才是最有意思的地方。我认为。"

他解释道:"他们只留下了些许的痕迹,刚好够我能猜到他们的存在,找到他们的记号,寻找着他们。最终,我确定了他们真的存在。"

他停顿了一下。

地面再次震动。他抬头看着正在下降的刀刃,以最微弱的声音说道:"当然。不管他们是谁,不管他们有什么愿望⋯⋯他们其实想让自己被找到。"

四十七

小车披挂着十二层由最高级别超异纤维织就的盔甲,但保护还远远不够。"我们快被烤焦了。"在他们上升进入蓝白色的火焰中时,奥斯米姆说道。随着伽马辐射穿透装甲和他们的身体,他对同伴们说道:"我们就像煎锅里的肉。"与此同时,他的进食嘴发出最粗鲁的声音。

"再近点。"帕米尔坚持着。

他们又升高了一些,垂死的骨头疼痛不已。

"开始跟踪。"他说。

在任何一个纳秒内,车子都知道自己的位置,误差不会超过铁原子核的直径。车身上也布满精密的激光,同样精确。窃窃私语的光束测量着剑的外缘,其他光束则绘制了每一个黑洞,刹那间便采集了海量的数据。随着剑在空燃料箱中砍得越来越深,它露出了更多的表面,被激光触摸着,并被详细地记录下来。另外三台小车,配置相同,飞往别的观测点,完成了同样繁杂的工作。测量谐波,记录形变和应力点。聚合水塘的武器依然稳定,但正在逐渐削弱。精细的数学模型建立起来,并做了测试,然后放弃,再从头来过。不到四十秒,一个人工智能——没有时间组成机器团队或引入人类——相信自己能预测下一个最稳定的点在哪儿,并确定了在哪一个纳秒可以发射武器。发现自己还有四秒钟的时间可以等待之后,它决定通知船长们,用欢欣的声音唱道:"希望。"

他们悬浮在离超热剑刃三十千米的地方。帕米尔的身体正在死去,心智也差不多了。他听到了"希望,"然后,在漫长的一刻里,他忘记了这个词所代表的意义。什么希望? 他扭头看着哈鲁萨鲁,刚想开口问,但奥斯米姆伸出有力的手捏住他的脸,将他的目光扭到大戏正在上演的地方。

他们的下方出现了一道金色闪光。

帕米尔想起来了:一根微型导管通向一个环,一个太古且空无的环形空间。工程师和他们的机器人在环内建造了一个简单但强大的加速器。几分钟之前,加速器内被置入了一个跟拳头差不多大小的物体—— 一个超异纤维球体,镶嵌了沉浸眼和微型推进器,外面包裹了一层铁和各种机器,之后又覆盖了一层像纸一样薄的超异纤维。这个东西的中央有一个高电荷的、迅速旋转的黑洞——这是工蚁人在多个世代之前带给船长们的礼物。这个礼物比针尖还小,却有一座小山的质量。沿着一条精确的轨迹,黑洞被发射出去。在冲向目标的一毫秒中,它的速度一直在调整。

没有意识到危险的临近,剑仍在转动着朝大船的核心砍去。切割、消融,强大的边框吸收了所有新的应力和累积的损伤。

它的一颗牙齿出现在上方的岩层中—— 一个膨胀了但依旧微小的黑洞,牢牢地镶嵌在框架上。牙齿从船长们的最终希望上方擦身而过,相互之间只差了五千米。经过最后一次轨迹校正,达到了理论上的最优值,瞄准已达到完美。然后,就在它击中目标之前,黑洞的电场释放了,彻底中和了它。

以光速的一大半,它击中了剑,一个只有针尖大小的空无钻入了它狭窄的边缘。

人类的眼睛太慢,无法跟上现场发生的情景。

什么都没改变。在小车下降忙着隐蔽时,帕米尔看到耀眼的闪电一直在拉长,刺入燃料箱的中央。在一次心跳的时间内,他们的武器已然完成了所有的伤害,并离开了大船,此刻正冲向墨水井。最终它将逃离银河系。但即便最乐观的模型也预测了一个至少十到十二秒的效果迟滞。他们击中的是剑上强度最大的部分,但强度很单纯,可以预测。比超异纤维绸带窄得多的黑洞会钻入它的肌肤,留下一个等离子隧道和空洞。随着黑洞的进食,它会长大。随着它长大,造成的损害也将加大,一连串的不稳定因素将逐个出现。

大多数模型的预测都是十五秒左右。

小车钻进空管道,防冲击网接住了车里烤焦的肉体。

泪眼蒙眬之中,帕米尔盯着那个闪烁的家伙。

十五秒变成了二十秒。

又变成了二十五秒。

没有哪个模型预测了要等这么长时间。假如剑能够再次转动起来,并没有显示出灾难性的伤害,那就不会有任何希望了。他们没能造成足够的伤害。不可能就是不可能。为什么他们要相信自己真的有机会能成功呢?

一个声音说道:"瞄得不准,好像……"

是浣生。

没有时间做第二次发射。他们需要一个开阔的空间—— 一个由已知物体和可预测力量包围的真空。现在已经没有了。巨大的辐射刀刃持续下降,切着、凿着,直至它可怕的牙齿咬到燃料箱的地面,撕裂了这个副首领聚集的地方。

浣生去哪儿了?

帕米尔呼叫了她。

沉默。

他身旁的管道开始振动。他和奥斯米姆离切割点将近十千米,他们有危险。但当然,一切都毁了,都厄运难逃。只是出于本能,帕米尔对他的同伴说道:"我们还要跑得更远些。"

哈鲁萨鲁笑了。

随后浣生的声音传了过来。通过一个正在急速失灵的纽联器，她叫喊着，"不，不要毁了我的船。不！"

她听上去像一个暴怒地涨红着脸，却又完全无力的孩子。

绝望之中，她哭泣着喊道："不，我的儿孙们！不——！"

随后，所有的纽联器都失灵了。每一个频道都一片寂静。

帕米尔接过了小车的操控。他考虑抛弃受损严重的装甲，但转念一想之后，他开始向大船的深处驶去，沿着管道，驶向离此最近的泵站。

奥斯米姆仍然在笑，两张嘴都在发出笑声。

帕米尔瞥了他一眼。

随后，他也发出虚弱、遗憾的笑声，刚开口说道："见鬼——"小车就撞上一堵墙，解体了。装甲碎片和引擎零件向前飞去，坠落到管道的地板上。车厢也掉落到了一堆碎零件上，滑动一段距离后停下了。然后，伴随着一阵更猛的冲力，这些碎片又跳了起来，向前冲去。

也可能这些碎片仍是静止的，移动的是大船。

两个答案放到了帕米尔的跟前。但他的脑子里空空如也，什么都没想。

救　赎

"哈哈。这些眼睛后面藏着生命,我能看到。"

眼睛后面的生命慢慢熟悉着周边的环境。破碎的树枝洒得到处都是,白色的木头淌着木浆,空气中有股糖浆和叶绿素的味道。近处有一张脸。显然是一张人类的脸。佩芮缓缓地将目光聚焦到这张脸上,迷迷糊糊地想了一阵,最后认定那是一张人类的脸,但严格来说不是普通的人类。确实,这个可能算得上最奇怪的生物正跪在他身旁,手里拿着一把锈迹斑斑的铁锹,这个生物实际可能还不到一百岁,但看着古老得无法再古老的脸上洋溢着笑容。

这位勒德分子①用铁锹捅了一下他饱受摧残的肋骨。"清醒了吗,你?"

---

①反对技术进步的人士。

佩芮咳嗽了一声,随后承认道:"还没有。"

"你是来这里找个东西的,还记得吗?跟踪某个奇怪的虫子或别的什么。有物种欠你钱,你跟我说的。当然,我还是不相信你。"

"发生什么了?"佩芮喃喃地问道。

"山坡决定填平山谷。"

他依稀想起了发生的雪崩——

"你被带着走了一程。"古老的脸上露出欢快的,几乎是孩子气的笑容,"还记得吗?"

佩芮是开着一辆小车进入这个奇怪的空腔的。是的。他想起了,自己拼命往前开,想赶在剑将空腔砍成两半之前逃走。在最后的时刻,他想的就是回到妻子身边,在聚合水塘赢或输之前,再一次拥抱奎伊·李。而这里是唯一可行的路线,一个深处的空腔,因为地处偏僻而与世隔绝,自得其乐。它有两条河流,汇入一个大海。海水除了往上之外无处可去,所以有上千条线路通往大船的上部,通往奎伊·李的大门,通往家。但佩芮停留了一会儿。为什么?他看到了某个东西,或者有东西看到了他——

"我们交谈过。"他想起来了。将零碎的记忆串起之后,他说道:"我问过你有关外星人的问题。"

"你闻到了气味。"古老的脸提醒着他。

一个生理方面的线索,是的。他车上的某个仪器吸入了一点尘埃,触发了警报。在过去一到两千年的时间里,一个可能是!离奇、也可能不是的生物踏足过这片土地。

"你在寻找你的虫子。"勒德分子说道。

佩芮点了点头，疲惫地坐起来。

"不管那是什么……总之，你觉得它可能翻过了那面墙，钻进了古老的空腔。"

"它没钻。"他回答。随后，他悲伤地摇了摇头，接着说道："那是一条假线索。我的机器出错了。我也错了。"

"我不相信机器。"这句话里仿佛有什么特别好笑的地方。那个老男孩丢下铁锹，笑了很长时间，一直笑到佩芮有力气站起来之后才停下。

"那把剑已经砍过这地方了。"佩芮说出了心中所想。

"是的，在你从空腔里冲出来的时候。"

"雪崩是它引起的吗？"

"应该不是。"

在遥远的深处，空腔突然到头了。一面结实的玻璃墙矗立在本该什么都没有，除了有新鲜空气和白云的地方。剑的奇异运动和野蛮能量制造了一种合金，由熔化的超异纤维和气化的岩石构成，宽达好几千米。斑驳的墙面非常坚固，无法穿透。新墙看着阴森森的，但距离不好判断。佩芮觉得剑此刻已经刺入了髓星，向核心里不管是什么的东西伸出了手，正以不可阻挡的决心用火焰剜出大船的心脏。

"多久之前?"他问道。

"离那台机器过去?"

"几分钟?"

空气中又弥漫起一阵笑声。"不,不。比你说的长多了。你已经死于十种不同的方式,我发现了你,把你复活了。我一直看着你的黏液变回假皮囊——"

"多久?"

"将近三十个小时。"

佩芮不知道该说什么。

但他的拯救者猜到了接下来的问题。他点了点头,微微一笑,解释道:"有人设法在最后一刻让剑转向了。船长们,或别的什么人,说服了那个该死的机器往一旁歪了歪,错过了核心,从后端那里砍出了太空。可以想象它已经死了。"

浣生做到了,佩芮心想着。尽管机会渺茫,她还是拯救了巨舰。

他说出了心中所想,言语间尽是喜悦。

勒德分子则乐呵呵地保持着沉默。

佩芮终于想要试着走路了。

他的拯救者看着他笑了。在佩芮迈出了最初几个谨慎的步伐之后,他开口问道:"觉得有奇怪的地方吗?"

"哪里都奇怪。"佩芮回答道。

随后他犹豫了一下,"我应该有什么感觉?"

"每个人都和他的负担一样重。"那个人唱道,引用了一段古老的勒德分子的话。

"你什么意思？我的体重？"佩芮弯下新的膝盖,然后又站直。接着,他盯着一旁的乱石和崎岖裸露的山坡,问道:"是什么引起了雪崩？"同时内心的疑惑越来越重。

"大船。"

"怎么会？"

"嘿,这位大姑娘动了。"老脸喷出一阵粗野沙哑的笑声,"从来没有过,大船又摇又晃的,还有更厉害的呢……"

佩芮琢磨着他的话。

"每个人都和他的负担一样重。"那个人重复道,"摇晃结束之后,这个世界就变得不同了。我想知道不同在什么地方。我或许是个原始的人,但我不笨。我只花了一天的时间,做了一百次的测试,就搞明白了——"

"什么变了？"

"所有东西都变重了。"勒德分子宣称,"我在三个尺度上检验了我的结论,测试了我自己的身体和其他一些已知的质量。在过去的三十个小时里,我大概重了半公斤。"

"什么意思？"佩芮脱口问道。

然后,"我不信。"

勒德分子并未觉得被冒犯了。他耸了下肩,重重地眨了下眼,径直说道:"但这很有道理啊。假如我们的飞船在加速。"

怎么加速?引擎都死了,飞船也被切成了两半,而且佩芮活过来之后,那么多待命的纽联器里连哼哼声都没传来过——

哦,妈的。

他跪了下来,仿佛肚子上挨了一拳。

"我不是世上最老的家伙,"他的同伴承认道,"而且我远远说不上是最聪明的。但根据这些证据,我判断……有一定的信心……大船在睡了一大觉之后,终于找到了自己真正的引擎。在耽搁了这么久之后,她终于再次上路了……!"

欧雷乐打算试探她,他表现得既震惊又快活。他说:"卫兵们在谈论是否要离开。他们可能会给我们留着门,除非他们改主意了。不管怎样,我想我们很快就能溜出去了。"

小不点儿点了点头。

"你看着还行。"他撒谎了。

她依然只有一具凡人的身体,匆忙间修复的她远谈不上健康。重新制造她不死的基因需要耐心和天赋,此刻这两者都不在她手头。

"有什么问题?"她的同伴问道。

小不点儿用智慧的大眼睛盯着他。

"我们没有被聚合水塘消灭。"欧雷乐提醒她,"我们最终打败了那东西——"

"她还坐在我们的船壳上。"

"还有,我们两个还活着,所以我看不到有什么值得哀伤的理由。"

"大船在加速。"她回答。

"很慢。"他反驳。

但比之前任何一次都大得多。小不点儿本可以告诉他,本可以说上好几天这次意外事件的后果。巨舰原本的引擎,即便在最佳状态,在这种能量面前也只能算是个小孩子。不过话说回来,他们一直以为的引擎实际上可能只是机动火箭。有人想到过吗——?

"大船没坏,"欧雷乐继续说着,"我们有新鲜的空气和干净的水,进一步证实了这台机器的耐力。"随后,他挺起胸膛,加了一句,"我想我们两个都知道耐力是什么。"

小不点儿很虚弱。当她站着时,正如她此刻所做的那样,她能感觉到轻微但坚决的拉力,试图拽着她往一旁倒去。她想到这可能是大船能允许的最大加速度了,为了不影响里面的生命和垂直流淌的液体。重力依旧占据着主要地位,但那些在前部的人会感觉比以前重。在后部的人则会感觉比以前轻。而那些跟她一样的人,站在离某个港口比较近的位置,会感到有一只精细的手在把他们往旁边推。

"我们去哪儿?"她问道。

欧雷乐对着她笑了。

"还有更重要的问题。"他提醒着。

小不点儿低下了头。在她手里，光滑的、沉甸甸的，是浣生塞给她的计时器。就在几天之前。然而，这件事就像是发生在遥远的过去，而一百万个其他更好的日子感觉就在片刻之前。

"谁在管事?"她问道。

"问得好。"他脱口而出。

小不点儿抬起头。她吸了一口气，憋了很长时间，这才又问道："你见到过船长吗?"

"一个都没见过。"

"那见过谁?"

"没人。我自己，我只见到过卫兵。"

"告诉我。"

他忍不住笑了，享受着这一刻的悬疑。随后，他歪了下脑袋，跟她说道："有人看到他们了，到处都有。从灭绝之中回来了，我猜他们会翻遍这个地方。现在他们是管事的。"

"谁?"

"他们还没说出自己的名字。"他坦承道，"话说回来，离奇从来不是话多的物种。"

小不点儿品味着这个消息。

"这难道不是最好的消息吗?"欧雷乐忍不住问道，"你和我，我们认识这个物种,和他们相处得不错,在过去……说不定在未来也可以,我想……"

一根细细的手指打开了计时器的银色盖子,棕色的大眼睛盯着走动的时针和沉默的数字。随后,又过了一小会儿,小不点儿堆起笑容,抬起目光,轻声问道:"告诉我,我们怎么才能溜出去?"

"预案没用。"帕米尔说道。随后,他又瓮声瓮气地加了一句,"两个世纪的准备,制定了各种模型和计划,但我们仍然没能想到会这样。"

他的同伴没有回应。

没事。他领着她沿着走廊步行前进,奥斯米姆最喜爱的一个儿子走在他们前面。只有他们三个溜进了阿尔法港。其余的安保部队在别处,向公众显示他们仍然存在。在一个与另一条走廊的交汇处,他们停了下来,看不到有别人。他与他的目标之间只隔着两扇关着的门和一百米的空旷走廊。

"两次了。"女人嘟囔了一声。

"我知道。"

"我已经是第二次失去大船了。"

帕米尔向她展示了些许同情,随后又笑着把它收了起来。"这一次是我们的责任。浣生的责任,我的责任。我们谁都没预料到会出现这种局面……"

局面太大了，目前还难以衡量。但可以肯定的是，巨舰从聚合水塘手中幸存了。其他人控制了大船。利用无法理解的方法，他们稍稍拧了下飞船。受损的剑感觉到了难以承受的压力，二十个地球的质量压在它的剑刃上，把它压得歪向了一侧。最后，它把巨舰砍成了大小不同的两半，在过程之中造成的损失尚不清楚。但核心和髓星逃过了一劫。照理说，这足够值得庆贺了。

但在攻击之中，出现了一种新的敌人。令所有船长都感到恐惧的是，他们轻而易举地就使纽联器瘫痪了。反应堆和泵、废物处理和环境控制的管理权，都被手脚麻利地偷走了，到现在还不知道它们的踪迹。

帕米尔伸手去推第一扇门，中途又停下了。他通过一个简单的步话机问道："有新情况吗？"

"我们仍然在控制之中。"亚斯林在静电的吱啦中说着。

"我需要开一扇门。"

"我也想开呢。"

帕米尔转而对哈鲁萨鲁说道："把它烧开。"

"我们会暴露的。"对方警告道。

"我们已经够暴露的了。"他反驳道。随后，对着这位战士，他说："烧了它，烧了任何阻挡我们的人和东西。"

这扇门和它后面的第二扇门都被烧毁了。跑着穿过还在焖烧的残骸，帕米尔带着他们来到阿尔法港秘密泊位的地面。悬浮在他们上方的船是个奇怪的装置,更像一艘潜水艇,而不像星舰——一艘在重重装甲保护之下的机器,随时准备钻入危险的开阔水域。只有在它穿过了聚合水塘之后,它才会蜕下外壳。壳里面是一艘快艇,加满了燃料,性能完好,搭载了少数几名精心挑选的船员,以及一个帕米尔十分熟悉的人工智能驾驶员。人工智能通过一个加密的无线电频道跟他的老朋友打了个招呼。"你好。欢迎。又要出发了,是吗?"

"我不走。"帕米尔回应道。

首领的步伐很沉,她巨大的体格不仅无用,更是一种累赘。然而,尽管有这方面的苦恼,她还是跑了起来,粗壮的腿交替着,几乎能赶上帕米尔的速度。

"我要留下。"帕米尔对驾驶员说。

"为什么?"

"我在这里的用处更大。"

人工智能没说什么,接受了他的理由。"那我的任务是什么?"它问道。

"有人偷走了我们的飞船。"他回答,"根据法律,它是人类的财产,需要有人通知我的物种。有谁能比流亡的首领更适合来传递这个通知呢?"

短暂的停顿。对人工智能来说,相当于永恒。

人工智能随后说道:"同意。"

三个人来到关着的飞船跟前。一扇舱门打开，首领伏低身子，开始笨拙地往里爬。她再次以悲痛的语气说道："我失去了大船两次。"

"你也得到过两次，"帕米尔说道，"为你自己，为人类，为银河系。"

金色的脸点了点头。

开着的舱门开始默默地在边缘融化，再次密闭起来。

一小会儿之后，毫无征兆地，泊位内的灯光熄灭了，港口的控制中心传来一个焦急的声音，"快点，快点。他们来了，我们必须马上发射……！"

在大船核心的附近，诞生了完美的黑夜。

应急方案依然在执行之中，涉及宇宙的所有角落。谁能数清有多少个计划正在展开呢？

浣生不打算去数清楚。从现在开始，可能直至永远，能做的就是相信巨舰是由智慧心智打造的，注定要成为一个持久的、甚至永恒的创造。这个信仰外包裹着一个希望，它可能太天真，可能有缺陷，但依然是能解决所有问题最完美的希望。而髓星必定是城堡的主楼。绝望的战士把这里当作最后的基地，或许他们最终还是能夺回天空。

多年之前，在想象和内心声音的激发之下，浣生下令重新开启了一条狭窄的秘密隧道，几乎能一直通到髓星。过去的几天里，利用在这条隧道底部的设备,她和其他一些挑选出的同伴已经完成了挖掘。再过几分钟,运气好的话,他们会弄塌上方的一切。

当然,这阻挡不了追兵。不过,不管是谁控制了大船,他们应该已经在船上待了上千年了,可他们甚至从未去下面的世界散过步。

下面的世界。

浣生快速迈着长腿,带着她的增压服走下一个临时楼梯。楼梯是在超异纤维管道的内壁上挖出来的,它带着所有人通往一个浣生熟知的地方——一个她只是在肉体上远离的地方。

还是在那个老地方,她留下的那个老式计时器还在等着她。

机器人把它从超异纤维中挖了出来,过程之中只造成了轻微的损伤。她捡起它,紧紧地握在手里,随后转身向下看去。下面的世界一片漆黑,除了点点的岩浆和燃烧的森林,以及柔和的、彩色的灯光,意味着人类的存在。

她身后响起一个声音:"母亲。"

她强迫自己看着其他人。

"有消息了。"洛克报告说。

"一个全体广播。"小不点儿补充了一句,小手中举着一个直接与大船连接的屏幕。这是浣生安排的一条保密线路,用来监听自己的儿孙们。她不再相信它了。但此刻她允许它工作。

亚斯林报告说:"新统治者在说'你们好。'"

浣生将屏幕拿在胸前,不愿看它。

如同一缕青烟，小不点儿来到她的身旁，停了下来，看着下面那个奇怪的世界和黑暗。扶壁几乎都入睡了。然而它们仍然坚固。尽管大船在加速，髓星却几乎没怎么动。显然，建造师们预见到了这个紧急情况。那些早已消逝的生命什么时候才能令浣生不再发出感慨呢？

"把穹顶切开。"她下令道。

迅速而又准确地，他们下方的钻石障碍被挖出了一个小洞。空气开始向下流动，生成了一股小风，更多的是听到的，而不是感觉到的。

"穿上。"她对大家说。

增压服穿上了，加压，沉重的补给箱和双伞扯着她们的背。

每个人都在他或她的腰带上别着一个计时器。浣生刚才给每个人发了一个。每个小小的装置都安装了前往会合点以及会合时间的指令，所有没有一起来的人都被抛弃了。

帕米尔？

她一直在深肤色的人中寻找着他。而他一直在逃避她的目光，已然下定决心要留在别处。

风一直在呼呼作响。

最后，几乎像是刚刚想起，浣生看了上面世界的广播。一种几乎是扁平的生物，穿着护甲、身体分节、长着一双三叶虫似的眼睛，正对幸存的几十亿人发表讲话："船长们无法拯救你们，但我们做到了。我们将继续保护你们。伟大的时代即将来临,朋友们。伟大的时代!"

小不点儿说出了外星人的名字。

! 离奇。

浣生摇了摇头,但更正她的是洛克。她身后传来了一个温柔的声音:"不,不对。我们认为那只是一个瞎编的名字。"

"那他们到底是什么人?"亚斯林问道。

"荒凉。"洛克说道。

浣生也说了。

说完后,她转身跳进那个洞。

然后她开始尖叫。

但不是恐惧的尖叫。绝对不是。

这是一种全身心地、惊喜的尖叫。直到现在、直到此刻,这个女孩才重新想起:坠落的感觉是如此美妙。